Petra Hucke

Die Entdeckerin des Lebens

PETRA HUCKE

Die Entdeckerin des Lebens

Rosalind Franklin – Die brillante Wissenschaftlerin entschlüsselte die DNA und entdeckte die Liebe

ROMAN

PIPER

Mehr über unsere Autorinnen, Autoren und Bücher:
www.piper.de

Wenn Ihnen dieser Roman gefallen hat, schreiben Sie uns unter Nennung des Titels »Die Entdeckerin des Lebens« an *empfehlungen@piper.de*, und wir empfehlen Ihnen gerne vergleichbare Bücher.

Von Petra Hucke liegen im Piper Verlag vor:
Die Architektin von New York
Die Entdeckerin des Lebens

ISBN 978-3-492-06289-3

Redaktion: Dr. Annika Krummacher
Satz: Uhl + Massopust, Aalen
Gesetzt aus der Adobe Devanagari
Druck und Bindung: CPI books GmbH, Leck
Printed in the EU

»Es war ein denkwürdiger Frühling:
Everest erklommen, Elizabeth II. gekrönt,
Stalin tot, *Playboy* geboren.
Das wichtigste Ereignis von allen –
die Entschlüsselung des Lebens –
nahm kaum jemand zur Kenntnis.«

Matt Ridley

Hinweis

Im allgemeinen Sprachgebrauch bedeuten die Begriffe »Gene« und »DNA« heute für uns dasselbe. Zu Rosalind Franklins Zeit war das noch nicht der Fall. DNA (im deutschen Sprachraum auch DNS) war damals lediglich die Abkürzung für Desoxyribonukleinsäure, ein Molekül, von dem man noch nicht wusste, welche Funktion es im Körper hat. Dass diese Nukleinsäure die Gene – unsere Erbinformationen – enthält, war Anfang der 1950er-Jahre die große Entdeckung, um die es in diesem Roman gehen soll.

1

[Kristall] *Ein fester Körper, dessen Atome oder Moleküle in einem regelmäßigen dreidimensionalen Gitter angeordnet sind. Bekannte Kristalle sind Salz, Zucker, Minerale und Schnee. Ihre Eigenschaften und Formen werden in der Kristallografie untersucht.*

Französische Westalpen, Oktober 1950

Sie trieb den Eispickel in den Gletscher, als hätte sie nie etwas anderes getan. Hinter sich hörte Rosalind das Schaben von Steigeisen und ein leises Stöhnen. Sie drehte den Kopf zu ihrer Cousine. »Gleich geschafft.«

Ursula nickte, außer Atem, Dampfwölkchen vor dem Mund. Eine Weile lang hörte Rosalind nur ihr eigenes Keuchen und die Geräusche, mit denen sie das Eisfeld malträtierte. Es veränderte Farbe und Struktur, je höher sie kamen. Der Wind, der weiter unten nur leise geflüstert hatte, wurde lauter. Rosalind sicherte ihren Stand und zog sich die Mütze tiefer über die Ohren. So erschöpft sie auch war – sie liebte die körperliche Anstrengung, die brennenden Muskeln und Atemwege, die Kontrolle, die sie über ihre Bewegungen hatte.

Und ganz plötzlich war das Eis überwunden, weicher Neuschnee mit seinen unzähligen Kristallen empfing sie, der Wind pfiff, sie drehte sich um und streckte die Hand nach Ursula aus, die sich aufrichtete, um Rosalinds Fäustling zu ergreifen. Mit einem Aufschrei stolperten sie zwei Schritte nach hinten und ließen sich fallen.

Rosalind blickte zur Seite und erschrak. »Du siehst aber schon, dass du mir jetzt fast mit deinem Eispickel das Ohr abgehackt hättest?«

»Es wird sich lohnen, hast du gesagt«, meinte Ursula und stöhnte. »Der Aiguille Pers ist nicht besonders schwierig, hast du gesagt, und der Ausblick wird sich lohnen.«

»Und das sage ich immer noch.« Rosalind konnte schon wieder lachen und löste das Seil, das sie mit Ursula verband. »Wir müssen nur noch bis zum Gipfel.«

Wenn sie sich einmal etwas in den Kopf gesetzt hatte, dann war sie nicht mehr davon abzubringen.

»Wie weit?« Ursula nahm ihren Rucksack ab und schraubte die stählerne Trinkflasche auf. Ihr Gesicht war so rot, dass ihre Sommersprossen ausnahmsweise nicht zu sehen waren.

Rosalind wies Richtung Gipfel. Da lag er, recht bescheiden ganz plötzlich, unter einem blauen Himmel. Ohne ihre dunklen Brillen wären sie schon längst schneeblind geworden auf dem ewig-wintrigen Glacier du Grand Pisaillas.

»Nicht weit. Ein Spaziergang.« Rosalind begann, sich die Steigeisen von den schweren Bergstiefeln abzumontieren. Der Wind biss auf der Haut. Als sie mit ihren eigenen Steigeisen fertig war, kümmerte sie sich um Ursulas, schnallte sie klappernd an den Rucksäcken fest, trank einen Schluck Wasser und sprang auf.

»Los. Der Ausblick wird sich lohnen, hat jemand gesagt.«

»*Du* hast das gesagt!«, rief Ursula. »Wehe, wenn es nicht stimmt!« Sie hievte sich auf die Füße, und als sie umständlich begann, erst den Rucksack wieder aufzusetzen, drehte Rosalind sich um und stürmte los, so schnell es der tiefe Schnee zuließ.

»Wir sehen uns später, du Schnecke!«

»Typisch«, hörte sie ihre Cousine noch schimpfen.

Eigentlich hatte sie sich vorgenommen, freundlicher zu werden, weiblicher, wenn man es denn so nennen musste. Neulich erst hatte sie ihre Freundin Anne Crawford mit einer zynischen Bemerkung zum Weinen gebracht. Dabei meinte sie es doch nie so. Aber darüber konnte oder wollte sie jetzt nicht nachdenken. Der Gipfel lag direkt vor ihr. Noch ein paar Schritte – und schon hatte sie den höchsten Punkt erreicht.

Sie atmete tief, bis ihr schwindelig wurde.

Ursula hatte aufgeholt und stellte sich neben sie. »Du hast wieder einmal recht gehabt, Ros.«

Ihre Pensionswirtin hatte sie gestern ganz erschüttert angesehen: »Bergsteigen? Warum wollen Sie sich das antun, *mesdames*? Überlassen Sie das doch lieber den Herren der Schöpfung.«

Rosalind hatte lachen müssen. Schon als sie mit achtzehn einen Sprachurlaub nördlich von Paris gemacht hatte, war sie mit ihren Freundinnen Anne und Jean die zwanzig Kilometer bis zum nächsten Ort zu Fuß gegangen, und alle hatten sie entsetzt angesehen. So etwas tat eine Frau doch nicht zum Spaß? Spazieren gehen? Gar wandern? *Mon dieu.*

Schließlich hatte sich einer der sogenannten Herren der

Schöpfung, nämlich der Ehemann der Pensionswirtin, gestern erbarmt, Rosalind und Ursula in den Gebrauch von Steigeisen und Eispickeln einzuführen, von denen er in seiner Scheune ein ganzes Rudel herumstehen hatte. Vermutlich hatte er sich dazu herabgelassen, um sich ein wenig zu amüsieren. Doch die beiden ach so zarten Damen hatten sich dabei anscheinend so geschickt angestellt, dass er keine Witze mehr gerissen, sondern ihnen hilfreiche Tipps gegeben und eine noch detailliertere Bergkarte als die überlassen hatte, die Ursula bereits besaß. Sie waren beide große Planerinnen und immer gut vorbereitet. Heute Morgen hatte er ihnen im Dämmerlicht hinterhergewinkt und Glück gewünscht. »*Bonne chance!*«

Die Grajischen Alpen oder Alpes Grées, wie sie in Rosalinds geliebtem Französisch hießen, waren Teil der Westalpen, und ihr höchster Gipfel war der Gran Paradis, den Rosalind gleich entdeckte, als sie ein wenig Ausschau hielt. Die Täler hier waren tief, die Felshänge steil, die Grate schmal. Tektonisch gesehen waren die Alpen ein Unfall, der vor fünfzig Millionen Jahren stattgefunden hatte – zwei Kontinente trafen aufeinander, zwei Platten kollidierten, der isostatische Ausgleich begann.

Sie warf einen Blick auf Ursula. Wenn die wüsste, dass ihre Cousine, statt die Aussicht zu genießen, wieder einmal überall physikalische Phänomene sah …

Rosalind musste lächeln. »Herzlichen Glückwunsch, meine Liebe. Dreitausenddreihundertsechsundachtzig Meter über dem verdammten Meeresspiegel.«

Ursula löste den Blick vom Horizont, lachte Rosalind an und nahm sie in die Arme.

»Das haben wir gemeinsam geschafft, Rosalind.«

Sie sprach ihren Namen in zwei knappen Silben aus, so wie die meisten es taten: *Roslind.*

Rasch stiegen sie wieder ein Stück bergab, um sich unter einen Felsvorsprung zu setzen und etwas zu essen.

»Hier oben schmeckt alles so viel besser«, sagte Ursula mit vollem Mund.

»Die dünne Luft kann es nicht sein. Ich glaube, es liegt eher daran, dass du hier deiner schlechten Erziehung freien Lauf lässt.«

Ursula streckte die Zunge heraus, um Rosalind ihr zerkautes Brot zu zeigen. Rosalind schlug nach dem Knie ihrer Cousine, doch die war schneller und zog es weg. Der Tee war nur noch lauwarm, aber im Windschatten mit der Sonne im Gesicht ließ es sich gut aushalten.

»Irgendwann müssen wir uns doch um Sonnencreme kümmern«, sagte Rosalind.

Ursula zog die Stupsnase kraus. »Nur, wenn sich jemand etwas anderes einfallen lässt als dieses dicke, ölige Zeug, das an dir klebt wie Kleister. Dann sehe ich lieber verbrannt aus.«

»Ein Hoch auf die Eitelkeit.«

Rosalind lehnte sich zurück, betrachtete die karge Landschaft und verlor sich erneut in Gedanken. Die Zeit in ihrem geliebten Frankreich war bald vorbei: In wenigen Wochen würde sie das *Labo* verlassen – das staatliche Laboratoire Central des Services Chimiques de l'État – und in London arbeiten. Am King's College, einer guten Adresse.

Ursula berührte sie am Arm. »Schau mal.«

Ein Alpensteinbock. *Capra ibex.* Was für ein wunderschönes Tier. Es musste etwas älter sein, denn die Hörner krümmten sich in einem eleganten Bogen, und sein Bart wurde nach unten heller.

Der perfekte Bergsteiger. Wenn sie jemandem die Alpen überlassen würde, dann ihm.

Ich liebe die Berge fast so sehr wie du selbst, alter Mann, dachte sie. Ich wünsche dir noch ein langes Leben und Freiheit bis zum letzten Atemzug.

Der Bock nickte zweimal mit dem Kopf – und sprang davon.

Rosalind schnellte hoch und versuchte, einen letzten Blick auf ihn zu erhaschen, doch er war hinter dem nächsten Vorsprung verschwunden. Sie ließ die Augen erneut über das Panorama wandern. Auf dem deutlich niedrigeren angrenzenden Gipfel leuchtete das goldene Oktobergras, und das Gebimmel einer Ziegenherde klang bis zu ihnen herüber. Vertrocknete Disteln, groß wie Kohlköpfe, schwankten im Wind, und sie konnte fast die Grashüpfer sehen, die sie so gern zwischen den Händen fing, um sich eine Weile kitzeln zu lassen, bevor sie sie wieder gehen ließ.

All das konnte man nicht mitnehmen. Von ihrer letzten Wanderung hatte sie ihrer kleinen Schwester ein gepresstes Edelweiß geschickt, aber was war eine getrocknete, platte Blume im Vergleich zu der, die noch auf der Bergwiese wuchs? Soweit Rosalind wusste, bewahrte Jenifer den alpinen Gruß dennoch sorgfältig im Briefumschlag auf.

»Wir müssen langsam wieder los«, sagte Ursula und riss ihre Cousine aus ihren Gedanken. »Ich kann aber nicht noch einmal über den verdammten Gletscher.«

Sie hatte die Karte auseinandergefaltet, die laut im Wind knatterte.

»Dann brauchen wir mindestens anderthalb Stunden länger. Schaffen wir das im Tageslicht?«

»Der andere Weg ist aber viel einfacher. Ich habe ihn mir schon auf der Karte angesehen.«

Rosalind verzog den Mund. »Ist das nicht feige? Den einfacheren Weg zu nehmen?«

Ursula versuchte, die Karte wieder zusammenzufalten. »Mag sein, aber ich habe die Kraft nicht mehr, da kannst du noch so viel über mich spotten.«

Rosalind griff nach dem einen Ende der Karte und half Ursula dabei, sie zusammenzulegen.

»Komm schon, Ros. Ich sage nur: Snowdonia.«

»Snowdonia?«

»Weißt du nicht mehr, als wir mit Anne auf dem Crib Coch unterwegs waren und sie fast gestürzt wäre, weil sie keine Kraft mehr hatte?«

Endlich war die Bergkarte besiegt. Ursula hielt sie fest in der Hand, während sie zu ihren Rucksäcken zurückkehrten.

»Das hätten wir damals nicht ohne Seil machen sollen«, sagte Rosalind, »aber inzwischen sind wir schlauer.«

Ursula schnallte den Rucksack fester. »Wir nehmen den längeren, sicheren Weg. Stell dir nur vor, was Jacques sagen würde, wenn wir zwei Weiber uns hier oben verletzten und sie uns suchen kommen müssten.«

»Jacques?« Entgeistert sah Rosalind ihre Cousine an. Warum schlug ihr Herz bei dem Namen immer gleich so schnell?

»Nicht *dein* Jacques. Unser Pensionswirt heißt doch auch

Jacques, und der war heute früh noch so beeindruckt von uns.«

»Er ist nicht *mein* Jacques«, murmelte Rosalind. Das war er nie gewesen. Und bald würde sie ihn ohnehin nicht mehr sehen. Sie setzte sich in Bewegung, dem längst verschwundenen Steinbock hinterher.

2

[Kohlenstoff] *Ein chemisches Element mit dem Symbol C, das in der Natur gebunden oder aber in reiner Form (zum Beispiel als Diamant oder Grafit) auftritt. Es kann komplexe Moleküle bilden und kommt in so vielen unterschiedlichen Verbindungen vor wie kein anderes chemisches Element. Kohlenstoff gilt als Grundlage des Lebens auf der Erde.*

Pembridge Place, London, Januar 1951

Schon wieder eine Laufmasche. Die verdammten Nylonstrumpfhosen waren in England noch schwerer zu bekommen als in Frankreich. Dort hatte es in den letzten Jahren kaum noch Nachkriegsknappheiten gegeben, die Menschen in Paris sahen wieder wohlgenährter aus, die Bäume waren grüner. Zurück in London, kam Rosalind alles grau und armselig vor. Sie dachte an den blauen, ätherischen Nebel, der manchmal über der Seine hing – der englische Smog hingegen war gelb und ungesund. Sie ließ sich aufs Bett fallen und erlaubte es sich, ein paar Minuten zu träumen: wie sie mit dem Rad an der Seine entlanggefahren war, wie sie jeden Morgen auf dem Weg zur Arbeit diese eine Trauerweide gegrüßt hatte, die danach immer ein wenig fröhlicher wirkte und mit ihren Ästen die Wasseroberfläche kitzelte. Wie sie abends ins Kino gefahren war, um einen Charlie-Chaplin-Film zu sehen, und wie ihr dabei der Rock um die Beine wehte.

Um die Beine in Nylonstrumpfhosen.

Rosalind seufzte ärgerlich. Schließlich konnte sie nicht an ihrem ersten Arbeitstag mit nackten Beinen am King's College erscheinen, insbesondere nicht im Januar. Sie sprang auf und eilte den Flur entlang.

»Mummy?«

»Hier bin ich, meine Liebe.«

Muriel Franklin war das Wohlwollen in Person. Sie war in der Londoner Gesellschaft und der jüdischen Gemeinde aktiv. Ihre Freundinnen, Vertrauten und Verwandten konnten sich jederzeit auf sie verlassen.

Allerdings erst ab zehn Uhr morgens.

Jetzt war es kurz nach acht.

Liebevoll sah Rosalind sie an. Ihre Mummy, ihre so schöne Mummy, wurde langsam alt – und das sah man, wenn sie im Morgenrock mit geschwollenen Augen aus ihrem Zimmer kam. Aber auch nur dann. Und war es denn ein Wunder, mit sechsundfünfzig Jahren und fünf erwachsenen Kindern?

Die sportliche Figur hatte Rosalind von der Franklin-Seite ihres Vaters geerbt, aber der spitze Haaransatz auf der klaren Stirn kam von ihrer Mutter, und wahrscheinlich würden sich später auch durch ihre Haare silberne Fäden ziehen.

Rosalind war froh, dass man wenigstens so die Familienzusammengehörigkeit sah, denn charakterlich waren sie und ihre Mutter recht unterschiedlich. Mummy war sanft und freundlich – Rosalind hatte sie nie aufbrausend erlebt, auch nicht früher, als fünf Kinder im Haus herumgetobt waren. Sie hatte sich nie eine Karriere gewünscht, nie eine bezahlte Arbeit außerhalb des Hauses, sondern ging völlig in der Zuneigung zu ihrem Mann und ihren Kindern auf, auch wenn diese Zuneigung nur selten offen gezeigt wurde. Rosalind hingegen konnte sich nicht vorstellen, auf diese Weise glücklich zu werden. Sie war dreißig, kinderlos und machte Karriere.

»Hast du eine Strumpfhose für mich, Mummy? Ich habe gerade meine allerletzte kaputt gemacht.«

Ihre Mutter sah in ihrer Kommode nach. »Nein, leider nicht. Ich trage schon seit zwei Wochen Hosen. Es bleibt dir wohl auch nichts anderes übrig.«

Rosalind fluchte im Stillen und eilte zurück ins Gästezimmer, das sie einige Wochen bewohnen würde, bis sie etwas Eigenes gefunden hatte. In den Jahren, die sie in Paris verbracht hatte, hatten ihre Eltern das große Haus aufgegeben, in dem Rosalind und ihre vier Geschwister aufgewachsen waren, und waren nach Notting Hill gezogen, in die Nähe des Pembridge Place.

Nesthäkchen Jenifer war mit einundzwanzig als Letzte ausgezogen, und damit wurden auch das Kindermädchen und zwei der vier Dienstmädchen nicht mehr gebraucht. Die Franklin-Kinder hätten ihre gute alte Nannie gern behalten, denn wenn man ehrlich war, war man für ein Kindermädchen, das einen gehegt und gepflegt, geschimpft und gelobt, mit Keksen und warmer Milch versorgt hatte, nie zu alt. Aber Nannie hatte sich entschieden, in ihr heimatliches Shropshire zurückzukehren, wo sie sich nun um ihre Neffen und Nichten kümmerte und noch deren Kinder verwöhnen würde.

Rosalind sah auf die Uhr. Sie verlor sich hier in Träumereien, während es später und später wurde. Entschlossen nahm sie eine dunkelblaue Stoffhose aus dem Schrank. Dann musste es eben so gehen. In Paris hatte sie zur Arbeit stets einen dunklen Rock und eine weiße Bluse getragen, genauso wie ihre Kolleginnen Rachel und Agnès, beinahe wie eine Art Uniform, während die Männer sich ja auf ihre Anzüge verlassen konnten.

»Sag einmal ...« Ihre Mutter betrat das Gästezimmer, ohne anzuklopfen. »Du erinnerst dich noch daran, dass wir heute Abend bei Cousin Irvin vorbeigehen müssen, ja? Er hat sich doch das Bein gebrochen.«

Rosalind schlüpfte schnell in die Hose. Sie zeigte sich nicht gern halb angezogen vor anderen, auch nicht vor ihrer eigenen Mutter. »Ich weiß noch nicht, ob ich das schaffe. An meinem ersten Arbeitstag muss ich doch erst einmal schauen, was alles auf mich wartet.«

»Und Tante Helen möchte wegen Naomi mit dir sprechen.«

»Wegen Naomi?«

Rosalind suchte ihre Sachen zusammen, um sie in die große Umhängetasche zu stecken. Sie durfte die Haarbürste und einen dezenten Lippenstift nicht vergessen.

»Deiner Cousine.«

»Also, Mum, als ob ich nicht wüsste, wer Naomi ist.«

»Ihre Lehrerin will dich an die St. Paul's einladen, damit du vor der Klasse über deine Arbeit sprichst.«

Überrascht hielt Rosalind auf der Treppe inne. »Das mache ich gern«, sagte sie und lief weiter die Stufen hinunter.

Unten stand ihre Schwester Jenifer mit erhitztem Gesicht

und einer weißen Kaschmirmütze auf dem Kopf. Was machte sie denn so früh hier? Musste sie nicht längst im Textilhandel sein? Von den Buchhalterinnen dort wurde erwartet, dass sie die Räume gelüftet und Tee gekocht hatten, bevor die angestellten Männer kamen.

»Wie gut, dass du noch da bist, Ros. Ich habe einen riesigen Riss am Rücken, schau mal.« Sie drehte sich um und hielt den Wintermantel auseinander wie ein Torero sein rotes Tuch. Der Stoff war grob zerrissen, und die Daunenfütterung schneite heraus. »Kannst du mir das nähen?«

»Sicher.« Rosalind eilte an ihr vorbei. »Lass ihn einfach hier, ich schaue es mir heute Abend an. Schicke Mütze übrigens.«

»Heute Abend müssen wir zu Cousin Irvin«, sagte ihre Mutter, die Rosalind nach unten gefolgt war.

»Das ist heute?«, fragte Jenifer. »Wie geht es seinem Bein?«

Rosalind ging in die Küche, wo ihr Vater mit der Zeitung am Tisch saß und seinen pechschwarzen Kaffee trank. Sie grüßte ihn mit einem Kuss auf den kahler werdenden Kopf und goss sich ebenfalls eine Tasse ein.

»Ros, das ist mein einziger Mantel«, sagte Jenifer, die ebenfalls in die Küche trat. »Es ist eisig draußen. Ich kann so nicht weiter. Ich habe extra einen Zwischenstopp hier gemacht, weil ich mir fast den Po abgefroren habe.«

»Ich muss zur Arbeit, Schwesterchen. Kann dir Mummy nicht was leihen?«

»Hast du das gelesen?« Ihr Vater zeigte ihr die Politikseite. »Wieder ruft ein Journalist quasi zu Gewalt auf. Die Palästinafrage ließe sich anders nicht mehr lösen. Seit dem unsäglichen Artikel im *Economist* …«

»Furchtbar, Daddy.« Rosalind kippte den heißen Kaffee viel zu schnell herunter. »Ach, da fällt mir ein …« Sie zog die aktuelle Ausgabe der *Nature* aus der Tasche. »Mein Artikel wurde veröffentlicht, schau.«

Sie hatte über Dichte, Struktur und die chemische Zusammensetzung von Kohle geschrieben und war stolz auf diese Publikation, eine weitere, die wichtig für ihr berufliches Fortkommen war.

Ihr Vater war allerdings der Einzige in der Familie, der sich dafür interessierte und den Inhalt einigermaßen verstand. Neugierig griff er danach und öffnete die Zeitschrift auf der Seite, die Rosalind mit einem Eselsohr versehen hatte.

»Musst du nicht zur Bank, Ellis?«, fragte Rosalinds Mutter. »Es ist fast halb neun.«

»Das lese ich heute Abend«, meinte Rosalinds Vater, und die freundlichen Falten um seine Augen vertieften sich. »Nehmen wir etwa beide den Vierer?«

»Wenn wir ihn nicht verpassen.« Rosalind schulterte wieder ihre Tasche.

Ihr Vater gab seiner Frau einen Kuss auf die Wange, sie verabschiedeten sich von Jenifer, dann eilten sie los.

»Ich habe gehört«, sagte Rosalinds Vater, »dass du einen Vortrag an der St. Paul's halten willst?«

Rosalind lachte. »Ich weiß noch nichts Genaueres darüber, aber ja, warum nicht? Ich fand es früher toll, wenn Wissenschaftlerinnen zu uns kamen und über ihre Arbeit sprachen. Ich habe sie alle angehimmelt.«

»Jetzt bist du selbst eine.« Er strich ihr liebevoll über den Mantelärmel.

Die Feuchtigkeit der Luft setzte sich in der Lunge fest. Hier im Norden hielt sich der Verkehr noch in Grenzen, aber in der Innenstadt würde es zu dieser Zeit, in der alle zur Arbeit fuhren, schlimmer werden. Wieder einmal bereute sie es, nach London zurückgekommen zu sein.

Dabei wusste sie, dass es die richtige Entscheidung gewesen war. So war sie wieder näher bei ihrer Familie – auch wenn das Leben im Haus der Eltern ihr *zu* nah war, viel zu nah, nachdem sie Jahre allein im Ausland gelebt hatte. Aber das alles würde sich bald ändern, wenn sie eine Wohnung fand. Außerdem hatte sie, nicht zuletzt nach einem erhellenden Gespräch mit der von ihr verehrten Biochemikerin Dorothy Hodgkin, Angst gehabt, den Anschluss an die britische Wissenschaftsgemeinschaft zu verlieren. Paris hatte immer nur ein Schritt auf der Karriereleiter sein sollen, doch bereits nach wenigen Wochen vermisste sie die Stadt und die Leute ganz fürchterlich. Ihre Kollegen. Freunde.

»Ich träume von einem Job«, hatte sie zu Jacques Mering gesagt, als sie einmal gemütlich vom Mittagessen zurück ins *Labo* geschlendert waren, »bei dem ich ein halbes Jahr in Paris und ein halbes in London verbringen könnte.«

»Träumen kostet nichts«, hatte Jacques gemeint, »aber so, wie ich dich kenne…«

Rosalind hatte abgewinkt. »Ja, ja, ich bin eher pragmatisch und stehe mit beiden Beinen auf dem Boden. Deswegen habe ich mich ja für London entschieden.«

Ihren Lunch hatten sie gern im Quartier Latin zu sich genommen, im *Chez Solange*, von dem aus man den inspirierenden Blick auf die ESPCI-Hochschule genießen konnte, an der Marie und Pierre Curie das Radium entdeckt hatten. Danach ging es zurück ins *Labo*, wo aber nicht gleich weitergearbeitet wurde, nein, in Frankreich wurde noch ein Kaffee genossen – was bei Chemikern bedeutete, dass sie ihn in einem Laborkolben brauten und in Abdampfschalen servierten. Dazu hatten sie politische Diskussionen geführt.

»Gerechtigkeit ist doch keine Frage des Sozialismus«, rief Rachel zum Beispiel dem lachenden Vittorio Luzzati zu, »sondern eine Frage der Menschenrechte!«

»Gerade die«, wandte Jacques ein und reichte Rosalind ihren Kaffee, »werden in der Sowjetunion mit Füßen getreten. Meine Familie stammt aus Weißrussland, ihr könnt mir glauben, was ich sage.«

»Aber der Kapitalismus der Vereinigten Staaten«, mischte sich der glühende Kommunist Marcel Mathieu ein, »ist doch auch keine Lösung. Ein Wettrüsten führt nur zum nächsten Krieg. Die Vereinigten Staaten sind eine Abscheulichkeit, liebe Kameraden und Kameradinnen. Wie Descartes zu sagen pflegte …«

Rosalind genoss diese Stunden und diskutierte mit. Niemand sah sie als minderwertig an, niemand hätte behauptet, dass sie, Rachel und Agnès als Frauen weniger zu sagen hätten oder leiser sprechen sollten. Niemand lobte Rosalinds Französisch. Denn ein Lob bedeutete doch immer nur, dass es eben noch nicht gut genug war, um als selbstverständlich empfunden zu werden.

»Ich mag Paris einfach so viel lieber als die Leute in London«, hatte Rosalind zu Jacques gesagt.

»Die steifen Oberlippen.«

»Die schlechte Luft.«

»Das furchtbare Essen. Das grässliche Bier. Marmite.« Er schüttelte sich theatralisch.

»He! Ich darf über meine Landsleute lästern. Du nicht. Marmite ist eine Delikatesse.«

»Ein Verbrechen ist das. Außerdem darf ich kulinarisch gesehen alles, ich bin Franzose.« Er reckte die Nase so hoch, wie er nur konnte.

Sie hatte ihn betrachtet. Ich werde dich vermissen, hatte sie sagen wollen, doch die Worte waren ihr nicht über die Lippen gekommen, und bevor er ihren Blick hatte erwidern können, hatte sie die Augen gesenkt.

Die Bustüren zischten, als Rosalind an der Temple Station ausstieg, um die letzten Meter zum College zu Fuß zu gehen. Es war praktisch gelegen, zwischen der großen Geschäftsstraße The Strand mit ihren Restaurants und Theatern im Norden und der Themse mit der Waterloo Bridge im Süden. Die erst vor wenigen Jahren neu errichtete Brücke wurde oft »Ladies' Bridge« genannt, weil sie wegen der damals fehlenden männlichen Arbeitskräfte hauptsächlich von Frauen gebaut worden war.

Rosalind vermied es, ihren Blick bis ans Südufer des Flusses wandern zu lassen, das noch immer von Ruinen und Schutthaufen geprägt war. Was alles im Krieg zerstört worden war. Wie viele Menschen ihr Leben gelassen hatten, wie viele Juden. Und sie hier in London hatten es trotz allem noch gut gehabt.

Sie sah auf die Uhr. Mit der *Tube* wäre sie deutlich schneller gewesen, doch sie bekam Beklemmungen in der Dunkelheit, in der engen Röhre zwischen all den Menschen und Tonnen von Gestein über sich. In Paris hatte sie nie auch nur einen Fuß in die *Métro* gesetzt, war lieber gelaufen und geradelt.

Rosalind hielt die Augen weit offen, um den vielen Studenten auszuweichen, die an ihr vorbeiliefen, und musste schmunzeln. Sie selbst hatte in Cambridge studiert, doch die Bedeutsamkeit, die die männlichen Studenten sich selbst zuschrieben, war hier offenbar die gleiche. Der größte Unterschied war die Geschäftigkeit, die in London keine Grenzen kannte. Im Vergleich dazu war der Campus in Cambridge eine stille, idyllische Landschaft aus Rasen und Bäumen, mit ehrwürdigen Gebäuden und Bibliotheken, die unter der Last der von Nobelpreisträgern geschriebenen Bücher ächzten.

Woran sie weniger gern zurückdachte, war der Gemeinschaftsraum am Newnham-Frauencollege in Cambridge, wo sie studiert hatte: finster wie ein Mausoleum und nicht viel gemütlicher. Es gab zwei steinharte Sofas, deren Armlehnen durchgescheuert waren, und die grünen Tapeten sahen aus, als stammten sie noch aus viktorianischen Zeiten. Und doch entspannen sich zwischen den älteren Studentinnen und Dozentinnen so gute, tiefgreifende Gespräche, dass die Düsternis schon bald keine Rolle mehr spielte.

Im Londoner King's College würde es getrennte Einrichtungen für Männer und Frauen geben, und die wenigen Frauen würden nicht die besseren Räume haben, das war klar.

Sie erreichte den Durchgang zum Campus und stockte.

Ein Bombenkrater, zwanzig Meter im Durchmesser und halb so tief, gab ihr das Gefühl, zurück in den Krieg katapultiert zu werden. Rosalind meinte, das Pfeifen kurz vor dem Einschlag zu hören und zu spüren, wie der Boden zitterte. Sie ballte die Fäuste. Wie konnte man diese offene Wunde hier liegen lassen, wenn täglich lauter junge Leute ein und aus gingen, deren Kindheit durch den Krieg geprägt war? Als Absperrung war ein richtiger Zaun gebaut worden, als rechnete die Administration damit, dass der Krater für die nächsten Jahre bleiben würde. Offenbar galt diese Universität nicht umsonst als knauserig und schlecht organisiert.

Rosalind konnte sich gut vorstellen, wie die Studenten abends in angetrunkenem Zustand als Mutprobe in das klaffende Loch hinunterkletterten. Vielleicht nicht gerade die Theologiestudenten, die schon an der Universität mit diesen typischen priesterlichen Stehkragen oder sogar in schwarzen Kutten herumliefen. Oder gerade die, um auszuprobieren, wie es war, wenn man der Hölle näher kam? In diesem Moment begannen die Glocken der Kapelle zu läuten.

Die Fakultät für Biophysik war um den Innenhof herum angeordnet. Die Gebäude schienen sich abzuwenden, um nicht in den Krater zu stürzen.

Doch dann hielt Rosalind inne.

War es nicht großartig, dass sie als studierte Chemikerin in der Biophysik arbeiten würde? Genau diesen interdisziplinären Ansatz hatte sie an Professor Randalls Angebot so verlockend gefunden. Er holte sich Leute aus der Chemie, Biologie, Physik und Mathematik, die sich mit Lebendigem und Nichtlebendigem befassten, um gemeinsam die Wissenschaften voranzubringen, und dabei auch ein wenig vertrautes Terrain verlassen mussten.

Rosalind fragte sich durch, bis sie im Untergeschoss – genau genommen im Keller – ihrem neuen Vorgesetzten gegenüberstand. Professor John T. Randall war Mitte vierzig und recht klein, trug einen dandyhaften Anzug, Fliege und zu Rosalinds Verblüffung eine frische Blüte im Knopfloch.

»Herzlich willkommen, Dr. Franklin.« Er schüttelte ihr kurz und prägnant die Hand. »Wir freuen uns sehr, Sie bei uns zu haben.«

Er war für seine Erfindung eines Mehrkammer-Magnetrons bekannt, mit dem man weit entfernte Gegenstände auf das Radar bekam. Es war eine wirksame Hilfe gegen die Invasion Großbritanniens gewesen, und angeblich hatte Randall eine ganze Menge Geld damit gemacht.

»Ich freue mich auch, Sir.« Unauffällig wischte sie sich ihre verschwitzten Handflächen an der dunklen Hose ab. »Es ist mir eine Ehre, für Sie zu arbeiten. Ich bin schon ganz gespannt auf die Proteinkristalle.«

In den letzten Wochen hatte sie sich ins Thema Genforschung eingelesen. Kohle würde hier keine Rolle mehr spielen, aber Randall hatte sie wegen ihrer Kenntnisse in Röntgenkristallografie eingestellt, die man in beiden Disziplinen gebrauchen konnte: für die Erforschung von Kohle genauso wie die der Erbanlagen, die man in Proteinen vermutete.

Sie hatte so viel Literatur gewälzt, dass sie meinte, auf dem neuesten Stand zu sein, was die aktuellen Veröffentlichungen anging, aber vielleicht behielt das Forschungsteam ja einige wichtige Neuentdeckungen noch für sich. Allerdings hatte sie Bedenken, wie die Proteine sich mit der Kristallografie vertragen würden – eigentlich waren Proteine nämlich viel zu groß für diese Technologie. Doch sie würde einen Weg finden oder eine Alternative.

Das faszinierte sie so an der Forschung: sich an Problemen zu messen und sie zu lösen und damit auch immer ein kleines bisschen die ganze Wissenschaft voranzubringen.

»Kommen Sie mit«, sagte Randall. »Ich zeige Ihnen am besten gleich Ihren neuen Arbeitsplatz.«

Sie gingen einen langen Flur entlang. Ab und zu zeigte er auf eine Tür und erklärte, wer im Büro dahinter saß. Sie war verblüfft, wie viele Frauen er in seinem Team hatte.

»Dr. M'Ewen ist Physikerin, Dr. Hanson Biologin. Weiter hinten ist das Fotolabor von Freda Ticehurst, die ich von General Electric hergeholt habe. Eine tragische Geschichte, sie hat im Krieg ihren Verlobten verloren. Und hier ist das Büro von Dr. Fell.«

»Dr. Honor Fell? Ist sie nicht mehr in Cambridge?«

»Sie ist unsere Senior Biological Adviser und kommt jeden Freitag runter, bevor sie das Wochenende mit ihrer Familie im Süden verbringt. Kennen Sie sie?«

»Leider nicht persönlich, aber ihr guter Ruf eilt ihr voraus.«

»Sie ist reizend, eine ganz scheue Person. Was die Proteine angeht«, fuhr Randall im Plauderton fort, »so habe ich mich noch einmal mit einigen der anderen Seniorkräfte unterhalten, und es scheint uns deutlich sinnvoller, wenn Sie sich mit Desoxyribonukleinsäure beschäftigen, die wir gerade mit Ultraviolett- und Infrarotlicht erforschen. Das soll erst einmal Ihr Schwerpunkt sein.«

»Das hatten wir aber anders besprochen«, sagte sie verblüfft. »DNA gern, aber was die Methode angeht, kenne ich mich doch am besten mit der Kristallografie aus.«

»Ich weiß, ich weiß. Aber ich hatte Ihnen doch von Dr. Stokes geschrieben?«

Sie zögerte. Daran konnte sie sich beim besten Willen nicht erinnern. Sonst hätte sie nachgeschlagen, wer das war. Randall sprach weiter, bevor sie sich äußern musste.

»Er möchte sich derzeit lieber allein mit den Proteinen beschäftigen.«

Sie wusste nicht, was das alles bedeuten sollte, und schwieg.

»Das heißt«, fuhr Randall fort, »dass Sie mit einem Doktoranden zusammenarbeiten werden, Oliver Raymond. Außerdem haben wir noch Maurice Wilkins und Ellen Keller im Team. Das DNA-Material, das uns Professor Signer aus Bern bereitgestellt hat, bringt interessante Ergebnisse.«

All die Namen schwirrten ihr im Kopf herum, und sie musste sich sortieren.

»Also keine Proteine?«, fragte sie, um überhaupt etwas zu antworten, als Randall sie erwartungsvoll von der Seite ansah.

»Vielleicht in Zukunft.«

Was sollte sie tun? Protestieren würde am ersten Tag kaum einen guten Eindruck machen. Plötzlich hielt sie irritiert inne. »Sagten Sie Oliver Raymond?«

»Genau. Kennen Sie sich?«

»Wenn es der Oliver Raymond ist, mit dem ich in Paris am *Labo* gearbeitet habe?«

»In der Tat, genau der ist es. Wussten Sie gar nicht, dass er auch zu uns gewechselt hat?«

Rosalind war sprachlos.

Oliver. Ausgerechnet Oliver.

Hätte nicht Jacques heimlich wechseln können, um sie hier zu begrüßen?

Aber natürlich war Oliver die logischere Alternative. Er war Jacques' um fast zwanzig Jahre jüngerer Halbbruder, mit dem sie in Paris oft ins Kino gegangen war. Ab und zu hatte sie ihn nach Jacques ausgefragt, doch Oliver hatte nie viel Kontakt zu ihm gehabt. Sie hatten zwar dieselbe Mutter, doch die war nach der Trennung von Jacques' Vater nach Deutschland gezogen und hatte dort einen Belgier kennengelernt.

»Das war aber auch noch nicht mein Vater«, hatte Oliver ihr nach einem Charlie-Chaplin-Film bei einem Glas Wein erklärt. Sie hatten in einem Bistro im Quartier Latin gesessen, um sich herum schwatzende, lachende Menschen, die Männer mit offenen Hemdkragen, die Frauen ohne Strümpfe, ein leichter Wind strich über ihre Köpfe. Mehr Paris war kaum möglich. »Sie haben noch einen Sohn bekommen, meine Mutter ist wieder gegangen, hat einen Franzosen kennengelernt und ist mit ihm nach England gegangen. Das war mein Vater.«

»Sehr verwirrend.«

»Ich weiß. Ich verliere selbst manchmal den Überblick. Und dann war Krieg, und der hat diese verrückte Familie noch ein paarmal hin und her geworfen. Am Schluss bin ich hier in Paris gelandet und habe angefangen zu studieren. Weißt du, was ich in Paris am meisten vermisse?«

»Was denn?«

»Minzschokolade.«

Rosalind verschluckte sich fast an ihrem Wein. »Die vermisst du am meisten? Von allem?«

»Von allem. Bendicks Bittermints.«

»Das kann ich ja kaum glauben. Bisher habe ich gedacht, dass du eigentlich einen guten Geschmack hast.«

Er grinste. »Was ist mit dir? Was vermisst du am meisten?«

»Tja.« Sie drehte den Stiel des Weinglases. »Die Familie.«

Da mochte sie noch so verrückt sein, diese Familie. Ihr Vater zum Beispiel, der sich über Politik und Presse echauffierte – sie regte sich gern mit ihm auf. Oder Jenifer, die so zarte Finger hatte, aber einfach nicht mit Nadel und Faden umgehen konnte – Rosalind nähte für sie und nutzte Jeni im Gegenzug gern als lebendige Schneiderpuppe. Ihr Bruder David, der summte, wo er ging und stand, und alle damit nervte – doch wenn er mit Mummy zu singen anfing, verstummten sie alle. Colin, der Jüngste, der in seinen Büchern lebte und den halben Shakespeare auswendig konnte. Oder ihre sechzehnjährige Cousine Naomi, die Ärztin werden wollte und die schönsten Lachanfälle bekam. Wie konnte sie diese Menschen nicht vermissen?

Oliver hatte geschwiegen, mit so etwas wie Wehmut im Blick. Lag es daran, dass er diese feste, enge Familie nicht hatte? So gesehen war es kein Wunder, dass er ihr so leicht von Paris nach London gefolgt war, denn dort hielt ihn ja dem Anschein nach nichts.

Sie mochte Oliver gern: Beide waren sie große Filmfans, auch wenn das Vergnügen, im Kino neben ihm zu sitzen, dadurch getrübt wurde, dass er nie stillhalten konnte und immer mit dem einen Bein wackelte. Das Problem war dieser Welpenblick, mit dem er sie so oft ansah, ob bei der Arbeit oder im Kino. Beim letzten Chaplin-Film hatte sie krampfhaft darauf geachtet, ihre Hände im Schoß gefaltet zu lassen, damit er nicht danach greifen konnte, und zur Van-Gogh-Ausstellung im Musée d'Orsay, die er als Nächstes vorgeschlagen hatte, hatte sie dann Denise und Vittorio Luzzati mitgeschleift.

Im Sommer hatte sie Oliver zuletzt gesehen, kurz bevor er den Assistentenjob im *Labo* vorübergehend aufgegeben hatte, um endlich seine letzten Kurse für den Abschluss an der Universität nachzuholen. Er war intelligent, gab aber schnell auf und hatte keine Lust mehr aufs Studieren gehabt. Doch Jacques und Rosalind hatten ihn überzeugt, dass man ohne Titel in der Welt der Wissenschaft nicht weit kam. Er wolle doch nicht für immer Assistent bleiben, oder?

»Wenn ich für dich arbeiten kann, Rosalind, dann bin ich gern Assistent«, hatte er gesagt und sie mit einem frechen Grinsen angesehen. Dabei hatte sie einfach nur einen Kollegen und einen Freund gewollt – und indirekt die Nähe zu Jacques.

Und nun war Oliver also hier am King's College. Und immer noch als Doktorand.

Die Türen entlang des Flurs waren geschlossen, ganz anders als am *Labo*, wo sie offen standen und man überall klopfen, Hallo sagen und Fragen stellen konnte. Ihre und Randalls Schritte knallten auf dem hellgrünen, abgetretenen Linoleum des Untergeschosses. Es wurde immer düsterer. An den Wänden hingen leere schwarze Kreidetafeln und Korkpinnwände, an denen nur wenige Aushänge befestigt waren. Das wissenschaftliche Leben musste hinter den Türen stattfinden, von denen sich nun eine öffnete. Gelächter schwappte auf den Flur wie aus einem Pub, es klang wie ein Haufen grölender Männer. Zwei Kerle saßen im Raum, zwei traten heraus, allesamt groß, breit, kurze Haare, fast militärisch.

»Randy Randall!«, rief der eine, der andere wiederholte den Namen, dann klopften sie ihm auf die Schulter und verschwanden. Für Rosalind hatten sie keinen einzigen Blick übrig, was sie im Grunde erleichterte.

Die Spannung wich erst wieder aus Randalls Gesicht, als die beiden Kerle außer Sichtweite waren.

Er schüttelte resigniert den Kopf. »Ex-Militär.«

Hatte ihr Eindruck sie also nicht getäuscht.

»Keine schlechten Wissenschaftler«, fuhr er fort, »aber sie hüten ihre Projekte wie die größten Staatsgeheimnisse. Pünktlich zum Feierabend gehen sie dann rüber ins *Finch* und diskutieren über einem Bierchen weiter.«

»Müssen wir mit ihnen arbeiten?«

»Zum Glück nicht.« Er wischte sich über die Schulter, wie um die grobe Berührung loszuwerden. »Die werden Sie, Dr. Franklin, bestimmt öfter mal im Vorbeigehen bitten, ihnen einen Tee zu holen. Machen Sie sich nichts draus. Den anderen Frauen geht es genauso.«

Wäre wohl zu viel verlangt, dachte sie, wenn er dagegen etwas unternehmen würde? Nun ja, immerhin beschäftigte er überhaupt einige Frauen.

Als sie um eine Ecke gingen, wurde der Flur wieder heller. Dann öffnete Randall eine Tür, und im Raum dahinter sprang jemand vom Boden auf: Oliver. Als er Rosalind sah, strich er sich seine blonde Tolle aus dem Gesicht und strahlte. Er war erst vierundzwanzig, aber ein Typ, der sein jungenhaftes Lächeln vermutlich sein ganzes Leben behalten würde.

»Hallo, Rosalind.« Er trat vom einen Fuß auf den anderen und wischte sich die schmutzigen Hände an der Hose ab. Nachdem sie ihn so lange nicht gesehen hatte, fiel ihr auf, wie groß er war.

Rosalind wusste immer noch nicht, was sie davon halten sollte, dass er ihr gefolgt war und nichts davon erzählt hatte. Doch er grinste so entwaffnend und vertraut, dass sie ihn, ebenfalls mit einem Lächeln, erst einmal begrüßte. Ein Stück Paris in London.

Neben ihm stand eine junge Frau in weißer Bluse und dunklem Rock unter dem Laborkittel. Im Vergleich zu dem etwas rundlichen Oliver wirkte sie besonders dürr und hohlwangig. Die dunkelblonden Haare fielen strähnig herab. Randall stellte sie als Ellen Keller vor.

»Unser Gerät ist fast fertig«, sagte Oliver eifrig. »Wir müssen es nur noch richtig anschließen. Das versuche ich zumindest gerade.«

Unser Gerät? Sie hatte die Spezifikationen für den Röntgenapparat, den sie für die Kristallografie brauchte, in einem Brief an Randall mitgeschickt, damit er schon vor ihrer Ankunft gebaut werden konnte. Am Geld solle es nicht scheitern, hatte Randall gesagt, das Medical Research Committee habe ihn mit ordentlich Budget ausgestattet, und als Jacques ihr angeboten hatte, die Daten seines Apparats ans King's College weiterzugeben, hatte sie sofort zugestimmt.

Es war ein gutes Gerät, mit dem sie im *Labo* interessante Experimente durchgeführt hatten. Jacques hatte es während des Krieges in Grenoble entwickelt, wohin er aus dem besetzten Paris geflohen war. Ein Jude ganz ohne Papiere, das war für ihn – wie für so viele – alles andere als ungefährlich gewesen. Doch es hatte funktioniert.

»Wer, wenn nicht du, könnte mit dem Apparat arbeiten«, hatte er gesagt und ihr zugezwinkert. »Du bist inzwischen eine bessere Kristallografin als ich.«

Dieses Zwinkern ... Ach nein, schon wieder dachte sie an Jacques und Frankreich. Im Rückblick kam ihr einfach alles dort so schön vor, aber sie sollte sich auch daran erinnern, was alles nicht gut gewesen war. Zum Beispiel dieser Ausflug nach Korsika und die Nacht auf dem Schiff, als sie ... Gut, das half – da war es in der Gegenwart doch deutlich weniger unangenehm. Und Jacques war ja auch nie der strahlende Held gewesen, den sie sich gewünscht hatte.

»Danke, dass Sie mir das Gerät haben bauen lassen«, sagte sie an Randall gewandt. »Es wird bestimmt auch für andere Zwecke als die Proteinkristalle hilfreich sein.«

Oliver sah sie verwundert an. Also hatte Randall mit ihm auch noch nicht gesprochen.

»Ich wollte aber doch meine Dissertation über Proteine schreiben«, sagte er zögerlich, nachdem Randall ihn in die neuen Pläne eingeweiht hatte.

Randall zuckte mit den Schultern, und Rosalind war entsetzt, wie gleichgültig es ihm zu sein schien, was sein neuer Doktorand benötigte.

»Sie können ja noch mal mit Stokes sprechen.« Er drehte sich erneut zu Rosalind. »Dort hinten, das ist übrigens Ihr Schreibtisch.«

Entlang der Rückwand des Labors, unter den Kellerfenstern, die sich ganz oben unter die Decke klammerten, stand eine Reihe mit Tischen. Der ganz links, auf den Randall wies, war leer, abgesehen von einer windschiefen Lampe ohne Glühbirne. Das sollte ihr Arbeitsplatz sein? Sie bekam kein eigenes Büro, sondern nur einen altersschwachen Schreibtisch im Labor?

»Dann lasse ich Sie mal mit Ihrem Monstrum hier allein.« Randall zeigte auf das Röntgengerät. »Leben Sie sich erst einmal ein, Dr. Franklin, und lernen Sie Ihre Kollegen kennen. Ich bin heute leider außer Haus, aber morgen werden wir richtig loslegen, in Ordnung?«

»Selbstverständlich.«

Er verschwand. Oliver lächelte verlegen. Miss Keller hatte die Hände in die Kitteltaschen gesteckt und schien abzuwarten, was auf sie zukam. Auch ihr hingen die Haare ins Gesicht.

»Oliver, bevor du weiter an meinem Gerät arbeitest«, sagte Rosalind, »musst du unbedingt zum Friseur. Im Labor muss es sauber sein, und du siehst ja kaum etwas.«

Beschämt strich er sich die Haare aus dem Gesicht. »Mache ich.«

»Und überhaupt, was tust du eigentlich hier?«

»Monsieur Mathieu hat im *Labo* gejammert, dass er mit den Dissertationen von mir, Michel und Pierre überlastet ist.« Er verzog den Mund. Vom eigenen Doktorvater gesagt zu bekommen, dass man eine Last sei, musste selbst dem ausgeglichenen, fröhlichen Oliver nahegegangen sein. »Ich habe eigentlich eher aus Spaß gesagt, dass ich auch gehen könne, nach England, so wie du, Rosalind, und da ist er zur Schreibmaschine gerannt und hat ratzfatz ein Empfehlungsschreiben für Randall aufgesetzt. Zwei Wochen später habe ich hier angefangen. Allerdings will Randall nicht, dass du mich betreust. Wilkins soll das machen.«

»Wer genau ist das?«

»Dr. Maurice Wilkins«, sagte Miss Keller plötzlich mit kratziger Stimme. »Randalls rechte Hand. Arbeitet mit Röntgenkristallografie. Zusammen mit mir. Ist im Urlaub.«

Rosalind verstand gar nichts mehr. Sie sollte die Finger von der Kristallografie lassen, während dieser Wilkins, der bestimmt nicht so viel darüber wusste wie sie, weiter damit arbeitete? Der Name sagte ihr gar nichts.

Sie wandte sich Miss Keller zu. »Und welche Funktion haben Sie?«

»Seine Assistentin. Fulbright-Stipendiatin.«

»Und hat er Ihnen auch schon mal gesagt, dass Sie sich die Haare aus dem Gesicht binden sollten?«

Miss Kellers Augen wurden schmal. Sie erblasste.

Rosalind war zu weit gegangen. Es wäre wohl eine Entschuldigung angebracht gewesen, aber die kam ihr nicht über die Lippen, auch wenn sie sich schämte.

3

[Protein] *Ein sehr großes Molekül, das aus Aminosäuren besteht. Proteine – umgangssprachlich auch Eiweiße – befinden sich in jeder Zelle eines Körpers und machen meist den Großteil des Zellgewichts aus.*

Lesesaal des British Museum, London, Februar 1951

Nun also DNA statt Proteine. Desoxyribonukleinsäure. Randall wusste bestimmt, was er wollte, aber sie befürchtete, dass sie ihre Fähigkeiten nicht richtig würde einsetzen können und er gleich zu Beginn mit ihrer Arbeit unzufrieden sein würde. Es war ihr wichtig, dass ihr Chef wusste, was sie konnte. Und sie konnte viel.

Die nächsten Abende verbrachte sie in der Büchersammlung der Fakultät und in der riesigen Bibliothek des British Museum. Ihr Vater hatte sie bereits als Mädchen mit in den Lesesaal genommen, in das britische Pantheon, wie er es schwärmerisch nannte. Für ein Schulprojekt hatte sie damals ein Referat über heimische Singvögel halten müssen. Dad hatte sie an die eine Hand genommen, ihren ältesten Bruder David an die andere und sie in den Round Reading Room geführt. Dort konnte einem als Kind schon einmal der Mund offen stehen bleiben: Die Bücherregale zogen sich mehrere Etagen hoch an den Wänden entlang, und davor schlängelten sich schmale Gänge mit filigranen Geländern, damit niemand herunterfiel. In der Raummitte zogen sich die schweren Mahagonitische sternförmig um die Kataloge, die von den Bibliothekarinnen gehütet wurden.

Sie wusste freilich auch noch, wie ihr und David nach einer Weile langweilig gewesen war mit den ausgeliehenen Bänden. Schneller, als Dad reagieren konnte, waren sie aufgesprungen, um zwischen den Regalen und Menschen herumzurennen und das große Bücher fressende Bibliotheksungeheuer zu jagen. Hinter jeder Ecke konnte es lauern, und sie durften keinen Laut von sich geben.

Bis eine Frau im grauen Kostüm sie am Kragen fasste und Rosalind vor Schreck kreischte.

»Jüdisches Pack«, zischte die Frau und brachte sie mit festem Griff zu ihrem Vater zurück, der ihre Sachen zusammensuchte und sie ohne ein weiteres Wort nach Hause führte.

Erst am Abend setzte er sich erneut zu ihnen.

»Hört nicht auf die Frau«, sagte er. »Wir sind Juden und schämen uns nicht dafür. Nie. Aber dass ihr in der Bibliothek herumrennt wie die wilde Jagd, kann ich nicht durchgehen lassen.«

Von körperlicher Züchtigung hatte er nie etwas gehalten, nie hatte er sie geschlagen. Sein strenger Blick war schlimm genug. Zur Strafe hatten sie den allerlängsten Leitartikel aus dem aktuellen *Economist* in Schönschrift abschreiben und mündlich referieren müssen.

Rosalind war nie wieder in der Bibliothek herumgerannt.

Als sie an diesem Abend den großen Raum betrat, durchrieselte sie das übliche Glücksgefühl. Berühmte Menschen hatten hier gelesen, geschrieben, geforscht: Oscar Wilde, Mark Twain, Marx, Lenin, Gandhi, Virginia Woolf. Außerdem Bram Stoker, dessen *Dracula* sie verehrte und der ihr oft einen Schauer über den Rücken jagte.

Am beeindruckendsten war der Blick nach oben in die Kuppel, deren Höhe die kleine Rosalind nicht nur annähernd hatte schätzen können. Für jedes andere Gebäude hätte sie ganz einfach die Abmessungen nachgelesen, aber hier sollten es Millionen Meter bleiben.

Bevor sie ihre bestellten Abhandlungen und Bücher holte, merkte sie sich ganz genau, welchen Tisch sie reserviert hatte, um sich nicht, wie schon so einige Male, in der kreisrunden Architektur zu verlaufen und einige Runden zu drehen, bis sie ihre Sachen wiederfand. Warm war es hier leider nie, sodass sie sich in einen breiten Schal aus Schurwolle wickelte, der ihrer Grandma mütterlicherseits gehört hatte. Sie setzte sich hin und fing mit der Recherche zur Desoxyribonukleinsäure an.

Es war Mitternacht, als sie in ihr Bett fiel, und am nächsten Morgen war sie im Labor, bevor der Tag richtig angefangen hatte.

Ultraschall. Infrarot. Auch da musste sie sich erst noch schlau lesen. Warum musste Professor Randall ihr etwas zuweisen, von dem sie so wenig Ahnung hatte? Und was würde mit ihrem Monstrum passieren, wie er das Gerät genannt hatte? Es stand mitten im Raum, neben einer anderen Konstruktion, die Rosalind sich noch nicht genauer angesehen hatte. Damit musste dieser Wilkins bisher gearbeitet haben.

Ihr Monstrum bestand aus einer Röntgenröhre, die durch eine Doppeldiffusionspumpe evakuiert wurde. Aus Paris wusste Rosalind, dass es ständig gewartet und gereinigt werden musste: Liter an Benzol waren nötig, um den Schlamm aus der Röhre zu schwemmen. Aber es war die viele Arbeit wert, und sie hatte sie lieber selbst übernommen, nachdem ein junger Laborassistent fast das Benzol in Brand gesteckt und Oliver sich nach einem Stromschlag eine halbe Stunde hatte hinsetzen und seine Sprache wiederfinden müssen.

Gestern hatte sie noch einen Brief an Jacques geschrieben, um ihm erneut für die Konstruktionsanweisungen zu danken. Dabei hatte sie verschwiegen, dass sie das Gerät nun gar nicht brauchen würde. Ob er lächeln würde, während er die Seiten las? Sie hatte sich Mühe gegeben, etwas Witziges zu schreiben, und das konnte sie doch eigentlich gut.

Sein Lächeln war ihr gleich zu Anfang aufgefallen. Kennengelernt hatten sie sich auf der Kohlenstoffkonferenz an der Royal Institution in London: Nach ihrem Studium in Cambridge war Rosalind auf der Suche nach einer Stelle gewesen, und die berühmte Biochemikerin Dorothy Hodgkin, mit der sie in einem losen Briefwechsel stand, hatte ihr von zwei befreundeten französischen Wissenschaftlern erzählt, die teilnehmen würden, Marcel Mathieu und Jacques Mering. Rosalind solle ihnen doch die Stadt zeigen und auf der Tagung glänzen. Vielleicht würde sich ja dadurch ein Kontakt und möglicherweise sogar eine neue Arbeitsstelle ergeben.

Sie hatten sich noch vor Beginn der Konferenz zu dritt

getroffen. Zwei Männer hatten vor dem Hotel mit dem drolligen Namen *Spotted Owl* gestanden und auf sie gewartet. Marcel Mathieu, das wusste Rosalind von Dorothy Hodgkin, war seit seinen Jahren in der Résistance begeisterter Kommunist, hatte in der französischen Wissenschaft beachtlichen Einfluss und trug – was für ein erstes Erkennen wichtiger war – eine dicke Brille. Der andere, Jacques Mering, war der, der Rosalind zuzwinkerte. Und anlächelte. Ein nicht sehr großer Mann mit hohen Wangenknochen und grünen Augen, gar nicht besonders schön, aber mit so viel Charme, dass sie meinte, sich wie ein Löffel Honig in einer Teetasse aufzulösen.

Er küsste ihr die Hand zur Begrüßung und hielt sie mit seinen warmen Fingern eine halbe Sekunde zu lang fest.

»Wir sind in London«, sagte sie, »und selbstverständlich regnet es. Haben Sie gute Schirme dabei?«

Sie verneinten gleichzeitig.

»Aber wir sind ja nicht aus Zucker«, meinte Marcel Mathieu.

»Unsere süße Begleitung ist da viel mehr in Gefahr«, sagte Jacques.

Rosalind hatte gespielt verärgert die Augen verdreht. Bei jedem anderen hätten sich diese Worte furchtbar schleimig angehört, aber er zwinkerte dazu, und sie wollte ihm am liebsten ihre Hand noch einmal hinstrecken, damit er sie nahm und festhielt.

»Ich bin Engländerin, wir brauchen den Regen wie die Luft zum Atmen.«

»Wir Franzosen brauchen die Liebe.«

Nun musste sie doch lachen. Das war zu dick aufgetragen.

Rosalind zeigte den beiden Männern die Ecken von London, die sich allmählich wieder sehen lassen konnten. Immer wieder flirtete Jacques mit ihr, und zu ihrer eigenen Überraschung reagierte sie kokett und mit einem nervösen Flattern in der Magengegend. So etwas kannte sie nur aus Büchern. Verliebte sie sich etwa gerade?

Beim Mittagessen in einem Pub hatte Marcel Mathieu dann wie nebenbei erwähnt, dass Jacques verheiratet sei, und Rosalind hatte sich Mühe geben müssen, ihre Enttäuschung nicht zu zeigen. Heute dachte sie, dass Mathieu das vermutlich öfter tat, um anwesende Frauen gewissermaßen zu warnen.

Am nächsten Tag war die Konferenz gewesen. Rosalind hatte versucht, sich wieder darauf zu konzentrieren, was sie eigentlich wollte: einen Job. Ihre Präsentation lief gut, denn wenn sie einmal vorn stand und über das redete, was sie konnte und wusste, waren ihr auch die charmantesten Männer egal. Nach einigen anderen Vorträgen gelang es ihr, ein paar intelligente Fragen zu stellen, und all das hatte Marcel Mathieu so beeindruckt, dass er ihr eine Stelle im *Labo* angeboten hatte.

Aber das war nun auch schon wieder vorbei. Paris lag hinter ihr, Jacques war dort geblieben. Nur Oliver war ihr gefolgt.

Ihre zweite Woche am King's College brach an. Zwischen ihr und Miss Keller, die weiter mit zotteligen Haaren zur Arbeit kam, wurde das Eis immer dicker, und Oliver versuchte verzweifelt, daran herumzuhacken. Er selbst war, wie versprochen, beim Friseur gewesen und sah richtig gut aus, wie Rosalind sich heimlich eingestand. Als er merkte, dass sie ihn musterte, drehte er sich mit rotem Kopf weg. Sie selbst spürte ebenfalls, wie ihr warm wurde. Peinlich. Er sollte bloß nicht denken, dass das, was auch immer er für sie empfand, auf Gegenseitigkeit beruhte.

Das Treffen mit dem ganzen Team, das Professor Randall angekündigt hatte, hatte noch nicht stattgefunden, weil er auf die Rückkehr von Maurice Wilkins wartete. Sie versuchte, den mysteriösen Stokes zu finden, doch sein Büro gleich nebenan war stets verlassen.

Rosalind konnte ihr Monstrum noch nicht aufgeben. Sie hätte so gern weiter mit Kristallen gearbeitet. Als sie unter der Maschine herumkroch, um eines der Vakuumsysteme zusammenzusetzen, tauchte ein Kopf neben ihr auf. Miss Keller sah sie mit einer seltsamen Genugtuung an.

»Dr. Wilkins ist da«, erklärte sie.

Rosalind wischte sich die Hände an einem Tuch ab und stand auf. Das also war Maurice Wilkins, Mitte dreißig, schlank und groß. Was ihr auffiel, war die gerunzelte Stirn unter den ausgeprägten Geheimratsecken und den leicht pomadisierten dunklen Haaren. Er war braun gebrannt nach seinen Ferien in Südspanien – und schien ganz und gar nicht glücklich darüber, sie kennenzulernen.

»Freut mich«, sagte Rosalind.

Er musterte sie, und sie ärgerte sich darüber, dass sie gleich versuchte, ihren Rock glatt zu streichen. Es war doch egal, wie sie aussah.

Er drehte sich ein Stück von ihr weg. »Wie lang war ich eigentlich im Urlaub?«

»Drei Wochen, Dr. Wilkins«, sagte Miss Keller.

»Hier hat sich ja einiges geändert.«

Oliver kam herein und trat in seiner üblichen Begeisterung lächelnd auf den ihm unbekannten Mann zu. »Sie müssen Dr. Wilkins sein. Ich bin Oliver Raymond.«

Für ihn streckte Wilkins die Hand aus. »Auch ein Neuzugang?« Noch immer hatte er die Stirn gerunzelt und wendete sich erneut ab. Seltsame Angewohnheit. »Ich weiß gar nicht, was John sich dabei gedacht hat. Ich brauche doch keine zwei Assistenten.«

»Oh, ich arbeite für Rosalind. Für Dr. Franklin«, sagte Oliver.

Wilkins sah irritiert zwischen ihnen hin und her, und es dauerte einen kurzen Moment, bis Rosalind verstand. »Ich bin nicht Ihre Assistentin, Dr. Wilkins. Ich arbeite an meiner eigenen Forschung.«

»Die da wäre?«

Tja, wenn sie das nur so genau wüsste. Randall sollte sich endlich die Zeit nehmen, um mit ihr zu sprechen. Aber sie war definitiv keine Assistentin. Sie hatte in Cambridge studiert und mit guten Noten abgeschlossen – sie wären sogar sehr gut gewesen, wenn sie nicht immer solch eine Prüfungsangst gehabt hätte. Seit fünf Jahren besaß sie nun ihren Doktortitel, hatte seitdem im In- und Ausland anspruchsvolle Forschung betrieben und ein kleines Team angeleitet, sie hatte über ein Dutzend Veröffentlichungen in renommierten Magazinen, hatte auf ungefähr zehn Konferenzen gesprochen, und nur wenige kannten sich besser mit Kohle und Kohlenstoff aus als sie.

»Kristallografie«, sagte sie knapp. Trotzig.

Das Labor war plötzlich zu klein, ihre Klaustrophobie

machte sich bemerkbar. Sie griff nach dem Besen, mit dem man die hoch gelegenen Fenster öffnen konnte.

»Willy Wilkins!«, brüllte plötzlich jemand, und derselbe Mann aus dem Militärteam, der den Chef bereits Randy Randall genannt hatte, stand im Labor. Der sprudelte ja nur so über vor kreativen Ideen, was Spitznamen anging, dachte Rosalind.

»Ach, ist bei euch die Putzfrau tagsüber unterwegs?« Er musterte sie genüsslich von unten bis oben und blieb mit dem Blick zuerst an dem Lappen hängen, den sie sich in den Gürtel ihres Rocks gesteckt hatte, und dann an ihren Brüsten. Ihr stellten sich die Nackenhaare auf. Was war das hier nur für ein seltsames Institut?

»Ich bin Wissenschaftlerin«, zischte sie.

Doch er war schon bei seinem nächsten Scherz angekommen und deutete auf den Besen. »Für eine Hexe hat sie nicht genug Warzen auf der großen Nase.«

Rosalind ballte die Fäuste. Mit dem Besenstiel quer vor ihrem Körper ging sie auf ihn zu und schob ihn wortlos aus dem Labor. Kurz sah sie Ratlosigkeit in seinen Augen oder Angst, aber dann lachte er höhnisch – bis sie ihm die Tür vor der Nase zuknallte.

Ihre Knie zitterten, und sie blieb einen Moment stehen.

Nie wäre so etwas am *Labo* in Paris passiert, nie, nie. Dort waren die Menschen kultiviert, dort wusste Jacques, was er an ihr hatte, dort hatten sie ihre Kristalle gezüchtet, und er hatte sie für ihre Detailgenauigkeit gelobt. Dort war sie mit den Luzzatis ins Museum gegangen und hatte mit Vittorio über Politik gestritten.

Sie zupfte den Lappen heraus und wischte sich die sauberen Hände ab. Neben ihrem Monstrum ließ sie sich erneut auf alle viere nieder und sah sich das Vakuumsystem an.

Oliver hockte sich daneben und reichte ihr wortlos Werkzeug an, wenn sie darum bat.

Wilkins und Miss Keller sprachen leise miteinander. Sie schien ihn auf den neuesten Stand zu bringen, was die Arbeit anging, die sie während der letzten drei Wochen für ihn erledigt hatte.

Als sich die Tür das nächste Mal öffnete, zog Rosalind den Kopf ein.

»Guten Tag zusammen.« Das war Randall – und zum Glück nicht noch einmal dieser widerliche Fatzke. Sie sah auf ihre Armbanduhr. Kurz vor zwölf.

»Wie schön, dass wir vollzählig sind. Kommen Sie mit zum Lunch, ich lade Sie ein. Wie war es in Spanien, Maurice?«

Rosalind hatte in der letzten Woche die Mittagspausen dazu genutzt, Behördengänge zu erledigen. Es war ganz schön schwierig, ins eigene Land zurückzukehren. Deshalb hatte sie sich noch nicht mit der Essenssituation am College auseinandergesetzt.

»Mich auch?«, fragte sie vorsichtig.

»Sie ganz besonders, Dr. Franklin. Haben Sie keinen Hunger?«

Sie zupfte den Lappen aus dem Gürtel. »Wenn Frauen willkommen sind.«

»Ach so«, sagte er. »Auf jeden Fall. Wir haben zwei Gemeinschaftsräume zum Essen. Einer davon ist zwar nur für Männer, aber wir sind ja nicht wie die Pinguine.«

»Die Pinguine?«

»Die Theologiestudenten in ihren Kutten. Die hocken immer in dem Raum nur für Männer, damit sie bloß nicht in Versuchung geraten. Ich war seit Monaten nicht mehr da. Du, Maurice?«

»Nein.«

Wilkins war offenbar keine Plaudertasche.

Auf dem Weg zum Gemeinschaftsraum versuchte Randall Konversation zu machen.

»Maurice, Dr. Franklin, haben Sie sich schon über Cambridge ausgetauscht? Dr. Franklin, in welchem College waren Sie noch mal?«

»Newnham«, sagte sie knapp. Überraschend konnte die Antwort für niemanden sein, war Newnham College doch eines von lediglich zwei Colleges, die Frauen aufnahmen, und das erst seit wenigen Jahren.

»Und du, Maurice?«

»St John's.«

»Sind Sie sich denn jemals über den Weg gelaufen? Maurice, wann hast du dort angefangen?«

»Fünfunddreißig.«

»Und Sie, Dr. Franklin?«

Es war fast schmerzhaft, wie Randall versuchte, ihnen die Würmer aus der Nase zu ziehen, doch er bekam es mit seiner guten Laune gar nicht mit.

»Achtunddreißig.«

»Ach, da werden Sie sich ja nicht gekannt haben, oder? Bitte schön, treten Sie ein. Die anderen warten schon.«

Der Raum war hell und groß, die hohen Fenster zeigten

nach Süden. An der Wand hingen Gemälde von verblichenen Wissenschaftlern. An einem Tisch winkten drei Männer. Während die Neuankömmlinge sich setzten, stellte Randall die ganze Runde vor. Er leitete verschiedene Teams innerhalb der Biophysik, und hier saßen ein paar ihrer Mitglieder. Einer der Männer war der mysteriöse Stokes, ein Mathematiker etwa in ihrem Alter, der sich allein mit den Proteinen auseinandersetzen wollte. Seine Hemdsärmel waren zu kurz, aber sonst wirkte er gar nicht mysteriös oder egoistisch, sondern außergewöhnlich ruhig, freundlich und intelligent.

Dann kam noch eine Frau dazu.

»Freda Ticehurst, unsere Fotografin.« Randall stand auf, wie alle Männer am Tisch, und drückte sie kurz. Sie war vielleicht fünf Jahre älter als Rosalind, aber schien reifer, gesetzter, was an den Perlenohrringen und der passenden Kette liegen konnte.

»Sie müssen Miss Franklin sein. Darf ich mich zu Ihnen setzen?«

Rosalind wollte sie gleich korrigieren: *Dr.* Franklin. Aber sie ließ es ausnahmsweise bleiben. Freda Ticehurst war ihr sympathisch. Sie machten ein wenig freundlichen Small Talk, und Freda lud Rosalind ein, sie baldmöglichst im Fotolabor zu besuchen. Die Männer tauschten unterdessen Insiderwitze aus, und Rosalind fragte sich, ob sie die jemals verstehen würde. Womöglich musste sie der ganzen Sache einfach etwas mehr Zeit geben, aber sie war, was das Zwischenmenschliche anging, kein geduldiger Mensch. Bei ihren Kristallzüchtungen war das etwas ganz anderes.

Oliver schlängelte sich auf der anderen Seite neben Rosalind auf den Stuhl und beugte sich zur ihr herüber, sobald Randall Freda in ein Gespräch verwickelte.

»Entschuldige, dass ich dir vorhin nicht zu Hilfe gekommen bin, Rosalind«, sagte er leise und mit diesem typischen Welpenblick. »So ein Idiot, der Kerl.«

Sie zuckte mit den Schultern. »Das habe ich gar nicht erwartet.«

Sie brauchte keinen Ritter in rostender Rüstung, der ihr zu Hilfe kam. Andererseits wäre es einfach menschlicher Anstand gewesen, wenn irgendjemand nur irgendetwas gesagt hätte. Und von Miss Keller und Wilkins konnte sie das kaum erwarten, also wäre es an Oliver gewesen.

»Ich finde deine Nase übrigens sehr entzückend«, flüsterte er. »Und gar nicht groß.«

Sie musste ein Stöhnen unterdrücken. Der Militärkerl hatte sicher nicht gewusst, dass sie Jüdin war, aber musste Oliver jetzt auch noch über ihre Nase reden? Der Appetit war ihr vergangen. Sie aß eine Suppe, die nur nach Salz schmeckte. Wilkins und Stokes nahmen anschließend ein Dessert, und als Wilkins die Sahne lobte, rutschte Rosalind heraus, dass es doch gar keine echte Sahne sei. Das sah man auf den ersten Blick, wenn man nach Jahren in Frankreich hier wieder Ersatzprodukte vorgesetzt bekam. Wilkins sah sie mit gerunzelter Stirn an und löffelte seinen Nachtisch schweigend weiter. Randall beobachtete sie mit einem amüsierten Lächeln auf den Lippen.

Was für eine elende Mittagspause. Sie wollte eigentlich gern mit Stokes sprechen, doch er war die ganze Zeit in ein Gespräch verwickelt, und sie wollte nicht quer über den Tisch fragen, ob sie ihn denn nicht unterstützen könne, um zu zeigen, was für eine gute Kristallografin sie war. Ihr fiel auf, dass er regelmäßig am linken Hemdsärmel herumzupfte und das helle Hemd dort bereits einen Schmutzrand aufwies.

Danach rief Randall sie zu viert in sein Büro: Rosalind, Oliver, Wilkins und Miss Keller. Er ließ sich hinter dem breiten Schreibtisch in seinen Ledersessel sinken und stand gleich wieder auf, um ein vertrocknetes Blatt von einer Pflanze abzuzupfen, die in einem selbst getöpferten Keramikgefäß einen Ehrenplatz auf einem Sideboard hatte.

»Ich habe noch einmal nachgedacht.« Er faltete die Hände auf dem gut gefüllten Bauch. »Und mit Stokes gesprochen. Wir werden es jetzt so machen, dass Sie sich alle für die DNA-Forschung an die Kristallografie setzen.«

Wilkins zog den Kopf ein Stück zurück und bekam ein Doppelkinn. Miss Keller sah Randall mit großen Augen an.

»Infrarot und Ultraschall sind zwar auch interessant, aber, ganz ehrlich, ich habe so ein Gefühl, dass wir mit der Kristallografie mehr Erfolg haben werden. Am liebsten würde ich mich gleich mit Ihnen an die Apparate setzen, aber als Institutsleiter hat man leider so viel anderes zu tun.« Er seufzte theatralisch. »Wir könnten auch eigenes DNA-Material herstellen. Maurice, du bist ja nun schon einige Wochen dran: Würdest du Dr. Franklin in deine Arbeit einführen? Ob ihr dann separat weiterforscht oder gemeinsam, das ist euch überlassen.«

Wilkins schaute kurz an die Decke, als ob er so besser denken könnte, und setzte beide Füße fest auf den Boden. »John, können wir kurz unter vier Augen sprechen?«

»Aber sicher.« Randall schien Spaß an der ganzen Sache zu haben.

Rosalind ging mit Oliver und Miss Keller zurück ins Labor. Keine zehn Minuten später kam Wilkins hinter ihnen her, das Gesicht rot angelaufen, als hätte er sich mit Randall gestritten.

»Dr. Franklin«, sagte er, »schauen Sie sich bitte meinen Versuchsaufbau an.«

»Dr. Wilkins?«, flüsterte Miss Keller, aber er schüttelte den Kopf, ohne sie anzusehen.

Das war doch der reinste Zirkus hier, dachte Rosalind, während sie zu Wilkins und seinen Gerätschaften ging. Widerwillig begann er, auf Wasserstoffzylinder, Zuleitungen und Anschlüsse zu zeigen, die sie ohne Erklärung verstand.

»Das ist ein Prototyp, den Ehrenberg und Spear vom Birkbeck College uns überlassen haben.«

»Sehr freundlich.«

Dann wurde es interessant.

»Hier in den Rahmen kommen die DNA-Fasern«, sagte Wilkins. Er zeigte lediglich mit dem Finger darauf, ohne tatsächlich DNA-Material zu holen.

»Und mit dem Rahmen, nehme ich an, meinen Sie diese Büroklammer?«

»Ja.«

»Beeindruckend. Solche Kreativität gefällt mir.«

Er reagierte nicht auf ihr Kompliment, und sie fragte sich, ob ihre Äußerung wohl herablassend geklungen hatte. Dabei hatte sie es ernst gemeint: Auf einem Stück Korken hatte Wilkins ein Stück grauen Kitt befestigt, der geformt war wie ein winziger Vulkan. Aus dessen Spitze ragte eine auseinandergebogene Büroklammer.

»Wir halten«, fuhr er fort, »die Fasern feucht, indem wir saturierten Wasserstoff durch die Röhre und die Unicam schicken. Der Röntgenstrahl ist auf diese Weise enorm schmal und kann besonders exakt ausgerichtet werden.«

»Warum ist die Kamera mit diesem …?« Sie zögerte. Die Kamera war mit etwas abgedichtet, das aussah wie …

»Das ist ein Kondom. Damit keine Luft reinkommt und das Vakuum zerstört.«

Sie merkte, wie sie rot anlief. Zum Glück sah Wilkins sie nicht an. Sie schaute hinüber zu Oliver, und ihre Blicke trafen sich. Er war an seinem eigenen kleinen Schreibtisch sitzen geblieben und hatte sich über seine Notizen gebeugt. Offenbar besaß er ein Talent dafür, sie in unangenehmen Situationen zu beobachten. In Paris war sie einmal allein an den Fluss gegangen, um heimlich zu weinen, nachdem Jacques einen Fachartikel eingeschickt hatte, ohne sie zu bitten, als Co-Autorin daran mitzuschreiben.

»Ich habe mindestens genauso viel daran gearbeitet wie er«, hatte sie der Seine zugerufen und sich die Tränen aus dem Gesicht gewischt. »Warum antwortest du mir nicht, blöder Fluss?«

Stinksauer hatte sie nach einem Stein gesucht, den sie ins Wasser werfen konnte, aber auf dem Kai war weit und breit keiner zu sehen gewesen. Also hatte sie in ihrer Handtasche nach irgendetwas gekramt, was sie wegschleudern konnte.

»Das ist typisch Jacques«, sagte da jemand neben ihr. »Mein lieber Halbbruder hat noch nie gern die Lorbeeren geteilt.«

Sie fuhr herum. Oliver.

»Und mit der alten Seine musst du Französisch reden, dann versteht sie dich und antwortet.« Er blickte auf ihre rechte Hand. »Willst du sie etwa mit einem Apfel bewerfen?«

Mit einem Schrei hatte Rosalind den Apfel in den Fluss geschleudert, doch noch bevor er auf der Wasseroberfläche gelandet war, hatte sich ihre Wut in ein Lachen verwandelt.

Oliver hatte gegrinst. »Wollen wir uns etwas Richtiges zu essen holen?«

Wilkins riss sie aus ihren Erinnerungen. »Hören Sie mir eigentlich zu?«

»Ja, natürlich, entschuldigen Sie.«

Ungeduldig erklärte er ihr den Rest des Versuchsaufbaus.

»Ich würde vorschlagen«, sagte er schließlich, »dass wir getrennt voneinander an unseren Geräten arbeiten. Sie kennen Ihres ja viel besser. Einverstanden?«

Rosalind hatte nichts dagegen einzuwenden. Mit diesem seltsamen Mann wäre die Zusammenarbeit ohnehin kein Vergnügen gewesen.

»Es ist viel zu kalt.« Naomi sprang auf und ab, die Hände tief in den Manteltaschen. »Es ist Februar!«

Colin hob ein Papier auf, das sich auf die Boulebahn verirrt hatte, und scharrte an einer Ecke den feinen Kies glatt. Er selbst sah wie aus dem Ei gepellt aus, doch jetzt setzte sich Staub auf seinen schwarzen Schuhen ab. »Ich mache uns nachher einen Hot Toddy, damit dir wieder warm wird.«

Colin, der Bücherwurm, war nur für eine Sportart zu

haben: Boule. Wenn man es denn Sport nennen konnte – darüber hatten sie in der Familie bereits einige Diskussionen geführt.

»Ich bin sechzehn«, protestierte Naomi. »Ich darf keinen Alkohol trinken.«

David legte ihr einen seiner langen Arme um die Schultern. »Sei still, Cousinchen, und akzeptiere, dass Colin dir ein Glas Hot Toddy hinstellen wird. Ich nehme es dir nach zwei Schlucken wieder ab.«

Rosalind wickelte sich den Schal fester um den Hals. Es war eisig, und sie war müde von all den neuen Eindrücken und Menschen im Labor. Mit Wilkins lief einfach alles falsch. Er vermittelte ihr mit jedem Blick, den er nicht erwiderte, dass er sie nicht respektierte. Ob es daran lag, dass sie eine Frau war oder einfach nur jünger als er, wusste sie nicht. Vielleicht musste sie ihm erst beweisen, was sie konnte, aber das galt doch auch andersherum.

Sie zitterte. Der Hof hinter dem Working Men's College war entlang der Mauer mit Frost bedeckt. Nur ein schmaler Streifen, den die Sonne an den kurzen Februartagen erreichte, war aufgetaut. Zum Glück lag die Boulebahn genau dort. Rosalinds Vater und seine Schwester Helen hatten sie der Einrichtung gestiftet.

Die Franklins waren mit dem College für Erwachsenenbildung schon immer eng verbunden gewesen. Rosalinds Vater arbeitete zwar tagsüber regulär bei der Familienbank Keyser & Co, doch zweimal wöchentlich fuhr er am Abend nach Camden Town, um am Working Men's College Physik zu lehren, genauer gesagt Elektrizität und Magnetismus. Nach dem

Unterricht blieb er gern noch eine Weile, um mit den Studenten Schach zu spielen.

Einige der Männer sahen ihnen aus dem Gebäude zu.

»Wollt ihr nicht mitmachen?«, hatte Roland, Rosalinds jüngster Bruder, die Männer gefragt, doch plötzlich hatten sie alle wichtige Dinge zu lernen und Bücher zu lesen. Den Franklin-Kindern eilte ihr Ruf voraus. Niemand legte sich mit ihnen beim Boulespielen an. Jenifer und David versuchten sich erst zurückzuhalten, doch bald überkam auch sie der Ehrgeiz.

»Das war kein gültiger Wurf.« Jenifer hob die Hand.

Colin fuchtelte ihr vor dem Gesicht herum. »Du hast einen Knick in der Optik, Schwesterchen.«

»Ich sehe das Ganze viel leidenschaftsloser als du, Shakespeare. Glaub mir, deswegen habe ich den besseren Blick.«

Roland lachte. »Ach komm, Jeni, du bist die größte Schummlerin der Welt.«

»Wie kann man beim Boule bitte schön schummeln?«, murmelte Naomi vor sich hin. Ihre Nase hatte einen leicht bläulichen Ton angenommen.

Alle Franklin-Sprösslinge holten gleichzeitig Luft, um ihrer Cousine zu erklären, wie viele Möglichkeiten es gab, beim Boule gegen Regeln zu verstoßen und unfaire Vorteile zu erlangen. Rosalind hatte gehofft, dass der Samstagvormittag mit ihren Geschwistern sie auf andere Gedanken bringen würde, doch sie musste immer wieder an Wilkins denken. Er war einer, der angehimmelt werden wollte, wie Miss Keller es tat. Einer, der generell mit Frauen nicht zurechtkam, auch nicht im Privatleben.

Naomi gab die Diskussion auf, kam zu ihr und kuschelte sich an sie. »Können wir nicht jetzt schon etwas Warmes trinken? Die spinnen doch.«

»Das habe ich gehört!«, rief David.

Naomi kicherte und zog die Nase kraus. Rosalind und sie sahen sich ähnlich, die braunen Augen, der Schwung des Mundes, die welligen dunklen Haare. Sie hatten den gleichen verträumten Blick, der so gar nicht verriet, was dahinter vor sich ging, sagte Rosalinds Vater gern. Sie selbst fand sich kein bisschen verträumt, aber wenn sie Naomi ansah, wusste sie, was Dad meinte.

Colin kam mit drei großen Sprüngen zu ihnen. »Wenn du einen Hot Toddy willst, brauchen wir aber noch Whisky.«

Rosalind zog die Augenbrauen hoch und wiederholte seine Formulierung: »*Brauchen wir* noch Whisky?«

Er schnitt eine Grimasse. »Müsstet ihr noch Whisky kaufen.«

»Bitte?«

»Bitte.«

Sie klopfte ihm auf die Schulter und hakte sich bei Naomi unter. »Sei froh, dass du keine Brüder hast.«

Naomi seufzte. »Hätte ich aber gern, schon allein, um meine Mutter ein wenig von mir abzulenken …«

Sie gingen durch das Collegegebäude und traten hinaus auf die Straße. Wo bekamen sie jetzt guten Whisky her?

»Lass uns zu Sloane's gehen«, sagte Rosalind schließlich. »Meine Mum wird in ihrer Hausbar ohnehin nichts anderes dulden.«

Sie fuhren mit dem Bus nach Mayfair. Sloane's verkaufte

seit über hundert Jahren seine hochwertigen Spirituosen in einer Seitenstraße der luxuriösen Bond Street und wirkte im Vergleich dazu fast schäbig. Eine Geheimadresse. Den Krieg hatte das Geschäft gut überstanden, nicht zuletzt dank Rosalinds Mutter, die während der schlimmsten Jahre oft dem Alkohol ein wenig zu begeistert zugesprochen hatte. Dad und die Geschwister hatten nie etwas dazu gesagt, sie aber vorsichtig im Auge behalten, und nun ging es ihr zum Glück wieder besser. Sie sah wacher und wieder schlanker aus. Rosalind hatte aufgeatmet. Zu sehen, dass es der eigenen Mutter schlecht ging, war schwerer, als selbst zu leiden.

Nach ihrem Einkauf schlenderten sie noch eine Weile über die Bond Street und blieben vor Tiffany's stehen, wo Naomi auf einen Diamantring zeigte.

»Ist auch nur Kohlenstoff«, bemerkte Rosalind.

Empört sah Naomi sie an. »Willst du etwa nicht so einen Ring zu deiner Verlobung haben?«

Rosalind lachte. »Doch, doch, das ist schon etwas ganz Besonderes. Eben ein wunderschöner Kohlenstoff.«

Aber ihr Blick war schon zum Schaufenster des Modeladens gewandert, wo ein traumhaftes blaues Cape hing. Kleider waren ihr wichtiger als Schmuck. Naomi ging währenddessen weiter und seufzte plötzlich laut. Rosalind folgte ihr, bis auch sie vor einem Schaufenster mit feiner Schokolade stand.

»Brickstone ist eine Legende«, sagte Rosalind. »Ich liebe diese Schokolade. Und den Kakao zum Anrühren. Wollen wir ein paar Pralinen kaufen?«

Mit einer Mischung aus Sehnsucht und Verachtung sah

Naomi sie an. »Ich habe seit Chanukka keine Schokolade mehr gegessen, und jetzt willst du mich verführen?«

»Warum denn nicht?« Rosalind zeigte auf die Auslage. »Schau dir das an. Mit Nougat. Oder Cremefüllung.«

Naomi drehte sich weg. »Du bist gemein. Mummy sagt, ich muss auf meine Figur achten.«

Rosalind gab ein Stöhnen von sich. Typisch Tante Helen. »Das kannst du immer noch machen, wenn du im Alter deiner Mutter bist«, sagte sie.

Auch Rosalind achtete auf ihre Linie und aß meist recht gesund, doch Schokolade war ein Genuss, den sie sich nicht versagen wollte. Entschlossen drückte sie die Eingangstür auf. Sofort kam jemand auf sie zugesprungen. Keine Verkäuferin – sondern Oliver. In einer Hand hielt er eine Riesenpackung Schokolade. Mit der anderen strich er sich die Haare aus dem Gesicht und strahlte sie an.

»Bist du auch wegen der neuen Minzschokolade hier?«

Sie lachte. »Wirst du Bendicks etwa untreu?«

Oliver hob seine freie Hand. »Nicht so laut.«

»Ist es dir peinlich, dass du sonst lieber im Supermarkt einkaufst?«, flüsterte sie.

»Sehr – insbesondere vor der hübschen Verkäuferin …«

Rosalind sah sich um. Ihre Cousine hatte Oliver kurz einen neugierigen Blick zugeworfen, aber die Auslage war verlockender. Die Verkäuferin sah nicht viel älter aus als Naomi, zwanzig höchstens, eine richtige englische Rose, hellhäutig mit frischen Wangen und einem offenen Lächeln. Das genaue Gegenteil von ihr selbst.

»Wirklich hübsch«, bestätigte sie.

Dass Oliver die ganze Zeit sie und nicht die Verkäuferin von der Seite ansah, ignorierte sie gekonnt.

Dieser Laden war ein Paradies. Es duftete herb und süß zugleich, die Pralinen warteten präzise aufgereiht hinter Glas, nach Geschmack, Größe, Form geordnet, und in Gold und Braun gewickelte Schokoladentafeln funkelten im Licht. Der Rührkakao, der in runden Dosen verkauft wurde und den Rosalind seit frühester Kindheit liebte, hatte eine neue Verpackung bekommen, aber nach einer kurzen Schrecksekunde gefiel sie ihr gut. Sie würde ihrer alten Nannie eine Dose schicken, damit sie in Shropshire ihren Neffen und Nichten Kakao kochen konnte, ganz so wie früher Rosalind und ihren Geschwistern.

Naomi kam mit Schalk in den Augen auf sie zu. »Ich durfte probieren«, sagte sie mit vollem Mund.

»Das ist meine Cousine Naomi«, sagte Rosalind zu Oliver. »Sie ist auf Diät.«

Er lachte. »Ich auch, immer. Hallo.«

Naomi konnte nur nicken.

»Möchten Sie auch kosten?«, fragte die hübsche Verkäuferin im Hintergrund. Rosalind trat auf die Theke zu und spürte, wie Oliver ihr folgte. Kurz berührte er sie sogar am Arm.

»Gern!« Rosalind zeigte auf eine dunkle, runde Praline mit einer Haselnuss darauf. Ganz klassisch, aber die waren meist die besten.

Die Verkäuferin reichte sie ihr mit einer silbernen Zange, und auch Oliver bekam eine Praline. Sie blickten sich erwartungsvoll an, während sie hineinbissen. Herb war die Schokolade, dabei aber schmelzend süß, ein so umfassender Geschmack, als wäre die ganze Welt in Kakao gebadet. Die Nuss knackte zart, und Rosalind gab einen ebenso leisen, genießerischen Laut von sich. Oliver hörte auf zu kauen und starrte sie an.

Sie hielt sich verlegen die Hand vor den Mund. »Entschuldigung.«

Er verschluckte sich an seiner Praline und drehte sich weg. Naomi sah ihm amüsiert zu, und die Verkäuferin musste sich ein Lächeln verkneifen.

»Ich nehme eine kleine Packung mit«, sagte Rosalind irritiert.

Oliver hustete noch einmal, und Naomi kicherte. Was war daran so lustig?

Rosalind bat noch um eine Dose Rührkakao für Nannie, bezahlte, und zu dritt traten sie wieder in die kalte Februarluft.

Oliver setzte sich eine gelbe Mütze auf. »Was macht ihr heute noch?«

»Wir Geschwister treffen uns gleich alle bei meinen Eltern«, sagte Rosalind. »Ein gemütlicher Nachmittag.«

»Schön …« Oliver sah sie sehnsüchtig an. Wieder erinnerte sie sich daran, dass ihm diese enge Familie fehlte. Aber sie konnte ihn doch nicht mit nach Hause nehmen. Dort hatte er als Arbeitskollege nichts zu suchen. Sie hielt ihm die Pralinen hin, die er verwundert entgegennahm.

Hastig griff sie nach Naomis Arm. »Bis Montag im Labor, Oliver.«

»Ja.« Er hob die Hand.

Als sie ein paar Schritte gegangen waren, meinte Naomi:

»Ich glaube, er wäre gern mitgekommen. Und hätte die Pralinen mit dir geteilt.«

»Vielleicht hätte ich sie doch behalten sollen. Die waren gut.«

Naomi tätschelte ihr den Arm. »Er wird auf jeden Fall an dich denken, Ros, wenn er sie isst. Ganz genüsslich.«

Stirnrunzelnd sah Rosalind ihre Cousine an. »Habe ich etwas nicht mitbekommen?«

Sie prustete. »Schon gut, Ros, schon gut.«

Mit tropfendem Regenschirm und quietschenden Schuhen kam sie am Montag ins Labor. Wilkins saß auf einem alten, kippeligen Rattansessel in der Ecke und schien nachzudenken. Sie grüßte und sah sich um. Nirgendwo war Platz, um den Regenschirm aufzuspannen, sodass sie ihn unter den Schreibtisch legte.

»Zeigen Sie mir heute das DNA-Material aus Bern?«, fragte sie Wilkins.

Er blieb so lange schweigend sitzend, dass sie sich fragte, ob er sie nicht gehört hatte oder nicht hatte hören wollen. Doch da stand er wortlos auf und holte ein etwa zehn Zentimeter großes Glasfläschchen von einem Regalbrett über seinem Schreibtisch.

Von dem Inhalt gab er ein wenig auf ein Glasplättchen, das als Objektträger diente. Das war nicht die reine DNA, die zu klein war, um sie für das bloße Auge sichtbar zu machen, aber die daran angelagerten Proteine zeigten sich als weißlicher Strang.

»Wenn man es, so wie jetzt, feucht hält, ist es gelartig«, erklärte er ihr.

»Wie Rotz sieht es aus.«

»Wenn man so will, ja.«

Er nahm einen Glasstab und schob ihn in das Fläschchen. »Man kann sie bis auf die doppelte Länge locken. Schauen Sie, lange, dünne Fäden wie Spinnweben. Und wenn man sie trocknet, ziehen sie sich wieder zusammen.«

»Mehrfach?«, fragte sie erstaunt.

»Ja.«

Er richtete ihr das Lichtmikroskop ein, doch auch damit ließ sich die DNA selbst noch nicht erkennen. Dafür mussten sie die Kristallografie einsetzen.

Doch Rosalind war bereits jetzt fasziniert: Das Material hatte fast noch etwas Lebendiges an sich, wie es so schnell auf äußere Umstände reagierte. Vittorio Luzzati in Paris nannte seine Proben oft »meine lieben Kleinen« und gab ihnen Kosenamen. Ziffern und Kennnummern reichten ihm nicht. Wie er wohl diese wundersame Schweizer DNA nennen würde?

»Sind Sie Randalls Meinung«, fragte sie Wilkins, »dass wir mit der Nukleinsäure auf der richtigen Spur sind?«

»Ja, ich denke schon.«

»Vielleicht«, sagte Rosalind, »sollten wir sie anders aufbewahren? In Wasserstoff hätte sie eine stabilere Umgebung.«

Einen Kosenamen würde sie dem Material nicht geben, aber so gut wie möglich behandeln sollte man es trotzdem. Wasserstoff würde die Nukleinsäure besser schützen.

»Hm.« Das war alles an Enthusiasmus, was Wilkins verbal aufbringen konnte, doch immerhin schien er ihren Vorschlag ernst zu nehmen.

»Die Feuchtigkeit in der Kamera ist leider auch instabil«,

meinte er, »und ich weiß noch nicht so recht, was man dagegen tun kann.«

Rosalind sah ihn abwartend an.

Offenbar war das kein Scherz gewesen.

»Eine Salzlösung«, erwiderte sie. »Wenn wir den Wasserstoff durch eine Salzlösung in die Kamera leiten, lässt sich die Feuchtigkeit kontrollieren.«

Das war doch eine grundlegende chemische Technik. Die kannte dieser fünf Jahre erfahrenere Naturwissenschaftler gar nicht?

»Die darf aber nicht auf die Probe gelangen«, sagte er.

»Das tut sie nicht. Versprochen.«

Die Zusammenarbeit blieb schwierig. Mal ignorierte er sie, mal bat er sie aus heiterem Himmel, etwas aus dem Nachbarlabor zu holen, als wäre sie doch seine Assistentin. Wenn sie über die Desoxyribonukleinsäure sprachen, verwandelte sich seine Feindseligkeit wenigstens in Höflichkeit, doch sie kam zurück, sobald man diesen sicheren Pfad verließ. Er mochte es nicht, wenn sie mehr wusste als er, und es irritierte sie enorm, wie er sich beim Reden immer abwandte.

Nachmittags hatte er oft Termine, und der redselige Randall ließ anklingen, Wilkins habe Probleme mit seiner kalifornischen Ex-Frau und dem Sorgerecht für ihren kleinen Sohn und müsse ständig zum Anwalt. Randall und Wilkins kannten sich von einem früheren Projekt in Birmingham, wo Randall eine Forschungsgruppe geleitet hatte.

Rosalind wollte das alles gar nicht so genau wissen. Es dauerte eine Weile, bis sie und Oliver eine erste Probeaufnahme mit dem Monstrum gemacht hatten – nur als Test, denn um eine sinnvolle Aufnahme anzufertigen, war noch einiges an Vorarbeit nötig. Dennoch nahm sie am Freitagvormittag die belichtete Platte und ging ins Fotolabor hinüber, um, wie versprochen, Freda Ticehurst einen Besuch abzustatten.

Sie klopfte, und Freda Ticehurst, wie immer adrett mit Perlenkette, öffnete ihr. »Kommen Sie herein, Miss Franklin. Willkommen in unserem kleinen Reich.«

Rosalind sah sich um. Ihre Augen brauchten einen Moment, um sich an das Dämmerlicht zu gewöhnen, und sie stellte fest, dass dieses Reich alles andere als klein war. Es gab mehrere Geräte, die sie als Vergrößerer identifizierte, große Waschbecken und zahllose Metall- und Plastikschalen. Auf einigen Behältern warnten Totenköpfe vor den enthaltenen Chemikalien, und an den gefliesten Wänden befanden sich Lichtkästen, vor die man die entwickelten Negative klemmen konnte.

»Arbeiten Sie hier allein?«

»Nein, wir sind eigentlich zu zweit, aber mein Kollege ist schon im Wochenende.«

Rosalind reichte ihr die Platten.

»Möchten Sie zusehen?«, fragte Freda Ticehurst.

»Gern, wenn ich darf.«

Es roch scharf und war überraschend kühl. Rosalind verschränkte fröstelnd die Arme vor der Brust.

Freda drehte sich zu ihr. »Wollen wir uns eigentlich duzen? Wir Frauen müssen doch zusammenhalten.«

»Ich bin Rosalind.«

»So ein schöner Name. Nennt deine Familie dich Rosy?«

»Meine Familie und Freundinnen sagen Ros. Ich habe

einen Bruder, Roland, der Roly genannt wird, das hätte zu ähnlich geklungen. Außerdem heißt meine Großtante Rosy. Der Name war also schon vergeben.« Rosalind lachte. »Meine Großeltern hatten bis vor Kurzem ein Anwesen in Buckinghamshire, Chartridge Lodge. Da haben wir früher häufig die Wochenenden verbracht. Großtante Rosy war auch oft da, und einmal hat sie am Morgen verkündet, sie habe in der Nacht Schritte gehört… Sie hat die ganze Familie verrückt gemacht, bis mein Großvater die Polizei gebeten hat, das Haus zu bewachen.«

»Haben sie jemanden erwischt?«

»Natürlich nicht, denn es waren gar keine Einbrecher, sondern ich. Als ich nachts auf die Toilette gegangen bin, hat Großtante Rosy meine Schritte gehört. Sie hat dieses ganze Theater veranstaltet, und ich war viel zu schüchtern, um sie zu unterbrechen, und dann ist es alles so schnell eskaliert, dass ich mich erst recht nicht mehr getraut habe.«

Freda Ticehurst lachte auf. »Ich glaube, ich war als Kind ähnlich.«

Rosalind war in bestimmten Situationen immer noch schüchtern, insbesondere, wenn es um den Kontakt mit anderen Menschen ging.

»Und jetzt stehen wir hier, mit beiden Füßen in der Arbeitswelt«, sagte Freda. »Hast du schon mal gesehen, wie Fotografien entwickelt werden?«

»Ja, mein Großvater hatte ein kleines Labor. Allerdings hat er keine Nukleinsäure fotografiert, sondern seine Pferde.«

»Das Prinzip ist ganz ähnlich.«

Im Stockdunklen hörte Rosalind, wie Freda mit der Platte

hantierte. Sie schaltete die schwache rote Lampe wieder ein und schwenkte den Behälter, in dem der Entwickler gluckerte, in einem langsamen Rhythmus hin und her.

Wir Frauen müssen zusammenhalten. Im Kindesalter hatte Rosalind nie das Gefühl gehabt, sich als Mädchen besonders behaupten oder zurückhalten zu müssen. Später war sie auf eine Mädchenschule gegangen, die St. Paul's Girls' School, sodass sich dort die Frage gar nicht gestellt hatte. Vermutlich hatte sie in Cambridge das erste Mal über ihre Rolle als Frau in der Arbeitswelt nachgedacht.

Freda hängte ihren Kittel auf. »Gehen wir einen Tee trinken, während die Platte trocknet?«

Sie gingen in den leeren Gemeinschaftsraum.

»Auch heute keine Pinguine hier«, sagte Rosalind.

Freda lachte. »Das hat doch John Randall so gesagt.«

Rosalind nickte.

»Naturwissenschaftler sind aber auch ein bisschen wie Pfaffen.« Freda wedelte mit dem Teelöffel. »Sie sind die Mittler zwischen uns einfältigen Menschen und dem, was man als Gottes Schöpfung bezeichnet. Wobei sie selbst ja eher der Mathematik huldigen. Nichts für ungut.«

»Keine Sorge.«

»Kommst du zurecht?«

»Sicher.«

»Randall ist ein guter Mann.«

»Er kommt aus Nordengland?«

»Ja. Keine gebildete Familie, untere Mittelschicht, würde ich sagen. Aber sie waren liberal und ließen sich nichts vorschreiben. Sein Vater hatte einen Gartenbaubetrieb, und der junge John ist jeden Morgen vor der Schule mit dem Lastwagen zum Markt gefahren. Er steht noch heute um fünf Uhr auf, sagt er. Leider war er nicht besonders gut in der Schule, ist dann aber doch noch an einer Universität angenommen worden, um Physik zu studieren. Das war nicht einfach für ihn. Er hat viel gekämpft, oft verloren.«

»Hat er dir das alles erzählt?«

Freda schaltete den Wasserkessel ein, der gurgelnd erwachte.

»Ja, wir kennen uns schon eine Weile. Wir haben bei GEC in Wembley gearbeitet. Das war für ihn nur eine Zwischenstation, er wollte nicht in die Industrie.«

»Ich auch nicht.«

»Aber er hat mich sehr unterstützt, nachdem mein Verlobter im Krieg gefallen ist, hat mir eine Stelle verschafft und mich dann hierher nachgeholt. Ich habe ihm viel zu verdanken.«

»Tut mir leid mit deinem Verlobten.«

»Danke.« Freda berührte kurz ihre Perlenkette, wie einen Talisman, sagte aber nicht mehr dazu. »Ich denke, John braucht viel Lob, viel Applaus, weil er selbst enorm stolz darauf ist, was er erreicht hat. Ich weiß nicht, ob dir das hilft.«

Rosalind widerstrebte es, Menschen Honig ums Maul zu schmieren, aber es war gut, mehr über Randall zu wissen. Sie sah in das Zuckerdöschen und legte wieder den Deckel darauf, als sie den verklumpten Inhalt sah. Immerhin gab es guten Tee.

»Ab und an«, fuhr Freda fort, »manipuliert er ein wenig und spielt seine eigenen Leute gegeneinander aus. Bei dir und

Wilkins scheint er besonderen Spaß daran zu haben. Vielleicht legt sich das nach einer Weile.«

»Woher weißt du eigentlich so genau, was bei uns im Labor los ist?«

»Im Halbdunkel des Fotolabors reden alle gern. Manche sagen außerdem, Randall habe eine seltsame Gabe, Stipendien an Land zu ziehen, und fragen sich, wie er das macht. Bist du nicht auch mit einem Stipendium hier?«

»Ja, ich bin Turner-and-Newall-Fellow«, sagte Rosalind vorsichtig. »Für die nächsten drei Jahre. Denkst du etwa, dass da etwas nicht stimmt?«

»Nein, keine Sorge.« Freda holte sich den Zucker an den Tisch. »Ich versuche nur, dich ein bisschen in unseren Tratsch einzuweihen. Im Grunde ist John Randall ein guter Mann. Schau nur, wie vielen Frauen er eine Chance gibt. In Princeton zum Beispiel dürften wir nicht einmal den Campus betreten.«

»Ist er verheiratet?«, fragte Rosalind.

»Sogar recht glücklich. Seine Frau ist behindert, und er kümmert sich rührend um sie. Mithilfe von mehreren Dienstmädchen, versteht sich. Aber es verfolgt ihn nicht einmal das kleinste Gerücht, dass er je eine Affäre gehabt hätte.«

Rosalind dachte an Jacques, den gleich zwanzig solch kleiner Gerüchte verfolgt hatten. Die Beziehung zu ihr hätte allerdings nicht unschuldiger sein können. Nun, vom anfänglichen Flirten abgesehen und von diesem einen Nachmittag, als sie sich stundenlang über ihre Kristalle gebeugt hatten und sich dann beide mit einem Seufzen auf ihren jeweiligen Bürostuhl hatten sinken lassen. Jacques hatte sie mit seinen grünen Augen aufmerksam angeschaut, nein, angestarrt, eine Minute oder eine halbe Ewigkeit, während die Uhr laut tickte. Ihr Herz hatte so heftig geschlagen, dass es fast wehtat, und sie hatte auf ihrem Schreibtisch nach etwas gesucht, in das sie sich hätte vertiefen können. Leider hatte sie nichts gefunden, rein gar nichts, und als sie aufsah, um erneut seinem Blick zu begegnen, beugte er sich vor, rutschte ein Stück zu ihr herüber und zog an ihrem Stuhl, der sich auf seinen Rollen in Bewegung setzte. Sein vertrautes Rasierwasser raubte ihr den Atem, und bevor er etwas sagen oder, Gott bewahre, sie küssen konnte, drückte sie sich instinktiv von ihm weg, sprang auf und verließ den Raum.

Damals hatte er sie küssen wollen. Ganz bestimmt hatte er sie küssen wollen.

Was wäre gewesen, wenn sie es nicht so furchtbar verbockt hätte? Wäre jetzt alles anders?

Nach dem Gespräch mit Freda ging sie zurück ins Labor. Wilkins war da, aber sie ignorierte ihn und arbeitete an einem Artikel weiter. Sie hatte noch nicht alles aufgeschrieben, was sie in Paris erforscht hatte, und wollte die Frist für eine Einreichung nicht verpassen. Gegen halb fünf stand sie auf und holte den Mantel. Ihr Magen knurrte, und sie freute sich auf das allwöchentliche Abendessen bei ihren Eltern.

»Schreiben Sie gerade mal mit, Miss Franklin«, sagte Wilkins vor seinem Mikroskop.

Schon wieder so eine absurde Aufforderung. »*Dr.* Franklin bitte. Das Mitschreiben kann Miss Keller machen. Ich muss freitags pünktlich gehen.«

»Wir alle wollen ins Wochenende, Dr. Franklin.« Er blickte nicht einmal auf.

»Aber Rosalind ist doch…«, begann Oliver, bevor Rosalind ihn mit einer heftigen Handbewegung zum Schweigen brachte.

Jetzt löste Wilkins seinen Blick von der Linse. »Sie ist was?«

»Nichts. Ich werde nur bei der Familie erwartet. Aber ich kann auch später kommen.«

Sie steckte den rechten Arm gerade wieder in ihren Kittel, als ein fröhlicher Randall das Labor betrat. »Gehen Sie nur, Dr. Franklin. *Schabbat Schalom!*«

Musste er das hier so rausposaunen, nachdem sie Oliver gerade noch davon hatte abhalten können? Jahrelang war es lebensgefährlich gewesen zu sagen, dass man Jüdin war – auch in England und Frankreich. Jetzt hätte man es von den Dächern schreien können, aber das geschah nicht, denn all diejenigen, die nicht mehr schreien konnten, schwiegen zu laut. Außerdem gab es genug Leute, die die jahrtausendealten Denkmuster immer noch nicht durchbrochen hatten und es nie tun würden.

»Aha«, sagte Wilkins nur. »Nun ja, manche Menschen brauchen so etwas.«

War das Spott? Verachtung? Vielleicht stand er als Wissenschaftler der Religiosität generell skeptisch gegenüber. Wahrscheinlich hatte er noch nie gehört, dass das Judentum so viel mehr war als nur eine Religion. Aber sie würde es ihm jetzt bestimmt nicht erklären.

Auf der gesamten Busfahrt zum Haus ihrer Eltern blieb sie wütend. Eine Weile schaute sie bewusst in jeden grellen Scheinwerfer, der ihnen entgegenkam, bis ihr die Augen schmerzten und sie die Lider senkte. Die Luft im Bus war kalt und feucht und vermutlich voller Viren. Sie sah sich um. Nur Männer. Bankiers. Und alle sahen gleich aus mit ihren schwarzen Bowlerhüten und Regenschirmen. Alle würden sie den Abend bei einem Whisky in einem Gentlemen's Club verbringen, bevor sie sich am Wochenende von ihrer Frau daheim bekochen ließen.

Bei ihnen war es nicht anders: Ellis Franklin trug Bowler und Regenschirm, war Bankier und ließ sich von seiner Frau bedienen. Am Sabbat blieb er daheim, aber sonst ging er gern in den Club, trug seine konservativen Ansichten durch die Gegend und fand gar nichts dabei, dass bei Keyser & Co, der Bank, die sein Vater gegründet hatte, nach wie vor keine Frauen eingestellt wurden, nicht einmal als Sekretärinnen.

Rosalind hielt inne und wunderte sich, wie tief und schnell sie sich in ihre Wut hatte hineinsteigern können. Jetzt machte sie also ihren Vater für alles verantwortlich?

Dabei war er gar nicht so. Oder wenigstens nicht nur. Er hatte damals in Oxford Chemie studieren wollen, doch dann war der Erste Weltkrieg ausgebrochen, und danach hatte die Familie darauf bestanden, dass er einen Posten in der Bank übernahm. Er hatte sich gebeugt, denn familiäre Verpflichtungen gingen bei den männlichen Franklins über alles, auch in ihrer Generation noch, weshalb Roland ebenfalls bei der Bank arbeitete. Hatte ihn jemals jemand gefragt, ob es der Beruf war, den er sich gewünscht hatte? Rosalind zumindest nicht. Ihn kannte sie von all ihren Geschwistern am wenigsten. Ihr Vater hatte sein Interesse an den Naturwissenschaften nie verloren und lehrte nun im Working Men's College.

Als ihre Haltestelle ausgerufen wurde, drängte sie sich zwischen den Männern hindurch, spürte feuchten Regenschirmstoff an den Beinen, roch jede gerauchte Zigarette, jeden billigen Schwarztee und sprang auf die Straße. Es war so: London war eine Stadt für Männer. Und das führte dazu, dass sie nicht mehr die lebensfrohe, selbstständige Frau war, die sich ihre eigenen Kleider schneiderte und neue Rezepte kreierte. Hier war sie wieder die Tochter von Ellis Franklin. Und die Assistentin von Maurice Wilkins.

Aber nein, so weit würde sie es nicht kommen lassen.

Tochter, natürlich. Assistentin, niemals.

4

[Molekül] *Ein Teilchen aus zwei oder mehr zusammenhängenden Atomen gleicher oder verschiedener Art. Ein Molekül ist kein starres Gebilde, sondern verändert sich zum Beispiel bei Temperaturschwankungen.*

Pembridge Place, London, Februar 1951

Evi Ellis war zu Besuch. Mit einem Lächeln sah Rosalind zu, wie Jenifer für sie den wärmsten Schal von der Garderobe zog. Es waren Jahre vergangen, seit Rosalind sie zum letzten Mal gesehen hatte, und sie konnte gar nicht genug davon bekommen, sie zu betrachten und ihr über den Scheitel zu streichen, als wäre sie immer noch ein kleines, elternloses Kind.

»Wie kannst du im Februar ohne ordentlichen Mantel nach London kommen? Als ob du vergessen hättest, wie eklig das Wetter hier ist«, schimpfte Jenifer. Sie hatte Evi in ihren eigenen Daunenmantel gepackt, der Evi ein wenig zu eng war.

Sie hatte als Mädchen zwei Jahre bei den Franklins gelebt und mit der gleichaltrigen Jenifer in dem kleinen Zimmer im Dachgeschoss geschlafen. Wenn sie zweimal an die Heizung klopften und der Schall über das Rohr in Rosalinds Zimmer ankam, hieß das: »Hallo!« Wenn sie dreimal klopften, hieß es: »Komm hoch!« Manchmal hatte Rosalind reagiert, manchmal war sie sitzen geblieben und hatte ihre Hausaufgaben gemacht oder *Dracula* gelesen. Sie war neun Jahre älter als die beiden Mädchen mit ihren langen Zwillingszöpfen und hatte nicht immer Lust auf ihre Kinderspiele gehabt. Jetzt waren sie Anfang zwanzig, hatten ähnliche Kurzhaarfrisuren – Evi blond, Jeni dunkel –, und Rosalind mit ihren dreißig Jahren kam sich uralt vor.

»Tante Helens sechzigsten Geburtstag konnte ich mir doch nicht entgehen lassen«, erklärte Evi.

Rosalind nahm die Handschuhe von der Kommode und zog sie Evi über die breiten Finger. Als Evi neun gewesen war, hatte sie das auch getan.

Rosalind und Jenifer liebten sie wie eine weitere Schwester, ihre kleine Evi, die während des Krieges um ihre Eltern hatte bangen müssen. Die Eisenstädters hatten ihre Tochter allein nach England geschickt und waren selbst in Österreich geblieben, doch nachdem Evis Vater mehrere Wochen in Buchenwald eingesperrt gewesen war, hatten sie sich zur Flucht entschieden und, mit Evi wiedervereint, einige Zeit in London verbracht. Rosalinds Vater hatte geholfen, eine Wohnung und eine Stelle für Evis Vater zu finden – als Laufbursche bei Keyser & Co. Das war nichts, was seinen Qualifikationen entsprochen hätte, aber er konnte ein wenig Startkapital für ein neues Leben in Chicago ansammeln, wohin bereits sein Bruder ausgewandert war. Zum Dank hatten die Eisenstädters in Amerika einen neuen Namen angenommen und hießen nun Ellis – der Vorname von Rosalinds Vater war zu ihrem Nachnamen geworden.

Vor allem Evis Mutter hatte noch lange mit den Erinnerungen an Österreich zu kämpfen. Außer ihrer Tochter und ihrem Mann hatte sie ihre gesamte Familie in den Konzentrationslagern verloren und lebte in Chicago nur noch als Schatten ihrer selbst, wie Evi erzählt hatte.

»Außerdem ist es in Chicago auch kalt«, sagte sie, »und viel windiger.«

»Dann verstehe ich es erst recht nicht«, erwiderte Jenifer streng. »Wir gehen dir nachher einen Mantel kaufen.«

Evi nahm Jenifers Gesicht in ihre behandschuhten Hände und drückte ihr einen Kuss auf die Stirn. »Das machen wir. Und ich brauche noch ein Geschenk für Max.«

Sie strahlte, als sie den Namen aussprach. Von ihrem Verlobten hatte sie schon in vielen Briefen erzählt: *Er ist so fröhlich, wie es nur ein Amerikaner sein kann, und bringt sogar meine arme Mami zum Lachen. Zur Hochzeit müsst ihr alle nach Chicago kommen!*

Warm eingepackt machten sie sich auf den Weg. Es war Samstagvormittag, die Busse waren voll, aber am Wochenende wirkten die Leute weniger hektisch als während der Woche. Dafür sorgte auch die Sonne, die zwar noch nicht wärmte, doch ihre Strahlen immerhin durch die schmutzigen Winterfenster schickte.

Als sie ausstiegen, wartete Ursula schon an der Bushaltestelle. Rosalind hatte sich nicht viele Gedanken gemacht, wie es wohl wirken mochte, wenn sie zur Wohnungsbesichtigung mit Cousine, Schwester und Nennschwester kam. Als sie vor dem Haus in South Kensington standen, kamen gerade drei Frauen heraus.

»Sie brauchen gar nicht hochzugehen«, meinte eine von ihnen lachend. »Wir nehmen die Wohnung.«

»Das werden wir ja sehen!« Ursula schob sich an ihnen vorbei ins Treppenhaus und eilte mit ihren langen Beinen nach oben.

Der Vermieter, der sie im vierten Stock begrüßte, war schon älter, und ihm fehlte der linke Arm. Seine Apfelbäckchen leuchteten rot, als er sich als Basil Brown vorstellte.

»Noch einmal so viele hübsche junge Damen. Wer möchte denn hier einziehen?«

Rosalind trat vor und reichte ihm die Hand. »Nur ich.«

»Alleinstehend?«

»Ja.«

»Haustiere?«

»Nein.«

»Berufstätig?«

»Ja, ich bin Biochemikerin am King's College.«

Die Reihenfolge der Fragen war interessant – natürlich wurde zuerst nach einem Ehemann gefragt, aber offenbar waren ihm Haustiere wichtiger als ein gutes Einkommen. Da fiel ihr auf, dass sein Jackett über und über mit Haaren bedeckt war.

»Eine Katze wäre schön, Ros«, meinte Ursula und sah sich um. »Schau dir mal diese breiten Fensterbänke an. Darauf könnte die Mieze gut sitzen und rausschauen.«

Rosalind hatte noch nie ein Haustier gehabt oder auch nur gewollt. Sie nickte unverbindlich und reichte Mr Brown ihren Gehaltszettel und eine Bürgschaft ihrer Eltern. Der Name der Bank darauf sollte ihn überzeugen.

»Was genau macht denn eine Biochemikerin?«, fragte er, offensichtlich in Plauderlaune.

»Ich erforsche die Struktur von Molekülen und anderen Teilchen.«

»Und warum macht man so etwas?«

»Um herauszufinden, wie die Welt funktioniert.«

Mit einem Mal schien ihm ein Verdacht zu kommen. »Machen Sie dafür Tierversuche?«

»Tierversuche?«

»Halten Sie Affen in Käfigen?«

»Nein, nein.« Rosalind schüttelte energisch den Kopf. »Wir haben nur winzige Proben, die auf eine Fingerspitze passen, und die sind von ohnehin toten Tieren.«

Er verzog das Gesicht. Sie setzte an, um ihm genauer zu erklären, was sie machte, aber hinter seinem Rücken sah sie, wie Ursula ihr mit Gesten signalisierte, dass sie es besser bleiben lassen solle. Dann würde sie ihm eben auch nicht erzählen, wie sie einmal in Cambridge von einem Professor in hohem Bogen aus dem Labor geschmissen worden war. Erst später hatte sie erfahren, dass er gerade illegal mit einer Ratte experimentiert und Angst gehabt hatte, dass Rosalind ihn verpfeifen würde. Sie wusste nicht mehr, wie er hieß, denn sie hatte ihn seitdem ohnehin nur noch Frankenstein genannt.

»Es ist schön hell hier«, sagte sie an Mr Brown gewandt.

»In der Tat.«

Die Sonne strahlte in die leeren, frisch renovierten Räume. Ursula zeigte ihr die große Küche. »Ist das nicht toll? Hier könntest du uns alle bekochen. Französisch. Wenn ich nur daran denke, was du mir bei meinem Besuch in Paris gezaubert hast …«

»Aber die Wohnung ist riesig«, wandte Rosalind ein. »So viel Platz brauche ich doch gar nicht.«

Jenifer stemmte die Fäuste in die Seiten. »Dein Boheme-Leben in Paris in allen Ehren, aber du willst doch hier nicht so weitermachen, oder? Weißt du noch, dass du dort nur einmal in der Woche baden und erst kochen durftest, wenn das Dienstmädchen mit dem Abendessen für Madame Wie-hieß-sie-noch fertig war?«

»Und dass sie darauf bestanden hat«, ergänzte Ursula, »dass die Totenmaske ihres Mannes bei dir im Regal stand?«

»Um Gottes willen«, warf Mr Brown ein, und Evi hielt sich vor Schreck die Hand vor den rot geschminkten Mund.

»Es war früher seine Bibliothek«, erklärte Rosalind. »Sein Lieblingszimmer.«

Doch wenn sie bedachte, mit was für seltsamen Dingen sie sich in der Rue Garancière zufriedengegeben hatte, fand auch sie, dass es Zeit für etwas anderes war. Vielleicht konnte sie etwas von ihrem Geld nutzen, an das sie in Paris wegen der Devisenbeschränkung überhaupt nicht herangekommen war. Eine Bürgschaft ihrer Eltern war nämlich eigentlich gar nicht nötig, weil sie genug Eigenkapital hatte. Doch ihr Vater hatte darauf bestanden: Das würde jeden Vermieter überzeugen.

Großvater Franklin hatte seinen Enkelkindern zur Geburt jeweils einen großzügigen Fonds bei Keyser & Co eingerichtet, über den sie ab Erreichen der Volljährigkeit selbst bestimmen konnten. Rosalinds Mutter hatte zwar damals darum gebeten, dass die Mädchen weniger bekamen. Schließlich würden sie heiraten und vom Geld ihrer Ehemänner leben. Aber davon hatte der Großvater glücklicherweise nichts hören wollen.

Wenn der Vermieter sie wollte, dann würde sie bald vier Zimmer in der vierten Etage in South Kensington bewohnen, in einer Straße mit beigen und rötlichen Häusern aus den 1930ern, von denen die meisten sogar die Bombardierung überlebt hatten und der Rest bereits wieder aufgebaut worden war. Einen Fahrstuhl gab es, und nach hinten würde es ruhig sein, lediglich ein gepflasterter Fußweg mit dem hübschen Namen Thistle Grove führte dort entlang.

»Ich wünschte, ich könnte mir so eine Wohnung leisten«, sagte Ursula, »aber mit meinem Lehrerinnengehalt …«

»Du hast doch genau das gleiche Sparbuch wie ich.«

Ursula schwieg, aber grinste.

»Gut. Lasst mich noch einmal drüber schlafen.«

Mr Brown sagte sie das Gleiche, und der lächelte. Sie konnte ihn sich gut als Vermieter vorstellen. »Ich würde mich freuen, Miss Franklin, wenn Sie hier einziehen würden. Aber Mrs Brown und ich werden uns erst nächste Woche entscheiden. Sie haben also ein bisschen Zeit.«

Auf dem Weg zur nächsten Besichtigung erwischte sie sich dabei, wie sie schon im Kopf die vier Zimmer einrichtete und ihre Freundinnen um sich scharte. Sie könnte für Jean Kaninchen kochen und für Anne Artischocken zubereiten. Auch am Knoblauch würde sie nicht mehr sparen, nachdem sie mit dem Geschmack eine ganze Weile schlechte Erinnerungen an Korsika und die furchtbare Schiffsreise dorthin verbunden hatte.

Damals hatte die gesamte *Chez-Solange*-Bande nach einem

extrem anstrengenden Projekt am *Labo* entschieden, ein paar Tage nach Korsika zu fahren, um es sich gut gehen zu lassen. Für die Überfahrt hatten sie nicht viel Geld ausgeben wollen, deshalb hatten sich etliche von ihnen, auch Rosalind, für die preiswerteste Variante entschieden, bei der man sich auf Deck einen Platz für seinen Schlafsack suchte.

Nachdem Rosalind sich mit tiefen Atemzügen davon überzeugt hatte, dass ihr trotz ihrer Klaustrophobie auf dem Schiff nichts passieren würde, sah sie sich um. Zuerst fragte sie sich, warum die anderen sie so anschauten und miteinander tuschelten. Auch zu Oliver sagte jemand etwas, und er beobachtete sie eine Weile aus der Entfernung, bis er zu ihr herüberkam.

Da verstand sie – die anderen wollten sie verkuppeln.

»Willst du nicht bei mir ...?«, fragte er.

»Nein danke«, unterbrach sie ihn, »hier ist es schön windstill.«

Sie wollte nicht so nah bei ihm sein, nicht jetzt, da der Sternenhimmel über ihnen funkelte und er vielleicht irgendetwas als romantisch empfinden könnte. Zugleich hatte sie Angst, eine Panikattacke zu bekommen, und versuchte, ihre Atmung unter Kontrolle zu behalten. Noch zweimal hakte er nach, aber sie blieb stur.

Am nächsten Morgen, nachdem sie sogar recht gut geschlafen hatte, stand sie mit dem Sonnenaufgang auf und rollte ihren Schlafsack ein. Kurz bevor sie den Hafen erreichten, öffnete sich die Tür zu der Kabine, neben der sie die Nacht verbracht hatte, und Jacques kam heraus, gefolgt von Rachel, und beide mit einem verdammt idiotischen Grinsen auf dem Gesicht.

Sie brauchte eine Weile, um zu verstehen, was passiert war. Schon öfter hatte sie Geschichten und Gerüchte über Jacques gehört, den Frauenhelden, der verheiratet war, wobei niemand wusste, wo seine Frau sich eigentlich aufhielt. Doch es tat weh, es mit eigenen Augen sehen zu müssen … Und dann war es auch noch Rachel, mit der sie eigentlich befreundet war. Sie hatte sich ja gar nicht unbedingt selbst in Jacques' Armen gesehen. Ja, sie hatte ihn an jenem Abend im Labor sogar abgewiesen. Aber sie hatte für ihn geschwärmt und von ihm für ihre Fachkenntnisse bewundert werden wollen – wie eine Beziehung ausgesehen hätte, hatte sie nicht gewusst.

Calvi auf Korsika war einer der schönsten Orte gewesen, den sie je besucht hatte, und das Essen schmeckte ihr noch viel besser als in Paris. Nur an ihrem ersten Abend hatte sie Muscheln mit Knoblauch bestellt, und nachher war ihr speiübel gewesen.

Doch das war jetzt lang genug her. Knoblauch war lebensnotwendig, wenn sie in ihrer neuen Wohnung mediterran kochen wollte.

Helen Caroline Hartwich, die ältere Schwester von Rosalinds Vater, feierte ihren sechzigsten Geburtstag im Grand Palace Hotel. Eine bombastische Eingangshalle führte in einen Spiegelsaal, der über und über mit Blumen geschmückt war.

Während des Krieges hatte Tante Helen ein Hausmädchen namens Daisy beschäftigt, das aus Jersey kam. Die Kanalinseln waren von den Deutschen besetzt und von England sträflich vernachlässigt worden, sodass die Menschen dort stärkeren Hunger gelitten hatten als ganz London. Tante Helen, die sich bereits für all die jüdischen Mädchen und Jungen eingesetzt hatte, die vom Kontinent mit den Kindertransporten nach England geschickt worden waren, hatte sich durch Daisy so mit dem Schicksal der Inseln verbunden gefühlt, dass sie seit Kriegsende wiederholt hingefahren war. Wegen ihrer Liebe zu Blumen und insbesondere zu Rosen hatte sie dabei geholfen, die Gewächshäuser wieder aufzubauen, denn auf den Kanalinseln züchtete man viel Gemüse und Blumen, die auf den Londoner Märkten verkauft wurden. Tante Helen war die treueste Kundin. Vom britischen Understatement hatte sie sich in floraler Hinsicht längst verabschiedet.

Rosalind war froh, dass sie sich zu dieser pompösen Feier im Grand Palace Hotel nicht für ihr zweitbestes, sondern ihr allerbestes Kleid entschieden hatte. Das zweitbeste trug nun Ursula, die sich gern an Rosalinds Kleiderschrank bediente. Sie hatten die gleiche Größe, aber Ursulas Beine waren lang wie die einer Gazelle, und sie war in der Schule beim Sprinten und im Dauerlauf immer die Erste gewesen.

Während des Ankleidens in Rosalinds neuer Bleibe hatten sie bereits zwei Gläser Sekt getrunken und herumgealbert, und nun summte Ursula leise den *Tennessee Waltz*. Sie hoffte auf einen begeisterten – und begabten – Tanzpartner, mit dem sie optimalerweise nicht um zwei Ecken verwandt war.

Auch Ursulas Eltern waren zur Feier gekommen – ihr Dad war schließlich ebenfalls ein älterer Bruder des Geburtstagskindes. Dann sahen sie Rosalinds Vater, der sich mit einer alten Dame unterhielt, einer entfernten Großtante. Er hatte das Talent, von allen Gesprächspartnern etwas Interessantes zu erfahren. Als er Rosalind entdeckte, winkte er ihr zu, und sie winkte zurück.

Im Krieg hatte er sich mit seiner Schwester Helen um jüdische Flüchtlinge gekümmert. Er hatte seine Arbeitszeiten bei der Bank zurückgeschraubt, um Unterbringungsmöglichkeiten für Kinder sowie Arbeit und Visa für Erwachsene zu besorgen, die einreisen wollten, auch für all diejenigen, die nicht so bekannt waren wie Sigmund Freud und deshalb nicht mit offenen Armen empfangen wurden.

Rosalind war damals noch zur Schule gegangen, doch die Direktorin der St. Paul's hatte auf Bitten von Helen und Dad einige der älteren Mädchen als Aushilfen geschickt, die beim Papierkram behilflich sein sollten. Rosalind hatte gern geholfen. Ihr Vater hatte sie, David, Roland und Colin nie im Unklaren darüber gelassen, was in Deutschland gerade passierte. Nur Nesthäkchen Jenifer war noch so klein gewesen, dass sie ihr nicht alles erzählt hatten.

Rosalind wusste noch, wie sie die kleine Evi zum ersten Mal gesehen hatte. Übers Wochenende waren sie bei den Großeltern auf Chartridge gewesen. Ihre Mutter hatte ihr die Haare aufgedreht, und mit einem Kopf voller Locken war sie die Treppen hinuntergesprungen. Unten im Foyer standen Großonkel Herbert und ihr Vater, ihre Kippas am Hinterkopf befestigt. Der Großvater gab viel auf Zeremoniell.

Sie unterhielten sich mit Wilson, dem Chauffeur. Er hatte ein stämmiges kleines Mädchen mitgebracht, das die beiden Männer im Freitagabend-Smoking anstarrte, als sei mindestens einer von ihnen der König.

Wilson sagte, Tante Helen habe ihm den Auftrag gegeben,

das Kind herzufahren. »Am Wochenende war in der Organisation niemand mehr da, der ihr einen anderen Platz hätte vermitteln können.«

Meist wurden die Kinder zu Familien aufs Land gebracht oder, wenn es gar nicht anders ging, in ein Waisenhaus in London.

Rosalinds Vater hockte sich vor das Mädchen, lächelte sie an und sagte etwas auf Deutsch, das Rosalind nach zwei Jahren Sprachunterricht an der Schule sogar verstand. »Wie heißt du?«

»Evi.« Die Kleine brach in Tränen aus, die ihr die runden Wangen hinunterliefen.

»Hallo, Evi, ich bin Ellis. Herzlich willkommen. Bist du hungrig?«

Das Kind schüttelte den Kopf. Vorsichtig wischte er ihr mit einem Finger die Tränen aus dem Gesicht.

»Hat sie etwas gegessen, Wilson?«

»Ja, ein wenig, Sir«, sagte der Chauffeur. »Im Auto hat sie ein bisschen geschlafen. Aber ich konnte mich nicht mit ihr unterhalten, sie weiß bestimmt nicht, wo sie ist.«

Rosalinds Vater erklärte ihr, was er wusste.

»Bist du müde, Evi?«, fragte er abschließend.

»Ich glaube, ja.«

»Schau, das ist meine Tochter Rosalind.«

»Guten Abend«, sagte Rosalind auf Deutsch.

Evi blinzelte ein paarmal, und Rosalind streckte ihre Hand aus. »Daddy, sag ihr, dass ich sie nach oben bringe und ihr Nannie vorstelle.«

Und damit war Evi Teil der Familie gewesen, niemand

wollte das Mädchen nach diesem Wochenende noch weiterschicken. Mit jedem Tag wurde sie selbstbewusster und anhänglicher – doch nachts träumte sie schreckliche Träume von ihren Eltern, bis sie zwei Jahre später endlich mit ihnen wiedervereint wurde.

Evi war nicht die Einzige aus dieser Zeit, die zu Tante Helens Geburtstag kam. Einige waren in England geblieben, andere weitergereist, die wenigsten nach Deutschland zurückgekehrt.

Ursula und Rosalind ließen sich von Tante Helen mit einer blumigen Umarmung begrüßen. »Habt Spaß, meine Lieben, habt Spaß. Ursula, du solltest unbedingt Adam kennenlernen. Er ist auch Lehrer. Und du, Rosalind …« Sie legte die hohe Stirn in Falten.

»Schon gut, Tante Helen.«

Offenbar wusste nicht einmal Tante Helen, die ganz London kannte, wer mit Rosalind in ihrem besten Kleid tanzen sollte.

»Aber du siehst so hübsch aus, meine Liebe. Wann ist dein Termin in Naomis Klasse? Ach, da ist Sir Henry, ich muss ihn schnell begrüßen.« Sie warf ihnen noch eine Kusshand zu.

»Wo ist dieser Adam?«, rief Ursula ihr hinterher. »Und wie sieht er aus?«

Aber Tante Helen hörte nicht mehr.

Zwei schlanke Hände umfassten Rosalinds rechten Arm. »Hey, Ros und Urs«, begrüßte Naomi sie.

»Hey, Na«, entgegnete Rosalind.

Ursula lachte. »Ist das der neueste Trend unter den Paulinas? Alle Namen abkürzen, so kurz es nur geht?«

Naomi zeigte ihre kleinen weißen Zähne. »Vielleicht.«

Rosalind hatte schon bei ihrem letzten Gespräch mitbekommen, dass Naomi von ihren Freundinnen nur noch als Soph, Sue und Cath sprach. Und die Paulinas, das waren alle Mädchen, die auf die St. Paul's Girls' School gingen oder jemals gegangen waren. Einmal eine Paulina, immer eine Paulina, so lautete der Wahlspruch.

Tante Helen kam auf sie zugeflattert. »Ursula, komm, ich stelle dir Adam vor.«

Und weg waren sie.

Naomi hakte sich bei Rosalind unter. »Mummy ist mal wieder ganz in ihrem Element.«

Sie beobachteten, wie Tante Helen Ursula und Adam einander vorstellte, sich um sich selbst drehte und neue Gäste begrüßte, Rosalinds Vater neben einem vielversprechenden Geschäftskontakt platzierte und für ihre hochbetagte, hochfrisierte Mutter eine Chaiselongue freiräumte, auf der sich drei halbstarke Jungs fläzten.

»Darf ich deinen Champagner austrinken?«, fragte Naomi.

»Du darfst einmal daran nippen.«

Rosalind reichte ihr das Glas, Naomi zwinkerte ihr zu, drehte sich zur Wand und trank den Rest mit einem großen Schluck aus. Die künstlichen Kerzen in den Wandhalterungen spiegelten sich in ihren dunklen Augen.

»Zu meinem sechzigsten Geburtstag wird meine Mutter wohl nicht da sein«, sagte sie nachdenklich.

»Nein, leider nicht. Außer, sie stellt sich als unsterblich heraus.«

»Würde ich ihr zutrauen.«

Rosalind lachte. »Aber du wirst als promovierte Ärztin mindestens eine genauso großartige Feier organisieren.«

Tante Helen war sehr spät Mutter geworden. Als junge Frau hatte sie – und das waren ihre eigenen Worte – Wichtigeres zu tun gehabt, als Kinder zu bekommen. Sie hatte in London für Frauenrechte gekämpft und war ihrem Mann Norman für viele Jahre nach Palästina gefolgt, wo sie Kindergärten und Kunst- und Handwerksschulen gegründet hatte. Norman hatte eine illustre Karriere hinter sich: Er war Attorney General von Palästina gewesen, arbeitete derzeit noch als Rechtsanwalt und Universitätsprofessor und war so gut wie nie zu Hause. Er interessierte sich, so Rosalinds Eindruck, nicht besonders für seine Tochter. Naomi sprach nie von ihm.

Neben ihr räusperte sich jemand. »Pardon, möchten Sie tanzen?«

Rosalind sah sich um und war überrascht, als ein eher kleiner Mann mit abstehenden Ohren nicht Naomi anblinzelte, sondern sie.

Ihre Cousine stupste sie an, noch bevor sie antworten konnte, und schon ließ sie sich von ihm zur Tanzfläche führen. Seine Ohren leuchteten rot, während er sich als Geoffrey vorstellte.

»Sind Sie mit Helen verwandt?«, fragte er.

Sie sah ihm ins Gesicht und stolperte gleich über ihre eigenen Füße. »Verzeihung.«

Rosalind tanzte gern. Sie und ihre Geschwister hatten früher von einem Privatlehrer Unterricht bekommen, doch es war für sie ungewohnt, einen völlig Fremden so nah zu spüren. Sie fand Geoffrey nicht einmal besonders attraktiv – mit

Ausnahme dieser putzigen Ohren –, aber allein, seine Hände zu berühren, ihren Arm auf seinem liegen zu lassen …

Zum Glück fand er spielend den Takt für sie wieder. Wahrscheinlich war es einfacher, wenn er redete und sie zuhörte. Und Männer redeten ja gern.

»Was machen Sie beruflich, Geoffrey?«

»Ich arbeite in Normans Kanzlei als Anwalt.«

Sie versuchte noch einmal, ihm aufmerksam ins Gesicht zu blicken, damit er sich bestätigt fühlte weiterzureden – und schon wieder stolperte sie.

»Verzeihung.«

Er schwieg, bis sie wieder beide im Takt tanzten. Dann fing er an, über seine Arbeit zu sprechen, und sie musste nur noch zustimmende Geräusche von sich geben. Trotzdem zogen sich die nächsten Minuten, sie schwitzte und konnte an nichts anderes denken als an seine Hand auf ihrem Rücken, unter der es immer wärmer und klebriger wurde.

Endlich war der Foxtrott vorbei. Geoffrey ließ sie los und verbeugte sich leicht. »Vielen Dank.«

»Ich danke. Und meine beiden linken Füße entschuldigen sich.«

Er lächelte. »Ist mir gar nicht aufgefallen.«

So ein höflich lügender Mann, dieser Geoffrey.

»Dann sehen wir uns ja vielleicht im Laufe des Abends noch«, sagte sie und war von sich selbst verblüfft, als sie ebenfalls lächelte und tatsächlich zwinkerte. Hoffentlich dachte er nicht, sie habe seltsame Spasmen im Gesicht, aber nein, er beugte noch einmal den Kopf und ließ sie bei Naomi zurück.

»Du bist ganz rot«, stichelte ihre Cousine.

»Vom Tanzen.«

»Sicher, Ros, sicher. Du bist so unsportlich, dass dich ein Walzer anstrengt.«

»Es war ein Foxtrott.«

Da kam Tante Helen schon wieder auf sie zugestürzt. Es musste mehrere von ihr in diesem Saal geben, so präsent, wie sie überall war.

»Naomi, komm bitte mit, ich möchte dich Dr. Fox vorstellen. Eventuell kann er dir ein Praktikum im Krankenhaus vermitteln. Rosalind, iss etwas, das Roastbeef ist ganz köstlich.«

Adam für Urs, Dr. Fox für Na.

Roastbeef für Ros.

Aber das war in Ordnung. Sie hatte getanzt und sich nur ein kleines bisschen blamiert. Also setzte sie sich zu ihrem Vater und sprach mit ihm über die aktuelle Situation in Palästina. Schnell wurde es, wie immer, zu einem Schlagabtausch. Seine Augen leuchteten, und als ein unbekannter Gast sich zu ihnen gesellte, stellte er Rosalind als »meine schlaue Tochter« vor. Sie drückte ihm liebevoll den Unterarm.

5

[Max von Laue] *1879–1960. Deutscher Physiker und Nobelpreisträger. Entdeckte die Beugung von Röntgenstrahlen an Kristallen und wies dadurch nach, dass sich Röntgenstrahlung als Welle ausbreitet. Im Zweiten Weltkrieg ließ er seine goldene Nobelpreismedaille auflösen, damit sie ihm nicht von den Nazis weggenommen werden konnte. Nach Kriegsende gab er das Material an die Schwedische Akademie zurück, die ihm daraus eine neue Medaille schmiedete.*

St. Paul's Girls' School, London, März 1951

Rosalind sprang aus dem Bus, wie früher als junges Mädchen, und ging über den pollenverklebten Gehsteig vor Brooks Green auf das schmiedeeiserne Tor ihrer ehemaligen Schule zu.

Vor der Jungenschule gegenüber stand eine Gruppe Schüler in ihren Schuluniformen. Einige versteckten überraschend nachlässig ihre Zigaretten in der hohlen Hand, andere rangelten um einen Schal, und leider konnte man sofort erkennen, wem er weggenommen worden war – es gab doch immer einen Außenseiter in der Klasse.

Die Boys' School gab es seit dem 16. Jahrhundert, die Mädchenschule war ein kleines bisschen später hinzugekommen: 1904. Tante Helen war damals als eine der ersten Schülerinnen an der St. Paul's aufgenommen worden, Rosalind und Ursula waren hier gewesen, dann Jenifer und jetzt Naomi, die unbedingt Medizin studieren wollte. Wenn man nach den Erzählungen der Cousine ging, gefiel es ihr auf der St. Paul's genauso wie allen anderen Franklins. Sie mochte den Zusammenhalt, den Sport, die engagierten Lehrerinnen, die Arbeit bei der Schulzeitung – einmal eine Paulina, immer eine Paulina.

Rosalind ließ den Blick an der vertrauten Fassade entlangwandern. Das Hauptportal war über die Kriegsjahre nicht schöner geworden, aber immerhin hatten die Bomben es verschont.

Auf dem Hof kam ihr die Chemielehrerin entgegen, die sie nach St. Paul's eingeladen hatte. Sie war nicht älter als Rosalind. »Willkommen, Miss Franklin. Ich bin Andrea Field. Die Mädchen freuen sich schon.«

Eine Gestalt schob sich durch die große Flügeltür und kam auf die beiden Frauen zugelaufen: Naomi.

»Da bist du ja.« Sie umarmte Rosalind fast übertrieben und strahlte. Die schürzenartige Schuluniform war nie besonders kleidsam gewesen, aber Naomi hatte einen Gürtel umgeschnallt, um ihre Taille zu betonen, und trug die langen Haare offen, nur mit zwei Kämmen zurückgesteckt.

War sie allein deshalb so begeistert, weil ihre Cousine zu Besuch kam? Rosalind sah sie skeptisch an.

Auch Miss Field runzelte die Stirn. »Ich habe euch doch gebeten, im Klassenraum zu warten.«

Naomi strahlte noch immer. »Ich freue mich doch nur so.«

Aber ihr Blick ging nicht zu Rosalind, sondern an ihr vorbei zu den Jungen, die gegenüber am Schultor standen und sich knufften und boxten. Neugierig drehte Rosalind sich um. Welcher es wohl war, der hier das schlanke Mädchen mit den offenen Haaren bewundern sollte?

Die Lehrerin schien nichts von Naomis Blicken zu bemerken und nahm sie am Arm, um sie zurück ins Gebäude zu führen. Dort eilte Naomi plötzlich voran und verschwand hinter einer Tür.

Rosalind hingegen wurde immer langsamer. Es war der alte Geruch nach Schule. Es war der Lichteinfall durch die Fenster, ob vor einem wichtigen Hockeyspiel, vor einer Prüfung oder während sie schwatzend mit Jean Kerslake und Anne Crawford in den Pausen durch den Korridor gelaufen war. Sie wusste, was an jeder Ecke passiert war, wie ihre Schuhe gedrückt hatten, aus denen sie zu schnell herausgewachsen war.

»Waren Sie auch auf der St. Paul's, Miss Field?«, fragte sie.

»Nein, ich komme aus Edinburgh«, erklärte die Lehrerin. »Sind Sie bereit für die Mädchen?«

»Selbstverständlich. Entschuldigen Sie, dass ich so trödle.«

»Viele Erinnerungen, nehme ich an?« Miss Field unterdrückte ein Niesen.

»Ja, ich bin wirklich gern zur Schule gegangen.«

Sie betraten das Klassenzimmer und stellten sich neben das Pult. Jenifer hatte Rosalind gestern noch gefragt, ob sie aufgeregt sei, weil sie vor den Mädchen sprechen sollte, aber sie hatte noch nie Probleme mit solchen Situationen gehabt.

Schriftliche Prüfungen waren etwas anderes, Vorträge hielt sie sogar gern.

»Als Naturwissenschaftlerin und Dozentin«, hatte Dorothy Hodgkin ihr einmal erklärt, »habe ich mich natürlich streng an die Fakten zu halten. Aber das sollte einen nicht davon abhalten, eine Geschichte zu erzählen.«

Auf Dorothy Hodgkins Impuls hin hatte Rosalind sich in Cambridge für den Natural Science Club beworben, wo die studentischen Mitglieder wissenschaftliche Vorträge hielten und anschließend darüber diskutierten. Sie war also gut geschult.

»Willkommen, Dr. Rosalind Franklin«, sagte Miss Field. »Ich habe meinen Schülerinnen erzählt, wer Sie sind, und Naomi ist besonders stolz, dass jemand aus ihrer Familie da ist.«

Rosalind lächelte ihrer Cousine zu, die fröhlich zurücklachte, aber nicht mehr so übertrieben strahlte. Was für eine Show sie da draußen für die Jungs abgeliefert hatte, dachte Rosalind.

Ihre Freundinnen hatten das früher ebenso gemacht. Nur sie selbst war zu schüchtern gewesen, hatte nicht gewusst, wohin mit ihren Händen und Füßen. Im Grunde hatte sich das bis heute nicht geändert, wie der Foxtrott auf Tante Helens Geburtstagsfeier gezeigt hatte. Männer waren ihr ein Rätsel – oder besser: Romantik, Flirts und Sex waren ihr ein Rätsel. Freundschaften mit Männern hingegen waren kein Problem für sie. Mit Vittorio Luzzati zum Beispiel war sie sehr gut befreundet.

»Wir haben«, fuhr Miss Field fort, »über Kristallisation

gesprochen und hoffen, dass Sie uns heute etwas über Ihre Laborarbeit und Forschung erzählen können.«

»Sehr gern.« Rosalind blickte in die aufmerksamen Gesichter der Sechzehnjährigen. Fast sehnte sie sich danach, wieder auf der anderen Seite zu sitzen. Hoffentlich sahen die Mädchen sie so, wie sie selbst früher die Wissenschaftlerinnen betrachtet hatte, die zu Besuch gekommen waren – als Frauen, zu denen man aufsehen konnte und die anders waren als ihre Mütter und Großmütter.

Noch hatte sie selbst nicht allzu viel zu bieten, aber sie war auf einem guten Weg, ein Vorbild zu werden.

»Ihr habt also schon darüber gesprochen, dass sich durch Kristallisation die innere Struktur von Molekülen ordnet?«

Die Paulinas nickten. Rosalind ging das Herz auf. Genauso hatte sie auch dort gesessen.

»Sagt euch der Name Max von Laue etwas?«

Mehrere Hände schossen in die Luft.

»Er hat den Nobelpreis in Chemie bekommen«, sagte ein Mädchen nach einem Nicken von Miss Field.

»Richtig. Max von Laue ging eines Tages im Englischen Garten von München spazieren. Er unterhielt sich mit einem Kollegen, der erforschte, wie Lichtstrahlen durch Kristalle gebeugt werden. Ihr kennt das, wenn man zum Beispiel einen Ring mit einem Edelstein in die Sonne hält und die Reflexion an der Wand funkelt. Stimmt's?«

Einhelliges Nicken.

»Max von Laue überlegte: Wenn man Fotopapier um den beleuchteten Kristall herumlegen würde, müsste man die Strahlen darauf sehen und vor allem festhalten können. Sein

Kollege war begeistert und wollte ihn in den Biergarten einladen.«

»Prost«, sagte Naomi.

Die Mädchen kicherten, doch Miss Field sah Naomi streng an.

Rosalind setzte sich auf die Kante des Pults. »Max von Laue dachte weiter und fragte sich, ob das auch auf einer viel kleineren Ebene funktionieren würde, also auf Atomebene. Ihn interessierte die Frage, ob man die Anordnung der Atome im Kristall auf einem Foto wiedergeben kann. Er wusste allerdings, dass es ein Problem gab: Die Abstände zwischen den Atomen sind so gering, dass normales Licht und ein normales Lichtmikroskop nicht reichen würden. Die Wellenlänge von Licht ist viel zu lang. Er brauchte eine exaktere Messmethode. Und da kamen ihm Röntgenstrahlen in den Sinn. Kann sich jemand denken, warum?«

Eine Weile sah sie es in den Köpfen der Mädchen arbeiten, bis eine ganz links die Hand hob.

»Ich bin mir nicht sicher, aber vielleicht, weil die Wellenlänge von Röntgenstrahlen viel kürzer ist?«

Rosalind sprang auf. »Genau! Dafür bekam er ja dann den Nobelpreis.«

»Das war 1914.« Das Mädchen strahlte.

»Das Jahr hätte nicht einmal ich gewusst, sehr gut. Nach seinem Parkspaziergang hat Laue zwei Wochen lang mit Kupfersulfat-Kristallen herumexperimentiert, bis er sicher war, dass er recht hatte.«

»Und dann ging es endlich in den Biergarten«, bemerkte Naomi.

Die anderen Paulinas kicherten. War Naomi eine Art Klassenclown? Rosalind hätte sie gar nicht so eingeschätzt.

Rosalind erzählte noch ein wenig von Kristallen und Kristallografie und reichte Zeichnungen und Fotografien herum, damit die Mädchen sich alles genauer vorstellen konnten. Als sie auf die Uhr blickte, war sie überrascht, wie schnell die Zeit vergangen war.

»Und was genau machen Sie am King's College?«, fragte Miss Field.

»Wir erforschen die Desoxyribonukleinsäure, kurz DNA. Die meisten Labore züchten ihre Kristalle selbst. Das erfordert genaue Beobachtung und wiederholte Reinigung, bis man sie für die Arbeit nutzen kann. Je reiner der Kristall, desto besser. Allerdings kann man mit Röntgenstrahlen die Reflexionsmuster des Kristalls nur zweidimensional auf Fotopapier festhalten. Um herauszufinden, wie diese Struktur dreidimensional aussieht, hilft uns nur die Mathematik.« Sie sah die Mädchen an. »Habt ihr das verstanden?«

Einige nickten, andere wiegten nachdenklich den Kopf.

»Wir können«, präzisierte Rosalind, »nicht sehen, wie die Nukleinsäure im Inneren aussieht, aber mathematisch ausrechnen, wie sie aussehen *müsste.*«

Der Pausengong ertönte. Schade, dachte Rosalind, sie hätte noch so viel erzählen können. Miss Field bedankte sich, und die Mädchen klatschten, bevor sie sich um Rosalind scharten und sie in den Speisesaal begleiteten. So eng umschwärmten sie sie, dass Rosalind das Gefühl hatte, erst wieder unter dem Tisch die Füße auf den Boden zu bekommen, abgesetzt von der hungrigen kleinen Vogelschar.

Naomi rutschte auf die Bank neben ihr, und Miss Field nahm gegenüber Platz. »Wie sind Sie gerade auf DNA gekommen?«

»Die Kollegen am King's haben bereits daran gearbeitet, als ich dort angefangen habe. DNA ist im Moment besonders vielversprechend, was die Genforschung angeht. Interessant ist, dass sie in allen Spezies, also in Menschen und Tieren, quasi gleich zu sein scheint – im Gegensatz zu Proteinen, die völlig unterschiedlich aufgebaut sind.«

»Und was ist das genau für ein Material, das Sie untersuchen?«, fragte Miss Field. »Woher stammt es?«

Rosalind betrachtete ihren Shepherd's Pie und zuckte innerlich mit den Schultern. Miss Field hatte gefragt, und die Mädchen sollten etwas lernen.

»Aus Tierorganen«, antwortete sie. »Der Professor aus Bern, von dem wir unser aktuelles Material haben, hat dazu ein Schlachthaus besucht.«

Naomi legte die Gabel ab. »Igitt.«

»Genauer gesagt, ist es der Thymus«, fuhr Rosalind fort. »Also das, was man beispielsweise als Kalbsbries beim Metzger zum Kochen kaufen kann. Es ist also gar nicht so eklig. Und als angehende Ärztin musst du deinen Ekel ohnehin noch ein wenig zügeln, liebes Cousinchen.«

Naomi streckte ihr die Zungenspitze heraus.

»Aber«, ergänzte Rosalind, »man muss bei frischen Organen ganz schnell sein, damit die DNA nicht degeneriert, bevor man sie extrahieren kann. Professor Signer präpariert sie ganz großartig mit Alkohol und Salz. Sein genaues Rezept hat er allerdings noch niemandem verraten.« Sie schob sich eine Gabel voll Hackfleisch in den Mund und lächelte den Mädchen zu. »Also, das Essen hier ist immer noch köstlich.«

Das funktioniert ja perfekt, dachte Rosalind, während sie die Signer-DNA unter dem Mikroskop beobachtete. Ganz ohne Zutun von außen trocknete sie aus und veränderte ihre Struktur. *Du kommst mir beinahe lebendig vor, und jetzt rede ich sogar schon mit dir. Brauchst du doch einen Namen? Wie heißt Professor Signer mit Vornamen? Rudolf? Soll ich dich etwa Rudy nennen?*

Auf ihrem Schreibtisch im Labor stapelten sich wie zu Hause Bücher, Zeitschriften und Berichte. Rosalind hatte alles aufgesogen, was sie über die Nukleinsäure hatte finden können. Es fiel ihr leicht, sich Dinge zu merken. Insbesondere, wenn sie etwas las und nicht nur hörte, konnte sie sich Unmengen an Daten und Informationen einprägen.

Mit jedem Tag war sie faszinierter von ihrem Forschungsmaterial. Es war so konkret, und sie hatte ein so klar definiertes Ziel, ganz anders als bei der Kohle, an der alle arbeiteten und die in alle Richtungen etwas Interessantes zu bieten hatte. Die DNA, so hatte sie das Gefühl, gehörte gerade nur ihr. *Du und ich, Rudy.*

Neben sich hörte sie ein lautes Seufzen. Sie hob den Blick und drehte sich zur Seite. Autsch. In ihrem Nacken knirschte etwas, und sie bewegte vorsichtig den Kopf hin und her. Sie musste sich dringend mehr bewegen.

Oliver, der neben ihr vor seiner leeren Kaffeetasse saß, hatte das Gesicht in beide Hände gelegt.

»Oliver?«

Er hob den Kopf und ließ sich gegen die wackelige Rückenlehne seines Stuhls fallen. »Was mache ich nur mit meiner Arbeit? Der technische Teil zur Kristallografie steht ja. Jacques hat ihn sogar schon quergelesen. Aber …«

Rosalind horchte auf. »Du hast mit Jacques gesprochen? Wie geht es ihm?«

Oliver entfuhr ein Stöhnen, und Rosalind lief rot an. Eigentlich hatte sie sich doch vorgenommen, ihn nicht mehr nach seinem Halbbruder zu fragen.

»Und was ist mit deinem Vater?«, fuhr sie hastig fort, als erkundigte sie sich einfach nur nach seinen Familienmitgliedern. »Geht es seinem verstauchten Fuß wieder besser?«

»Ich habe nichts mehr von ihm gehört. Er meldet sich ja nur einmal im Jahr oder so, und letztes Mal hatte er sich zufällig gerade den Fuß verstaucht.«

»Hast du mir eigentlich schon erzählt, was er beruflich macht?«

War das jetzt übereifrig, um von ihrer Frage nach Jacques abzulenken?

»Als er mit meiner Mutter zusammen war, hat er als Vertreter gearbeitet. Aber die Familie seiner neuen Frau besitzt ein Weingut, und deshalb ist er jetzt Winzer.«

»Das habe ich nicht gewusst. So etwas hätte ich nicht vergessen. Wo denn?«

»In der Champagne.«

Sie seufzte sehnsüchtig. »Allein bei dem Namen bekomme ich Fernweh. Da war ich noch nie.«

»Ich auch nicht.«

»Aber ein ganz schöner Wandel, vom Vertreter zum Winzer.«

»Ach, es geht«, sagte Oliver. »Er war Vertreter für einen Weinhandel. Bis meine Mutter ihn rausgeworfen hat.«

»Warum das?«

»Angeblich hat er sie betrogen.« Oliver reckte sich. »Ich werde wohl nie erfahren, was da geschehen ist. Er hat immer behauptet, es sei nichts gewesen, aber er hat sich auch nicht gewehrt, als sie ihm seine Sachen vor die Tür gestellt hat. Er ist einfach gegangen … Ich war zwölf. Mir wollte wahrscheinlich niemand die Wahrheit sagen. Dann hat meine Mutter einen Neuen gefunden, und wir sind wieder umgezogen, und ich habe noch eine kleine Schwester bekommen.«

»Das muss wehtun«, sagte Rosalind. »Ob dein Dad sie betrogen hat oder nicht – er hat ja nicht nur deine Mutter verlassen, sondern auch dich.«

Oliver stand auf und trat auf das Monstrum zu, um Staub von der Oberfläche zu wischen. »Ist ja auch nicht so wichtig. Ich hätte jetzt gern ein Glas Wein, aber das muss bis heute Abend warten. Hättest du auch Lust?«

»Warum nicht?«

»Schön, dann gehen wir heute Abend etwas trinken. Aber was mache ich mit meiner Arbeit? Hast du nicht eine Idee? Wilkins ignoriert mich.«

Nachdenklich betrachtete Rosalind das Monstrum. Seit einer Weile arbeiteten sie und Oliver eigentlich nur noch mit der Konstruktion von Wilkins, der ihnen grummelnd dazu die Erlaubnis gegeben hatte. Ihr fiel etwas ein, und sie begann, auf ihrem vollen Tisch herumzusuchen. Wenn Wilkins kein Interesse an Oliver hatte, würde sie eben helfen.

»Ich habe sogar eine großartige Idee«, sagte sie. »Und du würdest damit unserem geliebten Monstrum wieder eine Aufgabe geben.«

»Nämlich?«

Triumphierend reichte sie ihm eine leicht zerfledderte Ausgabe der *Nature*. »Faserbeugung.«

»Faserbeugung«, wiederholte er und versenkte sich in den Aufsatz. Eine Viertelstunde später verabschiedete er sich mit dem Wort »Faserkippwinkel« auf den Lippen in die Bibliothek des College mit dem Versprechen, Rosalind später zu einem Glas Wein abzuholen.

Sie beugte sich erneut über ihr Mikroskop. *Hallo, Rudy.*

Sie hatte sich gerade die Zähne geputzt und sich frisiert, als das Telefon klingelte. Ihr Vater meldete sich, seine Stimme klang aufgeregt.

»Ist etwas mit Mummy?«, fragte sie schnell.

»Nein, wieso?«

»Weil du so früh anrufst.«

»Ach was. Ich saß nur gerade beim Frühstück und habe gelesen, dass sie den Stone of Scone wiedergefunden haben.«

Rosalind atmete erleichtert aus. »Das ist ja schön.«

Sie versuchte, sich den Telefonhörer zwischen Schulter und Ohr zu klemmen und mit dem langen Kabel bis zum Spiegel neben der Garderobe zu gehen, um sich zu schminken. Heute war ein Tag für roten Lippenstift.

»›Die Vermutungen, der Stone of Scone sei letztes Jahr am

Weihnachtsfeiertag von schottischen Nationalisten gestohlen worden, hat sich bewahrheitet‹«, zitierte ihr Vater. »›Scotland Yard hat diesen für die englische Identität so wichtigen 152 Kilo schweren Stein, der auch als Jakobskissen bekannt ist, nun in Arbroath Abbey an der Ostküste Schottlands wiedergefunden und nach London zurückgebracht. Verdächtigt werden vier Schotten, deren Namen bislang nicht an die Öffentlichkeit gelangt sind.‹«

»War das der Stein, den irgendein englischer König damals den Schotten gestohlen hat?«

»Ja, aber das gibt ihnen noch lange nicht das Recht, ihn wieder zurückzustehlen.«

Ihr Vater liebte George VI. und hätte sich vermutlich genauso empört, wenn man dem König statt dieses seltsamen Steinquaders die Unterwäsche geklaut hätte.

»Die Diebe«, sagte sie, um ihren Vater noch ein bisschen zu ärgern, »werden doch wohl schlau genug gewesen sein, der Polizei eine Fälschung unterzujubeln.«

»Rosalind.«

»Kein Schotte, der etwas auf sich hält, würde es riskieren, dieses wichtige Erbstück wieder zu verlieren.«

»Ich muss jetzt zur Arbeit.«

Lachend legte Rosalind auf. Immerhin hatte er sich dieses Mal nicht über den Koreakrieg aufgeregt.

6

[Gen] *Ein Abschnitt auf der DNA, der die Grundinformationen für die Merkmale eines Lebewesens enthält. Die Gene befinden sich im Zellkern in sogenannten Chromosomen.*

South Kensington, London, Mai 1951

Wilkins war nach Neapel auf eine Konferenz gefahren. Rosalind war neidisch – sie fühlte sich in London eingeschlossen und sehnte sich nach fremden Ländern oder zumindest nach Weite und Natur. Natürlich konnte sie für einen Kurzausflug in den Peak District fahren, der gerade zum ersten Nationalpark Großbritanniens ernannt worden war, ach, aber Neapel klang so viel spannender … Sie stellte sich vor, wie es wäre, den Vesuv zu erklimmen. Einen Vulkan hatte sie noch nie bestiegen. Sie lud Jean Kerslake und Anne Crawford zum Abendessen ein, und zu dritt fantasierten sie sich auf eine große Reise quer durch Europa. Vor lauter Begeisterung fuchtelte Anne so heftig mit den Armen, dass ihr Tee überschwappte und Rosalinds Unterlagen erwischte.

»Der gute Tee, Anne. Wenn er irgendwann nicht mehr rationiert wird, darfst du damit machen, was du willst. Aber jetzt sei bitte noch vorsichtig.«

Rosalind rettete eine Zeitschrift und platzierte sie zum Trocknen auf die Fensterbank.

»Da sind die breiten Fensterbänke also doch noch für etwas gut«, sagte Jean, nachdem sie einen Lachanfall überwunden hatte, »wenn schon keine Katze darauf sitzt.«

Später, als die Freundinnen gegangen waren, legte Rosalind sich mit der Zeitschrift aufs Sofa und las einen Artikel von einem norwegischen Wissenschaftler namens Sven Furberg, der sich ebenfalls mit DNA befasste und ein Modell aus Stangen und Stäbchen, Metallplättchen, Drähten und bunten Plastikbällen erstellt hatte. Rosalind konnte sich für Modelle nicht begeistern: Es war Bastelarbeit, die auf nichts basierte außer reiner Raterei. Wenn man noch nicht wusste, wie die Moleküle aufgebaut waren, musste man auch nicht mit Modellen herumspielen. Dieser Furberg ging davon aus, dass die Nukleinsäure in einer bogenförmigen Helix angeordnet war. Die Zucker lagen seiner Meinung nach dabei nicht parallel zu den Basen, sondern rechtwinklig. Das klang gar nicht schlecht.

Sie gähnte, legte den Artikel weg und ging hinüber in ihr Nähzimmer. So viel Platz nur für sich allein war immer noch ein Luxus. Sie schaltete die Stehlampe ein und setzte sich an ein dunkelblaues Kleid, ärmellos, knielang, aus dunkelblauem Stoff, auf den winzig kleine Federn gedruckt waren. Sie hatte es schon einmal vorsichtig anprobiert und festgestellt, dass es ihre schlanke Taille zur Geltung brachte. Wenn sie den Petticoat aus Fallschirmseide drunterzog, den ihre Mutter über Beziehungen besorgt hatte, bauschte sich der Rock ganz zauberhaft. Ein Gürtel fehlte noch, um dem New Look von Christian Dior nahezukommen. Dazu würde sie das Haar seitlich gescheitelt und mit zwei Kämmen zurückgesteckt tragen, so wie Naomi neulich.

Es machte so viel Spaß, sich hübsch zu machen.

Sie erinnerte sich noch, wie sie zu Beginn ihrer Zeit in Paris die Pont d'Austerlitz überquert und auf der Mitte der Brücke einer Gruppe von Frauen hatte ausweichen müssen, die in ein Gespräch verwickelt waren. Rosalind hatte den Mantel einer Frau bewundert, auf deren Pelzkragen sich im Nebel feine Tröpfchen gebildet hatten. Die Pariserinnen waren noch schicker, noch eleganter als ihr Ruf. Und Rosalinds Nähmaschine hatte zu diesem Zeitpunkt im Zoll gesteckt. Dass die Bank of England so kurz nach dem Krieg noch strikte Beschränkungen auf Bargeld erlassen hatte, war Rosalind vor ihrem Umzug ins Ausland nicht entgangen, doch dass der französische Zoll alle Sendungen, selbst private, streng überprüfte, führte dazu, dass sie wochenlang auf ihre Maschine hatte warten müssen. Als sie sie endlich wiederhatte, war sie überglücklich gewesen und hatte bei jedem geschneiderten Kleidungsstück gehofft, dass es in ein paar Jahren wieder normal sein würde, sich schick zu machen.

In Wilkins' Abwesenheit hatte Rosalind mit Miss Keller zu kämpfen. Die junge Frau hatte von ihm einige Aufgaben bekommen, konnte sie aber allein gar nicht bewältigen. Anfangs sagte sie nichts, wurde aber offenkundig immer verzweifelter. Schließlich entschied sich Rosalind, auf Miss Keller zuzugehen, die sogar einigermaßen dankbar für die Hilfe zu sein schien und endlich verstand, wo die Kabel ihres Messgeräts hingehörten. Oliver lächelte Rosalind ermutigend zu, aber sie wollte sein Lob nicht und verzog keine Miene.

Am nächsten Morgen stand Miss Keller wieder vor demselben Problem. Sie wusste nicht, wohin mit den Kabeln, und Rosalind zeigte es ihr noch einmal und zeichnete es ihr sogar auf. Am dritten Morgen hielt Miss Keller das Blatt Papier in den Händen, beugte sich vor und blinzelte, als wäre sie kurzsichtig.

Rosalind lehnte sich auf ihrem Stuhl zurück und verschränkte die Arme vor der Brust.

»Soll ich Ihnen eine Brille besorgen, Miss Keller? Oder ein paar Haarspangen kaufen? Wie sollen Sie denn etwas sehen, wenn Sie ständig diese Zotteln im Gesicht haben?«

Miss Keller ließ das Papier sinken und starrte vor sich hin. Rosalind sah nur ihren Rücken. Oliver hatte aufgehört, auf seiner Schreibmaschine herumzuhacken. Noch im selben Moment bereute Rosalind ihre Wortwahl.

»Kann Ihnen doch egal sein.« Miss Kellers Stimme klang gequetscht, als stünde sie kurz vorm Weinen.

Rosalind stand auf. »Tut mir leid.«

Miss Keller atmete tief durch. »Meine Brille ist kaputt. Komplett durchgebrochen. Mein Vater hat sich draufgesetzt.«

»Haben Sie sie zur Reparatur gebracht?«

»Ich brauche eine neue, haben die gesagt.«

»Und wie lang dauert das noch?« Rosalind war bereits mehrere Monate hier, und noch nie hatte Miss Keller eine Brille getragen.

Ohne sich zu ihnen umzudrehen, legte Miss Keller die Zeichnung ab und verließ wortlos das Labor.

»Verdammt«, murmelte Rosalind.

»Gib ihr ein bisschen Zeit«, sagte Oliver von seinem Schreibtisch aus.

Rosalind biss sich auf die Zunge, um nicht auch ihn noch anzufahren.

In diesem Moment kam Stokes herein und brachte einen merkwürdigen Geruch mit sich. »Dr. Franklin, wollen Sie grad mal nach nebenan kommen? Ich könnte Ihre Meinung gebrauchen.«

Sie folgte ihm. Merkwürdiger Geruch, dachte sie, nein, das war nicht der richtige Ausdruck. Es war ein unsäglicher Gestank, der immer schlimmer wurde, als sie ihm folgte und das Labor betrat.

»Um Himmels willen«, sagte sie leise.

Er zog seinen linken Hemdsärmel nach unten. »Ja, tut mir leid. Das ist Dorschrogen.«

»Dorschrogen?«

»Ich komme mit meinen Proteinen nicht weiter und dachte, ich schnuppere doch mal bei Ihnen und der DNA mit rein. Wilkins hat mich auf die Idee gebracht, die Kristallisation von Dorschrogen zu versuchen. Mal etwas anderes als Kalb oder Schwein. Deshalb der Gestank.«

»Funktioniert es?«

Stokes zeigte auf seinen Arbeitsplatz, Rosalind setzte sich auf den Hocker davor und sah durch das Lichtmikroskop. »Sieht doch ganz gut aus. Was sagt die molekulare Dichte?«

»Mittelmäßig, oder wie sehen Sie das?«

Bislang hatten sie nicht viel gesprochen. Randalls Warnung, dass Stokes lieber allein forschte, war ihr im Gedächtnis geblieben. Jetzt freute es Rosalind, dass er sich mit ihr austauschen wollte, und sie traute sich endlich, ihm eine Frage zu stellen.

»Sagen Sie mal, warum wollten Sie uns anfangs eigentlich nicht bei Ihren Proteinen dabeihaben?«

Er sah sie mit gerunzelter Stirn an. »Was meinen Sie?«

»Als ich neu hier war, meinte Randall, dass Oliver und ich nicht an den Proteinen arbeiten sollten, weil Sie sich allein damit beschäftigen wollten. Deswegen hat er uns die DNA zugeteilt.«

Stokes zupfte sich am Ärmel. »Das haben Sie vielleicht falsch verstanden …«

Rosalind schüttelte heftig den Kopf. Das war immer die erste Reaktion, wenn man als Frau einen Mann anzweifelte: dass man selbst etwas falsch verstanden hatte. »Nein, ich bin mir ganz sicher.«

»Dann hat vielleicht Randall etwas falsch verstanden? Ich weiß es nicht, Dr. Franklin, ich würde gern enger mit Ihnen zusammenarbeiten. Die Nukleinsäure ist doch so reizvoll …«

Ratlos sahen sie sich an, bis Stokes die Luft ausstieß. »Ich habe den Eindruck, dass Randall manchmal ganz schönen Bockmist macht …«

Sie nickte grimmig.

»Ich will mich aber auch nicht ungefragt in Ihr Fachgebiet einmischen«, sagte er.

»Ich bin viel zu neugierig«, gestand sie, »was man aus dem Dorschrogen machen könnte, um mein Revier zu verteidigen.«

Er zeigte auf sein Mikroskop. »Sie meinen, es könnte etwas werden?«

»Denke schon.« Sie stand auf. »Möchte Wilkins denn dann selbst mit dem Dorschrogen arbeiten oder Sie?«

»Normalerweise bin ich ein großer Theoretiker, aber in diesem Fall würde ich mir das gern selbst anschauen.«

»Versuchen Sie es. Wir können uns gern über Ihre Ergebnisse austauschen. Jetzt muss ich aber raus hier. Es stinkt ganz fürchterlich.«

Der Hyde Park summte und brummte vor Bienen, Hummeln, Kindern und sonnenverbrannten Kindermädchen. Rosalind war frühzeitig gekommen, damit die anderen sich finden würden. Als Nächstes kam Oliver, in einem leichten Pullover, kurzen Hosen und Sportschuhen.

»Also, wie geht das jetzt mit dem Ball und dem Schläger?«, fragte er munter.

Mitte Mai, so hatte John Randall vor Wochen angekündigt, werde das alljährliche Cricketmatch der Fakultät stattfinden. Eine Tradition, die ihm als großem Fan dieser typisch britischen Sportart heilig war. Vor allem die Damen waren explizit eingeladen, sich für die Biophysikmannschaft aufstellen zu lassen, und Rosalind hatte keine Sekunde gezögert. Auf der St. Paul's hatte sie Cricket und Hockey gespielt und mochte den Wettkampfgeist beim Teamsport.

Vorgestern hatte sie auf dem Flur vor ihrem Labor einen der Militärkerle spotten gehört: »Willy Wilkins ist garantiert froh, dass er noch in Italien ist. Der würde doch über seinen eigenen Schläger stolpern.«

Rosalind hatte grinsen müssen – der Typ hatte bestimmt nicht unrecht. Leiden konnte sie ihn trotzdem nicht.

Sie hatte sich bei Oliver erkundigt, ob er sich schon fürs Cricketspiel angemeldet hatte.

»Ich habe noch nie Cricket gespielt«, hatte er erklärt.

»Wirklich nicht? Wie wäre es, wenn ich es dir beibringe?«, hatte sie vorgeschlagen.

Und so standen sie nun neben der Cricket-Pitch im Hyde Park, wo sie in zwei Wochen mit der Fakultät spielen würden. Jean und Anne hatten sich auf Rosalinds Bitte sofort zu einer Übungsstunde bereit erklärt. Sie kamen angerannt, als Oliver gerade zum Spielfeldrand gegangen war, um seinen Pulli auszuziehen. Es war warm.

Anne schirmte die Augen mit den langen, pechschwarzen Wimpern ab und sah ihm hinterher. »Ist der jung. Hat er eine Freundin?«

»Süß ist er«, meinte Jean.

»Und so eifrig wie ein junger Hund«, frotzelte Rosalind.

Jean knuffte ihr in die Seite. »Einen jungen Hund kannst du dir noch erziehen.«

»Fangen wir an?« Oliver kam auf sie zu, warf den Ball hoch, drehte sich um sich selbst und fing ihn mit beiden Händen wieder auf.

Anne lachte. »Schau, er kann sogar Kunststückchen.«

Rosalind schob sie weg. »Mal sehen, ob er ordentlich werfen kann.«

»Ein Engländer, der noch nie Cricket gespielt hat?«, bemerkte Anne. »Dass es so etwas gibt.«

»Ich bin halb Franzose. Aber wie schwer kann es sein, einen Ball zu werfen?«

Rosalind schloss die Schnallen ihrer hochhackigen Mary Janes. Diese Art von Schuhen war völlig aus der Mode, aber sie hatte sie in einem Secondhandladen gefunden und sich sofort in sie verliebt.

Beim Aufrichten merkte sie, wie weh ihr die rechte Schulter tat. Nach dem Training hatte sich ein Muskelkater eingenistet, der sie vermutlich noch einige Tage begleiten würde. Die Bewegungsabläufe beim Cricket waren nach der langen Zeit schnell wieder da gewesen, aber die fehlende Übung bekam sie heute zu spüren.

Ursula kam aus Rosalinds Bad und stemmte die Hände in die Hüften. »Geht das so?«

Rosalind zog die Augenbrauen hoch. Ihre Cousine sah hübsch aus mit dem schwingenden Tellerrock und einer Bluse, die ihre mit Sommersprossen gesprenkelten Schultern frei ließ.

»Es soll zwar eine Gartenparty sein…«, sagte Rosalind zögernd.

»Zu sexy für den alten Mann?«

Rosalind nickte. Autsch, jetzt merkte sie auch ihren Nacken.

Ursula entschied sich für eine etwas züchtigere Bluse, und Rosalind lieh ihr einen breiten Gürtel, der ihre Wespentaille betonte. Zum Glück war es so warm, dass sie keine Strumpfhosen brauchten, denn die waren weiterhin Mangelware.

»Und was sagst du zu mir?« Rosalind blickte an sich herunter. Der Schnitt des rot-weiß karierten Kleids gefiel ihr, aber sie trug normalerweise gedecktere Farben.

»Mir gefällt's«, meinte Ursula.

»Wirklich?«

»Dreh dich mal.«

Rosalind drehte sich.

»Hm«, sagte Ursula.

»Doch nicht?« Rosalind sah nach den anderen beiden Kleidern, die an der Schranktür hingen.

»Doch, du Dummerchen. Du siehst toll aus. Aber vergiss nicht die weißen Handschuhe.«

Jean und Anne machten sich gern darüber lustig, wie eng die Franklins zusammenhielten und wie selbstverständlich es für Rosalind war, sich um alte Tanten und entfernte Vettern zu kümmern. In Paris hatte sie so oft Gastgeberin und Fremdenführerin spielen müssen, dass sie sich manchmal wie ein Reisebüro vorgekommen war. Aber so war die Verwandtschaft eben, bucklig und dennoch geliebt.

Ursula steckte diese Loyalität genauso in den Knochen. Deswegen war es auch an diesem Samstag keine Frage, dass sie zum Sommerfest ihres Großonkels Herbert gingen. Noch wusste niemand, was sie erwartete, aber dass es keine kleine Feier werden würde, war klar. Letztes Jahr im Oktober war er achtzig geworden und hatte angekündigt, dass er ab sofort keinen Herbstgeburtstag im trüben englischen Wetter mehr haben wolle, sondern sich bereits im Frühjahr feiern lassen würde.

Herbert Samuel war 1937 zum Viscount ernannt worden und besaß seitdem ein eigenes Wappen. In den Zwanzigerjahren war er als High Commissioner in Palästina gewesen und kannte sich mit der Lage dort noch immer besser aus als so manch anderer sogenannter Experte. Anders als Rosalind und ihr Vater, aber genauso wie Onkel Norman unterstützte er den Zionismus und saß nun für die Liberalen im Oberhaus.

Das Sommerfest fand auf seinem Anwesen statt, das mit seinem großzügigen Rasen und dem eigenen Wäldchen einem kleinen Schloss ähnelte. Die Gartenmöbel waren sorgfältig platziert, Tee und Häppchen wurden serviert, der Hausherr und seine Frau flatterten zwischen ihren Gästen herum wie zwei in die Jahre gekommene Schmetterlinge.

»Wie geht es dir, Rosalind?«, fragte eine Tante. »Gibt es denn schon einen jungen Mann, der dir gefällt? Wie alt bist du jetzt?«

»Was genau arbeitest du?«, erkundigte sich ein Onkel und ergriff sofort die Flucht, als sie versuchte, ihre Tätigkeit zu erklären.

Rosalinds Mutter hatte kunstvoll die Haare hochgesteckt und trug ein Kleid mit Blumenmuster, das sie zum hübschesten Schmetterling des ganzen Fests machte. Großonkel Herbert pflückte eine Blüte aus dem von Tante Helen organisierten Blumenschmuck und steckte sie ihr hinters Ohr.

Da kamen David und seine Frau Myrtle mit ihrer Einjährigen, die gleich die Ärmchen nach ihrer Tante Rosalind ausstreckte. Die Kleine wurde immer niedlicher und plapperte in Lauten, die nur ihre Eltern verstanden. Rosalind drückte sie an sich und gab ihr schmatzende Küsschen auf die Wangen und die aufgeregten Händchen, als wäre sie eine dieser nach Mottenkugeln duftenden alten Tanten, die keine persönlichen Grenzen kannten, doch die Kleine krähte vor Vergnügen. Rosalind wollte selbst keine Kinder, denn mit einer Karriere war das nicht zu vereinbaren. Aber sie liebte Babys und freute sich über jede Gelegenheit, ihre kleine Nichte zu sehen.

Am anderen Ende der Rasenfläche unterhielt Ursula sich mit einem gut aussehenden Mann, formte aber, als sie Rosalinds Blick bemerkte, mit Daumen und Zeigefinger der rechten Hand unauffällig ein C – ein Zeichen, das sie vor vielen Jahren eingeführt hatten, um sich zu signalisieren, dass es sich bei dem jeweiligen Gesprächspartner leider auch nur um einen Cousin handelte. Aus Ursula und Adam, den Tante Helen ihr nahegelegt hatte, war nichts geworden. Laut Ursula hatte er die grässlichsten Ansichten gehabt und konservativ gewählt. Also war sie weiterhin auf der Suche nach einem Ehemann. Womöglich hätte sie doch die schulterfreie Bluse anziehen sollen.

Rosalind holte sich ein wenig Obst vom Büfett und schlenderte über die Rasenfläche, bis sie eine niedrige Mauer erreichte, hinter der ein kleiner Teich lag. Auf der Oberfläche flitzten Wasserläufer hin und her.

Da hörte sie die Stimme ihrer Tante Helen und drehte sich um. »So, Naomi, du bleibst bei Ros. Ich will keinen Mucks mehr hören.«

Bevor Rosalind etwas sagen konnte, war Tante Helen auf und davon.

Naomi stellte einen Teller auf der Mauer ab und zog sich hoch. »Hey, Ros.«

Rosalind setzte sich neben sie. »Was ist passiert?«

Sie hielt Rosalind ihren Teller hin. »Willst du das aufessen?«

Rosalind beäugte ein angesäbeltes Stück Hühnchen und daneben eine gräuliche Masse. »Was ist das?«

»Erbsenpüree.« Naomi verzog den Mund. »Vielleicht kannst du das mit zur Arbeit nehmen und Erbsenkristalle züchten? Oder Schimmelkulturen?«

»Ich glaube«, sagte Rosalind, »der gute Herr Mendel hat sich schon ausreichend mit Erbsen beschäftigt.«

Sie aß das letzte Stück Obst und überlegte, ob sie noch mehr holen sollte.

»Wer?«, fragte Naomi.

»Gregor Mendel. Du wirst doch in der Schule von Mendel und seinen Erbsen gehört haben?«

»War das ein Koch?«

Rosalind verdrehte die Augen.

Naomi kicherte. »Hoffentlich war er besser als der von Herbert.«

»Komm.« Rosalind stand auf. »Ich hole mir noch etwas Ananas.«

Um die zu bekommen, hatte Großonkel Herbert mit Sicherheit seine diplomatischen Kontakte spielen lassen.

Während sie sich an den Gästegrüppchen vorbeischlängelten, erzählte Rosalind ihrer Cousine von den Vererbungsregeln des Gregor Johann Mendel, der als Augustinermönch im tschechischen Brünn vermutlich nie selbst gekocht hatte.

Man habe immer schon gewusst oder gesehen, erklärte sie, dass Nachkommen ihren Eltern ähnelten – das gelte für Menschen, Tiere und eben auch Pflanzen. Lange Zeit hatte man einfach die Samen von denen, die besser aussahen als andere, für die Saat im nächsten Jahr genommen, bis man im 19. Jahrhundert herausfand, dass die Informationen in den Pollen oder Sporen der Pflanzen gespeichert waren und von ihnen weitergetragen wurden, bei Tieren und Menschen entsprechend in Eiern und Spermien. Aber niemand wusste damals, wie das funktionierte.

Mendel konnte mit seinen gezüchteten Erbsen zeigen, dass die Vererbung bestimmter Eigenschaften ziemlich einfachen Mustern folgte und jede Erbse zwei Kopien jedes Merkmals besaß – eine von der Mutterseite und eine von der Vaterpflanze. Je nachdem, welche Kopie die dominante war, sahen die kleinen Erbsennachkommen entweder aus wie …

»Papa Erbse oder Mama Erbse«, unterbrach Naomi.

»Genau.«

Mit zwei gefüllten Obstschälchen schlenderten sie zurück zur Mauer.

Die nicht dominanten, also rezessiven Eigenschaften, erklärte Rosalind weiter, wurden aber auch mitvererbt und konnten in späteren Generationen wieder auftauchen. Das verfolgte Mendel über zahlreiche Generationen.

»Erbsengenerationen sind zum Glück relativ kurz. Das alles war der Anfang von dem, was wir heute Genforschung nennen. Der gute Mendel hat leider nicht mehr miterlebt, wie wichtig seine Erkenntnisse geworden sind. Angeblich hat er mal gesagt: ›Meine Zeit wird schon noch kommen.‹«

»Würde er sich für das interessieren, was du erforschst?«

»Bestimmt. Habt ihr wirklich in der Schule noch nie von den Mendelschen Regeln gehört?«

Naomi schob sich ein großes Stück Apfel in den Mund. »Das würde«, sagte sie mit vollen Backen, »doch nur zu Fragen führen.«

»Zu was für Fragen?«

»Wie Kinder entstehen.«

»Oh.« Rosalind spürte, wie sie rot wurde, und versuchte, die Verlegenheit gleich wieder abzuschütteln. »Das ist kein Grund, euch wichtiges Wissen vorzuenthalten. Gerade, weil so viele von euch etwas Naturwissenschaftliches studieren werden. Biologie ist Wissenschaft, keine Frage von Anstand und Moral.«

Sie hatte die Rechnung nicht mit ihrer Cousine gemacht. Die stellte ihr leeres Schälchen ab, verschränkte die Arme und streckte das Kinn vor. »Kannst du es mir denn rein biologisch erklären?«

»Was meinst du?«

»Wie entstehen Kinder?« Naomi starrte nervös geradeaus, ganz und gar nicht mehr vorlaut.

Rosalind räusperte sich. Was würde Tante Helen dazu sagen, wenn sie das jetzt erklärte? Aber war es für Naomi nicht besser, es nun von ihrer Cousine zu erfahren, als später im Studium – wie Rosalind selbst seinerzeit – eine Kommilitonin fragen zu müssen, die sich nur mit Mühe ein Grinsen verkniff?

Rosalind strich sich über den rot-weißen Karorock. »Willst du nicht lieber deine Mutter fragen?«

»Mit der kann ich nicht reden.« Naomi blickte noch immer konzentriert auf den Rasen. Die Spitzen ihrer weißen Schuhe waren grün verfärbt. »Sie ist so alt. Und sie erzählt mir bestimmt was vom Storch. Dass *das* nicht stimmt, weiß ich.«

Also gut. Biologie war Wissenschaft, keine Frage von Anstand und Moral.

Rosalind holte tief Luft.

Vorgestellt hatte sie es sich oft, aber bislang hatte sie noch nicht einmal einen Mann geküsst. Einunddreißig war sie inzwischen, und manchmal fragte sie sich, ob es überhaupt einmal passieren würde. Naomi hatte noch gefragt, ob Sex denn Spaß mache. Sicher, hatte Rosalind ausweichend geantwortet, wenn man die richtige Person gefunden habe.

Aber wer war die richtige Person für sie? Manchmal stellte sie sich vor, wie es gewesen wäre, wenn sie statt Rachel mit Jacques in der Schiffskabine gewesen wäre. Manchmal glaubte sie, dass sie nur in ihn verliebt gewesen war, weil er so unerreichbar wirkte. Sie hatte von Anfang an gewusst, dass er sich nicht auf romantische Weise für sie interessierte. Und nach fast einem halben Jahr in England hatte sie endlich das Gefühl, ihm nicht mehr nachzutrauern.

Auch am Sonntag hielt das Wetter. Randalls Cricketmatch begann um vierzehn Uhr, der Park war voller Menschen und Hunde, ein leichter Wind ließ die Bäume rascheln, würde aber keinen Cricketball von seinem Kurs abbringen.

Oliver hatte sich trotz des Trainings nicht aufstellen lassen und den Militärkerlen den Vortritt gelassen, die vier der elf Spieler ausmachten. Sie war die einzige Frau. Freda und Miss Keller schauten nur zu, genauso wie Wilkins, der doch schon wieder zurück in England war. Angeblich lernte er Fechten, und das passte zu ihm, dachte Rosalind gehässig. Warum nicht gleich Ballett? Wobei ihm dafür ganz sicher die nötige Kraft und Eleganz fehlen würden.

Randall war selbstverständlich dabei, sportlich gekleidet und genauso makellos wie sonst. Er war ein souveräner Spieler und reagierte sogar mit einer kurzen Ermahnung, wenn die spöttischen Bemerkungen der Militärkerle über Rosalind in Hosen, Rosalinds schwache Technik, Rosalinds zusammengekniffenes Gesicht zu laut wurden.

Mit jedem Kommentar hatte sie das Gefühl, ihre Zähne immer weiter zu zermalmen, so wütend war sie. Am liebsten hätte sie mit dem Schläger ausgeholt und die Typen quer über das Feld geschleudert. Im zweiten Inning stolperte sie im Infield über ihre eigenen Füße. Ihr Knöchel brannte, und sie begann zu humpeln, aber wollte unbedingt weiterspielen. Doch der Umpire schüttelte den Kopf und schickte sie vom Feld.

»Endlich ist die letzte Schwachstelle beseitigt«, grölte einer der Kerle.

»Nur die Schwach*köpfe* sind noch da«, konterte sie.

Oliver kam ihr entgegen. »Mach dir nichts draus. Du warst gut. Darf ich?«

Er streckte einen Arm aus, und sie ließ es zu, dass er sie um die Taille griff und stützte. Groß, wie er war, musste er dabei ein Stück in die Knie gehen. Während sie weiterhumpelte, versuchte sie, sich leicht zu machen.

»Ich halte dich schon, keine Sorge«, sagte er.

Sie ließ ihn ein wenig mehr von ihrem Gewicht übernehmen. Aber nur ein wenig.

Miss Keller, die mit einem Verbandskasten ausgestattet worden war, kam auf sie zu.

Rosalind ließ sich mit Olivers Hilfe am Spielfeldrand ins Gras nieder. »Ich brauche was zum Kühlen«, sagte sie zu Miss Keller.

Freda kam von der Tribüne. »Alles in Ordnung?«

»Nur ein bisschen verstaucht.«

Miss Keller öffnete den Verbandskasten und reichte ihr einen zusammengerollten Verband.

»Wie soll ich damit den Knöchel kühlen?«, fuhr Rosalind sie an.

»Anfeuchten«, sagte Miss Keller knapp.

Rosalind presste schon wieder die Kiefer aufeinander, während Oliver Wasser über den Stoff goss und ihr half, Schuh und Strumpf auszuziehen. Er sah auf und bemerkte die Schweißtropfen auf ihrer Stirn.

»Kannst ruhig fluchen«, sagte er grinsend.

Nicht zum ersten Mal fiel ihr auf, wie weiß seine Zähne waren. Immer wieder berührte er ihre Haut mit den Fingerspitzen. Sie zuckte überrascht zusammen, und er entschuldigte sich. Kurz musste sie die Augen schließen, um den Wunsch loszuwerden, dass es noch einmal passierte.

Er knotete einen zweiten Verband um das kühle, nasse Tuch und schloss resolut den Verbandskasten. »Wenn es schlimmer wird, bringen wir dich zum Arzt.«

»Danke.«

Miss Keller nahm den Verbandskasten mit und entfernte sich ohne ein weiteres Wort.

Freda ging zurück auf die Tribüne, während Rosalind und Oliver am Spielfeldrand sitzen blieben und sich von hier aus das Spiel ansahen. Sie genoss die Sonne auf dem Gesicht und den nackten Armen, war aber froh um ihre Mütze, weil es ihr sonst auf dem Kopf zu heiß geworden wäre. Während sie mit der Hand übers Gras strich, träumte sie von einem Bad in einem Bergsee.

»Ich habe neulich gesehen, dass Wilkins gern den *New Statesman* liest«, sagte Oliver plötzlich. »Den magst du doch auch, oder? Wilkins scheint eher links zu sein. Wenn auch nicht so links wie der alte Kommunist Mathieu im *Labo.*«

»Niemand ist so links wie Marcel Mathieu.«

»Und weißt du, was Wilkins neulich beim Rauchen erzählt hat? Seine Großmutter hat am Newnham College studiert. Wie du, Rosalind. Sie war eine der ersten weiblichen Studentinnen dort überhaupt. Außerdem ist Wilkins nach Frederick Denison Maurice benannt. Ist das nicht verrückt? Weißt du, wer das ist?«

Natürlich wusste sie das: der Gründer des Working Men's College, an dem ihr Vater unterrichtete. Oliver versuchte ganz offensichtlich, Gemeinsamkeiten zwischen ihr und Wilkins zu finden, damit Rosalind ihn besser leiden konnte. Sie hatte nur keine Lust dazu.

»Lass uns einfach hier sitzen, ja?« Sie legte sich ins Gras und schloss die Augen.

Ab und zu strich eine kühlende Brise über sie hinweg. Ob Oliver sie ansah? Sie bemerkte Gänsehaut auf ihren Armen und ein Ziehen unter dem Bauchnabel. Der nächste Windhauch kam ihr wie eine streichelnde Hand vor. Abrupt setzte sie sich auf und war zurück im Park. Das Krachen beim Zusammentreffen von Ball und Schläger hallte durch die Luft. Oliver neben ihr schluckte so laut, dass sie es hörte.

7

[Penicillin] *Penicillin ist ein Antibiotikum und wird gegen bakterielle Infektionen eingesetzt. Entdeckt wurde es von Alexander Fleming, der nach seinen Sommerferien einen Schimmelpilz in einer nicht ausgewaschenen Bakterienkultur fand.*

Mariefred, Schweden, Juni 1951

Der Schaffner half ihr, das Fahrrad aus dem Zug zu heben. Erst als er es auf dem Bahnsteig abgestellt hatte, durfte sie mit ihrem Rucksack die drei Stufen hinuntersteigen, während er ihr unterstützend die Hand hielt.

»*Tack*«, bedankte sie sich auf Schwedisch. Es war das einzige Wort, das sie sich auszusprechen traute.

Er tippte sich mit zwei Fingern an die Mütze, sprang auf, pfiff durchdringend, und der Zug fuhr weiter.

Vittorio stand mit verschränkten Armen am Gleis und grinste, alterslos wie immer, obwohl er ihr über zehn Jahre voraushatte. »*Bonjour*, Rosalind. Ist das etwa dein neuer Liebhaber?«

Rosalind sprang die wenigen Schritte auf ihn zu und umarmte ihn. Er roch nach Sonne und Haaröl. »Nur kein Neid.«

»Mir hat niemand aus der Bahn geholfen, als ich angekommen bin.«

Rosalind sah sich um. Sie freute sich auf die Tage, die vor ihnen lagen, auf die leuchtend grünen Wiesen, auf Bäume, die sich im leichten Wind wiegten, rote Scheunen, den weiten Himmel.

»Ich bin so froh.«

»Bist du nicht mehr beleidigt, dass sie dich aus dem Labor geworfen haben?«

Sie schüttelte den Kopf. »Kein bisschen. Jetzt bin ich einfach nur froh, dass wir so spontan zusammengefunden haben.«

Vittorio wusste bereits, dass sie Zwangsurlaub aufgebrummt bekommen hatte. Montag hatte sie noch konzentriert daran gearbeitet, ihren Röntgenstrahl auszurichten, als sich plötzlich jemand neben ihr geräuspert hatte.

»Ich störe ja nur ungern …«

Rosalind hatte sich nicht irritieren lassen, sondern weiter versucht, den richtigen Winkel zu finden. Erst dann würde sie, nach wochenlanger Vorarbeit, eine sinnvolle Aufnahme machen können. »Rosalind, ich störe wirklich ungern.«

Sie richtete sich auf und sah Freda Ticehurst böse an. »Dann tu es doch nicht.«

Freda zeigte auf Rosalinds Arm.

»Was ist denn?« Hatte sie etwa Dreck am Ärmel? Und warum war das wichtig? Aber Freda klopfte mit der Fingerspitze auf Rosalinds Armband, das ihr als Dosimeter diente.

»Du hast deine Strahlendosis längst überschritten.«

Rosalind stöhnte ärgerlich. »Ich muss das heute noch fertigkriegen, vorher gehe ich nicht nach Hause.«

»Du hast deine Strahlendosis für den ganzen Monat überschritten, meine Liebe.«

»Ich kann die Kamera nur richtig einstellen, wenn der Röntgenstrahl eingeschaltet ist. Das ist nicht so schlimm.«

Rosalind beugte sich erneut über ihren Versuch, bis wenig später wieder ein Räuspern neben ihr zu hören war. »Dr. Franklin.«

Sie richtete sich auf. Ihr Rücken schmerzte. »Professor Randall?«

»Zeigen Sie mir doch mal Ihr Armband.«

Schweigend nahm sie es ab und reichte es ihm.

»Kommenden Montag beginnt die Konferenz in Stockholm?«

»Genau.« Deshalb wollte sie ja diese Woche unbedingt noch eine gute Fotografie hinbekommen.

»Überlassen Sie das hier mal Raymond.« Oliver kam sofort herüber, ein kleiner Hund auf zu großen Pfoten. »Und Sie sind freigestellt, Dr. Franklin. Fahren Sie doch schon nach Schweden, gehen Sie wandern. Ich kann Sie zwei Wochen lang nicht mehr an die Röntgenapparate lassen.«

»Zwei Wochen?«

Sie hatte sich die Messwerte überhaupt nicht angesehen.

»Und das nächste Mal geben Sie mir früher Bescheid. Ich muss mich auf Sie verlassen können. Schönen Urlaub, Dr. Franklin.«

Und nun stand sie hier, etwas unterkühlt in ihrem Hemdblusenkleid, mit ihrem geliebten Rad und ihrem ebenso geliebten Freund und ehemaligen Pariser Kollegen Vittorio Luzzati, und würde eine Woche die schwedische Landschaft genießen. Vittorio hatte die Radtour mit seiner Frau Denise geplant, doch sie hatte sich den Fuß verletzt, und Vittorio hatte spontan vorgeschlagen, dass Rosalind mit ihm fuhr.

»Wie war die Anreise?« Vittorio hatte die dunklen Haare, auf die er so stolz war, kürzer geschnitten als sonst, was seine eleganten Gesichtszüge unterstrich. Seine Großmutter war einmal zur Schönheitskönigin von Apulien gewählt und von ihrer Familie fast verstoßen worden. Vittorio könnte bestimmt auch den einen oder anderen Wettbewerb gewinnen.

»Kompliziert«, sagte Rosalind. »Die Fluggesellschaft wollte mein Rad erst nicht mitnehmen, aber dann hat doch noch alles funktioniert.« Dass sie die ganze Zeit in der Enge wie eine Verrückte geschwitzt und Angst gehabt hatte, in lautes Geschrei auszubrechen, erwähnte sie nicht. »So habe ich mir die Fahrt über die Nordsee erspart. Da wird einem doch immer nur schlecht.«

Plötzlich kam ihr der Himmel viel düsterer vor, und sie ruckelte an den Satteltaschen, um sich zu vergewissern, dass sie noch fest saßen. Sie hätte Vittorio von den Sommerferien im Jahr 1939 erzählen können, als sie mit der ganzen Familie in zwei Autos durch Norwegen gekurvt waren, gezeltet, gefischt und sich mit Blaubeeren vollgestopft hatten, während ihnen das Aroma der Heidekräuter in die Nase gestiegen war und Rosalind vergeblich versucht hatte, ihren Brüdern mit angeblichen Bärensichtungen Angst zu machen. Erfolglos. Die Franklins fürchteten sich nicht vor der Natur, auch die kleine Jenifer nicht, die sich gerade von den Windpocken erholt hatte und wieder rote Wangen bekam. Rosalind und David hatten sogar eine Gletschertour geplant.

Als sie vom deutsch-sowjetischen Nichtangriffspakt erfuhren, war ihrem Vater sofort klar gewesen, was das für Europa bedeutete. Sie hatten alles zusammengepackt.

Mummy hatte David böse angesehen, als er bettelte, noch ein paar Tage zu warten, damit er auf den Gletscher konnte. Darauf würde es doch nicht ankommen.

»Ich fürchte«, sagte sie leise, »dass es genau darauf ankommen wird.«

Sie sollte recht behalten. Die Fähre, die sie von Bergen aus über die Nordsee nach England bringen sollte, war die vorletzte, die fuhr. Danach, so erklärte der Kartenverkäufer am Hafen mit tiefen Sorgenfalten, würde der Verkehr eingestellt.

Es war voll auf dem Schiff, der Wind knatterte ihnen um die Ohren, dann kam noch Regen dazu, der ihnen wie feine Nadeln ins Gesicht stach. Ihr Vater schob sie alle in den Innenraum.

Es war stickig, die Atmosphäre seltsam. Die eine Hälfte der Passagiere saß stumm da, mit den eigenen Gedanken beschäftigt. Die andere Hälfte, meist Männer, diskutierte laut. Sie fuhren sich gegenseitig ins Wort, meinten genau zu wissen, was Hitler vorhatte, wen er zuerst bombardieren, wann London fallen würde. Es könne gar nicht anders kommen, diesem Hass habe niemand etwas entgegenzusetzen.

Rosalinds Herz hatte schneller geschlagen. Krieg. Zerstörung. London in der Hand der Deutschen. Was würde mit ihrer Familie passieren? Man hörte so viel, was in Deutschland mit den Juden geschah, und selbst wenn nur ein Drittel davon der Wahrheit entsprach … Würden sie alle eingesperrt werden? Erschossen? Verscharrt? Was, wenn sie England nicht mehr rechtzeitig erreichten? Wenn sie für immer auf diesem überladenen Schiff bleiben mussten?

Das schien ihr plötzlich unausweichlich: Sie würden es nie mehr verlassen können. Nie wieder würden sie mehr vom Land sehen als einen schmalen Streifen in der Ferne. Der Boden unter ihren Füßen würde für immer schwanken.

Ihr Herz klopfte immer schneller, es wuchs in ihrem Körper, blies sich auf wie ein Ballon, schlug gegen ihre Rippen und drohte, sie zu zerbrechen. Sie öffnete den Mund und schrie, so laut sie nur konnte.

Rosalind fuhr zusammen. Die Erinnerung war so lebendig gewesen, und sie musste sich einen Moment vergewissern, dass sie immer noch mit Vittorio am Bahnhof von Mariefred stand. Sie kannte das schon. Während des Reisens gelang es ihr einigermaßen, die Angst zu verdrängen, unter der sie seitdem auf jeder Bootsfahrt, jedem Flug, in jeder Eisenbahn litt. Doch sobald sie sich entspannte, überfiel sie das Gefühl erneut. Sie war froh, wenn es erst geschah, wenn sie festen Boden unter den Füßen hatte, frische Luft um die Nase. Hier konnte ihr nichts passieren.

Vittorio sah sie aus seinen schwarzen Augen forschend an. Er kannte sie gut genug, um zu wissen, dass etwas in ihr vorging. »Alles in Ordnung?«

»Ja.«

Offenbar hatte sie ihn nicht recht überzeugt, denn er hob den Finger, wie er es tat, wenn ihm etwas einfiel – eine nervtötende Eigenschaft, für die sie ihn trotzdem liebte. »Was die Fahrt über die Nordsee angeht, so bauen sie angeblich demnächst Stabilisatoren in die Schiffe ein. Dann wird es angenehmer. Komm, ich bringe dich zur Unterkunft.«

Rosalind genoss es, den ganzen Tag mit Vittorio Französisch reden zu können. Seine Muttersprache war Italienisch, und sie hatten beide Freude daran, sich gegenseitig auf Fehler hinzuweisen, mit denen sie ihre geliebte Fremdsprache verunstalteten.

Er kam ursprünglich aus Genua und hatte den Zweiten Weltkrieg in Buenos Aires überlebt. Viel erzählt hatte er ihr davon nie, und sie wollte nicht an alte Wunden rühren. Sie wusste noch, wie sie herausgefunden hatte, dass auch er Jude war: Zu Beginn ihrer Zeit im *Labo* war ein alter Mitarbeiter, den sie gar nicht mehr kennengelernt hatte, verstorben, und alle hatten von ihr erwartet, dass sie zur Trauerfeier käme. Deshalb hatte sie sich bei Vittorio erkundigt, was man eigentlich zu einer christlichen Beerdigung anziehe.

»Das fragen Sie gerade mich?«, hatte er geantwortet. »Ich bin Jude, ich habe doch keine Ahnung.«

Sie hatten beide lachen müssen. Manchmal erkannte man sich wirklich nicht, so assimiliert, wie sie alle lebten. Rosalinds Vorfahren waren im 18. Jahrhundert aus dem schlesischen Breslau nach England gekommen, und aus dem Namen Fränkel war Franklin geworden. Es war nicht so, dass sie groß darauf achtete, wer jüdisch war und wer nicht, es war ihr nicht wichtig, und doch fiel ihr manchmal auf, dass die meisten Menschen, für die sie eine sofortige Sympathie verspürte, Juden waren. Bei Vittorio war es nicht anders gewesen.

»Schade, dass Denise nicht da ist«, sagte sie, als sie einen holprigen Weg entlangfuhren und schließlich schieben mussten, um sich die Felgen nicht zu verbiegen. Vittorios Frau, ebenfalls Chemikerin, agierte oft als Mittlerin, wenn Rosalind und Vittorio sich hitzige Gefechte über neue Forschungsmethoden lieferten. Sie diskutierten einfach zu gern, und Denise war die Einzige, die sie mit ihrem sanften Humor zum Schweigen bringen konnte. Aber Vittorio und Rosalind brauchten nur ein Grinsen auszutauschen, um zu wissen, dass sie wieder Freunde waren. »Ich hatte so auf ihre weisen Ratschläge gehofft.«

»Dafür hast du doch mich.«

Der Weg wurde enger. Rosalind ging voraus und drehte den Kopf ein wenig nach hinten, damit Vittorio sie hörte. Sie waren schon drei Tage unterwegs, Rosalind hatte eine rot verbrannte Nase und fühlte sich so leicht wie seit Langem nicht mehr. Dennoch wollte ihr die Situation am King's College nicht aus dem Kopf gehen. Als Wilkins aus Neapel zurückgekommen war, hatte er italienische Süßigkeiten dabeigehabt und sie großzügig im Labor verteilt. Rosalind hatte Schokolade bekommen und sich bedankt. Das war nett von ihm gewesen. Doch eine halbe Stunde später hatte sie ihn schon wieder angefahren, als er sich nach Daten erkundigte, die sie ihm längst auf den Tisch gelegt hatte.

Rosalind schob ihr Fahrrad an einem Schlagloch vorbei. »Du meinst, du kannst mir sagen, was ich mit Wilkins machen soll? Und mit Miss Keller? Diese Frau ist unglaublich, sie spricht ein seltsames Cockney, braucht eine neue Brille und kommt einfach nicht dazu, sich eine zu kaufen.

Und was Wilkins betrifft, weiß ich gar nicht, wo ich anfangen soll. Offiziell ist er mein Vorgesetzter, aber er hat mir überhaupt nichts beizubringen. Er ist so kraftlos, so ein Waschlappen, so furchtbar *middle-class*, Vittorio! Und Randall zwingt uns zusammenzuarbeiten. Ohne ihn wäre ich viel weiter.«

Sie feuerte noch ein paar Beschimpfungen in die gute schwedische Luft. Es tat so gut, alles rauszulassen. Doch hinter ihr herrschte Stille. Sie blieb stehen und wendete sich zu ihrem Freund um.

»Und? Wo bleiben jetzt deine weisen Ratschläge?«

Er wischte sich ein Insekt vom Oberarm. »Also, Ros, Denise würde es netter formulieren, aber ganz ehrlich, du bist furchtbar versnobt.«

Sie musste schlucken.

»Ich bezweifle nicht«, fuhr Vittorio fort, »dass du fachlich gesehen besser bist als er. Du bist besser als wir alle. Aber – er ist furchtbar *middle-class*? Und auf Miss Keller bist du sauer, weil sie sich keine neue Brille leisten kann?«

»Das habe ich doch gar nicht gesagt!«, rief sie.

»Ich kenne sie ja nicht.« Er schlug nach einer fetten Pferdebremse. »Aber du weißt besser als ich, dass euer Gesundheitsdienst überall Abstriche macht und bestimmt keine Brillen mehr bezahlt. Und wenn du über ihren Akzent lästerst, scheint sie nicht unbedingt eine Privatschulausbildung absolviert zu haben, so wie du. Vielleicht hat sie einfach kein Geld.«

Rosalind schwieg und spürte ihren Herzschlag im Kopf.

Hatte er womöglich recht?

Eigentlich dachte sie, dass sie durch ihren Aufenthalt in

Frankreich einen Blick von außen auf England gewonnen hatte und wusste, wie lächerlich die britische Klassengesellschaft war. Ein Italiener wie Vittorio erkannte mit Sicherheit nicht einmal, mit welchen kleinen Signalen sich die untere von der oberen Mittelschicht unterschied, aber sie, als Teil davon, bemerkte solche Herabsetzungen – und hatte gedacht, dass sie selbst davor gefeit sei.

Vittorio hatte garantiert recht: Miss Keller fehlte das Geld, um sich eine neue Brille zu leisten, und sie, Rosalind, hatte sich in ihrem Oberklassenwohlstand einfach keine Gedanken darum gemacht.

»Ihr Vater hat sich auf ihre alte Brille draufgesetzt«, sagte sie beschämt.

Vittorio griff nach seiner Flasche und nahm zwei Schlucke Wasser.

»Ich bin furchtbar, oder?«, fragte sie.

Er schraubte die Flasche wieder zu. »Zum Glück hast du furchtbar nette Freunde, die dir ab und an mit weisen Ratschlägen den Kopf zurechtrücken. Na los, weiter geht's, da vorn ist der Weg wieder geteert.«

Rosalind nahm sich fest vor, etwas für Miss Keller zu unternehmen, wenn sie wieder in London war.

Einige Tage und viele Ansichtskarten später waren sie in Stockholm, zur Zweiten Internationalen Kristallografie-Konferenz. Rosalind tauschte ihre leichten Stoffhosen und kurzärmligen Polohemden gegen ihre Arbeitsuniform, einen dunklen Rock und eine weißen Bluse. Beim Empfang erhielt sie ein Namensschild und befestigte es gerade an ihrer Kleidung, als ihr jemand von hinten auf die Schulter tippte. Vor Schreck stach sie sich mit der Sicherheitsnadel in den Finger.

Als sie sich umdrehte, sah sie in das gütige Gesicht von Dorothy Hodgkin.

»Dr. Franklin, wie schön, dass Sie hier sind. Sind Sie auch so seekrank geworden?«

Rosalind vergewisserte sich, dass das Namensschild hielt.

»Ach, Sie Arme«, sagte sie zu der zehn Jahre älteren Kollegin. »Ich habe das Flugzeug genommen und mir einfach alle Fähren erspart. Hoffentlich erholen Sie sich bald wieder.«

»Ganz bestimmt.«

Aber Dorothy Hodgkin bewegte sich auffallend langsam, und Rosalind fragte sich, ob dahinter nicht nur die Nachwirkungen der Seekrankheit steckten, sondern auch ihr Gelenkrheumatismus, durch den sie sich jedoch keinesfalls vom Arbeiten abhalten lassen wollte. Rosalind würde es genauso machen. Wie sollte man zu Hause sitzen bleiben, wenn es noch so viel zu entdecken gab? Vielleicht würde sie auch eines Tages in die Royal Society aufgenommen werden. Vielleicht würde sie auch wichtige Molekülstrukturen lösen, so wie es Dorothy Hodgkin zuletzt mit Penicillin gelungen war.

»Rosalind! Da bist du ja!« Rachel und Agnès kamen strahlend auf sie zu.

Es war das reinste Familientreffen, und sie freute sich, all die bekannten Gesichter wiederzusehen, als würde sie schon Jahrzehnte allein am King's College darben. Einsam und allein. Wilkins war zum Glück in England geblieben.

Aber Oliver war da und strahlte sie an. »Wie war eure Radtour? Du bist braun gebrannt. Sieht hübsch aus.«

»Danke.« Rosalind freute sich über das Kompliment, war aber nicht ganz bei der Sache. Sie sah sich um. Einer fehlte noch. »Ist Jacques hier?«

Oliver zog die Augenbrauen zusammen. »Ich habe ihn noch nicht gesehen.«

Auch als die Vorträge begannen, war er noch nicht da. Sie setzte sich mit ihrem Notizblock auf den Knien zu Vittorio. Oliver ließ sich auf ihrer anderen Seite nieder. Sie runzelte die Stirn, stand auf und setzte sich um.

»Stinke ich?« Er lachte verletzt.

»Ich will nur näher am Rand sitzen. Ich habe so viel Wasser getrunken.«

Eine andere Ausrede fiel ihr nicht ein. In Wahrheit wollte sie einen Platz neben sich frei haben. Rachel saß in einer der hinteren Stuhlreihen, und links und rechts von ihr war alles besetzt. So konnte Jacques sich neben Rosalind setzen.

Sie ließ den Blick durch den Saal schweifen. Es fühlte sich gut an zu wissen, dass all diese Menschen sich mit Kristallografie beschäftigten und sie jede Menge intelligente Fachgespräche würde führen können. Der Chemiker Linus Pauling vom Caltech in Kalifornien war der erste Referent. Er war nicht nur für seine Forschung bekannt, sondern auch für seinen Aktivismus – lautstark sprach er sich gegen Nuklearwaffen aus und war dafür kürzlich von höchster Stelle ausgezeichnet worden. Rosalind saß weit genug vorn, um seinen wachen Blick sehen zu können. Er galt als guter Showman.

Im letzten Moment schlängelte sich noch jemand auf den Stuhl links neben ihr, und sie konnte gerade noch ihr Halstuch retten, das sie dort abgelegt hatte.

»Entschuldigung.«

Einen kurzen Augenblick, nur einen kurzen Augenblick dachte sie, Jacques wäre da.

Ihr Herz machte einen Sprung.

Aber dann war der Augenblick vorbei, und der Mann sah Jacques nur noch entfernt ähnlich. Dieselbe Gesichtsform, dieselbe Haarfarbe, dasselbe Alter.

Sie lächelte gequält. Bestimmt war ihr die Enttäuschung ins Gesicht geschrieben.

Pauling stürzte sich in seinen Vortrag. Zum ersten Mal, sagte er, präsentiere er seine Ergebnisse vor internationalem Publikum. Er habe überzeugende Nachweise gefunden, dass Proteine aus regulären, einfachen Spiralstrukturen bestünden, einer Alpha-Helix. Das unterfütterte er theoretisch und warf mit Zahlen und Untersuchungsergebnissen um sich. Kurz vor Ende des Vortrags wurde das Funkeln in seinen Augen noch einmal intensiver, und wie ein Magier, der ein Kaninchen aus dem Hut zauberte, ging er auf einen Beistelltisch am Rande des Podiums zu, wo etwas unter einem dunkelblauen Tuch verborgen stand. Mit einer schwungvollen Geste zog er den Überwurf ab – und dort stand seine Alpha-Helix, aus bunten Plastikbällen modelliert.

Rosalind verdrehte die Augen. Pauling war also auch einer dieser Bastler. Doch abgesehen davon waren seine Nachweise überzeugend, und sie klatschte Beifall, genauso wie der Rest des Saals.

»Tja«, frotzelte Vittorio rechts neben ihr, »da lagen die Kollegen in Cambridge wohl falsch. Bragg wird sich in den Hintern beißen.«

»Hm«, erwiderte sie gedankenverloren. Eine Alpha-Helix. Ob Nukleinsäure auch so aussah? Sie musste herausfinden, warum sich das Wasser, wie sie es in letzter Zeit beobachtet hatte, so einfach durch die Säure hindurchbewegen konnte. Schnell machte sie sich eine Notiz: *Helix? Hydrophile Phosphate auf der Außenseite?*

Der Mann zu ihrer Linken beugte sich vor, um an ihr vorbei Vittorio ansehen zu können. Er roch angenehm nach frischer Wäsche.

»Bragg konnte leider nicht kommen«, flüsterte er. »Aber ich werde ihm alles haarklein berichten.« Er streckte die Hand aus und stellte sich vor. »Henry Dodd, wissenschaftlicher Mitarbeiter im Cavendish Laboratory in Cambridge.«

»Vittorio Luzzati. Sie müssen es Bragg ja nicht Wort für Wort so weitergeben, wie ich es eben gesagt habe. Also, das mit dem in den Hintern beißen.«

Henry Dodd lachte leise und sah Rosalind an, bis sie sich vorstellte. Auch Oliver nannte seinen Namen, aber mit gerunzelten Brauen.

Der nächste Vortrag begann. J. D. Bernal vom Birkbeck College in London war in der Branche nicht weniger bekannt als Pauling. Er galt als charismatischer, weiser Mann, als Sozialist mit einer Vision. Rosalind hatte ihn in Paris kennengelernt, als er seinen Kameraden Marcel Mathieu besuchen gekommen war. Er hatte sie um ihr Französisch beneidet und behauptet, er selbst höre sich in der Fremdsprache wie ein Fünfjähriger an. Das hatte ihr geschmeichelt. Als Rosalind dann auf Arbeitssuche in England gewesen war, hatte sie sich am Birkbeck College beworben, war aber wegen fehlender Veröffentlichungen nicht einmal zu einem Gespräch eingeladen worden.

Bernal verfolgte einen ganz anderen Ansatz als Linus Pauling und setzte, ähnlich wie Rosalind, viel stärker auf konkrete Daten.

»Am wichtigsten ist es, Annahmen und Ergebnisse immer wieder zu hinterfragen – und dafür die Röntgenkristallografie zur Hilfe zu nehmen«, lautete sein Schlusswort.

Rosalind applaudierte zufrieden. In der Pause sah sie, wie sich die Forscher in zwei Grüppchen um Pauling und Bernal scharten. Wenn Bragg vom Cavendish Laboratory da gewesen wäre, hätte es noch eine Gruppe gegeben.

Ihr Sitznachbar Henry Dodd stellte sich mit einem Lachshäppchen neben sie. Er sah wirklich nicht aus wie Jacques. Nur ein bisschen und nur unter bestimmten Lichtverhältnissen.

»Was sagen Sie, Dr. Franklin?«

Sie nippte an ihrem Kaffee. »Ich bin noch unentschlossen.«

»*Hydrophile Phosphate auf der Außenseite*«, zitierte er ihre Notiz. »Denken Sie an die DNA?«

»Möglicherweise. Aber eine Lady notiert und schweigt.«

»Und ein Gentleman behält alles für sich, was er ausspioniert hat. Trotzdem eine interessante Idee.«

»Sie sind wissenschaftlicher Mitarbeiter?«, fragte Oliver, der plötzlich aufgetaucht war. »Von welcher Fachrichtung kommen Sie?«

»Ich habe Chemie studiert.«

»Was genau?«

Rosalind beobachtete, wie Dodd sich ein wenig unter Olivers direkten Fragen wand, aber auch sie hätte gern mehr über ihn gewusst. Auf einer Fachkonferenz durfte man sich doch wohl nach dem wissenschaftlichen Hintergrund der Kollegen erkundigen, oder?

Da stellte sich Dorothy Hodgkin zu ihnen, und Dodd begrüßte sie begeistert, regelrecht ehrerbietig.

»Es wird interessant, Dr. Franklin«, sagte sie. »Ich war ja schon auf so einigen nationalen und internationalen Konferenzen. Diese hier ist anders.«

»Inwiefern?«

»Bislang waren wir ein großer, kollegialer Haufen. Jetzt werden die Messer gewetzt. Es geht plötzlich ums Gewinnen oder Verlieren. Wer löst das Rätsel um die Gene zuerst?«

Rosalind sah sich die Männer an, die lachten und rauchten, schwedischen Fisch vom Büfett aßen und sich gegenseitig auf die Schulter klopften.

Sie drückte ihr Notizbuch an sich. Was sie an den Naturwissenschaften faszinierte, war die Möglichkeit, neue Erkenntnisse zu erlangen. Manchmal waren es bahnbrechende Entdeckungen, die im Handumdrehen alles veränderten, manchmal dauerte es Jahrzehnte, bis das letzte Puzzlestück gefunden wurde. All das brachte die Menschheit voran, nach und nach. Und so gesehen war die naturwissenschaftliche Forschung durchaus selbstlos. Aber eben nicht nur: Wenn es wirklich ums Gewinnen und Verlieren ging, wollte sie unbedingt gewinnen. So viel war klar.

Als sie nach den zwei Wochen zurück ins Labor kam und von Randall, der an diesem Tag eine knallrote Fliege trug, als Erstes ein neues Dosimeter bekam, hatte sie, anders als Wilkins nach seinem Italienaufenthalt, keine Schokolade dabei.

Nur Oliver legte sie ein Päckchen hin. Sie hatte blaues Geschenkpapier und gelbes Band gefunden – wenn man guten Willens war, erkannte man die schwedische Flagge. Es war früher Morgen, Wilkins und Miss Keller waren noch nicht da.

Olivers Augen leuchteten. »Für mich?«

»Alles Gute zum Geburtstag.« Fünfundzwanzig wurde er heute, der Jungspund.

»Danke schön, Rosalind.« Mit eifrigen Fingern löste er die Schleife und hielt inne. »Die schwedischen Farben.«

Sie nickte lächelnd.

Dann hielt er das Buch in den Händen, das sie heimlich in Stockholm für ihn gekauft hatte. Sie hatte etliche Buchhandlungen durchstöbert, um es zu finden.

»Erwin Schrödinger!«, rief er und bewegte stumm die Lippen, um den schwedischen Titel zu entziffern.

»*Vad är liv?*«, las Rosalind vor. »Ich habe mir in der Buchhandlung beibringen lassen, wie man es ausspricht. Ungefähr so muss es klingen.«

Er sprang auf und umarmte sie. Sie spürte, wie er sie an sich drückte, wie weich sein Bauch und wie fest dagegen seine Brust war, gegen die sie ihre Wange legen musste.

Schon hatte er sie wieder losgelassen. »Danke, Rosalind. Meine Sammlung wächst und wächst.«

Oliver hatte ihr bereits in Paris von seiner kleinen Bibliothek erzählt, die er sich aus verschiedenen Übersetzungen von *What is Life?* zusammengestellt hatte: Englisch, Französisch, Deutsch, Italienisch, Spanisch.

Sie alle liebten die Abhandlung des Nobelpreisträgers, jeder und jede von ihnen hatte eine Schrödinger-Phase durchlaufen und über das berühmte Gedankenexperiment mit der Katze diskutiert, die gleichzeitig lebendig und tot sein musste.

»War mir eine Freude«, meinte Rosalind. »Dafür musst du mit mir in dieses neue indische Restaurant gehen. Mein Bruder hat erzählt, es soll richtig gut sein.«

Er verdrehte im Spaß die Augen, als sei das eine zu große Bitte, aber sein Gesicht zeigte, dass er sich freute. »Ich kann dich abholen. Ich habe mir nämlich vorgestern ein Motorrad gekauft.«

»Ich liebe Motorräder! Hast du einen Führerschein?«

»Seit Jahren.«

»Wann holst du mich ab?«

»Um sieben Uhr morgen Abend?«

»Abgemacht.«

Plötzlich stand er auf. »Schau mal, wir haben von Erwin Chargaff von der Columbia neues DNA-Material bekommen.«

In diesem Moment kam Wilkins ins Labor, und Oliver, der die Hand nach einem der Fläschchen ausgestreckt hatte, zog sie wieder zurück.

»Wie sind die neuen DNA-Fasern?«, fragte Rosalind neugierig in Wilkins' Richtung. Der brummelte etwas von Kaffee, stellte seine Tasche ab und verließ den Raum.

Rosalind seufzte. Alles war beim Alten. Schokolade hatte er nicht verdient.

Am Abend lag ein Brief von Jacques im Briefkasten. Seine steile, schmale Schrift erkannte sie sofort. Es war ein dicker

Umschlag, und sie drückte darauf herum, während sie ihn mit nach oben nahm. Das waren mindestens vier Seiten. Er würde erklären, warum er es nicht nach Stockholm geschafft hatte, und ihr nach der langen Zeit noch viele andere Dinge erzählen. Ihr Herz klopfte schneller, aber das lag an den vier Etagen. So unbeteiligt wie möglich zog sie sich langsam die Schuhe aus. Hängte sorgfältig den Mantel an die Garderobe. Setzte in der Küche einen Kessel Teewasser auf. Sie hatte Zeit.

Und dann konnte sie sich doch nicht mehr zurückhalten: Hastig zog sie die Schublade auf, griff sich das nächstbeste Messer und öffnete den Umschlag. Die Kanten zerrissen. Sie blickte vorsichtig hinein – ein Artikel aus einer Zeitschrift? Ein Zettel lag dabei, ein halber Zettel, man sah die Kante, an der er ihn auseinandergerissen hatte. *Dachte, das könnte dich interessieren! Gruß, J.*

Sie faltete die Seiten auseinander. Mit Tränen in den Augen konnte sie kaum entziffern, was er ihr da geschickt hatte. Dass er sie nie als Frau wahrgenommen hatte, daran hatte sie sich längst gewöhnt. Doch dass er sie als Wissenschaftlerin nicht ernst nahm? Oder was sollte sie mit einem Artikel aus dem *Ladies' Home Journal*, in dem erklärt wurde, wie ein Atom aufgebaut war?

Es reichte. Jacques Mering hatte es nicht verdient, dass sie ihm auch nur einen einzigen Gedanken widmete.

Tränenblind ließ sie Umschlag, Artikel und Notiz fallen und musste im nächsten Moment das Papier vor der Flamme des Gasherds retten, um ihre Küche nicht in Brand zu stecken.

Wie es wohl war, gleichzeitig tot und lebendig zu sein?

8

[Wilhelm Conrad Röntgen] *Deutscher Physiker (1845–1923), der die X-Strahlen (heute Röntgenstrahlen) entdeckte, elektromagnetische Wellen, mit denen man zum Beispiel Knochen und innere Organe sichtbar machen kann. In der Kristallografie helfen sie, die Anordnung von Atomen darzustellen.*

King's College, London, August 1951

Verärgert legte Rosalind die letzte Aufnahme zur Seite und betrachtete sehnsüchtig ihr Monstrum. Inzwischen war klar, dass es nicht helfen würde. Wilkins' Apparat mit der Büroklammer war definitiv besser, aber auch da war die Kamera einfach nicht fein genug justierbar, um ordentliche Fotografien der Kristallstrukturen anzufertigen. Jetzt hatte sie ihn aus reiner Unaufmerksamkeit kaputt gemacht. Die campuseigene Werkstatt, die ihnen sonst jeden Wunsch erfüllte, hatte ausnahmsweise kein Ersatzteil da, und somit war das letzte Bild alles, was sie hatten.

Dreiundzwanzig Fotografien gab es inzwischen von der Signer-DNA, und eine war schlechter als die andere. Das Material von Chargaff behielt Wilkins für sich, ohne Erklärung.

Noch einmal nahm Rosalind sich das Bild vor. Eine Wahrsagerin könnte daraus vielleicht Rosalinds Zukunft lesen, doch die sah nicht rosig aus, sondern wie ein unregelmäßiger, wirrer Haufen schwarz-weißer Sprenkel, verwischt und verlottert. Wie sah diese verdammte DNA aus? War sie eine gewundene Helix oder vielleicht platt wie eine Flunder? Nichts ließ sich erkennen. Sie schob den Abzug unter einen Stapel Papiere, damit sie ihn sich nicht mehr ansehen musste. Abheften würde sie ihn morgen, in ihre Galerie der Fehlschläge.

So würden sie nie schneller sein als Linus Pauling.

Müde ließ Rosalind sich mit dem Bus nach Hause schaukeln, müde sah sie in den leeren Briefkasten, müde stieg sie zu ihrer Wohnung hinauf.

Auf der obersten Treppenstufe saß jemand und wartete auf sie.

»Naomi?«

Ihre Cousine stand auf. »Hey, Ros.« Sie klang nervös.

»Komm rein.« Rosalind wollte erst ihre Schuhe ausziehen und ein großes Glas Wasser trinken, bevor sie sich mit ihrem unerwarteten Gast näher auseinandersetzte. Doch sobald sie die Tür hinter sich geschlossen hatten, wurde aus ihrer sechzehnjährigen Cousine ein kleines Mädchen, das ihr um den Hals fiel und bitterlich zu schluchzen begann.

Rosalind rieb ihr den Rücken. »Was ist denn los?«

Naomi schniefte laut und kramte nach einem Taschentuch. Rosalind führte sie in die Küche und stürzte ein Glas Wasser hinunter. Dann musste frischer Tee her.

Naomi setzte sich, sprang wieder auf, kam auf sie zu, und

aus dem Schniefen wurde ein Lachen, wie bei einem Gewitter zogen alle Emotionen gleichzeitig über ihr Gesicht.

»Ich bin geküsst worden. Oder ich habe jemanden geküsst. Oder beides.«

Sie hüpfte auf und ab wie ein kleines Mädchen.

Sie *war* ein kleines Mädchen.

Rosalind war doppelt so alt.

Und ungeküsst.

Das tat weh, irgendwo tief im Bauch.

Aber sie würde jetzt den Teufel tun und auf ihre kleine Cousine neidisch sein.

»Hast du … Bist du …?« Sie wusste gar nicht, was sie sagen sollte. »Wie heißt er denn?«

»Liam.« Naomi strahlte. »Liam O'Donnell.«

»Irisch?«

»Ja.«

»Und woher kennst du ihn?« Rosalind entschied sich fürs Ausfragen.

»Von der Schule.«

»Stand er bei den Jungen vor dem Tor, als ich zu Besuch war?«

»Ja.« Naomi lachte. »Das hast du gemerkt?«

»Dein Verhalten war nicht gerade subtil.«

»Sein Hockeyverein trainiert nach unserer Stunde. Zuerst haben wir uns nur angelächelt, dann hat er mich angesprochen, und wir haben immer länger geredet. Er will mit mir ins Kino gehen.«

»Hast du deine Mum schon gefragt?«

Naomi war plötzlich sehr damit beschäftigt, das Teesieb

herauszunehmen und den Deckel auf die Kanne zu setzen, exakt so, dass das Blumenmuster ordentlich ausgerichtet war.

»Ich dachte, du könntest das machen.«

»Für dich deine Mum fragen?«

Naomi seufzte herzzerreißend. »Sie wird es mir nie erlauben, Ros. Weil es in der Schule nicht gut läuft, und außerdem ist sie so alt, sie weiß doch gar nicht mehr, wie das ist.«

»Seit wann läuft es nicht gut in der Schule?«

Naomi verzog das Gesicht. »Ich wusste, dass du danach fragen würdest.«

»Du warst doch immer so gut.« Rosalind erinnerte sich, wie Naomi bei ihrem Vortrag lustige Bemerkungen gemacht hatte. Klassenclown und gute Noten mussten sich nicht ausschließen, aber gewundert hatte es sie schon. »Welche Fächer machen dir denn Probleme?«

»Ach, Ros, hör auf. Mum geht mir genug auf die Nerven damit.« Das Blumenmuster saß immer noch nicht perfekt. Naomi ruckelte am Deckel der Kanne herum.

»Wenn du Medizin studieren willst, müssen deine Noten nicht nur gut sein, sondern herausragend.«

Mit einem Mal hatte Naomi den kugelförmigen Griff des Kannendeckels in der Hand.

»Entschuldigung. Kann man Porzellan kleben?«

»Denke schon.« Rosalind nahm ihr die beiden Stücke ab.

Sie wusste, dass Naomi über ihren Liam und den Kuss und das Kino sprechen wollte, aber wieso kam sie damit gerade zu ihr? Wusste nicht die ganze Familie, dass sie keine Erfahrungen mit Männern hatte? Warum sprach Naomi nicht zum Beispiel mit Ursula? Aber die beiden waren nie ganz so eng gewesen. Ursula hatte als Mädchen mit Kindern nichts anfangen können, wohingegen Rosalind sich gern mit der kleinen Naomi beschäftigt hatte.

»Sagt dir der Name Ethel Strudwick etwas?«, fragte sie. Strudwick war eine der frühen Direktorinnen der St. Paul's gewesen.

»Willst du, dass ich sie zitiere?«

»Kannst du?«

Naomi ächzte, als wäre sie von allen sieben Plagen gleichzeitig getroffen worden: *»Jedes Mädchen wird auf der St. Paul's auf eine Karriere vorbereitet. Die High Mistress ist überzeugt, dass eine Frau nur dann eine Daseinsberechtigung hat, wenn sie etwas Nützliches aus ihrem Leben macht.«*

Rosalind stellte das Teegeschirr auf ihr geliebtes französisches Tablett und trug es hinüber ins Wohnzimmer. Naomi folgte und griff nach dem Schürhaken, um fahrig im erloschenen Kamin herumzustochern. Asche wirbelte auf, und Rosalind nahm ihr das Werkzeug ab.

»Setz dich lieber, und gieß den Tee ein.«

Naomi gehorchte.

Nachdem Rosalind ein kleines Feuer gemacht hatte, setzte sie sich zu ihr. »Erzähl mir von Liam.«

»Er ist zwei Jahre älter als ich und praktisch mit der Schule fertig. Er will am Birkbeck College Ingenieurwesen studieren.«

»Am Birkbeck?«

»Ja. Er ist unheimlich intelligent, Ros.« Sie lachte auf. »Und er hat so einen süßen Dialekt. Daddy hasst die Iren, aber das ist doch Unfug.«

»Das stimmt.« Rosalind schämte sich immer noch für ihre eigenen Vorurteile, was Miss Keller und ihren Cockney-Akzent anging, sodass sie Naomis Vater nicht ausdrücklicher verurteilen konnte. Noch immer hatte sie sich bei Miss Keller nicht entschuldigt.

»Er mag auch Charlie Chaplin«, fuhr Naomi fort. »Wie du. Welcher ist dein Lieblingsfilm?«

»Ach, das kommt ganz drauf an.«

»Auf die Stimmung«, beeilte Naomi sich zu sagen. »Das meint er auch. Wenn man lustig drauf ist, will man *A Dog's Life*, aber wenn man keine gute Laune hat, eher *The Kid*.«

Rosalind merkte genau, dass Naomi sie einwickeln wollte, damit sie Liam sympathischer fand. Sie konnte sich kaum vorstellen, dass ein Achtzehnjähriger sich so für diese alten Kamellen begeistern konnte.

»Möchtest du Liam mal kennenlernen? Und wenn du ihn magst, würdest du dann mit meiner Mutter reden? Wenn nicht, lasse ich dich in Ruhe. Versprochen.«

»Gut. Warum eigentlich nicht?«

»Danke!« Naomi stieß den Stuhl nach hinten und umarmte Rosalind, die gar nicht schnell genug aufstehen konnte.

»Aber was ist mit deinen Noten? Brauchst du Hilfe?«

»Ach nein.« Naomi trank den Tee in großen Schlucken. »Ich rufe dich an, wenn ich weiß, wann Liam Zeit hat, ja?«

Und schon war sie verschwunden.

Es wurde Zeit, gegen die eigenen Vorurteile anzukämpfen. Rosalind brauchte noch einige Tage, bis sie sich entschloss, auf Miss Keller zuzugehen. Schon ab elf sah sie auf die Uhr, und als es endlich spät genug war, stand sie vom Schreibtisch auf, strich sich den Rock glatt und steckte eine Strähne fest, die sich gelöst hatte. Es war ein Wunder, dass ihre Haare nach der vormittäglichen Mathematik nicht noch wirrer aussahen. Ihre Daten hatten noch immer kaum zu irgendwelchen Ergebnissen geführt.

Wortlos ging sie an Wilkins und seinem Mikroskop vorbei. Freda hatte ihr erzählt, dass er als kleiner Junge selbst Mikroskope gebaut, Linsen geschliffen und ein Fernrohr konstruiert habe, um in die Sterne zu schauen. Sie wusste inzwischen einiges über ihn, obwohl sie selbst nur über Berufliches mit ihm sprach. Neben einer Ex-Frau und einem Kind hatte Wilkins eine Schwester namens Eithne, die seit einer Sepsis im Kindesalter gehbehindert war, erfolgreich als Übersetzerin arbeitete und gelegentlich düstere Gedichte in kleinen Magazinen veröffentlichte.

Ob Freda ihm auch Dinge von ihr erzählte? Dass sie gern kochte, nähte und noch nie eine Beziehung gehabt hatte, während ihre junge Cousine so furchtbar verliebt war?

Miss Keller schien ebenfalls mit ihrer Rechnerei zu kämpfen. Rosalind blieb neben ihr stehen. »Wollen wir Mittagspause machen?« Sie hörte selbst, wie steif sie klang. »Auf The Strand gibt es ein nettes Café.«

Miss Keller sah auf, die Konzentration wich aus ihrem Blick und machte Unsicherheit Platz. »Ich hab mir was mitgebracht«, sagte sie, »wie immer.«

»Kommen Sie, ich lade Sie ein.« Rosalind drehte sich um und ging ihren alten Sommermantel holen, der an der windschiefen Garderobe hing. Nächstes Jahr brauchte sie dringend einen neuen. Auf der Straße sah sie öfter Petroltöne, die ihr gut gefielen. Rosalind kramte in ihrer Tasche. Da war das Etui, das sie gleich brauchen würde.

Erleichtert sah sie, dass auch Miss Keller ihre Sachen zusammengesucht hatte. Schweigend gingen sie durch den langen Flur, über den zerbombten Innenhof und die betriebsame Straße entlang, an Studenten, einem Leierkastenmann, einer Bettlerin und einem stinkenden Hundehaufen vorbei, bis sie das Café erreichten. Rosalind war schon einmal mit Freda hier gewesen. Sie mochte es nicht besonders, das Essen war höchstens akzeptabel, aber sie wollte ja nicht versnobt wirken und Miss Keller deshalb nicht in das französische Bistro führen, in dem sie viel lieber zu Mittag aß.

Sie zeigten beide gleichzeitig auf den Stuhl, von dem aus man durchs Fenster auf die Geschäftsstraße blicken konnte.

»Setzen Sie sich ruhig«, meinte Rosalind.

»Nein, Sie.«

»Ich kann mich wirklich …« Dann zuckte Rosalind mit den Schultern und nahm Platz. Auf dem Tisch lag eine Speisekarte, die sie an sich nahm. »Darf ich bestellen?«

Miss Keller nickte kurz, augenscheinlich immer noch verwirrt ob dieser ungewohnten Freundlichkeit. Rosalind fragte sich, wie sie die angespannte Atmosphäre lockern könnte. Die Kellnerin kam und nahm die Bestellung auf, und Rosalind entschied sich, gleich den sprichwörtlichen Stier bei den Hörnern zu packen. Aus ihrer Tasche zog sie das Etui, das sie seit Anfang der Woche mit sich herumtrug, und legte es etwas zu heftig auf den Tisch.

»Ich habe Ihnen eine Brille besorgt. Ich weiß natürlich

nicht, welche Stärke Sie brauchen, aber besser als nichts wird sie allemal sein.«

Verwundert blickte Miss Keller zwischen dem Etui und Rosalind hin und her. »'ne Brille?«

»Sie können nicht so kurzsichtig im Labor arbeiten. Hier.« Sie schob das Etui über den Tisch. »Probieren Sie sie mal.«

Vorsichtig nahm Miss Keller die Brille heraus.

»Ich habe sie aus zweiter Hand«, sagte Rosalind. Was nicht stimmte. Aber sie hatte sich gedacht, dass Miss Keller bestimmt nicht mit ihr zum nächsten Optiker gehen und ihr dabei zusehen würde, wie sie ihr eine nagelneue Brille kaufte. Dennoch fand sie in diesem Moment, dass sie ein schöneres Modell hätte besorgen können. Noch während Miss Keller das Gestell in der Hand hielt, sah Rosalind, dass es viel zu klobig für das schmale Gesicht war.

»Kann ich nicht annehmen«, nuschelte Miss Keller.

»Es ist ja kein Geschenk, um das ich eine Schleife gebunden hätte«, erwiderte Rosalind. »Es ist ein Arbeitsutensil. Ohne Brille ist Ihre Sicherheit nicht gewährleistet.«

Endlich setzte Miss Keller sie auf. Rosalind sah, wie Erleichterung in ihre Augen trat.

»Passt die Stärke in etwa?«

»Absolut«, sagte Miss Keller in breitem Cockney. Und dann ganz leise: »Danke.«

»Ich versteh's nicht«, murmelte Oliver. Er hatte den Kopf in den Nacken gelegt und starrte in den Londoner Himmel. Das Dämmerlicht fiel auf seinen hellen Hals, wo er sich heute Morgen unübersehbar beim Rasieren geschnitten hatte.

Er hatte sie überredet, ihn zum Festivalgelände zu begleiten und mit ihm ein paar Fahrgeschäfte auszuprobieren. Die Strecke dorthin hätten sie eigentlich laufen können, aber er hatte ihr einen Helm gereicht, und sie waren mit seinem Motorrad durch den langsamen Stadtverkehr geknattert.

Seit Wochen hatten sie vom Nordufer der Themse aus beobachtet, wie auf dem vernachlässigten Gebiet auf der gegenüberliegenden Seite ein Vergnügungspark hochgezogen worden war. Im Mai hatte der König die Royal Festival Hall und damit die Weltausstellung eröffnet. Sie war für 1943 geplant gewesen, doch der Krieg hatte dem Ganzen einen Strich durch die Rechnung gemacht. Jetzt kam das Festival genau zum richtigen Zeitpunkt und sorgte für ein wenig mehr Freude in den Gesichtern der Menschen, die noch immer mit Entbehrungen zu kämpfen hatten. Rosalind war bereits mit der ganzen Familie dort gewesen, hatte den Dome of Discovery besucht, in dem die Erforschung von Land, Wasser und Weltraum dokumentiert wurde, sowie den Skylon, diese merkwürdige Konstruktion, die so aussah, als käme sie direkt aus dem All. Schlank wie eine Nadel schwebte sie scheinbar ohne Halt über dem Festivalgelände. »Wie die britische Wirtschaft«, hatte ihr Vater gescherzt, »völlig haltlos, völlig ohne Fundament.«

Jetzt stand sie mit Oliver vor dem Skylon und war versucht, denselben Scherz zu machen.

»Eine Tensegrity-Struktur«, erklärte sie.

»Das habe ich auch gelesen«, meinte er, ohne seinen Blick vom Skylon zu lösen. »Eine Kombination aus Zug und …«

»Zug und Druck. *Tension* und *integrity*. In der Dämmerung sieht es sogar noch spannender aus als im Hellen.«

Oliver blieb noch eine Weile so stehen, während sie ihn beobachtete. Was spürte man, wenn man verliebt war, so wie Naomi? Rosalind war, jedenfalls hatte sie das gedacht, in Jacques verliebt gewesen, aber wenn sie sich richtig erinnerte, hatte sie nie gleichzeitig so überschwänglich lachen und weinen müssen wie ihre Cousine. Weinen, ja, wenn er wieder einmal kein Interesse an ihr gezeigt hatte, aber das konnte doch nicht alles sein, oder? Und war Oliver in sie verliebt? Wenn er wirklich etwas für sie empfand, hätte er nicht längst mehr unternommen, als sie anzustarren wie ein kleiner Hund?

Da waren seine Fingerspitzen gewesen, als er sie beim Cricket verbunden hatte. Und seine Umarmung als Dank für den Schrödinger. Andererseits umarmte und verarztete man sich auch unter Kollegen oder Freunden.

Wie es wohl wäre, ihn zu küssen? Die gepflegten Zähne waren ihr schon öfter aufgefallen, und seine Lippen waren auch schön, keine Frage.

»Alles klar?«, fragte er verwundert.

»Ja, sicher. Alles klar.« Wie peinlich. Sie hatte seine Lippen angestarrt. »Bereit für die Achterbahn?«

Es war noch ein Stück zu laufen bis zum Battersea Park. Als Rosalind erneut anfing, über die Eigenschaften von Tensegrity-Strukturen zu sprechen, legte Oliver ihr mit einem Mal einen Arm um die Schultern. Er roch nach Zitrusfrüchten oder Bergamotte.

»Schau mal, der da«, flüsterte er nah an ihrem Ohr und wies mit der Nase auf einen viktorianisch gekleideten Besucher, der mit Stock und Zylinder über den Gehweg flanierte.

Ihr lief ein Schauer über den Nacken und den ganzen Rücken herunter.

Was sollte sie machen mit diesem Arm? Auf dem Motorrad hatte sie sich vorsichtig an seiner Jacke festgehalten, um ihm bloß nicht zu nahe zu kommen. Wenn sie ihn jetzt wegstieß, wäre er beleidigt. Wenn sie ihn ließe, würde er in wenigen Sekunden merken, dass sie sich immer mehr versteifte und anfing zu schwitzen.

Wie machten andere Leute das? Sie sahen doch bestimmt aus wie ein ganz normales Pärchen, das einen schönen Abend verbrachte – und sich später küssen würde. Warum fühlte es sich so verkrampft an?

Der Schweiß brach ihr aus, und sie drehte sich weg unter dem Vorwand, dem verkleideten Mann unbedingt hinterherschauen zu müssen. »Vielleicht ist er Schausteller.«

Weg war der Arm.

Wie leicht sie sich fühlte, wie erleichtert.

Sie konnte Oliver nicht ansehen, hörte ihn aber ausatmen. Seine Enttäuschung war fast mit Händen zu greifen.

Sie beschleunigte ihre Schritte. »Fährst du gern Karussell? Ich war mit meiner kleinen Schwester auf dem Kettenkarussell dort vorn. Hast du Lust? Ich kaufe uns zwei Tickets.«

Ihre Hände zitterten, als sie der Verkäuferin die Münzen hinlegte. Das war doch absurd. Sie setzten sich schweigend nebeneinander in zwei Sitze, und Rosalind fummelte mit dem Riegel herum.

»Soll ich dir helfen?«, fragte er.

»Geht schon.« Sie rüttelte am Metall.

Da kam die Ticketverkäuferin. »Brauchen Sie Hilfe, Ma'am?«

»Ich glaube, es klemmt.«

Mit einem gezielten Handschlag löste sie das Problem.

Oliver sah sie an und wieder weg.

Das Karussell begann sich zu drehen, und sie stiegen immer höher in die Luft.

Sie würde nie jemanden küssen. Nicht, wenn sie so übertrieben reagierte, sobald nur jemand einen Arm um sie legte. Warum war sie nur so, verdammt?

Jeden Dienstag ging Rosalind nun mit Miss Keller zum Mittagessen, oft kam Freda Ticehurst mit, die sich freute, dass Rosalind sich endlich mit der einzigen anderen Frau in ihrem Labor angefreundet hatte. Rosalind war ihrerseits vor allem froh, dass Miss Keller dank der neuen Brille besser sah – und da war auch ein wenig Genugtuung, dass sich die Verehrung, die Miss Keller für Wilkins aufbrachte, deutlich verringert hatte.

Viele ihrer Daten und Fotografien ließen sich immer noch nicht in Übereinstimmung bringen, und sie kamen nicht weiter. Von den anderen Einrichtungen hörten sie auch nichts. Die Nukleinsäure machte all ihre Versuche geduldig mit, aber sie hüllte sich in Schweigen. Das war schwierig genug. Und dann war da auch noch Wilkins, mit dem man nicht diskutieren konnte. Sobald Rosalind ihn kritisierte – und sie gab sich Mühe, sachlich und höflich zu bleiben –, sagte er einfach gar nichts mehr, und das ärgerte sie jedes Mal so, dass sie ihn erst recht anfuhr.

Ende August kam an einem Montagmorgen Stokes ins Labor.

Wilkins winkte ihn gleich zu sich.

»Dr. Franklin, das dürfte Sie auch interessieren«, meinte Stokes, zog seine Lesebrille aus der Brusttasche des Jacketts und streckte Wilkins ein Blatt Papier entgegen.

Sie stand auf und ging hinüber. Wilkins verzog unzufrieden den Mund, sagte aber nichts dazu, dass der Kollege sie dabeihaben wollte.

»Waren Sie erfolgreich, Stokes?«, fragte er.

»Wieder einmal zeigt sich, dass das Pendeln zur Arbeit keine vergeudete Zeit sein muss«, meinte Stokes zufrieden. »Ich sag es Ihnen, Wilkins, ziehen Sie raus aus der Stadt, dann haben Sie beim Zugfahren so viel Zeit zum Nachdenken, dass Ihnen die Lösungen nur so zufliegen. In meinem Fall hat mir die Besselsche Differenzialgleichung ein Aha-Erlebnis beschert.«

»Worüber haben Sie denn nachgedacht?« Rosalind hatte ein seltsames Gefühl im Magen, als hätte sie etwas verpasst. Was hatte er für Wilkins gemacht? War er nicht mehr mit seinem Dorschrogen beschäftigt?

»Wilkins wollte wissen, ob ich rein mathematisch herausfinden kann, wie das Röntgenmuster einer Helix aussehen könnte.« Er klopfte mit dem Finger auf die Seite. »Genau so. Ganz simpel eigentlich.«

Sie beugten sich stumm über die Zeichnung.

Er hatte recht. Es war simpel: Das Muster bestand aus einzelnen Punkte, die gemeinsam ein lang gezogenes Kreuz ergaben.

»Wie haben Sie das berechnet?« Sie versuchte, ruhig zu bleiben, obgleich sie fasziniert und wütend zugleich war. Stinkwütend.

Stokes erklärte seine Berechnungen, und Wilkins und Rosalind erkannten, warum sie mit ihren eigenen Ansätzen nicht weitergekommen waren. Rosalind stellte Fragen und hielt die Fäuste in ihren Rocktaschen geballt.

Nachdem Stokes sich verabschiedet hatte, wandte sich Rosalind an Wilkins. »Sie haben ihm unsere Daten gegeben, ohne mich vorher zu fragen?«

»Er hat doch geholfen.« Wilkins drehte sich weg.

»Sie haben mich nicht gefragt.«

»Er ist ein Kollege.«

»Stellen Sie sich mal vor, ich hätte einfach jemanden hinzugezogen, obwohl wir noch mitten in der Arbeit stecken. Ohne Sie zu fragen!«

Wilkins hatte sich die Zeichnung von Stokes kopiert und hängte sie mit einem Stück Klebestreifen an die Wand.

»Dr. Wilkins«, sagte Rosalind.

Er murmelte etwas, das sie nicht verstand.

Oh, sie musste hier weg, bevor sie platzte. Sie riss ihren Mantel von der Garderobe und rannte hinaus. Erst als sie am Ufer der Themse stand, konnte sie wieder durchatmen. Sie erinnerte sich an ihren Pariser Frust und wie sie den Apfel in die Seine geschmissen hatte. Das würde sie jetzt gern wieder tun.

Sie wäre noch selbst auf die Lösung gekommen! Mit ihren Bildern war sie ganz nahe dran.

Wilkins hatte ja recht: Stokes war ein direkter Kollege, sie arbeiteten im selben Institut, und man musste nicht alles für sich behalten. Frische Augen sahen oft etwas, was man selbst nicht mehr wahrnahm. Das zeigte sich jeden Tag im kleinen

Rahmen und auf einer Konferenz wie in Schweden auch im großen. Sie dachte an Dorothy Hodgkins Worte, dass es nun ums Gewinnen und Verlieren ging.

»Hier bist du.« Oliver kam auf sie zu. Er musste ihr gefolgt sein.

»Er hätte mich fragen müssen!«, rief sie, als wüsste er, wovon sie redete. »Ich hätte ja nicht einmal Nein gesagt. Aber er hat es einfach hinter meinem Rücken gemacht.«

Erst als sie sich umdrehte, sah sie, dass Oliver nicht allein gekommen war. Randall stand neben ihm.

»Reden wir von unserem Maurice Wilkins?«, fragte Randall vergnügt.

»Schon gut.« Rosalind hätte Wilkins am liebsten zum Teufel geschickt, in den Bombenkrater im Innenhof, in die Themse oder einfach in ein anderes Labor, aber sie konnte ihn nicht beim Chef anschwärzen, das wäre unehrenhaft gewesen. »Wir hatten nur eine kleine Differenz.«

»Die da wäre?«

Rosalind schüttelte den Kopf. »Das klären wir unter uns, machen Sie sich keine Sorgen.«

Randall wandte sich an Oliver. »Raymond?«

Oliver wurde noch unruhiger und fuhr sich mit den Händen durch die Haare. »Na ja ...«

»Es ist schon gut, Professor«, wiederholte Rosalind. »Oliver war gar nicht dabei.«

»Aber ...« Oliver zog am Hemdkragen, als ob er mehr Luft brauchte. Doch er sagte nichts weiter.

Randall wandte sich an Rosalind. »Maurice wird sich bestimmt bei Ihnen entschuldigen.«

»Deswegen wollte ich ja nichts sagen.«

Sie starrte Oliver an, der immer noch einen Finger unter den Hemdkragen geschoben hatte.

»Was?«, fuhr sie ihn an.

Er schüttelte ängstlich den Kopf.

Randall sah neugierig zwischen ihr und Oliver hin und her. »Sagen Sie, Raymond, wie steht es mit dem Zwischenbericht für Ihre Dissertation?«, erkundigte er sich.

»Na ja … Also … Ich bräuchte Hilfe«, sagte Oliver schließlich, »aber Wilkins hat keine Zeit.«

»Wahrscheinlich auch kein Interesse mehr«, warf Rosalind bitter ein. »Aus Prinzip, weil ich es ja war, die Oliver das Thema vorgeschlagen hat.«

»Ich verstehe.« Randall steckte die Hände in die Hosentaschen. »Kommen Sie erst mal wieder mit rüber ins Labor. Es fängt an zu regnen.«

Rosalind kam sich wie ein gescholtenes Kind vor. Ein Kind, das sich mit einem Spielkameraden gestritten hatte und im Gesicht des Erwachsenen sah, wie albern es sich verhielt. Alles war so festgefahren, und sie wusste nicht, wie sie da rauskommen sollte. Doch möglicherweise war es wirklich an der Zeit, dass Randall etwas tat, war er doch dafür verantwortlich, dass sie überhaupt auf diese Weise zusammenarbeiten mussten.

Zurück im Labor, rief er Wilkins hinzu. Wie bei jeder Besprechung zupfte Randall erst ein wenig an seiner geliebten Zimmerpflanze herum, bevor er sich in seinen Sessel hinter dem klobigen, dunklen Schreibtisch sinken ließ.

»Die ganze Verwaltungsarbeit frisst ganz schön viel Zeit«, sagte er leidend. »Ich würde viel lieber mehr forschen und

Ihnen unter die Arme greifen. Aber erzählen Sie mir doch erst einmal, welche Fortschritte Sie in den letzten Wochen gemacht haben.«

Rosalind fasste zusammen, nur die Fakten, nichts, was die Streitereien wieder in den Vordergrund stellen würde, und Randall legte das Kinn nachsinnend auf den gefalteten Händen ab.

»Wenn ich es richtig verstehe«, meinte er dann, »interessieren uns momentan vor allem die beiden Zustände der DNA – nass und trocken. Signers DNA macht das mit, die andere nicht.«

Rosalind nickte. »Signers nennen wir die A-Form. Chargaffs die B-Form.«

»Die B-Form«, sagte Wilkins, »kristallisiert nicht, wahrscheinlich wegen des geringen molekularen Gewichts.«

»Wir machen es so«, entschied Randall mit einem Mal. »Maurice, du kümmerst dich um die B-Form. Und Sie, Dr. Franklin, um die A-Form.«

Rosalind merkte auf. War es das etwa mit der erzwungenen Zusammenarbeit?

»Aber das Material der B-Form von Chargaff ist nicht so hochwertig«, wandte Wilkins ein. »Wie gesagt, ich kann damit den Nass-trocken-Wechsel nicht nachvollziehen.«

Chargaffs DNA war aus der Thymusdrüse eines Schweins gezüchtet worden, und Rosalind war Wissenschaftlerin genug, um darüber nicht nachzudenken, aber sie war eben auch Jüdin und nicht unglücklich, dass Wilkins sich um dieses Material kümmern sollte. Außerdem hatte er recht: Sie bekam gerade von Randall den besseren Teil zugewiesen.

»Das sehe ich eher als Vorteil denn als Nachteil«, sagte Randall. »So kreisen wir schneller ein, wie wir weiterkommen. Ich habe mit Caltech und dem Cavendish gesprochen. Wenn wir keine Ergebnisse erzielen, haben wir das Rennen bald verloren.«

Wie interessant, dass auch er plötzlich von einem Rennen sprach.

»Das Cavendish Laboratory forscht nicht mit DNA«, wandte Wilkins ein. »Ich stehe mit Watson vom Cavendish in Kontakt.«

»Offiziell nicht.« Randall wandte sich an Rosalind. »Das Cavendish in Cambridge wird, so wie wir, vom Medical Research Committee finanziert. Die wollen nicht zweimal für das Gleiche bezahlen. Außerdem weiß Bragg vom Cavendish, dass man sich unter Kollegen nicht gegenseitig in die Forschung einmischt.«

»Bei Watson wäre ich mir da nicht so sicher«, sagte Wilkins.

Watson? Hatte sie den Namen schon einmal gehört?

»Jetzt widersprechen Sie sich aber selbst«, wandte Rosalind ein. »Forschen sie mit DNA oder nicht?«

»Bragg hat seine Leute unter Kontrolle.« Randall sah sie alle nacheinander zufrieden an, als wäre er froh über die Kontrolle, die er über seine eigenen Leute hatte. »Raymond, dass es mit Ihrer Arbeit so hin und her geht, tut mir leid. Aber es wäre sinnvoller, wenn Sie sich von Dr. Franklin betreuen lassen würden. Dr. Franklin, würden Sie das machen?«

Sie sah auf die Uhr. In einer Stunde würde Naomis Freund Liam hier sein. Hoffentlich war das Hühnchen rechtzeitig gar. Sie schaltete die Grillfunktion des Backofens an.

Naomi rumorte im Schlafzimmer herum. Manchmal sang sie etwas, manchmal schimpfte sie mit sich selbst. Sie wusste nicht, was sie anziehen sollte. Nur wenige von Rosalinds Kleidern passten ihr genau, weil sie ein Stück kleiner war und eine jugendlichere Figur hatte, aber Rosalind ließ sie gewähren und räumte unterdessen den Küchentisch auf.

Natürlich hatte sie auf Randalls Bitte hin Ja gesagt und war nun Olivers Doktormutter. Was für ein absurdes Wort – es klang endgültig nach einer Beziehung, in der Küsse und Romantik oder Sex keinen Platz hatten.

Wenn sie an die Sache auf dem Festivalgelände dachte, war das auch ganz gut so. Sie war einfach nicht gemacht dafür. Dennoch musste sie sich eingestehen, dass sie abends im Bett oft an Olivers schöne Lippen dachte und sich ausmalte, wie es sich anfühlen würde, ihn zu küssen. Neulich hatte sie unter der Bettdecke ihren eigenen Handrücken geküsst, so peinlich das auch sein mochte. Aber seine Lippen waren sicher weicher als ihre Hand.

Sie seufzte leise. Ehrlich gesagt hätte sie lieber Oliver zum Essen hier, als sich mit Naomis Liam auseinandersetzen zu müssen. Aber er war ein Kollege – und sie konnte ihn doch nicht so ohne Weiteres zu sich nach Hause einladen.

Am Tag nach dem Gespräch in Randalls Büro war ihr Chef sogar noch weitergegangen und hatte Wilkins und Miss Keller ein anderes Labor zugewiesen, das nach dem Weggang eines Kollegen frei geworden war. Es lag nur wenige Schritte den

Flur hinunter, aber die Trennung tat gut. Oliver und sie hatten mehr Platz. Wilkins hingegen musste eine zweite Kamera anfordern, sodass er weitere vierzehn Tage lang gar nichts tun konnte, während ihr Ersatzteil inzwischen doch angefertigt worden war. Fast hatte er ihr leidgetan, aber die Erleichterung überwog.

Was Stokes' Helixberechnung anging, war Rosalind, trotz der etwas merkwürdigen Art, wie sie davon erfahren hatte, zuerst ganz begeistert gewesen. Sie passte so gut zu dem, was sie brauchten. Die Intensität der grauen Punkte und Linien auf ihren eigenen Fotografien variierte und ähnelte damit den Wellen der Besselfunktion, die auch er benutzt hatte.

Allerdings galt das nur für die B-Form, um die sich nun Wilkins kümmerte. Konnte es sein, dass die B-Form eine Helix war, aber ihre A-Form nicht? Würde sich die DNA so viel Mühe machen, zwei verschiedene Formen auszubilden? Sie konnte so schnell ihren Zustand verändern, dass es unwahrscheinlich war, dass sie einmal in sich verdreht war und einmal nicht. Warum sagten ihre Fotografien und ihre Berechnungen nur etwas anderes? Oder nichts Deutliches?

Naomi hatte sich inzwischen für ein schlichtes Kleid mit Glockenrock entschieden, und Rosalind drehte ihr noch die Haare auf, wodurch sie mit einem Mal fünf Jahre älter aussah.

»Danke, dass du das machst, Ros.« Naomi gab ihr einen Kuss auf die Wange.

Als es klingelte und sie öffneten, sahen sie zwei riesige Blumensträuße, hinter denen Liam hervorlugte.

»Einen für dich, Na, und einen für Sie, Miss Franklin.«

»Komm rein, Liam. Und nenn mich doch bitte Rosalind.«

Naomi strahlte über das ganze Gesicht und nahm sein Kompliment über ihr Aussehen gnädig entgegen. Rosalind musterte den Jungen. Er war dunkelhaarig, hatte intensiv blaue Augen und steckte in einem ordentlichen, aber nicht besonders hochwertigen Anzug. Naomi rückte seine Krawatte zurecht.

Das Huhn war gut gelungen, die Beilagen ohnehin. Es duftete nach Knoblauch und Rosmarin. Rosalind hatte sich gegen Wein entschieden, was bei dem Essen eigentlich ein Verbrechen war, aber sie musste die beiden Kinder ja nicht vollkommen verderben. Die beiden bemühten sich, nicht ständig zu kichern oder zu flüstern, so verliebt waren sie ineinander. Es war süß, und Rosalind war neidisch. Allerdings konnte sie sich nicht vorstellen, dass sie jemals so herumalbern würde. Oliver schon. Oliver bestimmt. Aber sie war nicht der Typ zum Herumalbern. Sie war ja nicht einmal der Typ, der sich einen Arm um die Schultern legen ließ.

»Vielen Dank für das Essen.« Liam legte die Serviette zur Seite. »Ganz köstlich. Kochst du gern?«

»Sehr.«

»Ros macht das beste Essen der ganzen Familie«, sagte Naomi. »Dabei hat sie bei der Arbeit so viel zu tun.«

»Kochen entspannt mich.« Rosalind lehnte sich zurück. »Stehst du auch manchmal in der Küche, Liam, oder lässt du dich wie Naomi am liebsten verwöhnen?«

»Oh. Ich habe noch nie in irgendeiner Küche gestanden, glaube ich.«

»Wohnst du noch bei deinen Eltern?«

»Ja, meine Mutter ist eine gute Köchin. Aber Naomi und ich wollen uns eine Wohnung suchen, wenn ich studiere.«

»Ach ja?«

Naomi nickte.

»Und wer wird dann kochen?«, fragte Rosalind.

»Naomi.«

»Das muss ich noch lernen«, meinte Naomi und kräuselte die Nase.

Liam streichelte ihr die Hand. »Sie macht dann einen Hauswirtschaftskurs.«

Rosalind lachte. »Neben dem Medizinstudium? Weil man da so viel Zeit hat? Wirst du auch die Wäsche selbst machen?«

»Das übernimmt das Dienstmädchen«, sagte Naomi, und ihre Stimme schwankte. »Oder wir geben sie raus, wie du.«

Liam schüttelte den Kopf. »Das ist schon Aufgabe der Frau. Ein bisschen Hilfe können wir uns holen, aber willst du wirklich so leben wie deine Mutter? Du sagst doch immer, dass sie zu wenig daheim war und sich zu wenig um dich gekümmert hat. Deswegen willst du doch auch nicht studieren.«

»Wie bitte? Habe ich was verpasst?« Rosalind, die gerade angefangen hatte, das Geschirr zusammenzuräumen, setzte sich verdutzt wieder hin.

Naomi stand auf und nahm die schmutzigen Teller in die Hände. »Ich mache den Abwasch. Kann Liam wohl einen Kaffee haben?«

Liam lächelte Rosalind höflich bis auffordernd an. »Danke.«

Rosalind konnte ein spöttisches Lachen nicht unterdrücken. »Aber selbstverständlich, der Herr.«

Sie folgte Naomi in die Küche. Das Geschirr klapperte gefährlich in ihren Händen. Den Abwasch machte bei Tante Helen auch das Personal, und Rosalind hatte Angst um ihre

Teller. Sie brachte Liam den Kaffee ins Wohnzimmer, wo er sich wie ein alter Mann vor den Kamin gesetzt hatte, in den er immerhin selbst noch ein Stück Holz gelegt hatte. Aber Feuer war ja immer schon ein Ressort der Männer.

Zurück in der Küche, schob sie Naomi vom Spülbecken weg. »Lass mich. Und sag mir mal«, fügte sie leiser hinzu, »ob Liam auch nur irgendetwas von Frauen hält, die nicht ihre eigene Wäsche waschen.«

Naomi schnaufte. »Er findet eben, dass Frauen nicht arbeiten gehen sollten.«

»Und deswegen denkst du das auch plötzlich?«

»Ich wollte noch nie Ärztin werden.«

Rosalind wusch schweigend die fettigen Teller ab.

»Ich will nicht so sein wie du, Ros. Das ganze Leben allein.«

»Naomi, du bist sechzehn.«

»Seit vorletzter Woche siebzehn.«

»Dann eben siebzehn. Du hast noch so viele Jahre Zeit, einen Mann zu finden, der dich auch nimmt, wenn du einen Beruf hast. Ob Ärztin oder sonst irgendwas. Jenifer ist Buchhalterin. Davids Myrtle hat bis zur Geburt der Kleinen als Verkäuferin gearbeitet.«

»Das sind ja vernünftige Berufe für Frauen«, wandte Naomi ein. »Aber ich will das alles nicht. Ich werde Liams Frau.« Sie klammerte sich an Rosalinds Arm. »Kannst du bitte mit Mum reden?«

Rosalind wusste nicht mehr, was sie sagen sollte. Was war richtig, was falsch? Was hatte Naomi sich einreden lassen, was dachte sie wirklich? Zuerst war es nur darum gegangen, ins Kino zu gehen – und jetzt wollten sie heiraten? Was war da nur schon alles passiert? Musste sie Tante Helen warnen? Die Situation überforderte sie.

»Lass uns schauen, ob Liam seinen Kaffee ausgetrunken hat«, sagte sie. »Ich schmeiße euch nur ungern raus, aber ich muss morgen ganz früh ins Labor.«

Sie schloss die Tür hinter den beiden und setzte sich mit einer Flasche Wein vor den ausgeschalteten Fernseher und sah im schwarzen Bildschirm ihr Spiegelbild: eine berufstätige Frau. Aber allein. Ohne Mann.

9

[Atom] *Ein Baustein, aus dem alle festen, flüssigen und gasförmigen Stoffe im Universum bestehen. Diese kleinste Einheit eines jeden chemischen Elements besteht aus einem Atomkern mit Protonen und Neutronen und einer Hülle aus Elektronen.*

Gorges du Verdon, Provence, September 1951

Nach über einer Woche unter freiem Himmel bestanden Ursula und Jean darauf, endlich wieder einmal in einem Bett zu schlafen. Rosalind hatte kein Problem damit, sich in einem eisigen Bach zu waschen und ihr Zelt jede Nacht woanders aufzuschlagen, aber Colin pflichtete den anderen bei, und so waren sie in einem Hotel gelandet. Die Wände waren so dünn, dass die drei Frauen sich mit Colin im Nebenzimmer hätten unterhalten können, und am Morgen erwachte Rosalind von der Kaffeemühle, mit der hoffentlich gerade der Frühstückskaffee zubereitet wurde. Sie stand auf und zog sich an. Heute wollten sie fast dreißig Kilometer wandern.

»He, ihr Langschläferinnen.« Sie warf ihr Kissen in das Doppelbett, in dem Jean und Ursula sich ihre Decken über den Kopf gezogen hatten. Dann klopfte sie an die Wand. »Brüderchen, bist du wach?«

»Nur noch Zähne putzen. Fünf Minuten.«

»Silence, s'il vous plaît«, tönte es aus einem anderen Zimmer.

Rosalind band sich ein buntes Tuch ins Haar und zog sich ein Paar Bermudas an. Im Frühstücksraum bekam sie eine dampfende Tasse Kaffee und trat damit vor das Haus. Das kleine Hotel schmiegte sich an den Berg. Es war still, die Zikaden wurden erst später aktiv, und so hatte sie beinahe das Gefühl, ganz allein in der Verdonschlucht zu stehen. Noch lag die Landschaft im Schatten, doch die Sonne würde ihre langen Strahlen bald über die Berggrate senden. Sie musste vor Freude leise lachen.

Auf der Straße zeigte sich so früh noch kein einziges Auto. Rosalind schlenderte hinüber zum Abgrund und blickte auf das türkisgrüne Wasser, das sich weit unten durch die bewaldeten Felshänge schlängelte. Der Himmel war blass, es würde auch heute wieder heiß werden.

Das Ziel ihrer Reise war Nizza, von wo aus sie nach England zurückkehren würden. Naomi hatte versprochen, bei Rosalind ab und zu nach Post zu schauen und durchzulüften. Sie hatten sich nach der Sache mit Liam ausgesprochen. Zwei Tage vor Rosalinds Abreise war Naomi vorbeigekommen, während Rosalind gerade auf dem Boden im Flur gesessen und ihre Wanderstiefel gepflegt hatte. Nach einem überraschenden Matschbad in der schwedischen Natur hatte sie die Schuhe nie richtig gereinigt – und so sahen sie auch aus.

Es klopfte an der Tür.

»Wer ist da?«, rief Rosalind.

»Ich bin's, Naomi. Mrs Brown hat mich unten reingelassen.«

Rosalind öffnete.

»Kann ich mit dir reden?«, fragte Naomi und hockte sich neben sie auf den Boden.

»Hm.«

»Bist du böse?«

Rosalind fettete sorgfältig die Schuhe ein. »Ich verstehe nicht, was in dir vorgeht.«

»Du glaubst«, sagte Naomi, griff nach einer Schuhputzbürste und fuhr mit der Handfläche über die Borsten, »dass ich ganz plötzlich nicht mehr studieren will, weil Liam es so möchte, oder?«

»So hat es sich angehört.«

Als Rosalind zu ihr aufsah, hatte ihre Cousine Tränen in den Augen.

»Ich weiß doch auch nicht, Ros. Mir ist schon vor einer Weile klar geworden, dass ich nicht Ärztin werden will. Das war immer der Wunsch meiner Mutter, und alle haben es mir erzählt. Du auch. Und irgendwie dachte ich, dass es dann wohl so sein soll.« Sie schniefte. »Aber mir wird ja schon übel, wenn ich mir beim Hockey das Knie aufschürfe.«

Rosalind stand auf und ging ins Bad, um die schmutzigen Schnürsenkel im Waschbecken einzuweichen. Naomi folgte ihr.

»Was willst du denn sonst machen? Du kannst doch nicht nur Liams Frau sein.«

»Warum eigentlich nicht?«, sagte Naomi laut. »Wäre das denn so schlimm? Ich meine, unsere Mütter liegen ja auch nicht auf der faulen Haut. Die ziehen ihre Kinder auf und organisieren ständig herum und helfen armen Leuten und so.«

»Das stimmt«, sagte Rosalind zögerlich. Sie wusste, dass Naomi ab und zu im Working Men's College aushalf und dort von allen für ihr Engagement gelobt wurde.

»Aber Mum wäre so enttäuscht. Sie hat mich extra auf die St. Paul's geschickt. Du warst da. Alle waren da. Alle wären enttäuscht. Die Schule selbst, Miss Ethel Strudwick eingeschlossen.«

»Die alte Strudwick bekommt das nicht mehr mit.« Rosalind zog die Schnürsenkel wie zwei Schlangen durch das Wasser.

»Aber du.« Naomis Stimme war wieder leise geworden. »Wärst du enttäuscht, Ros?«

Wenn nur Liam nicht wäre. Wenn sie sich nur sicher sein könnte, dass Naomi von sich aus so dachte. Sie traute diesem Kerl nicht, der so seelenruhig sitzen geblieben war und auf seinen Kaffee gewartet hatte.

»Ich bin halt eine Paulina. Durch und durch. Ich finde auch, dass wir etwas Sinnvolles aus unserem Leben machen sollten. Aber noch schlimmer ist es, wenn wir dazu gezwungen werden.«

Sie schwiegen eine Weile, bis Rosalind die sauberen Schnürsenkel aus dem Wasser nahm und versuchte, sie auszuwringen.

»Würdest du mit meiner Mum sprechen?«, flüsterte Naomi. »Bitte, Ros, bitte.«

Und dabei sah sie sie so flehentlich an, dass Rosalinds zynisches Herz ganz weich wurde.

»Unter einer Bedingung«, sagte sie.

»Ja?«

»Ich habe dir neulich erzählt, wie Kinder entstehen. Das heißt aber nicht, dass du das ausprobieren solltest. Du bist noch viel zu jung.«

»Nein, nein!«, rief Naomi viel zu laut. »Wir warten noch.«

Das klang auf so ehrliche Weise schockiert, dass Rosalind ein Lachen herunterschluckte. »Gut, dann spreche ich mit deiner Mum.«

Allerdings hatte sie Naomi auf die Zeit nach ihrem Urlaub vertröstet. Und den wollte sie jetzt genießen.

Die Sonne blinzelte über die Berge auf der anderen Seite der Schlucht. Das Licht in der Provence war etwas ganz Besonderes. Nicht umsonst hatten sich hier so viele Maler aufgehalten, deren Kunst sie liebte. Sie musste unbedingt einmal wieder ins Museum.

Sie schlenderte zu den wilden Lavendelsträuchern am Straßenrand, zupfte einige Zweige ab und rieb sich damit über die Beine. Das hielt recht gut die Mücken ab, wenngleich sie dadurch roch wie der Kleiderschrank einer alten Lady.

Colin kam aus dem Hotel und sah sich nach ihr um. »Willst du frühstücken, Schwesterherz?«

Rosalind setzte sich zu ihren zwei vertrauten Reisegefährtinnen und ihrem Bruder an den Tisch. Sie war zum ersten Mal mit Colin im Urlaub, seit sie beide erwachsen waren, und sie verstanden sich recht gut.

Ursula legte Rosalind ein Croissant auf den Teller und stellte ihr eine große Tasse heißer Schokolade daneben. Solch ein französisches Frühstück war nicht unbedingt die beste

Grundlage für einen langen Wandertag, aber es schmeckte so gut. Der Blätterteig des Croissants zerbröselte flüsternd, der Kakao dampfte und duftete. Colin biss krachend in ein Stück Baguette. So frühmorgens sprachen sie noch nicht viel. Doch als es schließlich losgehen sollte, waren sie alle wach und bereit.

Wandern machte Rosalind glücklich. So gern sie im Labor war und Kohle, Proteine oder Nukleinsäure erforschte, am schönsten war es doch, in der Natur unterwegs zu sein, ob allein oder in so guter Gesellschaft wie in diesem Urlaub. Gestern hatte sie versucht, mit Colin über die Angst der Franzosen vor einem erneuten Krieg zu sprechen, aber Colin hatte nicht einmal gewusst, wie der aktuelle Präsident hieß – und da war ihr aufgefallen, dass sie sich zumindest während dieses Urlaubs auch einfach mal nicht um Politik und all das scheren sollte. Sie versuchte, sich auf die Welt ihres drei Jahre jüngerer Bruders einzulassen, der gern in der Vergangenheit lebte. Derzeit beschäftigte er sich mit einem gewissen Lord Chesterfield.

»Dabei hat der Lord ausdrücklich nicht gewollt«, sagte er gerade empört, »dass jemand seine Briefe veröffentlicht. Ich finde, solche Wünsche muss man respektieren, auch nach dem Tod eines Menschen.«

»Dann würdest du ihn aber heute nicht kennen«, warf sie ein, »und müsstest mit Rousseau vorliebnehmen.«

»Wovon redet ihr eigentlich?«, warf Ursula ein, die von hinten aufgeholt hatte.

»Lord Chesterfield und Rousseau haben beide einen Erziehungsratgeber geschrieben«, erklärte Colin gutmütig.

»Natürlich.« Ursula lachte. »Das hätte ich mir doch denken können.«

Ursula machte sich gern über ihren jüngeren Cousin lustig, liebte ihn aber heiß und innig. Sie war es auch, die ihn immer wieder ermutigte, seine Stelle als Lektor bei Routledge zu kündigen, um sich ein Antiquariat aufzubauen und damit seinen großen Traum zu verwirklichen.

Vor ihnen tauchte ein knallblauer See auf.

»Können wir schwimmen gehen?«, rief Jean, die ein Stück vorgelaufen war.

»Es war aber auch ein Unglück«, fuhr Colin unbeirrt fort, »dass der Sohn, für den Chesterfield geschrieben hat, gegen alle Ratschläge immun war. Er hat einfach unter seinem Stand geheiratet.«

»Ach nein!«, rief Ursula gespielt schockiert.

»Und zwei Söhne hat er mit der Frau bekommen.«

»Unmöglich!«

Jean hatte auf ihre drei Reisegefährten gewartet und zog jetzt Colin an der Hand bis direkt zum Seeufer. »Los jetzt, rein mit dir, Herr Professor.«

»Das mit den dreißig Kilometern wird heute wohl nichts mehr«, erwiderte Colin vergnügt und gab sich geschlagen.

Während die beiden ihre Bahnen zogen, setzten sich Ursula und Rosalind ans Ufer. Da sie ihre Periode hatten, würden sie die nächsten Tage nicht schwimmen gehen. Was für eine Verschwendung wertvoller Urlaubstage. Aber am Ufer zu sitzen und den Wolken zuzusehen, die sich im See spiegelten, war auch nicht zu verachten.

Ursula holte eine Packung französischer Kekse aus der

Provianttasche. »Hier, vollfressen können wir uns wenigstens.«

Rosalind nutzte die Gelegenheit und erzählte Ursula von dem Gespräch mit Naomi.

»Ich weiß einfach nicht, was ich Tante Helen erzählen soll«, klagte sie.

»Klar muss Naomi studieren«, sagte Ursula streng. »Sie wollte doch immer studieren.«

»Ich glaube, das stimmt gar nicht. Sie wollte nie Ärztin werden.«

»Das sagt sie jetzt, weil dieser Liam ihr das einredet.« Ursula wurde richtig wütend und boxte sich auf das braun gebrannte nackte Knie.

Rosalind knabberte an ihrem Butterkeks. »Weißt du, das habe ich auch gedacht. Aber ehrlich gesagt kann ich mich nicht erinnern, dass sie jemals gesagt hätte, sie würde gern Medizin studieren.«

»Du musstest doch früher stundenlang mit ihr Krankenhaus spielen.«

»Aber sie war nie die Ärztin. Das musste immer ich übernehmen. Ihre Puppe Deborah operieren und Teddybären verarzten. Sie selbst … ich weiß gar nicht. Sie hat organisiert und durch eine Pappröhre Durchsagen gemacht: Wir brauchen einen Arzt, wir brauchen einen Arzt!«

Ursula sah eine Weile zu, wie Jean und Colin an ihnen vorbeischwammen. »Weißt du, die beiden da …«

»Lass es, Cousinchen. Deine Verkupplungsversuche haben noch nie funktioniert. Ich glaube, Colin wird sein Leben lang Junggeselle bleiben und zwischen Büchern leben.«

Ganz so, wie sie eine alte Jungfer werden würde. Warum klang Junggeselle nur so viel besser als Jungfer, so vergnügt und frei? Denn genau das war sie doch auch.

»Ich muss dir noch was gestehen«, sagte sie.

»Raus damit.«

»Bevor ich das mit Liam wusste, hat Naomi mich gefragt ... na ja, also ... Sie wollte wissen, wie Sex funktioniert.«

»Oje, und da ...« Ihre Cousine schien sagen zu wollen: *Und da fragt sie gerade dich?* Doch sie fuhr nach einer kurzen Pause fort: »Da machst du dir jetzt Sorgen, dass sie das gleich ausprobiert? Das kann ich dir fast garantieren. Oh, Ros, du musst dringend mit Tante Helen sprechen. Selbst wenn Naomi nicht Medizin studieren will, wird sie doch nicht mit siebzehn ein Baby bekommen und heiraten wollen? So etwas macht eine Franklin nicht.«

Rosalind nahm sich den nächsten Keks und seufzte. »Das ist definitiv ein Gespräch, auf das ich mich nicht freue.«

»Schön, dass Sie wieder da sind, Dr. Franklin«, rief Stokes ihr aus dem Nachbarlabor zu.

»Freut mich auch. Heute Lunch?«

»Sehr gern.«

Olivers Begrüßung klang anders. »Warst du in Nizza in einer Buchhandlung?«

Sie musste lachen. »Ich dachte, die französische Übersetzung vom Schrödinger hast du schon. Deswegen habe ich gar nicht geschaut.«

»Schade.« Oliver setzte sich wieder. »Es gibt eine Neuausgabe.«

Rosalind stellte ihre Tasche auf den Stuhl. »Ach, wenn ich das gewusst hätte…« Sie grinste und zog das Buch heraus.

Er strahlte und schnappte es sich. »Du bist genial!«

Anders als bei der schwedischen Ausgabe nahm er sie dieses Mal nicht in die Arme. Das hatte sie ihm wohl ausgetrieben. Er sah sie nur lange an, so lange, dass sie nicht wusste, wohin mit ihrem Blick und ihren Armen. Und mit sich überhaupt. Sollte sie ihn umarmen? Plötzlich konnte sie es sich doch vorstellen. Das wurde ja immer schlimmer!

Vor lauter Atemlosigkeit begrüßte sie überschwänglich Miss Keller, die in diesem Moment den Raum betrat und sich plötzlich Rosalinds detaillierte Urlaubsschilderungen anhören musste. Als Rosalinds Herz wieder ruhiger schlug, fragte sie ihre Kollegin nach Neuigkeiten aus dem Wilkins-Labor.

»Wir haben noch einmal neues Material von Chargaff gekriegt.«

Also war Wilkins mit seiner minderwertigen DNA nicht weitergekommen.

»Und?«

»Ganz gut. Besser.«

Jetzt war Rosalind so neugierig, dass sie sich zu ihrer eigenen Überraschung entschloss, Wilkins zu besuchen. Der Kollege war ausnahmsweise sogar guter Laune, und sie tauschten sich über ihre Arbeit aus.

»Ich freue mich richtig, nach den zwei Wochen wieder loszulegen«, sagte Rosalind.

Wilkins nahm die Brille ab, um sie zu putzen. »Wir könnten bei Gelegenheit noch einmal bei Stokes nachfragen, ob er mit seinen…«

»Nein.« Rosalind ließ ihn nicht ausreden. »Wir sind noch nicht so weit. Wir brauchen erst noch bessere Fotografien.«

Sie sah, wie Wilkins die Zähne zusammenbiss. Er atmete pfeifend durch die Nase ein und drehte sich zur Kamera. »Miss Keller, könnten Sie mir hier bitte zur Hand gehen?«

Rosalind war entlassen.

So schnell konnte sich die Stimmung ändern. Auf dem Flur kamen ihr dann noch zwei der Militäridioten entgegen. »Heute ganz ohne Besen oder Cricketschläger unterwegs?«

Sie ignorierte sie, und als sie an ihnen vorbeigegangen war, hörte sie sie gehässig lachen. Im Labor ließ sie sich auf ihren Stuhl sinken und starrte auf den Schreibtisch, den sie vor zwei Wochen aufgeräumt hatte. Die Fotografien lagen ordentlich gestapelt da, Bücher standen in Reih und Glied, die Schreibmaschine wartete auf frisches Papier.

Rosalind nahm sich ein Blatt aus der Schublade und ihren Füllfederhalter.

Liebe Dr. Hodgkin,
erinnern Sie sich noch, wie Sie mir damals geholfen haben, die Stelle am Pariser Labo zu finden, indem Sie mich mit Marcel Mathieu in Kontakt gebracht haben?
Damals war ich eine Physikochemikerin, die sehr wenig über Physikochemie wusste, dafür aber eine ganze Menge über Löcher in Kohle.
Heute bin ich eine ausgezeichnete Kristallografin, die jede Menge über Biochemie, Desoxyribonukleinsäure und unausstehliche Kollegen weiß und sich so sehr aus London wegsehnt, dass es wehtut. Falls Sie jemanden kennen,

der so jemanden gebrauchen könnte, lassen Sie es mich bitte umgehend wissen.

Wenn ihr jemand helfen konnte, dann Dorothy Hodgkin. Vielleicht hatte sie sogar eine Stelle bei sich in Oxford frei. Rosalind schrieb noch einige kurze Sätze und klebte eine Briefmarke auf den Umschlag. Erst als sie ihn einwarf, dachte sie darüber nach, dass das King's College gerade das Porto für ihren Hilferuf nach einem neuen Job bezahlte.

Im Oktober gewann auch noch Churchill die Wahl, und London erschien Rosalind elender als je zuvor. Ihr Vater freute sich, dass die Konservativen wieder an die Macht kamen, doch sie hatte nicht einmal Lust, mit ihm zu streiten. Noch zu Chanukka war die ganze Familie Franklin begeistert, weil Großonkel Herbert als erster Politiker überhaupt und auch noch als Jude im Wahlkampf eine Rede gehalten hatte, die im Fernsehen übertragen worden war.

Randall kam mit ihrem Paper ins Labor, das sie ihm zur Korrektur gegeben hatte. Es war ein Zwischenstand ihrer Arbeit für die *Acta Crystallographica* und beschrieb, wie die Nukleinsäure sich verhielt, wenn man ihr Wasser entzog und sie wieder anschwellen ließ.

Ihr Chef legte ihr die maschinengeschriebenen Seiten auf den Schreibtisch. »Ich denke, wir sollten mit der Veröffentlichung noch ein wenig warten, Dr. Franklin.«

»Haben Sie Wilkins' Arbeit auch gelesen? Wie fanden Sie die?«

Sie ballte die Fäuste in der Erwartung, dass Wilkins veröffentlichen durfte, sie aber nicht. Randall goss zu gern Öl ins Feuer, um sich das entgehen zu lassen.

Er war schon wieder auf dem Weg nach draußen. »Wir warten noch ein wenig.«

Oliver sah ihm genauso verwundert hinterher wie Rosalind. »In Paris hätten wir das längst publiziert«, sagte er. »Trotz der schlechten Fotos. Wovor hat er denn Angst?«

Sie hielt es nicht länger als fünf Minuten aus und ging dann zu Wilkins und Miss Keller hinüber. Doch dort sah sie auf Wilkins' Schreibtisch ebenfalls einige getippte Seiten liegen.

»Hat er bei Ihnen etwa auch Nein gesagt?«, fragte sie überrascht.

»Er will bis nach der Konferenz im November warten.« Wilkins hob die Hände und verstand die Zögerlichkeit seines Vorgesetzten wohl auch nicht.

Jetzt wusste Rosalind nicht mehr weiter.

»Wir müssen doch etwas vorzeigen«, sagte sie vorwurfsvoll.

Wilkins rieb sich mit beiden Händen das Gesicht. »Haben Sie gehört, dass Stokes' Dorschrogen nichts gebracht hat?«

»Ja, leider.«

»Und unsere neue DNA von Chargaff ist auch nichts.«

»Wieso das nicht?« Sie setzte sich auf die Tischkante und sah Miss Keller an. »Ich dachte, sie war so vielversprechend.«

»Falsch gedacht.«

»Chargaff selbst«, sagte Wilkins, »konnte eine Menge damit anfangen, aber für unsere molekulare Ebene reicht es nicht. Sie lässt sich nicht auseinanderziehen. Als wäre sie tot.«

»Schade.«

Auf dem Weg zurück in ihren eigenen Raum traf sie auf Stokes, der ihr eine Schale Weingummi hinhielt. Sie nahm sich ein Stück und bedankte sich.

Er schob sich die Brille auf die Stirn. »Während Ihnen das Zeug jetzt die Zähne zusammenklebt, rücke ich ganz schnell mit meiner Frage heraus.«

»Mhm.«

»Ich weiß, dass Sie keine große Freundin von Modellen sind.«

»Mm.«

»Und ich ja auch nicht. Aber ich habe gehört, dass Randall noch nichts veröffentlichen will...«

»Der Flurfunk ist hier einzigartig.«

»Hier, nehmen Sie noch eins.« Er streckte ihr erneut das Weingummi hin, und sie griff zu.

»Vielleicht lässt er sich eher überzeugen, wenn wir ihm ein Modell von der DNA hinstellen. Er schwärmt immer noch so von Linus Pauling und seiner Alpha-Helix.«

»Mhm.« Dabei war Randall in Stockholm nicht einmal dabei gewesen, sondern hatte nur Bilder gesehen und ihren Bericht gehört.

»Was sagen Sie dazu, Dr. Franklin?«

Sie kaute und schluckte. »Jetzt habe ich Zahnschmerzen.«

Er winkte sie zu sich ins Büro und zeigte ihr eine Zeichnung. »Schauen Sie, so in etwa würde es aussehen. Eine Helixform, so viel ist klar. Phosphate auf der Außenseite. Die Basen gestapelt wie ein Haufen Pennys. Abstand 3,4 Ångström.«

Ein Ångström war ein Zehnmillionstel Millimeter. Sie nickte zu allem.

»Wie viele Molekülketten sind es, was glauben Sie?«, fragte er.

Tja, das war die große Frage. Zwei Helixketten konnten sich nicht gegenseitig halten, alles würde durcheinanderpurzeln. Es brauchte mehr Stabilität.

»Drei«, sagte sie und hörte im gleichen Moment hinter sich dieselbe Antwort. Wilkins stand in der Tür. Überzeugt konnten sie beide nicht sein, aber es war eine rationale Mutmaßung.

Dennoch wunderte sie sich, was aus dem großen Theoretiker Stokes geworden war. Erst Dorschrogen, jetzt ein Modell.

»Also schön«, sagte sie. »Ich glaube immer noch, dass es sinnlos ist, solange wir nicht genau wissen, wie es in der DNA aussieht. Aber wenn Sie unbedingt wollen.«

»Sehr gut, ich freue mich.« Stokes klopfte dreimal mit der flachen Hand auf den Tisch. »Ich werde mir Mühe geben.«

Rosalind parkte ihr Rad vor dem imposanten Haus ihrer Verwandten in Chepstow Villas. Es lag ebenfalls in Notting Hill, nur wenige Fahrradminuten von ihrem Elternhaus am Pembridge Place entfernt. Jetzt würde sie mit Tante Helen über Naomi sprechen müssen. Sie hatte sich telefonisch angemeldet und fühlte sich dennoch völlig fehl am Platz.

»Komm, meine Liebe«, sagte Tante Helen zur Begrüßung. »Wir gehen in den Garten. Ich muss dir meine Rosenstöcke zeigen.«

Rosalind verstand nichts von Pflanzen, aber bewunderte die spät blühenden Rosen in dem ansonsten schon herbstlich wirkenden Garten. Die Zärtlichkeit, mit der Tante Helen an ihnen herumzupfte, erinnerte sie an Randall und seine geliebte Zimmerpflanze, die, soweit sie wusste, niemals Blüten trug.

In einem der Gartenbeete sichtete sie eine krumme Pflanze, die sich als Onkel Norman herausstellte. Mühsam richtete er sich auf, kam auf einen Gehstock gestützt zu ihnen und grüßte sie. Dann setzte er sich auf einen zierlichen Metallstuhl und zog sich die Arbeitshandschuhe von den Diplomatenhänden.

»Worum geht es denn?«, fragte Tante Helen. »Du hast doch etwas auf dem Herzen, Kind.«

»Es geht um Naomi«, sagte Rosalind schnell, damit sie nicht wieder einen Rückzieher machte.

»Ist irgendetwas nicht in Ordnung?«

»Nein … Oder, na ja …«

»Wollen wir reingehen?« Tante Helen berührte sie am Ellbogen.

»Wir können gern hierbleiben.« Rosalind atmete die würzige Herbstluft ein. »Hier ist es doch schön. Naomi will nicht studieren.«

»Wie bitte?« Entgeistert sah Tante Helen sie an.

»Sie will nicht Ärztin werden.«

»Doch, das wollte sie schon immer.« Ihre Tante klang vorwurfsvoll.

Rosalind sah sie eine Weile schweigend an, aber Tante Helen kam nicht auf den Gedanken, dass es in Wahrheit nur ihr eigener Wunsch gewesen sein könnte. Wenn es denn so war.

»Meine Mum wollte immer, dass ich gut heirate«, sagte Rosalind. »Hat auch nicht funktioniert.«

»Ich verstehe nicht«, meinte Tante Helen ratlos.

Onkel Norman hingegen nickte. »Die Wünsche der Eltern stimmen nicht immer mit dem überein, was die Kinder wollen.«

Anscheinend machte er sich doch mehr Gedanken um seine Tochter, als Rosalind ihm zugetraut hatte.

»Bei uns war das nie ein Thema«, erwiderte sie. »Daddy hat uns nie vorgeschrieben, was wir aus unserem Leben machen sollen.«

»Aber du hast doch gerade gesagt, dass du dich dem Wunsch deiner Mutter verweigert hast, gut zu heiraten.«

Was war denn mit ihrem Onkel los? Spielte er etwa den Anwalt über sie und ihre Familie?

»Na«, sagte Tante Helen beschwichtigend, »dafür ist es ja noch nicht zu spät, nicht wahr, meine Liebe? Ich habe neulich einen sehr netten jungen Mann kennengelernt, bei dem ich dachte, dass er gut zu dir passen würde. Er arbeitet auch an der Universität.«

»Hm.«

»Was will Naomi denn sonst studieren?«, fuhr Tante Helen fort. »Auch Chemie? Das könnte sie bestimmt. Oder Physik? Ich weiß ja nicht… Als Ärztin würde sie gut verdienen und wäre eine gute Partie. Aber im Labor…«

»Da gibt es auch jede Menge Männer, Tantchen. Apropos Männer: Naomi hat einen Jungen kennengelernt, der auf die St. Paul's Boys' School geht. Sie scheint ihn sehr zu mögen und möchte gern mit ihm ausgehen.«

»Mit ihm ausgehen?«

»Ins Kino.«

»Ins Kino?« Ihre Tante hatte offenbar Schwierigkeiten, das Konzept zu verstehen.

»Sein Name ist Liam.«

»Ein Ire?«, fragte Onkel Norman.

»Ja.«

»Kommt nicht infrage.«

»Kommt nicht infrage«, wiederholte Tante Helen.

»Ist das euer Ernst? Was habt ihr denn gegen einen Iren?«

»Das muss man …«, begann Onkel Norman.

Tante Helen unterbrach ihn. »Gar nichts. Aber ich werde ihr den Umgang trotzdem verbieten. Naomi ist noch viel zu jung, um auszugehen.«

»Vor allem mit einem Iren«, sagte Onkel Norman.

Rosalind gab einen ärgerlichen Laut von sich. »Nur gut, dass niemand uns Juden alle über einen Kamm schert.«

Onkel Norman pochte mit seinem Stock auf den Boden. »Wie lange kennen die beiden sich schon?«

»Seit März.«

»Und du sagst uns erst jetzt Bescheid!«, rief Tante Helen. »Was da alles schon geschehen sein kann, um Himmels willen, ich will es mir gar nicht ausmalen.«

»Sie ist doch erst siebzehn«, sagte Rosalind kleinlaut.

»Sei doch nicht so naiv, Kind.« Onkel Norman stand auf. »Danke, dass du uns Bescheid gesagt hast. Besser spät als nie.«

Das klang wie eine Verabschiedung. »Aber …«

»Danke, Rosalind«, sagte Tante Helen in einem ähnlichen Ton. »Ich würde dir gern eine kleine Rosenpflanze mitgeben.«

»Ich habe keinen Garten.«

»Ich weiß, ich weiß. Sie ist klein und kann auf der Fensterbank wachsen. Es sieht bestimmt hübsch aus, wenn du sie in einen schönen Übertopf stellst.«

Tante Helen zog sie mit sich ins Haus.

»Sie ist doch meine einzige Tochter«, sagte sie, als sie außer Hörweite von Onkel Norman waren.

Am nächsten Tag dachte Rosalind immer noch darüber nach, was Tante Helen mit diesem Satz gemeint haben mochte. Sie hatte mehrfach den Telefonhörer abgenommen, um ihre Tante anzurufen und zu fragen, doch letztlich hatte sie ihn jedes Mal auf die Gabel zurückgelegt.

Im Labor versuchte sie, einen neuen Ansatz für das nächste Foto zu finden. Sie lief auf und ab, um auf kreativere Ideen zu kommen. Gegen vier Uhr erscholl aus der kleinen Kaffeeküche am Ende des Ganges immer wieder ein Lachen.

Oliver steckte den Kopf zur Tür herein. »Kommst du, Rosalind?«

Sie schloss ihr Notizbuch und folgte ihm. Im Korridor schnupperte sie. »Das riecht ja gut.«

»Würzwein«, erklärte Oliver. »Mit Nelken, Orangen, Anis, Zimt.«

Miss Keller hatte neulich beim Lunch von ihren schottischen Wurzeln erzählt und den uralten Traditionen, die vor allem ihre Mutter hochhielt. Freda hatte sie noch am selben Tag überredet, eine kleine Feier zu Samhain zu organisieren. Der letzte Oktobertag galt bei den Kelten als Winteranfang und Geisternacht.

Randall trug zur Feier des Tages eine schottisch gemusterte

Fliege, Stokes war mit einer schottischen Tammie-Mütze auf dem Kopf gekommen, und offensichtlich hatte sich nicht einmal Wilkins gegen Fredas Enthusiasmus wehren können.

»Für alle, die keinen Alkohol wollen, gibt es Kaffee«, rief Miss Keller gerade. »Fröhliches Samhain, Dr. Franklin!«

»Gleichfalls. Und ich nehme gern den Wein.«

»Wir bleiben aber nicht allzu lang.« Miss Keller lächelte schief. »Wer nicht mit der Anderen Welt in Kontakt kommen will, bleibt in der Samhain-Nacht lieber zu Hause.«

»Na«, sagte Rosalind, »dann werde ich mich heute Abend mit Absicht draußen rumtreiben. Vielleicht lerne ich ja jemanden kennen.«

Oliver sah sie von der Seite an, sagte aber nichts, sondern dachte sich wahrscheinlich seinen Teil: Wenn dieser Jemand dich nicht einmal berühren darf, ist er schnell wieder weg.

»Das ist kein Scherz, Dr. Franklin«, beschwor Miss Keller sie. »Gehen Sie lieber schnell nach Hause. Es soll ohnehin Nebel geben. Aber jetzt müssen Sie Oliver mit den Soul Cakes helfen. Er hat gesagt, Sie backen gern.«

»Hat er das?«

Miss Keller schubste sie an Wilkins vorbei auf Oliver zu, der sich unsicher die langen Haare aus dem Gesicht strich.

»Was sind Soul Cakes?«, fragte Rosalind.

»Küchlein für die toten Seelen«, erklärte Miss Keller. »Da hängt das Rezept.«

Rosalind las es sich durch, während Oliver das Mehl abmaß.

»Rosinenkekse?«, flüsterte sie ihm zu.

»Rosinenkekse für die Toten«, flüsterte er zurück.

Sie verzog den Mund. »Dann müssen sie ja nicht schmecken. Sonst würde ich die Rosinen lieber … vergessen.«

Oliver grinste. »Auch kein Fan?«

Sie sah zu, wie er den Butterersatz mit dem Messer in Stücke schnitt. Er hatte kräftige, breite Hände, doch beim Backen konnte er sie genauso geschickt, genauso feinfühlig einsetzen wie beim Einstellen des Röntgenstrahls im Labor. Sie stand in der kleinen Küche so dicht neben ihm, dass sie seine Körperwärme spürte und seinen Zitronenduft roch. Es fühlte sich gut an. Was hatte sie auf dem Festival nur so übereilt reagieren lassen?

»Würzwein?« Miss Keller hielt ihr eine dampfende Tasse hin.

»Danke.« Nach zwei Schlucken war ihr so warm, dass sie anfing zu schwitzen. Erst jetzt fiel ihr auf, wie eng es hier war. Die drei Männer standen im Türrahmen und unterhielten sich. Rosalinds Atem wurde schneller. Sie würde sich noch einmal auf Oliver und seine starken Hände konzentrieren, die hatten sie ja abgelenkt, aber nein, es war zu spät. Der Raum wurde immer kleiner. Sie musste stehen bleiben und hoffen, dass die Angst sie nicht überwältigte, dass sie nicht anfing zu schreien – oder sich an Chef und Kollegen vorbeidrücken und wegrennen.

Oliver sah sie von der Seite an. »Ganz schön heftig, der Wein, oder?«

Sie griff nach seinem Ellbogen, als könnte der ihr helfen.

»Alles in Ordnung?«

Sie presste die Lippen aufeinander und bekam kein Wort heraus.

Dann drehte sie sich um und floh.

Eine Stunde später stand sie im Dunkeln an ihrem Schlafzimmerfenster. Ihre Augen fühlten sich geschwollen an. Sie weinte nicht oft, aber dieses Mal hatte diese dumme Angst sie ordentlich geärgert. Es war doch nett gewesen, dass Miss Keller mit ihnen hatte feiern wollen. Es war nett gewesen, wie sie mit Oliver wieder gescherzt und die Zutaten zusammengesucht hatte. Sie war so erleichtert gewesen, dass er ihr abweisendes Verhalten auf dem Festival verziehen hatte.

Und sie war abgehauen.

Bestimmt dachten alle jetzt wieder, dass sie schwierig sei. Ungesellig, langweilig und prüde. Sie schniefte und wischte sich die Nase am Handrücken ab.

Wer nicht mit der Anderen Welt in Kontakt kommen wolle, hatte Miss Keller gesagt, solle besser zu Hause bleiben. Gut. Rosalind war ohnehin nicht mehr in Stimmung, um sich mit irgendwelchen Spukwesen zu unterhalten.

Der Thistle Grove war dunkel. Warum leuchteten die Laternen nicht? Sie ging zur anderen Seite der Wohnung, um dort aus dem Fenster zu sehen. Nebelschwaden waberten umher, doch hier funktionierte die Straßenbeleuchtung. Miss Keller hatte mit ihrer Wettervorhersage recht behalten.

Eine kleine, dunkle Gestalt mit einer großen Kapuze schleppte sich, einen schweren Koffer in der Hand, den Gehsteig entlang und bog zu Rosalinds Haus ab. Sie hörte Schritte im Treppenhaus, die näher kamen. Es klingelte. Waren die Wesen aus der Anderen Welt mit Gepäck unterwegs?

Es klingelte noch einmal. Eilig hatten sie es also auch.

Sie meinte Miss Keller raunen zu hören, dass man auf keinen Fall öffnen solle.

Sie tat es trotzdem.

»Hey, Ros.« Naomi. Außer Atem. Sie zog die Kapuze herunter.

»Was machst du denn hier?«

»Ich ziehe bei dir ein.«

Rosalind betrachtete den großen, schweren Koffer. Damit war sie zu Fuß gekommen? »Hat Benson dich gar nicht gebracht?«

»Nein, ich habe die *Tube* genommen.«

»Oh.«

Ihre Cousine schien es wirklich ernst zu meinen. Sie fuhr sonst nie mit öffentlichen Verkehrsmitteln, wenn es sich vermeiden ließ. Und es ließ sich immer vermeiden, wenn man einen Chauffeur hatte.

»Warum hast du so rote Augen?«, fragte Naomi.

»Komm erst einmal rein. Nicht dass sich noch jemand anders über die Schwelle schleicht.«

Naomi hievte den Koffer in den Flur. »Wer denn?«

»Keltische Dämonen oder so.«

»Samhain?« Naomis Augen strahlten, während sie den vom Nebel feucht glänzenden Mantel auszog. »Liam und seine Familie feiern das heute Abend.«

Sie setzte ihre Cousine in den Sessel vor dem Kamin und legte noch ein Holzscheit nach. In Paris hatte ihr so oft das Geld für Holz oder Kohle gefehlt, dass sie ganze Abende im Bett verbracht hatte, mit zwei Paar Socken, einer Mütze auf dem Kopf, einer Wolldecke um die Schultern und der neuen Ausgabe der *Nature* auf dem Schoß. Colin hatte ihr eine Postkarte mit dem Motiv des *Armen Poeten* von Spitzweg geschickt, die sie an den Fuß der Nachttischlampe gelehnt hatte.

Hier war es ihr oft sogar ein wenig zu warm, wenn sie es mit dem Heizen übertrieb.

Naomi zog ihre Strickjacke aus. »Kann ich Kaffee haben?«

»Weiß deine Mutter, dass du hier bist?«

»Was denkst du?«

»Ich tippe auf Nein.«

Naomi nickte. »Ich bin abgehauen.«

Rosalind ging zum Telefon. »Ich muss sie anrufen. Sie macht sich bestimmt Sorgen.«

»Ach was.« Naomi zog die Füße unter sich. »Sie weiß doch eh, dass ich zu dir gehe. Das heißt, wir haben noch ungefähr eine halbe Stunde, bevor sie hier ist. Kann ich Kaffee haben?«

Bei Tante Helen nahm das Dienstmädchen ab und erklärte, Ma'am sei aus dem Haus und habe etwas in South Kensington zu erledigen. Rosalind legte auf. Ihre Tante war also wirklich schon unterwegs.

Sie brühte Pfefferminztee auf. Es würde aufregend werden, wenn Tante Helen kam, da musste Naomi nicht noch mit Koffein versorgt werden. Wenn sie ihre Verwandten richtig einschätzte, durfte Naomi daheim ohnehin noch keinen Kaffee trinken. Ungesund für junge Mädchen, hatte es im Hause Franklin immer geheißen.

»Ich meine es ernst, Ros, ich möchte so gern bei dir wohnen.« Naomi stand plötzlich hinter ihr. »Ich kann dir im Haushalt helfen, ich kann dir was kochen. Na ja, nicht viel, aber Toast und Ei kann ich. Mum und Dad tun so, als wäre nichts passiert, als hätten sie nie mit dir gesprochen. Mum hat herausgesucht, wann die Aufnahmeprüfungen für Oxford und Cambridge sind. Weniger gute Universitäten kommen gar nicht infrage. Ich habe schon überlegt, ob ich einfach schwanger werden sollte…«

Rosalind hätte fast die Tasse fallen lassen.

»… aber Liam sagt, damit sollten wir noch warten.«

»Tatsächlich«, bemerkte Rosalind ironisch.

Naomi schaute ins dunkle Fenster. »Wir schlafen noch nicht miteinander. Wir warten noch.«

Es klingelte. Naomi rannte zur Couch und setzte sich, um ganz locker zu wirken. Wenig später stand Tante Helen im Wohnzimmer, die Hände in die Hüften gestemmt. »Was machst du hier, Naomi?«

Rosalinds Cousine blieb seelenruhig sitzen, aber ihr schnelles Blinzeln verriet sie. »Ich gehe nicht mehr in die Schule. Ich ziehe bei Rosalind ein.«

Tante Helen sah ihre Nichte böse an. »Hast du ihr diesen Floh ins Ohr gesetzt?«

Rosalind schüttelte den Kopf. »Ich habe sie nicht eingeladen, und ich habe auch noch nicht Ja gesagt.«

»Das wirst du auch nicht, weil ich es nicht erlaube.«

»Ich will nicht mehr zur Schule gehen, Mum. Ich will nicht studieren. Warum hörst du mir nicht endlich zu?« Naomi sah ihre Mutter flehend an.

»Was willst du denn sonst, bitte schön, machen?«

»Zeichenstunden nehmen zum Beispiel. Außerdem will ich ein bisschen arbeiten…« Plötzlich schien ihr ein Einfall zu kommen. »Vielleicht kann Ros Hilfe im Labor gebrauchen. Ich kann hier wohnen und mit ihr zur Arbeit gehen.«

Zum Glück sprach Naomi gleich weiter, sodass Rosalind nicht reagieren musste. So gern sie ihre Cousine auch hatte – sie wollte nicht ihr ganzes Leben mit ihr verbringen.

»Und wenn ich volljährig bin, wollen Liam und ich heiraten.«

»Kind!«, rief Tante Helen.

»Liam will am Birkbeck College Ingenieurwesen studieren«, erklärte Naomi ihr mit zitternder Stimme.

»Es wird noch Jahre dauern, bis er Geld verdient«, wandte Tante Helen ein. »Wie will er da eine Familie ernähren?«

»Das Birkbeck ist eine Abenduniversität«, sagte Rosalind. »Es sieht vor, dass die Studenten tagsüber praktisch arbeiten.«

»Genau!«, rief Naomi. »Er hat schon eine Stelle in der Baufirma seines Onkels versprochen bekommen.«

Tante Helen schüttelte immer noch langsam den Kopf.

»Es ist weder Oxford noch Cambridge«, sagte Rosalind, »aber es ist eine gute Adresse, Tantchen. Ich habe mich auch schon mal dort beworben.«

»Außerdem habe ich doch Großvaters Geld.« Naomi zupfte an Tante Helens Ärmel. »Mummy, ich weiß, dass ich dich enttäusche, aber bitte zwing mich nicht, Ärztin zu werden. Ich komme auch wieder nach Hause.«

Tante Helen ließ sich neben ihre Tochter aufs Sofa sinken.

10

[Virus] *Ein Partikel, das aus Erbmaterial und Proteinen besteht. Es lebt als Parasit in den Zellen von Menschen, Tieren und Pflanzen und veranlasst diese, neue Viren herzustellen und zu verbreiten.*

King's College, London, November 1951

Ende November lud das King's College zu einem DNA-Kolloquium in kleiner Runde – fünfzehn Personen aus den englischen Einrichtungen fanden sich in einem Seminarraum zusammen. Er war in einem schöneren Teil der Universität gelegen, von wo aus man auf einen Hof blickte, der von einzelnen Flocken berieselt wurde. Immer wieder starrte jemand in den ungewohnten Schnee hinaus und musste von den Kollegen mit Scherzen in die Gegenwart zurückgeholt werden.

Am lautesten dabei war James Watson, eines der Teammitglieder von Sir Lawrence Bragg in Cambridge.

»Bei Watson wäre ich mir nicht so sicher«, hatte Wilkins gesagt, als es darum ging, ob sie ihre Forschung mit anderen teilen sollten. Rosalind beobachtete den jungen Mann, der laut dem kurzen Lebenslauf in der Agenda acht Jahre jünger war als sie, bereits beachtliche Arbeit geleistet und über Bakteriophagen promoviert hatte, also über Viren, die Bakterien infizierten.

Watson stammte aus Chicago und war erst seit Kurzem in England. Wenn man ihn mit seinen nachlässig geschnürten Schuhen und den leicht vorstehenden Augen sah, die alles aufnahmen, was um sie herum vorging, konnte man ihn sich kaum bei konzentrierter Detailarbeit im Cavendish Laboratory vorstellen.

Sir Lawrence Bragg mit seinem weißen Schnurrbart hingegen war die Ruhe selbst.

Auch Henry Dodd war mitgekommen. »Erinnern Sie sich noch an mich?«, fragte er Rosalind.

»Natürlich, wir haben uns in Stockholm kennengelernt.«

Damals hatte Dodd so herumgedruckst, als sie nach seinem beruflichen Hintergrund gefragt hatte. Und die Ähnlichkeit mit Jacques war wirklich minimal.

»Genau, und Sie haben sich mit Dr. Hodgkin unterhalten«, sagte er. »Ich war ganz hin und weg von ihr.«

»Das hat Dorothy gemerkt.«

»Ist sie garantiert gewohnt. Und Sie bestimmt auch.«

Rosalind lachte auf. »Im Gegenteil. Ich bin froh, wenn ich nicht ganz übersehen werde.«

Er sah sie überrascht an. »Mit Ihren Qualifikationen und Veröffentlichungen?«

Sie fühlte sich, als ob Freda Ticehurst ihr die Worte in den Mund legte: »Ich bin eine Frau in der Wissenschaft, Mr Dodd, wir müssen uns dreimal so oft beweisen. Entschuldigen Sie bitte, jetzt geht es los.«

Freda hatte ja nicht unrecht. Andererseits hätte Rosalind

überhaupt nicht gewusst, wie man nicht einfach alles gab, was man hatte. Sie wollte sich nicht beweisen, weil sie eine Frau war, sondern weil sie gut war. Sie setzte sich neben Oliver, der, das war Rosalind nicht entgangen, Dodd böse Blicke zuwarf. Schon in Stockholm hatte er ihn nicht leiden können.

Wilkins und Stokes waren die ersten Referenten. Sie erzählten so viel von möglichen Helixformen, dass Rosalind in ihren Notizen herumfuhrwerkte und entschied, sich auf die anderen Deutungsmöglichkeiten der DNA-Struktur zu konzentrieren.

Während ihres eigenen Vortrags fragte sie sich noch einmal, ob Randall es ihnen nicht besser hätte erlauben sollen, ihre Arbeit vorher zu veröffentlichen, statt sie den anderen ohne Rückversicherung in den Rachen zu werfen – ohne einen schriftlichen Beleg, dass diese Zwischenergebnisse vom King's College kamen. Wahrscheinlich machte sie sich unnötig Gedanken. Der Umgangston und die Fragen waren respektvoll, niemand machte den Eindruck, als würde er heimlich Pläne schmieden, um die Herrschaft über die Desoxyribonukleinsäure an sich zu reißen.

»Schöner Vortrag, Miss Franklin«, sagte Watson später zu ihr. Sein Kollege Dodd stand hinter ihm, aber Watson schien ihn kaum zu bemerken. »Ich habe von Wilkins schon viel von Ihnen gehört. Nur Gutes natürlich.« Er zwinkerte ihr zu.

»*Dr.* Franklin«, erwiderte sie. »Freut mich. Vielleicht können Sie ja mit Ihren Notizen etwas anfangen.«

»Ich mache mir nie Notizen.« Er lachte etwas zu laut und tippte sich an die Stirn. »Bin noch jung genug. Ist alles hier drin. Kommen Sie nachher mit zu *Choy's*? Mögen Sie asiatisches Essen?«

»Ich bin anderweitig verabredet.«

»Wie schade«, warf Dodd ein.

Watson drehte sich überrascht zu ihm um. »Dodd, alter Schwerenöter. Kennen Sie sich?«

»Wir waren zusammen auf der Konferenz in Schweden.«

»Ach ja, die Konferenz, auf die wir Sie geschickt haben, weil wir Besseres zu tun hatten.«

Rosalind runzelte die Stirn. »Es war eine sehr interessante Konferenz.«

»Fand ich auch.« Oliver stellte sich neben sie. Ein wenig zu nah.

»Klar.« Watson strahlte Unruhe aus. »Das heißt, *Dr.* Franklin, Sie haben die irre Vorstellung von Linus Pauling mitbekommen?«

»Ja. Hat Ihr Kollege Ihnen davon erzählt?«

Er klopfte Dodd auf die Schulter. »Hat ihn sehr beeindruckt. Wie eine Zirkusvorstellung. Der gute Linus ist ein alter Angeber, und stimmen tut seine Protein-Alpha-Helix sowieso nicht, da kann sie noch so hübsch aussehen.«

Dass gerade Watson jemand anderen als Angeber bezeichnete, war etwas, über das sie noch am Abend lachte. Sie war mit ihrer Freundin Jean im Pub verabredet, aber die ließ auf sich warten. Zum Glück setzte sich niemand zu ihr in dem Glauben, sie bräuchte einen Mann an ihrer Seite. Oder Schlimmeres. Sie hörte das oft von ihren Freundinnen, aber sie war eigentlich noch nie belästigt worden – nur in Italien, aber das war eine andere Sache.

Bis doch jemand ihren Namen sagte und sie sich zur Seite drehte.

»Mr Dodd, was für eine Überraschung.«

»Darf ich?«

»Sicher.«

Er sah auf ihr Bier – es war das zweite –, schlängelte sich zur Bar durch und kam mit einem eigenen Glas zurück.

»Ich bin Henry«, sagte er und hob sein Bier in die Höhe.

»Rosalind.«

Er trank das halbe Glas in einem Zug aus. »Das tut gut nach dem trockenen Tag. Darf ich fragen, warum du gerade gelächelt hast, als ich ankam, Rosalind?«

Sie musste kurz überlegen. »Ach so. Wenn ich ehrlich bin – über deinen Kollegen.«

»Jimmy? James Watson? Ja, das ist schon ein Charakter.« Er trank noch einen großen Schluck.

»Arbeitest du eng mit ihm zusammen?«

»Mit ihm und Crick. Ich assistiere in Braggs Team.«

»Wie bist du ans Cavendish gekommen?«

Ob er wieder ausweichen würde, wie in Schweden? Doch das Bier schien ihn zu lockern.

»Ich habe mich beworben. Ganz einfach.«

»Hast du auch in Cambridge studiert?«

»Ja, eine Weile. Chemie. Aber nicht abgeschlossen.«

»Wegen des Krieges?«

»Auch das. Aber vor allem habe ich das gemacht, was ihr sonst immer macht, Rosalind.«

»Wer ist *ihr*?«

»Ihr Frauen.«

»Du bist schwanger geworden?«

Er kicherte, und sie musste auch lachen.

»Ich habe Geld geheiratet.« Er signalisierte dem Kellner, dass er noch ein Bier wollte. »Bist du verheiratet?«

»Nein.«

»Umso besser.«

Sein Gesichtsausdruck war für sie nicht lesbar. Es konnte ein Scherz sein oder Ernst.

»Magst du deine so reiche Frau etwa nicht?« Sie hielt sich eine Hand vor den Mund. »Entschuldige, das ist eine unverschämte Frage. Ich glaube, ich bin beschwipst.«

Henry betrachtete seinen schmalen goldenen Ehering, ballte die Hand zu einer leichten Faust und öffnete sie wieder.

»Ich meine nur«, sagte er, »dass du als verheiratete Frau zu Hause bleiben und dich um die Kinder kümmern müsstest. Alleinstehend hast du alle Zeit der Welt für deine Forschung. Alle schwärmen davon, wie gut du bist.«

Sie schnaufte. »Das hast du vorhin schon gesagt. Aber ich glaube dir kein Wort. Watson findet mich furchtbar.«

Er drehte die Handflächen nach oben. »Da kann ich nicht widersprechen.«

»Hat er über mich gelästert? Ach, eigentlich will ich es gar nicht wissen.«

»Nur über unwichtige Dinge.« Henry schüttelte amüsiert den Kopf. »Deine Kleidung war ihm nicht attraktiv genug.«

»Der kann mich mal, mit seinen ungebügelten Hemden und der fehlenden Feinmotorik, um sich die Schnürsenkel richtig zu binden.«

Henry sah sie argwöhnisch an. »Ist dir das so egal? Dass sie dich alle nicht für voll nehmen?«

Rosalind leerte ihr Glas. »Gerade hast du noch gesagt, er hat sich nur über meinen Kleidungsstil beschwert.«

Dodd lenkte ab. »Ich habe ein paar deiner Artikel über Kohle gelesen.«

»Meine alten Berichte?«

»Ja, sehr interessant. Löcher in Kohle, die Gas und Wasser durchlassen.«

»Manche besser als andere.«

»Mit welchen Gasen hast du experimentiert?«

»Helium vor allem«, sagte sie.

Und schon waren sie in ein Fachgespräch verstrickt, das ihr so viel Spaß machte wie lange nicht mehr. Egal, dass er sein Studium nicht abgeschlossen hatte. Er war intelligent, und mit wem konnte sie noch so sprechen, seit sie nicht mehr in Paris war? Am ehesten noch mit Oliver, aber ihm fehlte es häufig an Wissen. Außerdem war da halt etwas zwischen ihnen, was Rosalind am liebsten einfach vergessen hätte. Oder?

Sie holten noch mehr Bier.

»Das ist mein letztes«, sagte Rosalind.

»Ich war heute während der Konferenz überrascht, wie weit ihr am King's seid. Weil ihr einfach nichts veröffentlicht.«

»Das ist Randalls Entscheidung. Er ist zögerlich, und wir wissen alle nicht, was er vorhat. Wahrscheinlich weiß er es selbst nicht.«

»Gefällt es dir dort?«

Sie spielte mit ihrem Bierdeckel herum. »Wilkins hat mich

anfangs wie eine dumme Assistentin behandelt. Manchmal glaube ich, er wünscht sich das immer noch.«

»Er ist ja auch um einiges erfahrener als du.«

»Ach, nicht viel. Und wir sind einfach nicht auf einer Wellenlänge.« Sie freute sich über ihren eigenen Wortwitz. »Das ist lustig. Verstehst du? Weil wir mit Röntgenwellen arbeiten.«

»Schon verstanden.«

Sie war wirklich betrunken, stand auf und streckte ihm die Hand hin. »Vielen Dank für den netten Abend. Ich glaube, Jean kommt nicht mehr. Ich sollte besser nach Hause gehen und sie anrufen.«

»Hat mich auch gefreut.«

Eine Woche nach der Konferenz kam Randall ins Labor gepoltert.

»Ich habe einen Anruf aus dem Cavendish erhalten. Franklin, Raymond, kommen Sie bitte mit.«

Oliver sah Rosalind erschrocken an. »Haben wir etwas falsch gemacht?«

»Wüsste nicht, was das sein sollte.«

Sie eilten ihrem Chef hinterher und sahen ihn bei Wilkins eintreten.

Randall hatte die Arme vor dem Körper verschränkt und wartete, bis Stokes dazukam, der abwesend am Knopf seines Ärmelaufschlags herumzupfte.

»Ich habe einen Anruf aus dem Cavendish erhalten«, wiederholte Randall. »James Watson und sein Kollege Francis Crick haben ein Modell der DNA gebaut und sind sich sicher, die richtige Struktur gefunden zu haben.«

Niemand antwortete.

Rosalinds Blick ruhte auf Wilkins' Röntgengerät. Watson, dieser junge, laute Typ, der behauptet hatte, er müsse sich nichts aufschreiben, könne sich alles so merken – der sollte das Problem gelöst und das Geheimnis des Lebens gelüftet haben?

Sie nagte an ihrer Unterlippe.

»Wie kommen die überhaupt dazu?«, fragte Wilkins.

»Sie waren inspiriert«, sagte Randall mit Sarkasmus in der Stimme. »Vor allem von Dr. Franklins Vortrag.«

Es klang, als machte er ihr Vorwürfe. Sie biss noch fester zu und schmeckte Blut.

»Haben sie es dir beschrieben?«, fragte Stokes.

Randall wippte auf den Füßen. »Sie haben uns eingeladen. Wir sollen hinfahren und es uns anschauen.«

Wilkins nickte kurz. Randall drehte sich zu ihr. »Kommen Sie mit, Dr. Franklin?«

»Wir haben es ihnen in den Rachen geworfen«, sagte sie, statt auf seine Frage zu antworten. »Wenn wir schon etwas veröffentlicht hätten, hätten sie sich das nicht so einfach getraut.«

»Wir waren noch nicht so weit«, erwiderte Randall und schob sich die lila Blume im Knopfloch zurecht.

»Als Zwischenergebnis hätte es gereicht. Sie waren doch auf der Konferenz dabei, Sie haben doch mitbekommen, wie interessiert alle gewesen sind.«

»Nun …« Randall schien begriffen zu haben, dass sie ihn beschuldigte. Er hatte zu lang gezögert. »Sehen wir uns das Modell doch erst einmal an. Ich kaufe uns die Fahrkarten, und dann machen wir morgen einen Ausflug.«

Frühmorgens saßen sie alle im ersten Zug nach Cambridge. Wilkins war noch stiller als sonst. Nur Stokes konnte nicht mit.

Rosalind hatte Wilkins gestern noch abgepasst. »Was sagen Sie dazu?«

Er hatte einen gehetzten Blick in den Augen gehabt, als ob er lieber ganz woanders wäre als allein mit seiner Kollegin auf einem leeren Flur.

»Schauen wir es uns erst einmal an«, sagte auch er.

»Wilkins«, drängte sie. »Wenn die uns den Sieg geklaut haben…«

»Mir geht es nicht um Sieg oder Niederlage. Nur um den Fortschritt. Es ist doch gut, wenn sie die DNA entschlüsselt haben.«

Sie hatte eine bissige Bemerkung auf der Zunge gehabt, doch obwohl sie ihn nicht gut kannte, hatte sie gemeint, etwas in seinem Gesicht zu sehen: Er log. Er hatte auch Angst, dass sie abgehängt worden waren.

Die Heizung im Zug funktionierte nicht. Miss Keller trug einen zu dünnen Mantel, ihre Fingerspitzen waren blau, bis sie endlich Rosalinds Lederhandschuhe annahm. Oliver und Randall unterhielten sich über Cricket, und Rosalind erkannte in dem, was Oliver seinem Chef gegenüber so nonchalant von sich gab, all das, was sie ihm im Sommer über den Sport beigebracht hatte. Sie grinste in ihren Mantelkragen.

Dann musste Randall dringend austreten, und Oliver stellte sich zu Rosalind in den Gang.

Nach einer Weile musste sie es doch aussprechen: »Möglicherweise ist es meine Schuld.«

»Was meinst du?«

»Nach der Konferenz habe ich mit Henry Dodd im Pub gesessen, und wir haben über unsere Arbeit gesprochen.«

»Und?«

»Ich habe ein bisschen zu viel Bier getrunken.«

Seine Augen wurden größer, als er verstand. »Du meinst, du hast ihm irgendetwas verraten?«

»Ich wüsste nicht, was«, sagte sie zögerlich, »aber vielleicht doch …«

Er berührte sie an der Schulter. »Was hätte das sein sollen, was du nicht auch in deinem Vortrag erzählt hast? Genau darum ging es doch – den anderen zu berichten, was wir machen.«

»Ja.« Sie starrte eine Weile vor sich hin, bis der Zug lang gezogen pfiff und sie zusammenfuhr.

»Worüber habt ihr denn sonst geredet?« Aus Olivers Stimme klang Argwohn.

»Er scheint in seiner Ehe nicht ganz glücklich zu sein.«

Oliver schnaufte. »Deswegen macht er sich an dich ran.«

Erstaunt sah sie ihn an. »Das tut er doch gar nicht. Wir verstehen uns gut, aber nur freundschaftlich.«

»Sicher …«

Mit einem Mal wurde sie böse. »Versuch nicht, mir etwas einzureden. Das kann ich nicht leiden.«

Oliver sah sie prüfend an und nickte letztlich. Sie schwiegen. Der Zug wurde langsamer, und Rosalind erkannte die ersten Ausläufer ihrer alten Universitätsstadt.

»Manchmal im Krieg«, sagte sie, »hat der Campus wie ausgestorben gewirkt. Dann hat einer der Professoren von Isaac Newton erzählt.«

Oliver war erkennbar froh, dass sie wieder sprachen. »Von dem Apfel?«

Isaac Newton hatte im 17. Jahrhundert in Cambridge studiert. »Dieser Professor meinte, Newton habe seinen bahnbrechenden Moment mit dem Apfel nur deshalb gehabt, weil die Beulenpest ausgebrochen sei und die Universität gleich mehrere Jahre schließen musste. Ohne all die ungewollte Muße hätte er nie so lange unter seinem Baum in Woolsthorpe Manor gelegen.«

»Das sollten wir alle öfter machen.« Oliver gähnte. »Ich hätte nichts dagegen.«

»Der Professor hat jedes Mal schnell angefügt: Nichts für ungut, aber Sie alle hier sind womöglich keine Genies und sollten sich nicht auf die faule Haut legen, sondern gründlich für die nächste Prüfung lernen.«

Oliver grinste. »Spielverderber.«

Prüfungen, diese verdammten Prüfungen. Zwei Ängste verfolgten Rosalind: die Angst vor engen Räumen, die sie nicht verlassen konnte, und die Prüfungsangst. Sie lernte und wusste genau, was sie konnte und was sie verstanden hatte. Doch dann wurde sie immer nervöser, büffelte ganze Nächte durch und konnte sich überhaupt nicht mehr konzentrieren. In der Prüfung selbst machte sie dumme Fehler oder merkte, dass sie die Dinge, die ihr vorher vollkommen klar gewesen waren, einfach vergessen hatte.

Trotzdem hatte sie einen guten Abschluss gemacht, einen tollen Job in Paris gefunden und eine Stelle am King's College, von der sie nicht begeistert war, die ihr aber doch nie jemand angeboten hätte, wenn sie nicht gut genug gewesen wäre.

Sie *war* gut, und vielleicht fiel ihren Kollegen das doch ab und zu auf, wenngleich sie offenbar über sie lästerten. Ob ihnen ihre Kleidung gefiel oder nicht, war ihr egal. Ob sie ihre Fähigkeiten zu schätzen wussten, leider nicht.

»Warst du schon mal in Cambridge?«, fragte sie Oliver.

»Einmal, um eine Halbschwester zu besuchen. Sie war auch an der Uni dort und ist jetzt Gynäkologin am City of London Maternity Hospital.«

»Ach, großartig.«

Der Zug fuhr in den Bahnhof ein, der im Vergleich zu denen in London klein und heimelig wirkte. Die Bahnhofsuhr auf dem Vorplatz war dieselbe wie vor zwölf Jahren. Zu fünft gingen sie den Weg zum Cavendish zu Fuß, durch die geduckten Gassen der Stadt. Die Spitze der Collegekapelle sah man bereits vom Weitem, und Rosalind erinnerte sich, wie sie einmal im Frühling mit Jenifer, die damals erst zehn gewesen war und dünn wie ein Zweiglein, auf den Kirchturm geklettert war, um von dort aus alle Erker und Türmchen in ganz Cambridge zu zählen – ein hoffnungsloses Unterfangen, wie ihr Schwesterchen früh genug bemerkte. Sie entschieden sich stattdessen für ein Kuchenpicknick an der Cam, dem Fluss, über den Chaucer und Byron Gedichte geschrieben hatten und der zwischen grünen Ufern so zahm durch die Stadt floss, dass die Londoner Themse mit ihren Gezeiten wie ein riesiger Strom anmutete. Ruderer glitten mit ruhigen Schlägen durch das Wasser, Angler standen am Rand und rauchten und grüßten. Jenifer hatte von der Bridge of Sighs Steinchen ins Wasser geworfen und die Angler verärgert.

Das Cavendish-Laboratorium war Teil des alten Campus,

auf dem sich vermutlich irgendwo noch mittelalterliche Alchimisten und Zauberlehrlinge mit langen, weißen Bärten versteckten. Als sie das Gebäude betraten, schallte ihnen ein lautes, kurzes Lachen entgegen wie ein Schuss.

»Willkommen im Cavendish«, rief ihnen ein Mann entgegen. »Ich bin Francis Crick. Kommen Sie rein. Sir Lawrence lässt sich entschuldigen: Er ist heute Gastdozent in der Metallurgie und zeigt den ahnungslosen Studenten seinen geliebten Film darüber, wie Seifenblasen kollidieren. Er redet noch eine halbe Stunde, wird keine einzige Rückfrage von den Studenten bekommen und schnell wieder hier sein. So, hier entlang geht es zu unseren bescheidenen Räumlichkeiten. Es ist ziemlich eng im Cavendish, bald werden wir umziehen müssen. Ach, da sind ja die anderen. Henry, Dr. Watson, sagt Guten Tag.«

Noch während Watson einen ironischen Diener machte und Henry Dodd grüßend die Hand hob, holte Crick Luft und redete weiter. Zwischendurch lachte er in Salven über seine eigenen Scherze. Er war groß und ähnlich nachlässig gekleidet wie Watson. Sein linker Mundwinkel zog sich beim Reden nach oben.

Watson lächelte Miss Keller zu – Rosalind hatte bereits in London das Gefühl gehabt, dass er generell gern Frauen anschaute, die ihm über den Weg liefen, ob im Institut oder auf der Straße, beim Mittagessen oder im Sekretariat. Doch mit Miss Keller hatte er kein Glück: Sie nickte ihm nur unverbindlich zu.

Rosalind wusste, dass sie kürzlich mit einer Freundin zusammengezogen war und, wie sie einmal beim Essen gesagt hatte, »generell eher weniger« Interesse an Männern habe. Ihre Eltern wollten sie nicht in dieser »Wohngemeinschaft« – Miss Keller hatte mit den Fingern Gänsefüßchen gemacht – sehen, sondern so bald wie möglich verheiratet. Rosalind war überrascht gewesen, wie offen Miss Keller darüber redete, dass diese Freundin mehr war als eine Mitbewohnerin. Sie hatte nichts gesagt oder gefragt, Freda hingegen schien überhaupt nichts Verwerfliches daran zu finden: »Wir Frauen müssen einfach machen, was wir wollen. So wie die Männer.«

»Warum runzeln Sie die Stirn, Rosalind?« Jetzt nannte Watson sie sogar schon beim Vornamen, während er letztes Mal ihren Doktortitel unter den Tisch hatte fallen lassen.

»Dr. Franklin«, korrigierte Oliver flüsternd dicht hinter ihr, aber niemand außer ihr hörte es. Ihr lief ein überraschter, aber nicht unangenehmer Schauer über den Rücken. Warum stand er nur so nah bei ihr?

»Zeigen Sie uns jetzt Ihr Modell?«, fragte sie.

Erneut verbeugte Watson sich ironisch. »Sie können es wohl kaum erwarten.«

Crick begann schon wieder zu reden. Die beiden Männer waren so laut und anstrengend, dass Rosalind das Gefühl bekam, sie und ihre Kollegen vom King's College seien alte, lahme Schildkröten, die an ein Paar arglistige Affen geraten waren.

Dodd lächelte und schwieg, bis es ihm gelang, Oliver zur Seite zu schieben, sich neben sie zu stellen und sich ganz höflich und harmlos nach ihrem Befinden zu erkundigen. Doch aus einer Unterhaltung wurde nichts, denn sie wurden ins Labor geführt, eine Art Zelle mit einem einzigen Fenster.

Und da war es, das Modell: Gelbe, rote, blaue und weiße Plastikkugeln waren mit silbernen Stäbchen verbunden und wanden sich mannshoch durch den Raum.

»Helixform, drei Ketten, kristallografische Wiederholung alle achtundzwanzig Ångström«, begann Crick, und während er plapperte, musterten Randall, Oliver, Wilkins und Miss Keller das Modell von allen Seiten. Rosalind selbst blieb mit verschränkten Armen gleich neben dem Eingang stehen. Sie musste es sich gar nicht genauer anschauen, denn sie erkannte schon von der Tür aus, was alles nicht stimmte. Außerdem war ihr der Raum einfach zu eng.

»... und so halten die Magnesiumionen die Phosphatgruppen zusammen ...«

»Ich bin nur froh zu sehen«, unterbrach Rosalind das Geschwätz, »dass ich recht hatte.«

»Womit?«

»Dass Modelle nichts taugen.«

»Wie bitte?«

Sie deutete auf das Modell. »Das ist alles falsch. Sie haben das Wasser vergessen. DNA ist durstig.«

»Durstig?«, wiederholte Crick und sah Watson an.

Der hob ratlos die Hände.

Rosalind konnte es nicht fassen. Dieser Kerl, der sich anmaßte, ohne zu fragen, aus ihren Erkenntnissen ein Modell zu bauen, hatte sich nicht einmal die Mühe gemacht, richtig zuzuhören. Nur die drei Molekülketten deuteten in die Richtung, in die sie selbst, Wilkins und Stokes ja ebenfalls, gedacht hatten.

Sie fühlte sich richtig schlecht, dass sie Dodd kurzzeitig

der Spionage verdächtigt hatte. So viel Unfug konnte sie ihm kaum erzählt haben, auch nicht nach zu viel Bier.

»Guten Tag«, sagte jemand hinter ihr. Sir Lawrence Bragg gab ihnen nacheinander die Hand. Oliver stieß versehentlich mit dem Ellbogen an das Modell, das gefährlich wackelte.

»Sie sind also nicht überzeugt, Dr. Franklin?«, fragte Bragg.

»Nein. Sie brauchen mindestens das Zehnfache an Wasser.« Genau davon hatte sie doch auf der Konferenz gesprochen, hatte sogar einige ihrer Fotografien gezeigt. Sie tippte sich mit dem Zeigefinger an die Stirn. »Haben Sie nicht gesagt, Dr. Watson, dass Sie sich nichts notieren, weil Sie alles in Ihrem jungen Gehirn haben?«

Watson lachte sein lautes Lachen. »Erwischt.«

»Die Phosphate müssen auf der Außenseite sein«, fuhr Rosalind fort. »In einer Hülle aus Wasser. Wie soll es so zusammenhalten? Ihre Natriumionen können sich auf diese Weise nicht binden.«

Henry Dodd fuhr sich durch das schüttere Haar. »Daran hätte man denken können.«

»Schlauer Junge.« Crick wirkte mehr amüsiert als schockiert.

Watson sah Dodd abschätzig an. »Vielen Dank, Henry, dass du uns dein schlaues Köpfchen zur Verfügung stellst.«

Dodd schien sich auf die Zunge zu beißen. Auf der Konferenz in London hatte Watson ihn auch schon mit ein paar Worten lächerlich gemacht. Ließ er sich das jedes Mal so gefallen? Rosalind hatte fast Mitleid mit ihm. Er schien ja wirklich etwas auf dem Kasten zu haben.

Crick sah sein Modell nachdenklich an. »Tja. Das war dann wohl nichts.«

Randall klopfte Crick auf den Rücken. »Na, mein Lieber, dann machen Sie eben noch einen Chemiegrundlagenkurs. Kann nicht schaden.«

Wilkins sah auf die Uhr. »Wenn wir uns beeilen, kriegen wir den Bus zurück zum Bahnhof.«

Rosalind sah ihn aufmerksam an. War er genauso froh wie sie selbst, dass die beiden sich so vollkommen vertan hatten? Ärgerte er sich, dass sie einen wertvollen Arbeitstag für einen sinnlosen Ausflug nach Cambridge verschwendet hatten? Als sie sich von Watson und Crick verabschiedet hatten, ging sie neben Wilkins her, ohne etwas zu sagen. Er hielt ihr die Tür auf, und sie wartete danach, bis er wieder zu ihr aufschloss.

»Hm«, sagte er, fast war es nur ein Räuspern.

Sie grinste in sich hinein und nickte kurz.

Bragg und Randall gingen ein Stück hinter ihnen, aber der Schall im engen Korridor des Cavendish trug, und Rosalind und Wilkins schwiegen weiter, um die Unterhaltung der Laborleiter mitzubekommen.

»Die Jungs werden nicht weiter daran forschen«, sagte Bragg. »Du hast mein Ehrenwort, John.«

»Schlaue Köpfe, die beiden«, sagte Randall.

»Watson ist Amerikaner, und wir wissen doch, dass es dort anders läuft als bei uns. Ob da jemand in Kalifornien bei Caltech an einer Sache arbeitet, interessiert doch niemanden in Harvard. Wir hingegen sind noch richtige Gentlemen.«

Jetzt fingen sie an, sich zu beweihräuchern, und Rosalind hatte genug gehört.

Nicht nur Bragg war mit ihnen zur Haltestelle gekommen, sondern auch Henry Dodd. Er berührte Rosalind am Ellbogen und legte den Kopf schräg, damit sie zwei Schritte mit ihm zur Seite ging. Oliver, der gerade mit Miss Keller sprach, behielt sie im Auge.

»Zumindest haben wir uns so mal wiedergesehen«, sagte er. »Ich besuche demnächst meine Familie in London. Vielleicht könnten wir zwei etwas unternehmen?«

»Gern. Möglichst etwas ohne Bier.«

Er beugte sich vor. »Ich schreibe dir, ja? Ich könnte dir auch Bescheid geben, falls die beiden noch einmal etwas bauen, was …«

Sie unterbrach ihn. »Nein danke.«

Er lief rot an. »So war das nicht gemeint, entschuldige, denk bitte nicht, dass …«

Der Bus kam. Rosalind rückte ihre Schultertasche zurecht. »Schon gut. Ich würde mich freuen, dich wiederzusehen.«

Als sie im Zug nach London waren, wurde es bereits dunkel. Randall, Wilkins und Miss Keller erwischten Sitzplätze, Rosalind und Oliver blieben zwischen anderen Menschen auf dem Gang stehen. Rosalind war froh darum – hier war es weniger eng. Sie blickten hinaus in die spätherbstliche Landschaft. Weiter hinten im Waggon summte jemand eine Schnulze.

»Was hat Henry Dodd dir denn da zugesäuselt?«, fragte Oliver, ohne seinen Blick vom Fenster zu lösen.

Er war eifersüchtig!

Noch nie war jemand ihretwegen eifersüchtig gewesen. Aber freute sie das? Bei einem Fünfundzwanzigjährigen mit zu langen Haaren und einem jungenhaften Grinsen? Der mit seiner Doktorarbeit nicht weiterkam? Der ihr im Park einen

Arm um die Schultern gelegt hatte und sie dankbar anschaute, wenn sie ihm ein Buch schenkte? Der wie ein guter Earl Grey duftete, wenn man nur nah genug stand?

Sie antwortete nicht auf seine Frage, sondern erzählte, was sie vom Gespräch zwischen Randall und Bragg mitbekommen hatte.

»Glaubst du, Watson und Crick halten sich an den Gentlemen's Code ihrer Chefs?«, fragte er.

»Ich weiß es nicht.« Der Zug ruckelte bedrohlich. Ihr wurde die Kehle eng, fast entfuhr ihr ein Wimmern. Dann wurde sie gegen Olivers Arm und Schulter gedrückt, und sofort fühlte sie sich wieder ruhiger. »Ich frage mich schon seit einer Weile, wie es weitergehen soll. Wir können unsere Erkenntnisse nicht einfach für uns behalten. Austausch ist so wichtig und fruchtbar. Aber wenn zwei so … so …«

»Chemisch Minderbemittelte?«, schlug Oliver vor.

Sie lächelte in die dunkle Landschaft. »Genau. Wenn die einfach so auf den fahrenden Zug aufspringen können – passender Vergleich, ich weiß.«

Sie genoss die Wärme, die durch zwei Wintermantelärmel bei ihr ankam.

»Schade, dass wir so wenig Zeit in Cambridge hatten«, sagte sie. »Ich hätte dir gern noch ein paar Orte gezeigt, an die ich mich aus dem Studium erinnere.«

»Wir können ja im Frühling mal mit dem Motorrad hinfahren.« Seine Stimme war leise an ihrem Ohr, so nah an ihrem Ohr, aber dieses Mal wollte sie sich nicht wegdrehen.

Sie blieben stehen.

»Wenn du nur nicht so gut riechen würdest«, raunte er.

Eine Gänsehaut fuhr ihr über den Nacken, aber sie tat so, als hätte sie ihn nicht gehört. Der Zug war laut genug, dass man es glauben konnte. Doch dieses Mal flüchtete sie auch nicht vor ihm.

Erst als der nächste Halt näher kam und die Aussteigenden sich an ihnen vorbeidrängten, musste sie sich bewegen.

Im Labor sprachen sie während der folgenden Tage kaum über den Ausflug. Sie waren alle der Meinung, dass das Cavendish sich nicht mit Ruhm bekleckert hatte. Braggs Versicherung, dass sie nicht weiterforschen würden, war schön und gut, aber hätte er dem Ganzen nicht früher Einhalt gebieten sollen? Rosalind berichtete Stokes von dem missglückten Versuch, und wenig später kam er mit neuen Gedanken zu ihren aktuellsten Aufnahmen – sie waren bei Nummer vierunddreißig – und wie man die fotografierten Muster sonst interpretieren könnte.

Dann kam ein Paket mit einem Begleitbrief von Watson – es waren die Schablonen, mit denen sie die Modellteile hatten herstellen lassen, und das Montagegestell, in seine Einzelteile zerlegt – mit schönen Grüßen und dem Versprechen, dem King's College die DNA zu überlassen.

Stokes hätte am meisten damit anfangen können, schließlich überlegte er selbst immer wieder, wie ein Modell aussehen könnte. Doch er war gerade nicht da und sein Labor abgeschlossen, weshalb Wilkins den Karton unter Miss Kellers Schreibtisch schob.

Die Kollegin hatte versucht, ein wenig Festtagsstimmung in ihre kleine Ecke des Labors zu bringen.

»Haben Sie den Weihnachtsmann selbst getöpfert?«, fragte Rosalind.

Miss Keller sah das krumme Männchen mit Zipfelhut zärtlich an. »Nein, meine Schwester.«

»Sehr süß.« Bestimmt steckte eine ganze Familiengeschichte dahinter, aber sie konnte sich eine böse Bemerkung einfach nicht verkneifen. »Könnte mal ein Röntgenbild vertragen, der Mann. Das ist doch Skoliose.«

»Ich hab noch einen Engel zu Hause.« Miss Kellers Augen funkelten listig. »Der ist noch hässlicher.«

Am nächsten Morgen stand ein weißer Drache auf Rosalinds Schreibtisch, den sie erst auf den dritten Blick als Engel erkannte. Miss Keller wusste, wie man sich rächte.

11

[Alfred Nobel] *1833–1896. Schwedischer Chemiker und Erfinder des Dynamits. Stifter der Nobelpreise für Physik, Chemie, Medizin, Literatur und Frieden, die jedes Jahr an diejenigen vergeben werden, »die der Menschheit den größten Nutzen erbracht« haben.*

South Kensington, London, Dezember 1951

Wie jedes Jahr wurden Anfang Dezember die Nobelpreise bekannt gegeben. John Cockroft und Ernest Walton gewannen ihn in Physik für ihre Pionierarbeit auf dem Gebiet der Atomkernumwandlung durch künstlich beschleunigte atomare Partikel. In der Chemie wurden zwei Amerikaner ausgezeichnet, Edwin Mattison McMillan und Glenn T. Seaborg, für ihre Entdeckungen in der Chemie der Transuranelemente. Naomi las ihr einen Kommentar dazu aus der Zeitung vor.

»Und den Preis in Medizin hat Max Theiler aus der Südafrikanischen Union bekommen, für die Erforschung des Gelbfiebers und seiner Bekämpfung«, sagte Naomi. »Was bin ich froh, dass ich mich damit nicht beschäftigen muss.«

Atomkernumwandlung durch künstlich beschleunigte atomare Partikel – das klang interessant. Was wohl nächstes Jahr verkündet werden würde? *Dr. Rosalind Elsie Franklin erhält den Chemie-Nobelpreis für die Erforschung der Molekularstruktur der Desoxyribonukleinsäure.*

Vielleicht würde sie ihn mit Oliver teilen. Aber nur, wenn er bis dahin endlich seine Dissertation fertig hatte. Und vielleicht würden sie eher den Preis für Medizin bekommen, denn wenn die Genforschung danach erst richtig losgehen sollte, würden sich viele interessante Anwendungsgebiete auftun, auch in der Heilkunde.

Wie schade, dass Naomi wirklich nicht studieren wollte. Tante Helen hatte eingesehen, dass sie ihre Tochter nicht zwingen konnte, und Naomi hatte ihrer Mutter im Gegenzug versprochen, Liam nicht mehr zu sehen, bis sie im Frühjahr die Schule ordentlich abgeschlossen hatte. Dazu gehörte, dass sie zweimal in der Woche Mathematiknachhilfe bei Rosalind nahm.

»Ich verstehe überhaupt nicht, wie du in Mathematik schlechte Noten haben kannst«, meinte Rosalind. »Du weißt alles. Verstehst alles. Du brauchst mich überhaupt nicht.«

»Ich habe nur einfach keine Lust drauf.« Naomi stöhnte genervt. »Kann ich einen Kaffee haben? Hast du neue Kleider? Darf ich mal in deinen Kleiderschrank gucken?«

»An deiner Konzentrationsspanne sollten wir allerdings arbeiten«, stichelte Rosalind. »Jeder Goldfisch ist aufmerksamer als du. Aber ja, ich habe mir eine neue Bluse geschneidert. Könnte dir auch passen.«

Um Platz auf dem Küchentisch zu schaffen, schob Naomi die Unterlagen ihrer Cousine beiseite. Rosalind rettete einen Brief vor dem Verknittern, den sie vorhin an Henry Dodd verfasst hatte. Vor ein paar Tagen hatte er ihr geschrieben, in einer sehr angenehmen und lesbaren Handschrift, dass er erwäge, nach London zu ziehen. Deshalb hatte er sich nach ihren Erfahrungen bei der BCURA erkundigt, der British Coal Utilisation Research Association, wo sie nach dem Studium und vor ihrem Job in Paris ein Praktikum gemacht hatte. Sie hatte ihm mehrere Seiten zurückgeschrieben und ihn gefragt, wann er denn nach London komme.

Während Rosalind wartete, dass das Dienstmädchen ihren Vater ans Telefon holte, überlegte sie, ob sie Schmuck zur Weihnachtsfeier tragen sollte.

»Guten Abend, Rosalind.«

»Hey, Dad, guten Abend. Es tut mir leid, dass ich vergessen habe, früher Bescheid zu geben, aber ich kann heute nicht zum Sabbatessen kommen.«

»Hast du eine Verabredung?«

»Ros hat eine Verabredung?«, hörte sie ihre Mutter im Hintergrund.

»Eine Feier am Institut. Mein Chef lädt im Sommer zum Cricket und im Dezember zu einer weihnachtlichen Party ein. Ich wollte absagen, aber er war so hartnäckig, dass ich nicht anders konnte.«

»Das macht doch nichts«, sagte ihr Vater. »Deine Arbeit ist wichtiger als ein Sabbatessen. Wir sind stolz auf dich.«

Sie legte lächelnd auf. Ein Gefühl des Stolzes mochte bei den Franklins nichts Außergewöhnliches sein. Sie hatten viele Verwandte, die mit großartigen Dingen beschäftigt waren – aber dass man es aussprach, war etwas Besonderes.

Unter einigen noch zu bezahlenden Rechnungen entdeckte sie einen Zipfel der aktuellen *Nature* und schlug das Inhaltsverzeichnis auf. Mit aufmerksamem Blick las sie die Überschriften durch. Niemand hatte etwas über Desoxyribonukleinsäure geschrieben. In letzter Zeit rechnete sie immer mehr damit, dass jemand schneller sein würde als sie, und sie hatte inzwischen mehr Angst vor Watson und Crick als vor Pauling.

Vielleicht würde sie nach der Weihnachtsfeier ja noch dazu kommen, ins Bett gekuschelt einen sehr interessant klingenden Artikel über Kohlenstoff zu lesen. Daran sollten doch alle forschen, dachte sie. Kohle war für alle da.

Rosalind musste nicht lange überlegen, was sie anziehen sollte. Ein dunkelroter Rock, weiße Bluse, eine unauffällige Halskette, ein silberner Haarkamm. Eine elegantere Version ihrer Arbeitskleidung. Dazu ihre geliebten Mary Janes. Sie sah in das ungemütliche Wetter hinaus. Hoffentlich würde sie ein Taxi erwischen. An den Freitagabenden im Dezember hatten viele Firmen ihre Weihnachtsfeiern.

Es regnete in Strömen, eiskalten Strömen. Weit und breit war kein Taxi zu finden, und Rosalind blieb, nach einigen ungeduldigen Blicken auf die Armbanduhr, nichts anderes übrig, als die U-Bahn zu nehmen. Zum ersten Mal, seit sie zurück in London war, löste sie eine Fahrkarte und war so nervös, dass sie das Ticket sofort nach dem Kauf in der Faust zusammenknüllte und gleich wieder glatt strich, falls sie kontrolliert werden würde.

Allein der Geruch hier unten verursachte ihr ein mulmiges Gefühl im Magen. Sie überlegte, was sie in den letzten Stunden gegessen hatte. Sie durfte sich nicht übergeben. Sie durfte nicht schreien. Nur nicht auffallen. Nach zwei Stationen sah sie weiße Punkte und schloss die Augenlider, aber bei all den atmenden, hustenden Körpern um sie herum wollte sie auf keinen ihrer fünf Sinne verzichten. Die Lautsprecherstimme schepperte. Der Waggon klapperte an allen Ecken und Enden. Ein Fenster war nicht richtig geschlossen, sodass der Fahrtwind pfeifend ins Innere geriet und ihr direkt in die Augen blies. Sie bewegte den Kopf und spürte die Übelkeit weiter oben in der Kehle. In der Kurve lehnte sich ein schwerer Körper an sie, erst auf Schulterhöhe, doch dann drückte er sich in ganzer Länge an sie, viel zu deutlich spürte sie, was sie nicht spüren wollte. Panisch atmete sie schneller, versuchte, einen Schritt auszuweichen, doch es war kein Platz. Sie konnte sich nicht umdrehen. Da blieb nur eins: Sie trat einen entschlossenen Schritt zurück und mit ihrem Absatz auf einen blank polierten schwarzen Männerschuh. Der Körper verschwand.

Mit einem Mal hielt der Zug mit einem lang gezogenen Kreischen im Tunnel.

Rosalind hielt den Atem an.

Die Leute brummelten nur leise.

Ihr lief der Schweiß den Rücken hinunter.

Niemand schrie. War das normal?

In Großbritannien mochte man keine Emotionen zeigen, aber kollektive Todesangst würde sich doch irgendwie äußern. Oder?

Sie musste sich ablenken, um nicht zu kreischen, wie damals auf der norwegischen Fähre… Sie hatte angefangen zu schreien, alle hatten sie angeschaut, und sie hatte trotzdem nicht aufhören können. Einer der anderen Passagiere auf der Fähre hatte ihre Eltern gefragt, ob Rosalind verrückt geworden sei, doch ihre Mutter hatte sie schützend an sich gedrückt…

Sie versuchte, an etwas anderes zu denken.

Paris!

Kinos in Paris. All die klugen, witzigen Charlie-Chaplin-Filme, die sie dort gesehen hatte, gemeinsam mit ihren Gästen aus England, mit Oliver, mit ihren Kolleginnen.

Wenn sie hier lebendig rauskäme, würde sie über die Weihnachtsferien nach Paris fahren. Sie würde einfach fahren. Sogar mit der Fähre. Auf der Fähre hatte man Wind um die Nase. Hier gab es kein einziges Luftmolekül mehr, das nicht gerade jemand anders in Nase und Lunge gehabt hatte. So erstickten Menschen.

Sie spürte ein Wimmern in der Kehle.

Sie wollte nicht schreien.

Der Zug stand.

An etwas anderes denken.

Paris!

Ihre Arbeit in Paris. Kohlenstoffe, die jetzt Henry Dodd interessierten und die zu Grafit wurden, wenn man sie auf dreitausend Grad Celsius erhitzte. Wie sie und Oliver damals über das Mikroskop gebeugt untersucht hatten, was die grafitisierende von der nicht grafitisierenden Kohle unterschied.

Sie und Oliver. Wenn sie das hier überstehen würde…

An etwas anderes denken. DNA. Ihr fehlte im Grunde nur ein gutes Foto, eine einzige Fotografie, um mehr daraus ableiten zu können. Vielleicht konnte sie über Weihnachten, das sie ohnehin nicht feierte, ein paar Tage ganz in Ruhe im Labor arbeiten – aber nein, sie wollte ja nach Paris. Wenn sie …

Der Wagen ruckelte. Die Hände klammerten sich erneut um Haltestangen und Griffe.

Der Zug fuhr weiter und hielt wenig später an der Temple Station. Mit zitternden Knien stieg sie aus und nahm die Rolltreppe. Die durchgeschwitzte Bluse klebte ihr an Rücken, Bauch und Achseln. Im King's würde sie erst einmal die Toilette aufsuchen müssen.

Als sie sich ihrem Gebäude näherte, glaubte sie, in die nächste Horrorgeschichte geraten zu sein. An den Türen hingen Luftballons, die sich bei näherem Hinschauen als Kondome herausstellten. Sie sah die Militäridioten mit Mädchen, die definitiv nicht bei ihnen arbeiteten und sich die Blusen mit aufgeblasenen Präservativen ausgestopft hatten.

Dabei waren sie am altehrwürdigen King's College der altehrwürdigen Universität von London!

»Willy Wilkins' Frauchen«, rief einer von ihnen, »willst du es heute nicht mal richtig krachen lassen?«

Ein Ballon platzte, und die Mädchen kreischten. Rosalind rettete sich auf die Toilette und versuchte durchzuatmen, während sie sich so gut wie möglich den Schweiß abtupfte. Miss Keller kam aus einer der Kabinen.

»Das träume ich doch gerade, oder?«, fragte Rosalind.

»Soll ich Sie kneifen?«

»Was sagt denn Randall dazu?«

»Findet der doch lustig.« Miss Keller wusch sich die Hände und trocknete sie ab. »Kommen Sie, wir trinken Sekt, dann geht's besser.«

Miss Keller lotste sie in den großen Besprechungsraum, in dem man die Tische zusammengeräumt und eine Art Bühne aufgebaut hatte. Am Rand standen Wilkins und Oliver, aber Rosalind wollte sich nicht zu ihnen stellen. Sie war nicht Willy Wilkins' Frauchen, sie war nicht seine Assistentin, sie war hier so fehl am Platz, dass sie am liebsten gleich wieder gehen wollte. Doch Miss Keller hielt sie am Arm fest und sah sie so lange auffordernd an, bis Rosalind ein halbes Glas Sekt getrunken hatte.

Da erklang fröhliche Klaviermusik, wie im Kabarett.

»Haben sie von den Theologen ausgeliehen«, sagte Miss Keller.

»Das Klavier?«

Miss Keller federte im Takt zur Musik. »Tanzen Sie gern?«

Rosalind lachte verlegen. »Nicht bei der Arbeit.«

Miss Keller reichte ihr noch ein zweites Glas Sekt, und der Alkohol schickte warme Wogen durch Rosalinds Inneres. Als ein Charleston erklang, griff Miss Keller nach ihrer Hand. Mit funkelnden Augen hinter der Brille fing sie an zu tanzen. Rosalind musste tief durchatmen, um den Trubel um sich herum auszublenden. Sie kannte nur den Grundschritt, aber Miss Keller wusste auch nicht mehr, und so hüpften sie ein wenig auf der Stelle hin und her, kickten die Fersen hoch und spreizten die Hände ab. Der Klavierspieler lächelte ihnen zu und wippte mit dem Kopf. Da kam plötzlich Randall mit einer extraschönen Blüte im Knopfloch zu ihnen, verneigte sich vor Miss Keller, um sie aufzufordern. Miss Keller jubelte und reichte ihm beide Hände. Rosalind musste lachen – bis mit einem Mal Oliver neben ihr stand und sich ebenfalls verbeugte.

»Kannst du das?«, rief sie ihm über die Musik hinweg zu.

»Kein bisschen.«

Sie nahmen sich an den Händen und versuchten, irgendwelche Schritte zu finden und das andere Tanzpaar nicht anzurempeln. Es war hoffnungslos. Doch Rosalind lachte, bis ihr die Wangen wehtaten.

Als der Pianist mit einem Haufen schräger Triller zum Ende kam, standen sie atemlos da. Oliver strich ihr eine Haarsträhne aus dem Gesicht. Rosalind hatte nicht gewusst, dass man hinter dem Ohr Gänsehaut bekommen konnte. Sie sahen sich in die Augen, bis das Klavier verstummte und zur Seite gerollt wurde. Ihr Puls hatte sich noch nicht beruhigt.

»Jetzt kommen die Sketche«, verkündete Randall und sicherte sich einen guten Sitzplatz.

»Die liebt er«, flüsterte Miss Keller außer Atem.

Rosalind hätte lieber noch ein Weilchen getanzt. Jetzt, da sie wieder all die Gesichter sah, die ihr jeden Tag auf den Fluren entgegenkamen, hätte sie sich am liebsten schnell in eine Ecke verdrückt. Doch der Raum füllte sich, und die ersten selbst ernannten Schauspieler stolperten auf die Bühne. Einer spielte einen Doktoranden, der seine Mündliche ableisten sollte, während der Prüfer auf einem imaginären Esel angeritten kam. Rosalind verstand die Anspielung nicht. Auch Randall trat auf – aber nicht er selbst, sondern einer seiner Kollegen, der ihn mit Brille und Pfeife darstellte, mitsamt seiner geliebten Topfpflanze. All das wurde von selbst gedichteten Liedern getoppt.

Alec Stokes hat einen Beweis
für jeden Halt an jedem Gleis,
die Linien an der Clapham-Junction-Station
bilden eine komplexe Besselfunktion.

John T. Randall ist der Boss
und regiert den ganzen Tross.
Und wir gehen über Leichen,
um die Weltherrschaft zu erreichen.

Habt ihr jemals,
habt ihr jemals
so ein irres Labor gesehn?

So ein irres Labor. Rosalind trank ihren letzten Schluck Sekt und entschuldigte sich. Eigentlich wollte sie nur auf die Toilette, doch als sie danach im Flur stand und das Gejohle aus dem Saal hörte, brachte sie es nicht über sich, noch einmal hineinzugehen.

Im strömenden Regen stellte sie sich an die Hauptstraße und winkte ein Taxi heran, das sie mit gleichmäßig brummendem Motor durch die dunkle Stadt nach Hause brachte. Sie war dem Chaos entkommen.

Zu Hause schloss sie zitternd vor Kälte auf. Kurz sah sie zurück und überlegte, woher sie den schwarzen Wagen kannte, der auf der anderen Straßenseite stand. Aber sie konnte jetzt nicht nachdenken, wollte nur noch in die heiße Badewanne sinken und von einer sommerlichen Wanderung durch Italien träumen oder einer Radtour durch das grüne Wales oder einer

Übernachtung unter dem Sternenzelt, in einem kuschlig warmen Schlafsack oder …

Sie erstarrte, als sie durch die angelehnte Tür flackerndes Licht im Wohnzimmer entdeckte. Hatte sie eine Kerze brennen lassen? War etwa ein Feuer ausgebrochen? Sie wusste, man durfte den Brand nicht anheizen, indem man neuen Sauerstoff ins Zimmer ließ, also öffnete sie die Tür nicht weiter, sondern versuchte, durch den Spalt hindurch etwas zu erkennen.

Sie machte zwei Schemen vor dem brennenden Kamin aus, die sich erschrocken aufrichteten, als Rosalind nun doch die Tür aufstieß.

»Ich glaub's ja nicht!«, rief sie.

Liam sprang splitterfasernackt auf die Füße und hielt sich ein Sofakissen vor den Körper.

»Nicht mein Kissen!«, rief Rosalind.

»Ros …« Naomi versuchte gar nicht erst, sich zu bedecken.

»Ich gehe jetzt ins Schlafzimmer. In fünf Minuten bin ich wieder hier, und dann seid ihr weg.« Sie drehte sich noch einmal um. »Den Kamin könnt ihr anlassen.«

»Ros …«

»Nein.«

Sie setzte sich zitternd auf ihr Bett und sprang wieder auf, um sich aus den Kleidern zu schälen, die wegen der Nässe am Körper klebten. Strümpfe aus, Unterwäsche aus, neue an, schnell in den Bademantel. Da fiel ihr wieder das Auto auf der Straße ein. Hatte Naomi sich tatsächlich von ihrem Chauffeur herfahren lassen? Für Sex mit Liam? Das wäre fast lustig gewesen, wenn Rosalind nicht so wütend gewesen wäre.

Noch nie hatte sie so etwas gesehen. Auf Gemälden und Fotografien, ja, in Kinofilmen ein bisschen, aber doch nicht mit eigenen Augen in ihrem eigenen Wohnzimmer.

Dabei hatte sie sich so für Naomi eingesetzt, hatte mit Tante Helen gesprochen und zu vermitteln versucht. Und hatte Naomi ihr nicht gesagt, sie und Liam würden warten? Hatte Naomi ihrer Mutter nicht sogar versprochen, Liam überhaupt nicht mehr zu sehen, bis sie mit der Schule fertig war? Warum hatten sie ihr das jemals geglaubt, einer verliebten Siebzehnjährigen?

Ihre Cousine verbaute sich ihre eigene Zukunft mit diesem rückwärtsgewandten Idioten.

Naomi klopfte. »Ros, können wir …?«

»Nein. Geht jetzt. Und lass deinen Schlüssel hier.«

»Ich rufe dich an, ja?«

Rosalind antwortete nicht.

12

[Arthur Lindo Patterson] *1902–1966. US-amerikanischer Kristallograf. Entdeckte die nach ihm benannte Patterson-Methode, durch die man das Phasenproblem der Röntgenbeugung erstmals systematisch lösen konnte.*

Westminster Hall, London, Februar 1952

Die Weihnachtsansprache von George VI. war nicht live übertragen, sondern aufgezeichnet worden, weil der König sich von einer Lungenoperation hatte erholen müssen. Alle hatten vor dem Radio gesessen und zugehört, ohne zu wissen, dass es das letzte Mal sein würde, dass ihr König zu ihnen sprach. Nur zwei Monate später war er am Morgen von Bediensteten tot im Bett gefunden worden. Ein Blutgerinnsel war die Todesursache.

Rosalinds Schwägerin Myrtle war treue und nun heftig trauernde Royalistin. »Zur Eröffnung des Festival of Britain habe ich ihn noch gesehen«, klagte sie. »Er ist damals sogar zu uns an die Absperrung gekommen und hat mir die Hand geschüttelt.«

Sie hielt den Handteller nach oben, als ob man dort noch den Abdruck der königlichen Hand sehen könnte. Rosalind und Colin blickten sie mitleidig an. David griff nach Myrtles Hand und steckte sie ihr zurück in die Manteltasche. Es war eiskalt vor Westminster Hall, wo sie anstanden, um dem aufgebahrten Toten die letzte Ehre zu erweisen.

Myrtle war nicht die Einzige, die weinte. Die Menschen in der Schlange, zum größten Teil ältere Frauen mit Mantel, Handtasche und Filzhut, steckten sich untereinander in ihrer Trauer an, obgleich sie nur leise schnüffelten. Man war schließlich britisch.

Über Weihnachten und den Jahreswechsel war Rosalind tatsächlich bei den Luzzatis in Paris gewesen und hatte es genossen. Madeleine, die Adoptivtochter ihrer Freunde, hatte letztes Jahr einen Katholiken geheiratet, und die Familie bemühte sich, einen ganz eigenen jüdisch-christlichen Feiertag zu entwickeln. Vittorio hatte sofort gesehen, wie unglücklich Rosalind noch immer war, und ihr versprochen, Augen und Ohren nach einer neuen Stelle offen zu halten. Von Dorothy Hodgkin hatte sie einen ähnlichen Brief erhalten – in Oxford sei derzeit nichts zu machen, aber sie werde sich umhören.

»Dabei klingt die Arbeit am King's doch eigentlich interessant«, sagte Denise, während sie Rosalind das Silberbesteck reichte, das auf dem Festtagstisch verteilt werden sollte. »Was genau ist denn das Problem?«

Rosalind konnte nicht antworten, denn plötzlich zischte etwas Dunkles, Glitzerndes fauchend zwischen ihren Füßen hindurch.

»Denise!«, rief sie. »Die Katze!«

Denise fluchte und rief nach ihrer Tochter.

Madeleine steckte den Kopf aus dem Bad, wo sie sich gerade für die Gäste schminkte.

»Das machst jetzt aber du«, sagte Denise. »Ich weigere mich.«

Mit einem getuschten Auge und in Pantoffeln machte Madeleine sich seufzend auf die Suche nach der Katze. Wieder zischte es, und das Tier rannte in die andere Richtung, gefolgt von Madeleine.

»Was hat sie denn da?«, fragte Rosalind.

Denise, die gerade noch so streng mit Madeleine gesprochen hatte, fing an zu lachen, als Katze und Tochter erneut an ihnen vorbeikamen.

»Gestern Abend, als du schon geschlafen hast, hat Madeleine nicht aufgepasst, und Joconde hat Lametta gefressen. Wir hatten das letztes Jahr schon einmal. Das Lametta kommt unverdaut wieder raus, und die Katze erschrickt sich, weil ihr etwas aus dem Hintern hängt.«

Rosalind kicherte. »Deswegen dachte ich, dass sie glitzert.«

»Sie glitzert aus dem Hintern.«

Gleichzeitig prusteten sie los.

»Amüsiert euch nur!« Madeleine war es gelungen, Joconde ins Bad zu sperren. »Ich zieh ihr das da mal raus.«

Durch einen Spalt schlängelte sie sich ins Bad, und Denise und Rosalind versuchten, ihr Gackern zu unterdrücken, um Jocondes Fauchen und Madeleines Fluchen nicht zu verpassen.

Erst als die Gäste spät am Abend wieder gingen, kam Rosalind dazu, Denise und Vittorio das Problem im King's College noch einmal genauer zu erklären. »Die Arbeit ist es nicht.

Die ist nämlich interessant. Die DNA ist störrisch, aber ich gebe nicht auf, und wir sind wirklich gut ausgestattet, was Geräte und so angeht. Aber es sind die Leute. Es gibt niemanden, mit dem ich mich wirklich austauschen kann. Wilkins ist menschlich eine Null und nicht gerade brillant. Genauso Miss Keller und Oliver. Sie sind nicht schlecht, aber auch nicht das, was ich will. Und ich weiß«, sagte sie mit einem Blick zu Vittorio, »dass ich ein bisschen versnobt bin, aber ich bin auch eine gute Wissenschaftlerin, der das richtige Umfeld fehlt.«

»Und was, denkst du, sagen sie über dich?«

»Ich weiß nicht. Ich halte mich zurück. Niemand findet mich interessant genug, um richtig mit mir zu reden.« Gut, Oliver war eine Ausnahme. Rosalind schwieg kurz. Was genau Oliver war, hätte sie nicht sagen können. »Ich fand mich ja auch selbst interessanter, als ich noch hier in Frankreich war.«

»Hier bist du ja auch eine viel seltenere Spezies.« Erneut bekam Rosalind von Denise das Silberbesteck in die Hand gedrückt, dieses Mal, um es in die Schublade zurückzulegen. »Eine englische Wissenschaftlerin in England ist eben seltener als eine englische Wissenschaftlerin in Frankreich.«

Ging es ihr darum? Wollte sie interessant sein? Bewundert werden? Das hatte eigentlich nie einen Reiz auf sie ausgeübt. Es reichte ihr, wenn ihre Familie und ihre Freundinnen sie mochten. Nun gut, einen Nobelpreis hätte sie auch gern.

Zu Silvester hatte Vittorio ihr dann einen interessanten Floh ins Ohr gesetzt, den sie bereits mit Oliver besprochen hatte: Sie würden die DNA mit der Patterson-Methode untersuchen. Oliver ängstigte sich vor der Mathematik, die damit einherging, aber Rosalind war sich sicher, dass es sie weiterbringen würde. Zumindest war es einen Versuch wert. Im Zweifelsfall würden sie Stokes fragen, der für seine Pendelei stets Denksportaufgaben suchte.

Die Schlange vor der Westminster Hall bewegte sich langsam, aber stetig vorwärts. Bestimmt wurde der tote König von genug Männern bewacht, die dafür sorgten, dass niemand zu lang Abschied nahm.

»Wisst ihr noch«, sagte Rosalind zu David und Colin, »wie begeistert wir bei der Krönung waren?«

Myrtle sah sie mit blanken Augen an. »Oh, erzähl das doch bitte noch einmal.«

David streichelte ihr über die Wange. »Das habe ich doch schon so oft, dass du langsam das Gefühl haben musst, selbst dabei gewesen zu sein. Grandpa hatte uns gute Plätze entlang der Paraderoute beschafft, aber wir Kinder sind abgehauen und quer durch London und den Matsch im Hyde Park gerannt, bis wir der Kutsche des Königs kurz vor dem Buckingham Palace begegnet sind.«

Rosalind erinnerte sich gut. »Wir sind auf das Victoria Memorial geklettert.«

»Wir haben es versucht«, wandte Colin ein, »aber so ein Kerl hat uns wieder heruntergezogen.«

»Immerhin standen wir auf den Stufen«, meinte Rosalind. »Und haben mitgerufen: Wir wollen den König!«

»*For he's a jolly good fellow*«, sang David ganz leise.

»Genau. Und dann ist er auf den Balkon rausgekommen und hat gewinkt.«

Myrtle schniefte. »Er war so ein guter Mann, so ein guter König.«

»Hallo zusammen.« Jenifer gesellte sich keuchend und mit rotem Kopf zu ihnen. »Ich habe es geschafft. Gerade noch rechtzeitig, wie ich sehe!«

Sie standen bereits auf den Stufen, die hinauf zur Westminster Hall führten. Niemand redete mehr, alle warteten sie darauf, ein letztes Mal den toten König zu grüßen, der sich sein Leben so anders vorgestellt haben musste: Hätte sein Bruder nicht abgedankt, hätte George ein ruhiges, bescheidenes Leben führen können, was ihm vermutlich besser gefallen hätte.

Jenifer griff nach Rosalinds Hand. Sogar durch die Handschuhe spürte Rosalind die eiskalten, schmalen Finger ihrer kleinen Schwester. »Meinst du, man kann ihn sehen?«

Rosalind drückte zurück. »Da war ein Foto in der Zeitung. Der Sarg ist geschlossen.«

Sie blickte auf die Uhr. In einer Stunde war sie mit J. D. Bernal vom Birkbeck College verabredet. Gestern Abend hatte sie ihn einfach angerufen.

Und zwar vom King's College aus.

Sie hatte ihn gefragt, ob sie ihn nicht einmal besuchen könne, und er wollte sie gleich am heutigen Nachmittag empfangen. Ihren Chef hatte sie um einen Tag Urlaub gebeten und nur erzählt, dass sie sich vom König verabschieden wolle.

Die Prozession zog durch die lang gestreckte Westminster Hall, festlich gekleidete Wachen standen um den aufgebahrten Sarg herum. Lange rote Kerzen brannten. Das Februarlicht fiel blass durch die hohen Fenster der sakral wirkenden

Halle. Man hörte, wie die Menschen atmeten und einen Fuß vor den anderen setzten. Einige flüsterten ein Gebet.

Jenifer ließ ihre Hand erst los, als sie wieder im Freien waren. Myrtles Tränen waren versiegt. Sie umarmte sie alle nacheinander. »Danke, dass ihr mitgekommen seid. Das hat mir gutgetan.«

Rosalind verabschiedete sich und sprang in den nächsten Bus. Nun würde Georges Tochter Königin werden, Elizabeth II. Sie hatte bereits viele Pflichten ihres kranken Vaters übernommen, souverän und ohne Zweifel an ihrem Schicksal, und ganz Großbritannien und das Commonwealth meinten sie bereits gut zu kennen. Rosalind war gespannt, was eine so junge, schöne Frau aus diesem eigentlich längst unzeitgemäßen Amt machen würde.

Das Birkbeck College gehörte wie das King's zur Universität von London und lag nur knapp eine Meile vom King's College entfernt. Rosalind erinnerte sich, wie sie Tante Helen erklärt hatte, dass Kurse dort nur abends gegeben wurden, damit die Studenten tagsüber, falls nötig, arbeiten und Geld verdienen oder aber schon praktisch forschen konnten.

So wie Liam.

Die Begegnung nach der Weihnachtsfeier verursachte ihr immer noch Magenschmerzen.

Naomi hatte gleich am nächsten Morgen angerufen, aber Rosalind hatte nicht mit ihr sprechen wollen. Abends hatte sich Naomi erneut gemeldet, doch als sie Rosalind als Erstes gebeten hatte, doch bitte, bitte ihrer Mum nichts zu sagen, hatte Rosalind den Hörer auf die Gabel geknallt. Seitdem waren fast zwei Monate vergangen, und Rosalind hatte Tante Helen gesagt, dass sie leider keine Zeit mehr habe, Naomi Nachhilfe zu geben, weil ihre Arbeit einfach so viel Aufmerksamkeit verlange. Dass sie Naomi und Liam erwischt hatte, hatte sie ihrer Tante nicht verraten, aber sie war sich nicht sicher, ob das die richtige Entscheidung gewesen war.

Inzwischen wusste die ganze Verwandtschaft, dass Naomi nicht studieren wollte. Rosalinds Mutter hatte recht gleichgültig gewirkt. »Nur weil wir alle im Krieg so viel arbeiten mussten, als die Männer weg waren, müssen wir das doch nicht zwangsweise aufrechterhalten. Wenn sie nicht will, dann will sie nicht.«

Ihr Vater hingegen hatte polternd das ausgesprochen, was Rosalind im Kopf herumging. Dass es doch eine Verschwendung sei, wenn eine solch intelligente junge Frau alles für einen Mann aufgab.

»Wir haben mit unseren Mädchen deutlich mehr Glück«, hatte er am Schluss gesagt und sich zufrieden zurückgelehnt.

Rosalind und Jenifer hatten sich angeschaut und alberne Grimassen gezogen.

»Ich werde allerdings«, hatte Jeni gesagt, »auch nicht ewig bei dem Textilhandel bleiben, Dad. Nicht, wenn ich einen netten Mann finde. Ein Freund von Evi ist in der Stadt. Der will mich kennenlernen.«

»Ein Amerikaner?«, fragte ihre Mutter verängstigt. »Du bleibst aber hier, oder?«

»Falls nicht, habt ihr ja immer noch Ros.«

Tja, Ros würde hierbleiben in Ermangelung eines attraktiven Amerikaners, der sie nach Chicago entführte. Aber eines wusste sie sicher: Sie wollte arbeiten. Bis sie umfiel. Nur nicht am King's College, bitte sehr.

»Ich erinnere mich noch an Ihre Bewerbung, Dr. Franklin«, sagte Bernal zur Begrüßung. Er sah stets etwas mürrisch aus, aber sobald er lächelte, war man von seinen Grübchen bezaubert, die ihn in Verbindung mit seiner oft stürmischen Frisur zwanzig Jahre jünger wirken ließen. »Ich hoffe, Sie haben die Absage nicht persönlich genommen. Übrigens haben wir damals auch Francis Crick abgelehnt, mit dem Sie jetzt enger zusammenarbeiten, oder?«

»Na ja.« Sie lachte. »Er hat sich an unserer Arbeit bedient.«

Jetzt klang sie doch wieder zynisch, dabei hatte sie sich vorgenommen, nicht zu lästern, nicht zu jammern. Schnell versuchte sie, das Thema wieder auf sich selbst zu lenken.

»Ich hatte noch nicht genug veröffentlicht«, sagte sie. »Aber inzwischen habe ich einiges vorzuweisen.«

»Paris war gut zu Ihnen. Und jetzt King's College?«

Sie hatte sich diplomatische Worte zurechtgelegt und kam schnell auf ihre Forschung zu sprechen, um ihn auf diese Weise zu beeindrucken. Auch die Patterson-Methode erwähnte sie. Während sie sprach, stand er auf und zog ein Buch aus dem Regal, in dem er eine Weile gedankenversunken las. Sie kannte zwar seinen Ruf, etwas seltsam zu sein, aber sein Verhalten irritierte sie dennoch. Hoffentlich tat er es nicht aus taktischen Gründen, wie sie es Randall zutraute, der die Menschen gern verunsicherte.

»Ich bin gespannt, was dabei herauskommt«, sagte er schließlich. »Klingt jedenfalls gut.«

Sie redeten noch ein wenig, er lobte ihren Scharfsinn, und

als das Gespräch langsam ausklang und er ihr immer noch keinen Job angeboten hatte, fragte sie von sich aus. »Könnten Sie sich denn vorstellen, dass ich bei Ihnen reinpassen würde?«

Er verschränkte die Arme hinter dem Kopf. »Was uns wichtig ist, ist die Arbeit im Team. Früher waren wir in der Wissenschaft alle Einzelkämpfer, und ab und zu hat ein einsames Genie die Lösung gefunden. Das ist heute anders, heute kommen wir nur mit Zusammenarbeit weiter.«

Sie verstand, was er implizierte – nämlich dass er wusste, dass am King's College nicht alles rundlief und sie damit etwas zu tun haben musste.

»Das ist mir bewusst, Professor. In Paris waren wir ein großartiges Team. Marcel Mathieu würde Ihnen das bestätigen.«

»Das hat er schon, der gute Marcel.« Bernal lächelte.

»Und am King's betreue ich Oliver Raymond, einen Doktoranden. Das habe ich Ihnen ja in meinen Lebenslauf geschrieben. Mit Miss Keller läuft alles wunderbar, mit Freda Ticehurst, mit Alec Stokes. Sie können gern Referenzen einholen.«

»Das habe ich auch schon.« Bernal lächelte breiter.

»Außerdem«, fügte sie hinzu, ein wenig ungestüm, aber sie hatte in letzter Zeit selbst so viel darüber nachgedacht, »außerdem weiß ich, wie wichtig es ist, seine Ergebnisse nicht für sich zu behalten. Selbstverständlich will jeder und jede von uns ganz vorn dabei sein, wenn es um neue Erkenntnisse geht. Ich will herausfinden, was es mit der DNA auf sich hat. Ich will den entscheidenden Artikel in der *Nature* veröffentlichen. Trotzdem sind die Erkenntnisse nicht mein Eigentum, das ich verteidigen sollte. Die Wissenschaft ist für die Menschen da.«

Jetzt lachte Bernal über ihren Eifer. »Das sehe ich auch so,

Dr. Franklin, auf jeden Fall. Tja, ich könnte mir schon vorstellen, dass wir einen Platz in unserem Team für Sie finden. Dr. Merkel und Dr. Feiniger würden sich über Ihre Erfahrung mit der Kristallografie besonders freuen.«

Das war alles im Konjunktiv gesprochen, aber vermutlich musste es erst einmal reichen. Sie verabschiedeten sich herzlich, und Rosalind eilte nach Hause. Tat sich gerade wirklich ein Weg auf, dem King's College zu entkommen?

Daheim legte sie sich mit einer Wärmflasche und einer Tasse Tee ins Bett. Eine Katze wäre gar nicht schlecht, um ihr die Füße zu wärmen. Aber dann dachte sie an Joconde und das Lamettadebakel, drehte sich kichernd um und schlief ein.

Zu Recht war das King's College auf seine eigene Gerätewerkstatt stolz. Rosalinds neue Kamera war als Einzelstück aus übrig gebliebenen militärischen Komponenten zusammengesetzt worden – und der reine Luxus. Sie ließ sich neigen, sodass Rosalind Rudy, die A-Form, aus ganz verschiedenen Winkeln fotografieren konnte und die Atome in unterschiedlicher Intensität auf den Film bekam. Es war wie eine Art Puzzle, ein dreidimensionales Puzzle, das sie in mathematische Gleichungen übertragen konnten, um die Abstände im Inneren der DNA zu bestimmen.

Sie hatten gleich in der Früh eine Aufnahme gestartet, Aufnahme Nummer fünfzig, mit exakt fünfzehn Millimetern Abstand zwischen Objektiv und Material und einer geplanten Belichtungszeit von fünfundsiebzig Stunden. Ihr Vater war ganz beeindruckt gewesen, als sie ihm neulich versucht hatte zu erklären, dass das Fotografieren im Labor nur wenig mit den Familienporträts draußen beim Großvater auf Chartridge zu tun hatte.

Nun hatten sie genug Zeit, sich erneut mit der Theorie zu beschäftigen. Und das hieß: Patterson und seine Fouriertransformationen. Verdammt viel Mathematik.

»Wenn das nur eine Maschine übernehmen könnte«, klagte Oliver, »eine Superrechenmaschine. Meinst du, die entwickelt mal jemand? Ich habe Albträume davon, dass ein Wind durchs Labor fegt oder ich den Holzkasten vom Tisch werfe, sodass die Streifen alle durcheinandergeraten.«

Rosalind betrachtete die beiden Kästen aus Mahagoniholz, in dem sie ihre Beevers-Lipson-Streifen aufbewahrten, einen Kasten für Sinus-, einen für Kosinuswerte. Es war eine gute, zeitsparende Erfindung, weil man nicht mehr in langen Tabellen nachsehen musste.

»Bitte nicht«, sagte sie. »Das wäre furchtbar zu sortieren.«

Sie vertiefte sich wieder in ihre Berechnungen. Wenn sie sich richtig konzentrierte, konnten Stunden vergehen wie ein Wimpernschlag, und das genoss sie jedes Mal.

»Übrigens«, sagte sie am Ende des Arbeitstags zu Oliver, »kommt am nächsten Dienstag Henry Dodd zu Besuch.«

Er zog die Augenbrauen hoch. »Mit seiner Frau?«

»Allein.«

»Und was will er?«

»Er sagt, er will sich anschauen, was wir so machen.«

»Was *du* so machst.« Oliver stand hektisch auf, wollte nach seinem Stift greifen, stieß gegen den Schreibtisch – und sein Albtraum wurde wahr. Der Holzkasten mit den Beevers-Lipson-Rechenstreifen fiel mit großem Getöse auf den Boden.

Oliver traten die Tränen in die Augen. »Verdammt.«

Eigentlich war Rosalind bei David und Myrtle zum Abendessen eingeladen, aber das musste jetzt wohl ausfallen. Sie rief schnell an und sagte ab. Im Hintergrund hörte sie das Baby schreien. »Sag der Kleinen, dass ich sie ganz bald wieder besuchen komme, ja?«

Gemeinsam mit Oliver kniete sie sich hin, um ihre Arbeit wieder aufzusammeln. Mit ihrem linken Unterarm berührte sie versehentlich seinen rechten und zog ihn schnell zurück. Fasziniert beobachtete sie, wie sich die blonden Härchen auf seinem Arm aufstellten. Sie hatte bei ihm eine Gänsehaut ausgelöst.

Er räusperte sich. »Tut mir leid, Rosalind. Ich kann das allein machen.«

»Schon gut. Kann passieren.«

Sie hielten Blickkontakt, und Rosalinds Puls beschleunigte sich.

Da hörte sie Schritte. Wilkins. Der kam immer im falschen Moment. Oder im richtigen?

»Ist etwas passiert?«, erkundigte sich Wilkins.

Vermutlich meinte er den Lärm der Rechenstreifen und nicht Olivers Gänsehaut.

»Nichts, was sich nicht an einem Abend wieder lösen ließe«, sagte Rosalind, ohne aufzusehen. Wilkins verschwand wortlos.

Als sie noch einmal den Kopf hob, hatte Oliver sich wieder dem Chaos auf dem Boden zugewandt, doch nun schien er ihren Blick zu bemerken.

Er sah ihr tief in die Augen, öffnete den Mund, und sie

hatte Angst, dass er etwas sagen könnte, worauf sie bestimmt wieder nicht angemessen reagieren würde.

Sie musste ihn regelrecht flehend angesehen haben: Bitte sag nichts, bitte versuch nicht, mir näher zu kommen. Ich traue mich nicht.

Er schien zu verstehen.

»Wenn wir das wieder aufgeräumt haben, machen wir morgen mit Patterson weiter«, sagte er. »Ich finde, Patterson war bis jetzt deine beste Idee, Kollegin.«

Ursula würde sich totlachen, wenn Rosalind ihr erzählte, wie… nun ja, wie aufregend Olivers Worte gewesen waren. Sie musste ja selbst lachen. Er hätte ihr sonst etwas erzählen können, wie hübsch sie war oder so – sie wäre doch nur wieder in Panik geraten. *Patterson war bis jetzt deine beste Idee, Kollegin.*

Sie war aufgekratzt und müde zugleich. Zu Hause wartete das fast fertige Abendkleid, das sie Ursula versprochen hatte. Der Stoff war so widerborstig, dass Rosalind die Arbeit schon zu oft aufgeschoben und den ganzen Abend ferngesehen hatte. Mit einem Seufzen und einer Tasse Tee mit viel Milch und Zucker setzte sie sich an ihren Nähtisch. Den Luxus ihrer großen Wohnung wusste sie immer noch zu schätzen.

Am Kleid waren Feinarbeiten zu erledigen, auf die sie sich fast so stark konzentrieren musste wie auf die mathematischen Gleichungen im Labor. Sie nähte kleine Perlen auf das Oberteil, damit ihre Cousine bei dem Ball, den sie besuchen wollte, richtig glitzern und funkeln würde.

Immer wieder sah sie Olivers Arm und die aufgestellten

blonden Härchen vor sich. So langsam glaubte sie sich selbst nicht mehr, dass sie nichts für ihn empfand.

Aber er war doch ein Kollege! Ein viel zu junger Kollege, der sie zwar anhimmelte, aber doch nicht ernsthaft etwas von ihr wollte. Dafür war sie viel zu alt. Außerdem brachte er nie etwas zu Ende – seine Dissertation war das beste Beispiel. Wenn sie ihre küchenpsychologischen Grundkenntnisse herausholte, lag es vielleicht daran, dass er als Kind keinen festen Halt in seiner Familie gehabt hatte und mehrfach hin und her geworfen worden war. Vielleicht war er aber einfach nur faul, und Faulheit konnte sie nicht ausstehen.

Sein Verhalten vorhin war wirklich süß gewesen. Und rücksichtsvoll. Und das Alter war doch irgendwie egal, oder?

Fertig. Sie hängte das Kleid nicht sofort zurück auf die Schneiderpuppe, sondern hielt es sich vor den Körper. Spontan zog sie es an, dazu passende Absatzschuhe. Der dunkelgrüne Stoff stand ihr auch gut, obwohl sie nicht eine so cremeweiße Haut hatte wie ihre Cousine. Der Rock war etwas zu lang, aber Ursula würde er genau passen. Die glitzernden Perlen ergaben, wenn sie die Augen halb zukniff, im Spiegel ein Muster aus Licht. Als sie sich drehte, leuchteten zwei gekreuzte Reihen besonders hell auf.

Mit einem Mal war sie sich völlig sicher: Wenn sie so ein klares, deutliches X hinbekämen… Stokes' Berechnungen mussten doch irgendeinen Sinn ergeben… Wenn sie die Kamera… Sie hielt inne. Die Kamera. Normalerweise warf sie vor dem Gehen noch einen Blick darauf, aber heute war sie nach Olivers Aktion mit den Streifen so abgelenkt gewesen, dass sie es vergessen hatte.

Fünfundsiebzig Stunden Belichtungszeit waren nicht endlos, aber es wäre doch ärgerlich, wenn sie diese Zeit vergeudeten. Schnell zog sie den Mantel über das Perlenkleid. Kurz nach zehn lieferte ein Taxi sie am College ab, und sie eilte die Flure entlang, auf denen ihr die nächtliche Notbeleuchtung den Weg wies. Sie schloss ihr Labor auf, suchte nach dem Lichtschalter, warf den Mantel über einen Stuhl und eilte zur Kamera.

Alles war so, wie es sein sollte.

Trotzdem war sie froh, dass sie es nachgeprüft hatte.

Plötzlich hörte sie ein Rumpeln. Weit weg, aber zweifellos auf demselben Flur. Hatte sie vergessen, die äußere Tür von innen wieder abzusperren? Nein. War noch jemand hier? Wilkins? Oder einer von den Militärkerlen?

Am sichersten war es, gleich wieder zu verschwinden, ohne nachzuschauen, was los war, doch sie hatte Angst. Also nahm sie den Besenstiel in die Hand, mit dem sie sonst die Fenster öffneten. Im Zweifelsfall konnte sie ihn im Bus mit nach Hause nehmen. Wenn sie doch nur ihre vernünftigen Winterstiefel angezogen hätte. Sie löschte das Licht und trat bewaffnet auf den düsteren Flur.

Lautlos kam ein Mann auf sie zu, und sie schrie auf.

Der Mann schrie ebenfalls und sprang ein paar Schritte zurück.

»Was machen Sie hier?«, rief Rosalind. »Wer sind Sie?«

»Matthew Parks«, sagte er mit hoher Stimme. »Doktorand.«

Sie starrte ihn böse an. »Ich habe Sie hier noch nie gesehen.«

Immer noch hielt sie den Besenstiel vor sich.

»Ich komme aus der Chemie, aber wir haben kein Infrarotspektrometer.« Er räusperte sich, um den Schrecken aus der Stimme zu bekommen. Die ganze Zeit hielt er die Hände gehoben. »Professor Randall hat mir erlaubt, Ihren zu benutzen. Ich arbeite an organischen Reaktionsmechanismen.«

Sie ließ ihre Waffe sinken. »Ach?«

»Abends oder nachts ist die beste Zeit, weil keine anderen Geräte laufen.«

»Unsere Kamera läuft.«

Plötzlich musste sie lachen und konnte vor Erleichterung nicht mehr aufhören. Etwas hilflos lachte er mit.

»Tut mir leid«, sagte sie, als sie sich wieder gefangen hatte. »Sie müssen ja denken, dass ich verrückt bin mit meinem Besenstiel.«

Er feixte erleichtert. »Sind Sie Dr. Franklin? Randall hat von Ihnen geschwärmt.«

»Was haben Sie da gerade gesagt, mit der Nacht als beste Zeit?«

»Na ja, weil es da die wenigsten Interferenzen gibt. So bekomme ich die saubersten Ergebnisse.«

Baff stellte sie den Besenstiel in die Ecke. Dass sie daran noch nicht gedacht hatte… Am liebsten hätte sie gleich Oliver angerufen.

Ursula passte das neue Kleid wie angegossen, und Rosalind freute sich auf das gute Restaurant, in das Ursula sie zum Dank für die Schneiderarbeit ausführen wollte. Allerdings erst nach dem Ball, zu dem sie mit einem sehr vielversprechenden jungen Mann gehen würde. Rosalind lehnte ab, das dritte Rad am Wagen zu spielen.

Jeden Tag sah sie neugierig in den Briefkasten. Sie hatte den aktuellen Bericht, den sie zur Fortführung ihres Stipendiums hatte schreiben müssen, an Bernal geschickt, doch er hatte sich noch immer nicht mit einem Jobangebot zurückgemeldet, obwohl ihr Besuch am Birkbeck schon über zwei Monate zurücklag.

Stattdessen hatte sie sich mit Dorothy Hodgkins geschrieben, die über Bernal wenig Gutes zu berichten hatte:

Aber wenn Sie vom King's wegmöchten, ist er erst einmal eine Alternative. Was Sie und Wilkins angeht: Falls ich höre, dass am King's jemand ermordet worden ist, werde ich sofort rüberkommen und als Leumundszeugin aussagen, dass es Totschlag aus Notwehr war.

Rosalind war dennoch überzeugt, dass Bernal nur besser sein konnte als Randall. Wilkins wiederum, so gingen Gerüchte, die Freda aufgeschnappt hatte, überlegte anscheinend, nach Cambridge zu gehen. Da würde er gut hinpassen, mit Crick und Watson, den zwei Deppen.

Beim obligatorischen wöchentlichen Mittagessen mit Randall und den anderen erfuhr sie, dass Stokes nach Australien ziehen und dort weiterforschen würde. Mit seinem DNA-Modell war er nicht weit vorangekommen, auch weil er wohl schon anderes im Kopf hatte – seinen neuen Job. Er hatte also einen gefunden. Gerade er, den sie hier noch am nettesten fand.

Zum Glück blieb Freda Ticehurst. Am Nachmittag brachte sie den angekündigten Henry Dodd zu ihnen ins Labor und war sichtlich angetan von ihm. Rosalind freute sich, sein offenes Gesicht zu sehen. Oliver mochte eifersüchtig sein, aber da war wirklich nichts zwischen ihr und Dodd, was auf einen Flirt und mehr als Freundschaft hinwies.

»Was ist das denn für eine interessante Kamera?«, fragte er gleich.

»Soll ich sie dir zeigen?«

»Unbedingt. Oh, hallo, Mr Raymond.«

»Tag«, grüßte Oliver knapp.

Rosalind kam ins Schwärmen, während sie Henry von ihren Patterson-Bemühungen und der A-Form ihrer DNA erzählte, die ihr ans Herz gewachsen war. »Schau mal ins Mikroskop, wie sie sich verändert.«

»Und was ist das?« Er zeigte auf ihre neueste Röntgenfotografie.

»Bild Nummer fünfzig. Extrem nutzlos, aber immerhin hat es uns einen Hinweis darauf gegeben, wie wir die Kennzahlen verändern können.«

»Rosalind«, flüsterte Oliver, als Henry sich über die Fotografie beugte. »Sollten wir das nicht lieber für uns behalten?«

Rosalind schämte sich für ihn, denn natürlich hörte Henry in dem kleinen Raum auch das leiseste Flüstern. Dodd richtete sich sofort auf und legte die Hand aufs Herz. »Sie kennen mich kaum, Mr Raymond …«

»Eben«, murmelte Oliver.

»Aber ich gebe Ihnen mein Ehrenwort, Stillschweigen zu bewahren. Und ich bin begeistert von dem, was Sie versuchen. An Patterson haben sich schon viele die Zähne ausgebissen.«

Wie nebenbei erwähnte er, Crick und Watson würden demnächst eine Notiz veröffentlichen, dass es inzwischen so gut wie sicher sei, dass die DNA wie eine Helix geformt sei – wie viele Stränge sie auch immer haben mochte. »Im Grunde also das, was Stokes sagt oder vermutet hat. Möchte Randall immer noch nicht, dass ihr veröffentlicht?«

In ihrem letzten Brief hatte sie ihm berichtet, wie ratlos sie sich fühlten, was Randalls Zögerlichkeit anging.

»Das weiß er auch?«, flüsterte Oliver.

»Hör auf«, sagte Rosalind streng. »Du bist ja paranoid.«

Oliver lief vor Scham rot an.

Da steckte Randall den Kopf durch die Türöffnung. »Dr. Franklin, da ist ein Anruf für Sie.«

»Ist etwas passiert?« Besorgt folgte sie ihm in sein Büro, wo er auf den abgelegten Hörer deutete.

»Hallo?«, meldete sie sich.

»Ich brauche deine Hilfe.« Naomi schluchzte. »Ros, ich brauche deine Hilfe.«

»Was ist los?«, fragte sie alarmiert.

»Kannst du bitte heimkommen? Ich bin bei dir und warte hier auf dich.«

In wenigen Minuten hatte sie ihre Sachen geholt und sich von Henry Dodd verabschiedet. Oliver bot trotz seiner finsteren Miene an, sie auf dem Motorrad nach Hause zu bringen, und sie stimmte zu. Normalerweise fuhr er eher bedächtig, aber heute beeilte er sich, sodass sie beide Arme um seinen Körper schlingen musste.

Warum hatte Naomi aus ihrer Wohnung anrufen können? Nach der Sache vor Weihnachten hatte sie ihren Schlüssel doch auf der Kommode liegen lassen. Hatte sie etwa einen nachmachen lassen? Traf sie sich immer noch heimlich mit Liam dort, wenn Rosalind außer Haus war? Oh, sie würde sie so zusammenstauchen – sobald sie wusste, was passiert war.

»Danke!« Sie reichte Oliver den Helm und wollte sich für vorhin entschuldigen, doch er fuhr bereits davon. So eilte sie zum Haus, schloss auf und wollte gerade die Treppen nach oben laufen, als sie den Vermieter aus seiner Tür lugen sah.

»Ich habe Ihre Cousine in die Wohnung gelassen«, sagte er. »Sie saß im Treppenhaus und hat so herzerweichend geschluchzt. Ich hoffe, das war in Ordnung.«

»Danke, Mr Brown.« Sie nahm zwei Stufen auf einmal.

»Das hätte ich bei jemandem Unbekannten niemals gemacht!«, rief er ihr hinterher.

Schon war sie oben. Naomi hatte sich auf dem Sofa in eine Wolldecke gewickelt. Nase und Augen waren rot geschwollen.

»Was ist los?« Rosalind setzte sich neben sie. »Hat Liam dir etwas getan?«

»Nein. Doch.« Sie schluchzte auf und warf sich Rosalind in die Arme. »Ich bin schwanger.«

Rosalind konnte nicht anders. Sie lachte.

Naomi blickte entgeistert auf, ihre Tränen versiegten.

»Natürlich bist du schwanger.« Rosalind lachte noch immer. »Natürlich. Herzlichen Glückwunsch. Ich hoffe, das Kind wurde nicht vor meinem Kamin gezeugt.«

»Das ist nicht lustig!«, rief Naomi.

»Es ist nicht lustig? Ich habe dir doch erzählt, wie Babys entstehen, oder? Du hast mir gesagt, dass ihr noch wartet, oder? Du warst doch ganz schockiert, dass ich dir so etwas zugetraut habe. Du hast mich doch nicht etwa angelogen?«

Wütend zog sie ihre Jacke aus und schleuderte die Schuhe in den Flur.

Naomi fing wieder an zu weinen.

»Hast du etwa Mitleid von mir erwartet?«

»Ich habe …« Naomi schniefte und wischte sich mit dem Handrücken über die Nase. »Ich habe gedacht… Aber ich habe wohl falsch gedacht.«

Sie stand auf und legte die Wolldecke sorgfältig zusammen. Dann verließ sie wortlos die Wohnung.

Verdammt. Rosalind griff zum Telefonhörer und wählte Ursulas Nummer. Als ihre Cousine sich meldete, bat sie sie, schnell vorbeizukommen. Sie lief Naomi hinterher, die es schleppenden Schrittes erst bis in die erste Etage hinunter geschafft hatte.

»Komm wieder rauf. Ich mache uns Tee.«

Bald saßen die drei Cousinen am Tisch und futterten Kekse.

»Was sagt Liam denn dazu?«, meinte Ursula. Ihre erste Reaktion war ähnlich gnadenlos gewesen wie die von Rosalind. »Bitte sag, dass er es schon weiß.«

Naomi fuhr mit dem Finger die Maserung des Holzes nach. »Ja.«

»Und?«

»Er sagt, wir wollen doch noch keine Kinder.«

»Sagt er das?« Ursula lachte. »Was für ein Kotzbrocken.«

»Das ist er nicht«, protestierte Naomi.

»Klar ist er ein Kotzbrocken, ein ausgeprägter, fetter Saftsack, wenn er dir ein Baby macht und dann sagt, dass er es nicht will. Was hat er denn jetzt vor? Wird er dich heiraten?«

Naomi schüttelte langsam den Kopf und fing wieder an zu weinen. Bitterlich.

»Er hat ihr also den Laufpass gegeben«, sagte Ursula zu Rosalind, als ob sie es nicht selbst verstanden hätte.

»Er hat gemeint«, sagte Naomi mit dünner Mädchenstimme, »dass man es wegmachen lassen kann. Geht das?«

Ängstlich sah sie Rosalind an, die wiederum Ursula fragend anblickte.

»Kann man.« Ursula rieb sich die Stupsnase. »Ist aber verboten und gefährlich.«

»Wie geht das?«, fragte Rosalind.

»Ganz genau weiß ich es nicht«, gab Ursula zu und zögerte mit den nächsten Worten. »Ein Arzt kann es rausschaben, glaube ich.«

»Rausschaben?« Rosalind sah sie entsetzt an.

Naomi wurde bleich. »Mit Narkose?«

»Es ist verboten, Cousinchen«, sagte Ursula. »Das würde nicht schön gemütlich im Krankenhaus passieren.«

Naomi wurde noch blasser. »Wo denn sonst?«

»Dann ist es keine Option«, beeilte sich Rosalind zu sagen. Egal, ob im Krankenhaus oder sonst wo, man konnte sich doch kein Baby aus dem Körper schaben lassen.

»Ich weiß nicht, was ich machen soll«, flüsterte Naomi. »Mein Vater wird mich umbringen.«

»Das wird er nicht«, sagte Ursula entschlossen. Natürlich nicht. Aber was würde er stattdessen tun? Und Tante Helen?

Rosalind umarmte Naomi von links, Ursula von rechts, und so saßen sie eine Weile da, bis Rosalind zurück zur Arbeit musste. »Ihr könnt hierbleiben, solange ihr wollt. Ich versuche, früh Feierabend zu machen.«

Da ihr Fahrrad noch am King's stand, musste sie den Bus nehmen.

Mein Vater wird mich umbringen. Das war so dahergesagt. Onkel Norman war ein alter, konservativer Patriarch, aber keine Gefahr für Naomis Leib und Leben. Rosalind hingegen empfand sich selbst als große Gefahr für Liam O'Donnells Leben. Am liebsten hätte sie ihm sofort den Hals umgedreht! Das hätte sie gleich machen sollen, als er da an ihrem Tisch gesessen und auf seinen Kaffee gewartet hatte. Sie hätte ihm Gift in den Kaffee schütten sollen.

Er konnte sich einfach davonmachen, während Naomi das Kind bekommen würde. Ihre ganze Familie würde unter dem Skandal leiden. Denn ein Skandal war es immer noch, da mochte es noch so sehr 1952 sein.

Oliver sah nicht auf, als sie das Labor betrat.

Sie ging zu ihm. »Danke noch mal, dass du mich gefahren hast. Meine Cousine brauchte Hilfe.«

»Dodd ist drüben bei Wilkins«, sagte er.

Rosalind zögerte kurz und legte ihm eine Hand auf die Schulter, zwei, drei Sekunden bevor sie sich umdrehte und sich auf die Suche nach Henry machte. Sie wunderte sich, dass er so lange geblieben war – sie war über zwei Stunden lang weg gewesen. Als sie ihn fand, verabschiedete er sich gerade von Wilkins.

Henry erklärte ihr, dass er jetzt Verwandte besuchen wolle,

Rosalind aber gern auf ein Bier treffen würde, und so sahen sie sich am Abend in demselben Pub wieder, in dem sie sich im November schon getroffen hatten. Er sah erschöpft aus wie nach einem Dauerlauf.

»Erzähl mir von deinen Verwandten«, sagte Rosalind nach dem ersten Schluck. Sie wollte an etwas anderes denken als an Naomi. »Leben sie alle hier in London?«

Sein Gesicht verdüsterte sich. »Du hast geschrieben, du wanderst gern.«

»Ja… Hat das etwas damit zu tun?«

»Nein, ich möchte nur das Thema wechseln.«

Sie lachte. »Das ist dir extrem elegant gelungen.«

Also sprachen sie eine Weile übers Wandern und Klettern, er bewunderte sie für ihre Fitness und war beeindruckt von all dem, was sie schon gesehen hatte. Währenddessen trank er sein Bier wie Wasser, und allmählich fiel die Anspannung von ihm ab. Sie selbst ließ sich dieses Mal mehr Zeit. Sie war nicht gern betrunken.

»Ich war noch nirgendwo.« Er stellte sein Glas ab. »Nur hier und in Cambridge und im beschissenen Dorset.«

»Was ist an Dorset so schlimm?«

Er starrte ins Leere.

»Familie?«

Mit beiden Händen fuhr er sich durch das Gesicht. »Ihre Familie kommt daher.«

»Wessen?«

»Die meiner Frau.«

Sie wartete ab, dass er weitersprach, weil sie bei aller Neugier nicht wusste, was sie fragen sollte.

»Ihre Familie hat dort ihren Stammsitz.« Henry verzog das Gesicht.

»Das klingt nobel.«

Er verdrehte die Augen. »Es ist ein alter, zugiger Kasten, wie die meisten alten Herrensitze auf dieser schönen Insel. Niemand hat mehr die Geduld oder die Kohle, sie instand zu halten.«

Damit hatte er wohl recht. All die großen Häuser verfielen seit Jahrzehnten, da war Dorset keine Ausnahme.

»Und jetzt haben sie noch weniger Geld, weil alles für die Krankheit meiner Frau draufgeht.«

»Was hat sie denn?« Inzwischen war Rosalind sich nicht mehr sicher, ob sie es überhaupt wissen wollte.

Er drehte das leere Bierglas auf dem Untersetzer herum und wischte die Feuchtigkeit vom Glas. »Es ist eigentlich keine Klinik, sondern ein Sanatorium hier in London. Schizophrenie.«

»Oh.«

»Hat sich erst gezeigt, nachdem wir geheiratet hatten.«

»Das tut mir leid. Wird sie denn gut versorgt?«

»So gut es eben geht.«

Schizophrenie. Das war bestimmt nicht einfach. Kein Wunder, dass er nicht gern darüber sprach.

»Das tut mir leid«, wiederholte Rosalind.

Er straffte den Rücken. »Lass uns lieber wieder über etwas anderes reden.«

»Gut.« Sie musste kurz überlegen. »Hast du dich schon an der BCURA beworben?«

»Nein, so schnell bin ich nicht. Das Cavendish ist ja nicht

schlecht. Watson und Crick sind arrogante Narzissten, aber ziemlich genial sind sie auch. Überleg doch mal, ob du zu uns kommen willst. Ich habe das Gefühl, da würde man dich besser behandeln. Wilkins ist ein Langweiler und Randall ein eitler Fatzke.«

»Angeblich will Wilkins nach Cambridge.«

»Um Gottes willen. Dann gehe ich doch.« Er grinste, ganz der Alte.

Sie beugte sich vor. »Es ist noch ein Geheimnis, aber ich habe mich beim Birkbeck beworben.«

Er zog die Augenbrauen hoch. »Ich drücke alle Daumen. Darauf noch ein Bier?«

»Immer.«

Oliver war auch am nächsten Tag noch nicht wieder der fröhliche junge Hund, der ihr alles zu verzeihen schien. Dieses Mal war er wirklich verletzt, und sie wusste erst recht nicht mehr, wie sie sich verhalten sollte.

Sie war doch eigentlich so gut darin, Gefühle einfach nicht anzuerkennen – weder ihre eigenen noch die von anderen.

Es half, dass sie die Ärmel hochkrempelten und einen neuen Versuch mit der Kamera vorbereiteten, sodass sie tagelang über Millimeterabstände und Belichtungszeiten sprachen und Rosalind sogar davon träumte.

Miss Keller half beim Aufbau, was eher störte als hilfreich war, weil sie ständig darum bat, den Röntgenstrahl so bald wie möglich wieder abzuschalten. Ihr Dosimeter zeigte immer den niedrigsten Stand von allen an.

»Miss Keller«, sagte Oliver irgendwann, »könnten Sie bitte

in die Werkstatt gehen und nachfragen, ob die noch ein paar Zweierschrauben für uns haben?«

»Zweierschrauben«, wiederholte Rosalind verwundert. »Was soll das sein?«

Oliver verdrehte die Augen.

»Versteh schon.« Beleidigt strich Miss Keller sich den knittrigen Kittel zurecht. »Ich mach dann mal Mittag.«

»Tut mir leid!«, rief Oliver ihr hinterher.

»Du hättest sie ernsthaft nach Zweierschrauben fragen lassen?« Rosalind sah ihn tadelnd an. »Die ist doch nicht doof.«

»Ich hätte sie am liebsten zu den Militärkerlen geschickt«, murmelte er.

Sie musste schmunzeln und dann lachen. Die Stimmung war mit einem Mal viel gelöster, und nun waren sie in der Tat schneller und hatten bald alles eingerichtet.

Oliver sah auf die Uhr. »Sollte genau hinkommen.«

Er hatte in den letzten Tagen die Aufgabe übernommen, die umliegenden Labore auf derselben und den anderen Etagen abzuklappern und einen Termin zu finden, zu dem niemand schwere Maschinen laufen ließ. Sie hatte beim Mittagessen von ihrer Begegnung mit Matthew Parks erzählt – die genauen Umstände jedoch ausgelassen –, und Wilkins konnte aus dem Stegreif eine ganze Liste von Apparaten der Fakultät aufzählen, die ein tiefes Brummen durch die Wände schicken, rattern oder rütteln konnten. Da war es wahrlich kein Wunder, dass sich die millimetergenaue Ausrichtung der Kamera mit der Zeit verschob und die Aufnahme unbrauchbar wurde. Vielleicht hatten sie Glück, und das war ihr großer Fehler gewesen.

Sie hatten eine recht kurze Belichtungszeit gewählt und mussten nur noch warten. Oliver ließ sich auf seinen Stuhl fallen und sah sehnsüchtig aus den Kellerfenstern.

»Können wir uns jetzt bitte den Nachmittag freinehmen?«

Der Frühling war über London hereingebrochen wie ein wilder Kobold. Blüten explodierten und schickten ihre gelben Pollen durch die Straßen. Windböen, die direkt von der Küste zu kommen schienen, schossen die Themse entlang und verteilten ihren Duft nach Tang und Krebsen an den Ufern. Ab und zu kam ein Regenschauer vom Himmel, der die Menschen bis auf die Haut durchnässte und trotzdem nicht mehr so verärgerte wie noch im März.

Weil Rosalind immer noch meinte, etwas wiedergutmachen zu müssen, stimmte sie sofort zu. »Wie wäre es, wenn wir unser Crickettraining wiederaufnehmen?«

Da trat das alte Oliver-Strahlen wieder auf sein Gesicht, und ihr fiel ein Stein vom Herzen. Mit dem Motorrad fuhren sie erst zu ihr, dann zu ihm, um sich umzuziehen und die Ausrüstung zu holen. Schließlich kamen sie im Park an, wo sie, ungelenk nach dem langen Winter, die ersten Bälle schlugen und fingen.

Nach einer Stunde waren sie müde und legten sich ins Gras. Rosalind wischte sich den Schweiß aus dem klebrigen Nacken. Sie schob sich ihren Pullover unter den Kopf und betrachtete die Wolken.

»Manchmal ist es in England ja doch ganz schön«, sagte sie. »Singt da jemand?«

Oliver richtete sich auf. »Da tanzen Leute um einen Maibaum.«

»Mai ist aber erst nächste Woche.«

»Schau doch selbst.«

»Ich glaube dir«, sagte sie träge.

Er stützte sich auf den Ellbogen und betrachtete sie.

»Rosalind.« Seine Stimme klang zärtlich.

Sie richtete sich abrupt auf. »Kann ich dich etwas fragen?«

»Was denn?«, fragte Oliver.

»Du hast erzählt, dass deine Schwester Gynäkologin ist, oder?«

»Ja.«

»Weiß die …? Also, kennt sie sich aus mit …?« Schon bereute sie ihr Vorhaben, ihn zu fragen. Aber sie dachte noch immer jeden Abend über das nach, was Ursula gesagt hatte. »Weiß sie, wie man eine Schwangerschaft beenden kann?«

Als Oliver nicht antwortete, musste sie ihn doch anschauen. Er starrte auf den Boden vor sich, das Gesicht hochrot.

»Ach«, sagte sie schnell, »vergiss es. Nicht das richtige Thema unter Kollegen, entschuldige.«

»Dieser verdammte Idiot«, presste Oliver zwischen den Zähnen hervor.

»Allerdings! Ich bin so wütend, ich könnte …«

»Da kommt er hier angetobt, als ob ihm alles gehören würde.«

Sie sah ihn fragend an.

»Und dann … und dann …«

Der Gesang der Maitänzerinnen erreichte sie mal lauter, mal leiser. Ein Flugzeug flog über den Park hinweg.

»Warte mal.« Rosalind lachte auf. »Nicht ich bin schwanger. Denkst du etwa, ich bin schwanger?«

Oliver hielt die Luft an.

»Von wem sollte ich denn schwanger sein?«, fuhr sie fort. »Hast du gemeint, von Henry Dodd?«

Sein Schweigen sagte alles. Sie streckte den Arm aus und zupfte mit den Fingerspitzen an seinem Hemd. »Ich bin nicht schwanger.«

Langsam legte er sich neben sie, den Kopf auf die Hand gestützt.

»Außerdem«, sagte sie mit Nachdruck, »*gehöre* ich niemandem und ganz bestimmt nicht Dodd. Er ist verheiratet und …«

Als sie sah, wie Oliver eine Augenbraue hochzog, stockte sie. Jacques' Ehe hatte sie auch nicht daran gehindert, für ihn zu schwärmen.

»Willst du es denn? Jemandem gehören? Irgendwann mal?« Olivers Stimme war leise, und er sah sie nicht mehr an, sondern bohrte mit einem Finger im Gras herum.

»Vielleicht«, antwortete sie. »Irgendwann.«

Plötzlich sah Oliver auf seine Armbanduhr. »Ich glaube, wir müssen los. Halb sechs.«

Die Kameraaufnahme! Rosalind sprang auf und zog den Pullover über. Mit dem Motorrad flitzten sie zurück ins King's.

Sie schalteten die Kamera aus und brachten die belichtete Platte zu Freda ins Fotolabor. Nach dem hellen Nachmittag wirkte das Rotlicht besonders düster. Freda erzählte begeistert von der Demonstration für Frauenrechte, an der sie teilnehmen wollte. Dann ging es endlich ans Entwickeln. Rosalind stellte sich so dicht neben Freda, dass die sie versehentlich mit dem Ellbogen in der Seite erwischte.

»Da ist aber jemand neugierig.« Freda lachte, ihre gesunden Zähne schimmerten.

»Ich habe ein gutes Gefühl.« Rosalind reichte ihr den Karton mit dem Papier.

Wenige Minuten später war aus dem Negativ der Fotoplatte ein Abzug geworden.

Oliver und Rosalind beugten sich darüber, während er noch im Wasserbad lag.

Da war es.

Ein klares X.

Ihre einundfünfzigste Fotografie brachte endgültig Klarheit, was das Aussehen der DNA betraf.

»Besser wird's nicht«, sagte Oliver zufrieden.

»Das freut mich.« Freda klopfte ihm auf die Schulter.

»So sieht sie also aus, die DNA«, murmelte Rosalind. »Da werden wir es doch wohl schaffen, die theoretische Grundlage dafür zu finden.«

Oliver grinste. »Du schaffst das.«

In einem Impuls umarmte sie ihn. Er roch nach Wiese und Sonne und Chemikalien. Sie ließ ihn so schnell wieder los, dass er kaum die Arme hatte heben können.

Daheim setzte sie sich noch in ihrer Cricketkleidung hin und verfasste einen ausführlichen Bericht über ihr neuestes Ergebnis. Oliver würde sie als Co-Autor aufführen, wenn die *Nature* den Artikel in ihrer nächsten Ausgabe veröffentlichte. Sie sah seine leuchtenden Augen vor sich und hörte wieder seine Worte: »Du schaffst das.«

Patterson war ihre bislang beste Idee gewesen.

13

[Raumgruppe] *Eine kristallografische Raumgruppe beschreibt mathematisch die Anordnung von Atomen, Ionen und Molekülen in einem Kristall.*

Chepstow Villas, London, Mai 1952

Naomi zitterte vor Anspannung, als sie Rosalind die Tür ihres Elternhauses öffnete.

»Sie wissen es schon«, flüsterte sie hastig. »Mum hat mich heute Morgen gehört, als ich mich übergeben musste. Und weil sie wusste, dass du am Nachmittag kommen wolltest, hat sie es geahnt.«

»Wie hat sie reagiert?«

»Sie ist geplatzt.« Naomi schluckte, um ihr Schluchzen zu unterdrücken. »Das hat Dad gehört, und der denkt sich gerade aus, was sie jetzt mit mir anstellen. Bestimmt wollen sie mich wegschicken.« Jetzt liefen die Tränen doch.

Rosalind konnte sich nicht vorstellen, dass das eine ernsthafte Option war. Die eigentlich sehr aufgeklärte Familie Franklin würde doch kein junges Mädchen während der Schwangerschaft zu Verwandten aufs Land schicken, wo es sich angeblich einmal richtig erholen sollte. Als sie jedoch sah, wie ihre Tante im Wohnzimmer auf und ab lief und ihr Onkel im Sessel saß und mit seinem Gehstock auf den Boden trommelte, war sie sich nicht mehr so sicher.

»Und dass du«, sagte Tante Helen mit vor Wut kratziger Stimme, »davon gewusst und sie hast gewähren lassen. Dass du deine Wohnung zur Verfügung gestellt hast, damit deine minderjährige Cousine dort …«

»Das stimmt nicht«, wandte Rosalind ein. Was hatte Naomi ihnen denn da erzählt? »Das habe ich ihr nie erlaubt, niemals.«

Onkel Norman klopfte lauter. »Passiert ist es aber trotzdem.«

»Meine Wohnung war bestimmt nicht der einzige Ort …« Naomi kniff sie in den Arm, aber Rosalind schüttelte sie ab. »Ich meine nur, dass es … Ach, ihr wisst schon.«

»Du hast uns angelogen«, schimpfte Tante Helen. »Von einem verliebten Mädchen kann man nichts anderes erwarten, aber von einer Dreißigjährigen schon.«

»Was macht ihr jetzt mit Naomi?«

»Sie wird das Kind nicht bekommen«, sagte Onkel Norman.

»Doch!«, rief Naomi. »Ich will das Kind! Ich will das Kind!«

Rosalind war erleichtert, dass Naomi so überzeugt klang.

»Es wird aber nicht bei uns im Haus aufwachsen.« Onkel Norman legte sich den Stock quer über die Knie. »Und deine Mutter wird dir nicht damit helfen.«

Tante Helen starrte schweigend ein Gemälde an der Wand an.

Naomi griff nach Rosalinds Arm. »Dann ziehe ich eben bei Rosalind ein.«

»Da haben sich ja zwei gefunden.« Onkel Norman gab etwas von sich, das wohl ein Lachen sein sollte.

»Komm«, sagte Rosalind leise zu Naomi. Ihre Cousine folgte ihr gehorsam. »Das wird schon. Aber pack erst einmal ein paar Sachen. Sie brauchen Zeit, um sich an den Gedanken zu gewöhnen.«

Sie half der schluchzenden Naomi, ihre Kleidung einzupacken. Während der Chauffeur Rosalinds Fahrrad im Kofferraum verstaute, flüsterte sie ihm eine Adresse zu.

Im Fond des Wagens bemerkte Rosalind, dass Naomi zitterte. Sie strich ihr über den Rücken. »Das wird schon. Deine Mum hat Tausenden deutschen Kindern geholfen, da wird sie nicht ihre einzige Tochter verstoßen.«

Sie fuhren nicht weit, und Naomi sah verwirrt aus dem Fenster, als sie das Gebäude erkannte. »Was wollen wir denn bei deinen Eltern?«

»Du kannst nicht bei mir wohnen, Cousinchen. Ich kann mich nicht um dich kümmern.« Ehrlich gesagt fühlte sie sich komplett überfordert, auch wenn sie das gegenüber Naomi nie so geäußert hätte.

Ihre Eltern wussten zwar noch nichts von ihrem Glück, aber Rosalind kannte sie gut genug, um zu wissen, dass sie nicht Nein sagen würden. Ihr Vater würde versuchen, seiner Schwester Helen den Kopf zurechtzurücken, und Mum würde Naomi unter ihre Fittiche nehmen.

Und tatsächlich – zwei Tage später rief ihre Mutter an und berichtete ihr, dass es Naomi gut gehe. Der Rest würde etwas dauern. »Aber fahr du wie geplant in Urlaub, Ros, du kannst ohnehin nichts machen. Schreib Naomi eine Ansichtskarte.«

Beruhigt setzte Rosalind sich in den Zug. Eigentlich hatte sie mit Jean und Ursula fahren wollen, doch Ursula war seit dem Ball, zu dem sie ihr neues Kleid getragen hatte, furchtbar verliebt. William hieß der Gute, und dass etwas aus ihnen geworden sei, habe nur an ihrem schicken Outfit gelegen, hatte Ursula gesagt.

Rosalind vereinbarte mit Jean, sich in zwei Tagen in Nordwales zu treffen, da Rosalind einen Abstecher nach Oxford plante, um mit Dorothy Hodgkin über ihr Foto 51 zu sprechen.

Rosalind war noch immer ganz begeistert von dem klaren X, das ihr die Perlen im Spiegel angekündigt hatten. Freda hatte ihr einen Abzug in A4-Größe gemacht, auf dem der Kontrast noch besser zu sehen war.

»Bitte sag's noch keinem«, hatte Rosalind sie gebeten. »Wir sind mit unserer Berechnungsreihe fast durch und können hoffentlich beides zusammen präsentieren.«

Freda hatte ihr versprochen, wie ein Grab zu schweigen.

Als Dorothy Hodgkin die Tür öffnete, hielt Rosalind den Umschlag mit der Fotografie hoch. »Das müssen Sie sich anschauen.«

»Kommen Sie doch erst einmal rein.« Sie wurde über die Schwelle in das angenehm nach Pfefferminz riechende Haus gezogen, wo Dorothy ihr eine junge Frau mit abstehenden Ohren vorstellte. »Melanie ist eine Studentin von mir, die Sie gern über das King's ausfragen würde.«

Melanie stand auf und schüttelte Rosalind die Hand.

»Ich hoffe, das ist in Ordnung«, fügte Dorothy Hodgkin hinzu.

»Sicher«, sagte Rosalind reserviert. Sie hatte dafür gerade eigentlich keine Geduld.

Dorothy Hodgkin ging schwerfällig in die Küche. Offenbar hatte sie beim Laufen Schmerzen, und Rosalind folgte ihr, um zu helfen.

»Nein, nein, Dr. Franklin, setzen Sie sich ruhig zu Melanie. Ich mache das schon. Ich bin zäh.«

Rosalind blieb nichts anderes übrig. Den Umschlag hielt sie fest in der Hand.

»Dr. Hodgkin meint«, sagte Melanie, »ich solle mich in London bewerben. Würden Sie das King's College empfehlen?«

Rosalind lachte auf. »Nein.«

Melanie sah sie mit großen Augen an. »Nein?«

»Nicht, wenn Sie gern Spaß bei der Arbeit haben und wertgeschätzt werden wollen.«

»Oh.«

Damit hatte sich die Unterhaltung im Grunde erledigt, und so freundlich Dorothy Hodgkin ihrer Studentin gegenüber auch blieb, so konnte Rosalind ihre Ungeduld doch nicht verbergen, was sich schnell in der einen oder anderen bissigen Bemerkung zeigte.

Als Melanie sich endlich verabschiedet hatte, zog Rosalind rasch ihre Fotografie aus dem Umschlag. »Schauen Sie mal.«

Dorothy Hodgkin wirkte leicht verstimmt, dass Rosalind sich nicht näher mit Melanie hatte beschäftigen wollen, doch dann versprühte die Fotografie ihre Magie und weckte ihr Interesse.

»Das sieht ja vielversprechend aus, Dr. Franklin. Ich bin

begeistert, wirklich begeistert. Wenn Sie möchten, kann ich Ihnen helfen, die Raumgruppe zu bestimmen.«

»Ich habe drei im Auge.« Rosalind erklärte ihr, wo sie und Oliver die Fotografie in die 230 Formen einordneten, in die die sieben anerkannten Kristallsysteme organisiert wurden.

»Zwei davon passen nicht.« Dorothy Hodgkin erklärte ihr, welche Vorschläge es wegen der Anordnung der Zucker nicht sein konnten, und Rosalind schrieb eilig mit. »Haben Sie den anderen am King's schon davon erzählt?«

»Nein. Die wollen nur gleich wieder Modelle bauen.«

»Ich würde Ihnen auch raten, nichts zu überstürzen. Sie werden die passenden Daten finden, da habe ich keine Zweifel. Aber warten Sie bis dahin.«

So reiste Rosalind weiter nach Wales, überzeugt davon, dass sie etwas Wichtigem, etwas Konkretem auf der Spur waren. Ihre Freundin beklagte sich über Rosalinds unbändige Energie. Sie wollte aus den wenigen Tagen alles herausholen, und so schliefen sie im Freien, badeten an leeren Sandstränden und tranken aus Bächen. Irgendwann, dachte Rosalind, wenn sie die DNA geknackt hätten und noch ein paar weitere Rätsel, würde sie alles an den Nagel hängen und als Eremitin im Wald leben. Aber nun musste sie zurück ans King's, zu ihrer DNA namens Rudy… und zu Oliver. Er hatte versprochen, in ihrer Abwesenheit die Fouriertransformation zum Ende zu bringen.

Und das war, so redete sie sich wiederholt ein, der einzige Grund, warum sie sich auf ihn freute.

14

[Ribonukleinsäure] *Die RNA setzt in der Zelle die genetischen Informationen aus der DNA in Proteine um. Sie bestehen aus einsträngigen, fadenförmigen Makromolekülen.*

King's College, London, Mai 1952

Bernal vom Birkbeck College hatte sich noch immer nicht bei Rosalind gemeldet, und sie erwog, sich noch woanders zu bewerben. Henry Dodd schlug in einem Brief an sie vor, doch nach München zu gehen. Von der bayerischen Hauptstadt habe er nur Gutes gehört, und ob sie nicht wie Max von Laue gern im Biergarten sitzen würde. Aber gerade Deutschland – nach allem, was dort passiert war? Das konnte sie sich beim besten Willen nicht vorstellen.

Nun stand erst einmal eine Royal-Society-Konferenz in Cambridge auf dem Plan, für die Wilkins und Rosalind mit zwei Vorträgen angemeldet waren. Miss Keller wollte zum Zuhören mitkommen.

Beim freitäglichen Abendessen erzählte Rosalind ihren Eltern von der Konferenz.

»Und wisst ihr was? Linus Pauling sollte aus Kalifornien anreisen, aber sie haben ihn in Idlewild festgesetzt. Das Außenministerium stellt ihm keinen Pass aus und verbietet ihm die Ausreise, angeblich weil er sich zu laut gegen Nuklearwaffen ausgesprochen und die Regierung kritisiert hat.«

Ihr Vater reckte sein Messer in die Luft. »McCarthy mit seiner Kommunistenpanik übertreibt es. Wenn jetzt auch die Wissenschaft unter Beschuss gerät, wird es richtig schlimm. Das kennen wir doch noch aus der jüngsten europäischen Vergangenheit.«

»Angeblich wollen Robert Robinson und Albert Einstein eine Protestnote schreiben. Aber für dieses Mal ist es auf jeden Fall zu spät.«

Ihre Mutter legte ihr noch eine Kartoffel auf den Teller. »Freust du dich denn auf die Konferenz?«, erkundigte sie sich.

»Es geht um Proteine.«

»Aha«, erwiderte ihre Mutter ein wenig ratlos.

»Damit beschäftige ich mich gerade eigentlich gar nicht, aber vielleicht kann ich Querverbindungen zu meinem Forschungsgebiet ziehen.«

»Und nette Menschen treffen?«

»Das auch. Auf solchen Konferenzen ist das Netzwerken ja mindestens so wichtig wie das Programm. Gestern hat mich Francis Crick persönlich angerufen.«

»Aha?« Ihre Mutter wirkte gleich viel interessierter. Offenbar hatte sie ihre Hoffnung nicht aufgegeben, dass Rosalind eines Tages doch noch eine gute Partie machen würde.

Naomi saß mit am Tisch. Sie war schweigsam und blass. Noch verspürten ihre Eltern nicht den Wunsch, sie wieder zu sich zu nehmen, und ihr war ständig übel von der Schwangerschaft. Rosalind beschloss, ihr vorzuschlagen, demnächst mit ihr für ein Wochenende aufs Land zu fahren. Die Abwechslung und die frische Luft würden ihr guttun.

Rosalind war mehr als erstaunt gewesen, als Crick sie angerufen und sie mitsamt Wilkins und Miss Keller für den Vorabend der Konferenz zum Dinner zu sich nach Hause eingeladen hatte. »Jimmy Watson kommt mit seiner Schwester Elizabeth«, hatte er gesagt, »und meine Frau Odile wird uns etwas Köstliches zaubern.«

Sie musste sich eingestehen, dass sie neugierig auf Cricks Domizil und auf seine Frau war. Ob sie ihm wohl Einhalt gebieten konnte, wenn er zu viel redete? Also hatte sie sich für die Einladung bedankt und Ja gesagt.

»Wunderbar!«, hatte er gerufen und ihr die Adresse gegeben. »Sie können das Haus nicht verfehlen. Wir nennen es Green Door. Es hat eine grüne Tür.«

»Ach was.«

Sein Lachen war so laut gewesen, dass sie den Telefonhörer weit vom Ohr hatte nehmen müssen.

»Recht hatte er zumindest«, sagte Miss Keller, als sie mit Rosalind in Cambridge vor der grünen Tür stand und klingelte. Sie hörten laute Schritte die Treppen herunterkommen, dann öffnete nicht Crick, sondern Watson und hieß sie überschwänglich willkommen. Als sie in den Hausflur traten, wollte er Miss Keller zur Begrüßung umarmen, die steif zurückwich.

»Ach, ihr Engländerinnen.« Er lachte. »So prüde. Kommen Sie mit hoch, die Damen, leider müssen Sie bis unters Dach.«

»Was ist bitte schön prüde daran, wenn man nicht von einem Fremden angefasst werden will?«, murmelte Rosalind.

Jede einzelne Stufe des alten Hauses knarzte. Als sie im Dachgeschoss angekommen waren, traten sie in ein winziges Apartment, aus dem ihnen Zigarrenqualm entgegenwaberte.

Eine Frau mit kurzen dunklen Haaren und einem weißen, fließenden Kleid kam auf sie zu. Sie wedelte energisch mit den Händen. »Entschuldigen Sie bitte, das ist ja kaum auszuhalten. Maurice hat etwas zu rauchen mitgebracht, und die Herren konnten nicht bis nach dem Essen warten. Ich bin Odile Crick.«

Dann wandte sie sich an Rosalind, begrüßte sie auf Französisch und erzählte, dass ihre Mutter aus Frankreich komme. Miss Keller fühlte sich sichtlich unwohl und schien zu hoffen, dass nun nicht das weitere Gespräch auf Französisch verlaufen würde. Zwar hätte Rosalind wirklich am liebsten Französisch mit Odile gesprochen, doch sie erinnerte sich an Vittorios Warnung, nicht so versnobt zu sein, vor allem nicht in Gegenwart von Miss Keller, also wechselten sie nach wenigen Sätzen wieder ins Englische.

Alles hier erinnerte Rosalind an ihr eigenes Boheme-Leben in Frankreich – die kleinen Zimmer, die knarzenden Dielen, eine Badewanne in der winzigen Küche, aber keine Heizung. Allerdings war es hier viel verspielter, mit bunten Kissen und Decken, Schnüren mit Glasperlen und jeder Menge Pflanzen, und an den Wänden hingen und lehnten Gemälde. Odile war Künstlerin. Eine Zeichnung zeigte den auf dem Sofa liegenden, lesenden Crick, mit den Füßen auf der Lehne, so lebensecht, dass Rosalind ihn sofort erkannte.

Francis Crick empfing sie mit seiner Tochter auf dem Arm.

»Das ist Gabrielle«, sagte Odile stolz, »die heute zehn Monate alt wird. Aber Francis bringt sie gleich ins Bett.«

Gabrielle schien alles andere als bereit, sich schlafen legen zu lassen, und nachdem Miss Keller dankend abgelehnt hatte, sie auf den Arm zu nehmen, landete sie bei Rosalind. Mit einem Strahlen im Gesicht lehnte sich die Kleine an ihre Schulter. Ob Naomi auch ein Mädchen bekommen würde? Und ob es seine Großcousine Rosalind mögen würde?

Wilkins begrüßte seine Kolleginnen nur knapp. Neben ihm stand eine junge Frau mit hohen Wangenknochen, die James Watson ihnen als seine Schwester Elizabeth vorstellte. Rosalind stellte fest, dass Elizabeth die einzige Person im Raum war, zu der Wilkins sich hindrehte, wenn er mit ihr sprach. Sonst war er doch nie für Augenkontakt zu haben.

»Die beiden kennen sich aus Neapel«, sagte Watson in einem lauten Flüstern. »*Amore, amore.*«

»Ach, sei still, Jimmy.« Elizabeth knuffte ihn in die Seite.

Rosalind bekam ein Glas Wein in die freie Hand gedrückt. Die kleine Gabrielle war warm und anschmiegsam. Rosalind schnupperte an ihrem Köpfchen und spürte das Kitzeln der feinen Haare. Irgendwann bemerkte sie, dass Wilkins mit ihr sprach. Sie hatte den Anfang nicht mitbekommen, aber wusste zum Glück schnell, wovon er redete.

»... und das Tintenfischsperma, das ich untersuche, hat kaum Ähnlichkeiten mit meiner A-Form. Vielleicht könnte ich mir noch einmal Ihre B-Form anschauen, nur um sicherzugehen, dass ...«

Sie unterbrach ihn. »Da gibt es auch keine Ähnlichkeiten.«

»Wie bitte?«

»Ich habe schon mit Miss Keller über Ihre Tintenfische gesprochen.« Die hatte er nach seinem neusten Abstecher aus Neapel mitgebracht – eine reine Spielerei, so wie sie es sah, mit der er sich vom eigentlichen Ziel ablenkte. »Es lohnt sich nicht.«

Die Stille im Raum zeigte ihr, dass sie sich im Ton vergriffen hatte. Crick schenkte ihnen Wein nach, und Elizabeth setzte ihre Unterhaltung mit Miss Keller fort. Rosalind schwieg.

Da Gabrielle sie gar nicht mehr loslassen wollte, ging Rosalind mit Odile in das winzige Schlafzimmer, um das Mädchen ins Bett zu bringen.

»Haben Sie Kinder, Rosalind?«

»Nein, aber ich mag sie sehr.« Sie wechselte ins Französische. Wie einfach das immer noch war. Wie gut es immer noch klang.

»Das merkt man. Unsere Gabby liebt Sie ja.«

Rosalind streichelte der Kleinen über den nackten runden Bauch, bevor Odile ihr einen Pyjama anzog. »Wo haben Sie und Francis sich kennengelernt?«

»Im Krieg«, sagte Odile. »Ich spreche ganz gut Deutsch, und so haben sie mich in der Admiralität zum Übersetzen und Entschlüsseln von Nachrichten eingesetzt.«

»Ein Kollege meinte neulich, ich solle mir eine Stelle in Deutschland suchen.«

»Um Himmels willen, bloß nicht!«, rief Odile. »Die ganzen Nazis sind doch nicht plötzlich verschwunden.«

»Machen Sie heute noch etwas mit Ihren Sprachkenntnissen?«

»Ich unterhalte mich mit meinen zauberhaften Gästen«, erwiderte sie lächelnd. »Eine Zeit lang habe ich als Lehrerin gearbeitet, aber seit Gabbys Geburt bleibe ich zu Hause. Ich male zum Zeitvertreib.«

»Die Bilder gefallen mir sehr.«

Odile nahm Gabrielle auf den Arm und hob eine Leinwand hoch, die hinter dem Bett an die Wand gelehnt stand. »Schauen Sie mal hier.« Es war ein Aktbild, eine nackte Frau, die ihren Kopf auf dem angewinkelten Bein abgelegt hatte. »So etwas habe ich seit dem Kunststudium nicht mehr gemalt. Das würde ich gern mal wieder machen.«

Bald darauf schickte Odile sie zurück ins Wohnzimmer, damit Gabrielle einschlief. Dort redete Watson gerade von einem Kinobesuch, und Rosalind war so beschwingt von ihrer Unterhaltung auf Französisch, dass sie ihn fragte: »Gehen Sie etwa auch so gern ins Kino wie ich?«

»Wenn etwas Gutes gezeigt wird, ja. Ich wollte *Ecstasy* sehen, aber es war eine Schande: Die guten Szenen haben sie alle zensiert. Können Sie sich vorstellen, wie wir alle gebuht haben? Enttäuschend. Sie, Rosalind, sehen sich vermutlich lieber Charlie Chaplin an, stimmt's?«

Wilkins und Crick lachten.

Na und? Chaplin war ein großer Künstler.

»Es war die Vormittagsvorstellung«, fuhr Watson fort. »Danach bin ich zurück ins Cavendish und habe am TMV weitergeforscht. *All in a day's work.*«

»TMV?« Rosalind lehnte sich ans Fensterbrett, weil keine Stühle mehr übrig waren. »Sie forschen am Tabakmosaikvirus?«

»An der RNA des Virus, um genau zu sein«, sagte Watson.

»Durchaus interessant«, pflichtete Crick ihm bei, und Rosalind konnte nicht widersprechen. Sie las jede Veröffentlichung zum TMV und war davon überzeugt, dass die Virenforschung in Zukunft noch eine große Rolle spielen würde.

»Sie sehen, Dr. Franklin, wir halten uns an unser Versprechen, Ihnen und Maurice die Nukleinsäure zu überlassen«, fuhr Crick fort.

»Dieser Gentlemen's Code ist so britisch.« Watson schnaufte. »Stellt euch das mal in Frankreich oder den USA vor. Allerdings darf man da ja momentan auch das Maul nicht aufmachen – der arme Linus Pauling.«

»Ich dachte, Sie mögen ihn nicht«, entgegnete Rosalind. Odile schenkte ihr Wein nach.

»Linus?«, fragte Watson. »Na ja, er ist ein Angeber, aber McCarthy ist ein paranoider, gefährlicher Idiot.«

»Dann fällt wohl die Möglichkeit weg, zurück nach Amerika zu ziehen«, sagte sie. Von dort aus käme er ja auch nicht mehr so leicht an ihre Daten heran.

Er beugte sich vor und sah ihr in die Augen. »Ich würde Sie doch niemals allein hier auf der Insel lassen. Das ist ein anderer Gentlemen's Code.«

»Es sollte einen Ladies' Code geben.«

»Wie würde der lauten, Rosy?«

»Wenn jemand so tut, als ob er mit dir flirtet, obwohl er dich nicht leiden kann, bekommt er einen Tritt ins Gemächt.«

Eine Weile reagierte niemand. Miss Keller kicherte, dann begann auch Crick zu lachen, und die anderen stimmten ein.

Einen Tritt ins Gemächt… So drückte sie sich eigentlich nicht aus, aber es hatte gutgetan. Danach hatte Watson zumindest für eine Weile Ruhe gegeben. Möglicherweise war das aber auch Odiles Kochkünsten zu verdanken, denn damit waren sie an diesem Abend noch rundum verwöhnt worden.

Während der Konferenz überlegte sie immer wieder, ob sie nicht doch etwas über ihr Foto 51 berichten sollte. Einmal war sie ganz kurz davor, als Crick und Wilkins stundenlang über Helixformen sprachen. Doch letztendlich schwieg sie. Dorothy Hodgkin hatte ihr schließlich auch dazu geraten.

Den Großteil ihrer Zeit in den nächsten Wochen hatte Rosalind Oliver versprochen. Er musste mit seiner Arbeit weiterkommen und brauchte Hilfe bei der Bedienung des Monstrums und der Auswertung seiner Daten. Um über ihre eigenen Berechnungen nachzudenken, ging Rosalind samstags oder sonntags ins Labor.

An anderen Wochenenden nahm sie Naomi und einen Picknickkorb mit in den Park und einmal zu einem zweitägigen Ausflug nach Surrey, wo sie sich Guildford Castle ansahen. Naomi klagte anfangs, wie schwerfällig sie sich fühlte, doch als auf dem Weg hoch zur Schlossruine mit einem Mal ein offenbar herrenloser Hund um sie herumhüpfte, suchte Naomi nach einem abgebrochenen Ast, um mit ihm zu spielen. Da war sie wieder, Rosalinds fröhliche Cousine.

Später saßen sie auf einer Mauer und ließen die Beine baumeln.

»Hast du eigentlich jemals wieder etwas von Liam gehört?«, fragte Rosalind.

Naomi biss ein großes Stück von einem Hähnchenschenkel

ab, den Rosalind als Ausflugsproviant mitgebracht hatte. Sie verdrehte die Augen.

»Nichts. Ist aber auch besser so«, sagte sie schließlich und wischte sich die Hände an einer Papierserviette ab. »Den soll mein Baby nicht als Vater haben.«

Doch dann starrte sie eine Weile vor sich hin, und als Rosalind den Arm um sie legte, fing sie an zu weinen. Ihre Schultern bebten, während sie haltlos schluchzte und kaum noch Luft bekam. Rosalind streichelte ihr über den Rücken und versuchte, sie mit ruhigen Worten zu trösten.

Nach ein paar Minuten war der Ausbruch vorbei, und Naomi strich sich die Haare aus dem verweinten Gesicht. Rosalind reichte ihr ein frisches Taschentuch.

»Hat er gar nicht verdient«, sagte Naomi kläglich.

»Du darfst aber trotzdem traurig sein, Cousinchen.« Rosalind drückte sie noch einmal an sich, bevor sie sich zum Bahnhof aufmachten, um den Zug zurück nach London zu erwischen.

So verging der Frühsommer. Im Juli brach eine Hitzewelle über die Stadt herein, die Rosalinds Mutter zu schaffen machte. Ihr Blutdruck war viel zu hoch, sie hatte ständig Nasenbluten und sah, wenn sie es zu spät bemerkte, wie ein Opfer von Dracula aus. Rosalind musste an Henry Dodd und seine Frau denken, die, so hatte er geschrieben, wieder im Sanatorium sei. In seinem nächsten Brief kündigte er einen erneuten Besuch an und kam wie vereinbart ins Labor.

»Na, wie geht es Randalls Zirkus?«, fragte er und reichte Oliver die Hand.

Der streckte seine Hand gar nicht erst aus. »Wie bitte?«

Henry lachte auf. »So nennen sie euch am Cavendish.«

Rosalind runzelte die Stirn. Das hätte er ihnen wirklich nicht erzählen müssen. Wenn sie selbst ihre Kollegen so sah, war das etwas anderes, als wenn diese Zuschreibung von außen kam – und sie mit einschloss.

»Peter Pauling ist jetzt übrigens auch in Cambridge.«

»Sie meinen Linus Pauling«, sagte Oliver irritiert. »Darf er doch wieder reisen?«

»Ich meine Peter. Paulings Sohn und ebenfalls Chemiker. Er und Watson verstehen sich großartig, beides noch halbe Kinder, beide verrückt nach Frauen.«

»Womit beschäftigt er sich?«, fragte Rosalind. Hoffentlich kamen diese halben Kinder nicht wieder auf die Idee, sich in ihre Forschung einzumischen.

»Mit Myoglobin, insbesondere von Walen.«

»Von Walen?«, wiederholte sie verwundert.

»Genauer gesagt: Pottwalen. Angeblich hat er bei Queen Elizabeth ein Gesuch eingereicht, dass er sich ein Stück Wal abholen darf, falls an der britischen Küste einer strandet. Der ist dann nämlich Eigentum der Krone.«

Dodd wandte sich an Rosalind. »Wie findest du unsere neue Queen? Glaubst du, sie wird ihren nächsten Wal großzügig teilen, noch bevor sie nächstes Jahr ordentlich gekrönt wird?«

Miss Keller steckte den Kopf in die Türöffnung. »Dr. Franklin, die machen was mit dem Loch.«

Rosalind sprang auf und eilte hinter ihr her. Oliver folgte ihnen.

»Sie machen was mit dem Loch?«, rief Henry Dodd ihnen fragend hinterher.

Daher kamen also die Motorengeräusche, die Rosalind den ganzen Vormittag gehört hatte. Oliver, Miss Keller und Rosalind sahen eine Weile zu, wie der Bombenkrater im Innenhof mithilfe mehrerer Bagger nicht etwa zugeschüttet, sondern ausgeweitet wurde.

»Was soll das?«, fragte Miss Keller.

»Im letzten Rundschreiben der Uni stand, dass ein neues Gebäude für die Physiker gebaut wird«, erklärte Rosalind.

»Hab ich nicht gelesen«, erwiderte Miss Keller.

Es war ein recht ausführlicher Bericht gewesen, in dem auch ihr Team erwähnt worden war: *Man hofft, dass die Forschung von Professor Randalls Teams die biologische Funktion der Desoxyribonukleinsäure (DNA) und gewisser Molekularstrukturen erhellen wird, die mit der Genaktivität verbunden sein könnte.*

Sie kehrten ins Labor zurück, wo Henry Dodd vor Rosalinds Schreibtisch saß und ihr Foto 51 beäugte.

»Das wollte ich dir gerade zeigen«, meinte Rosalind.

Doch er war schon aufgesprungen und öffnete die Klappe seiner Ledertasche. »Ich habe euch etwas mitgebracht.«

Er legte ein Netz mit Orangen auf Rosalinds Schreibtisch.

»Wo hast du die denn her?« Ungläubig nahm sie die schweren Früchte in die Hand und hob eine an die Nase. »Orangen habe ich seit Jahren nicht mehr gesehen, und dann auch noch im Sommer. Wie das duftet. Riech mal«, sagte sie an Oliver gewandt.

Der deckte gerade die Kamera ab, wie sie es taten, wenn sie

sie länger nicht benutzten. Offenbar wollte er sie vor Henrys Augen verbergen. Sie beschloss, es zu ignorieren.

»Haben wir ein Messer?«, erkundigte sie sich.

Oliver zog sein Taschenmesser heraus und reichte es ihr.

»Darf ich?«, fragte sie Dodd.

»Nur zu. Sind alles deine.«

Sie ritzte die Schale senkrecht ein und löste sie ab. Die erste Orange verspeisten sie schweigend, andächtig, alle bekamen ein Stück, sauer, saftig, zuckersüß. Rosalind griff nach der zweiten Frucht, aber Miss Keller nahm sie ihr ab.

»Lassen Sie mich das machen.«

Miss Keller schälte die Orange konzentriert mit gerunzelter Stirn, und zwar wie einen Apfel. Hinter dem Messer zog sich die Schale wie eine lange Schlange her, die nur einmal brach. Als Miss Keller fertig war, nahm Rosalind die beiden Teile hoch und hielt sie in die Luft.

Eine reichte sie Oliver. »Halt mal bitte.«

Ihre Hände berührten sich, als Rosalind versuchte, die Schalenteile so aneinander auszurichten, dass sie sich umeinander schlangen.

»Eine Helix«, sagte Oliver verblüfft. Ohne sich weiter mit Worten verständigen zu müssen, versuchten sie aus verschiedenen Dingen, die sie herumliegen hatten, eine Halterung zu bauen. Stifte, Draht und Kabelbinder halfen. Die oberen Enden der Schalen steckten sie in aufgebogene Büroklammern, wie Wilkins anfangs seine DNA.

»Wenn man jetzt noch einen dritten Strang unterbringen könnte«, sagte Rosalind.

»Soll ich noch eine schälen?«

»Ja bitte, Miss Keller.«

»Nein, warten Sie.« Oliver nahm seiner Kollegin die Orange aus der Hand. »Dafür sind die Früchte zu kostbar. Wir danken Ihnen sehr, Mr Dodd, zu liebenswürdig.«

In Dodds Augen sah Rosalind, dass er sehr wohl verstanden hatte: Oliver wollte ihn loswerden. Wollte nicht, dass ein Mitarbeiter des Cavendish sah, was sie taten.

»Schon gut.« Henry schnürte sich in aller Ruhe seinen Schuh neu, stand auf und nahm seine Tasche. »Dann gehe ich mal meine Frau besuchen.«

»Willst du ihr nicht auch eine Orange ...?«, begann Rosalind.

»Nein, nein, behalte du die. Alles für die Wissenschaft. Sehen wir uns heute Abend?«

»Sehr gern.«

Er winkte ihr zu und ging.

»Das war wirklich unhöflich«, sagte sie zu Oliver.

»Ich mag den einfach nicht.«

15

[Bakteriophagen] *Viren, die darauf spezialisiert sind , Zellen von spezifischen Bakterien zu infizieren und sich in ihnen zu vermehren. Sie bestehen nur aus Erbmaterial und einer Proteinhülle.*

South Kensington, London, August 1952

Ich würde mich jederzeit freuen, Sie hier zu sehen – vorausgesetzt, Ihr Stipendiengeber und Professor Randall sind mit einem Wechsel einverstanden.

Endlich! Rosalind war am Briefkasten stehen geblieben und hatte den Umschlag mit dem Emblem des Birkbeck College sofort aufgerissen. Bernal entschuldigte sich in seinem Brief dafür, dass es so lange gedauert habe – zu viel Arbeit und Krankheit in der Familie.

»Ein Liebesbrief?« Die Frau des Vermieters ging schwer auf ihren Krückstock gestützt an ihr vorbei.

»Besser, Mrs Brown.« Rosalind strahlte. »Eine neue Arbeitsstelle.«

»Glückwunsch, Kindchen. Und der Richtige kommt schon auch noch.«

Rosalind schob den Brief zurück in den Umschlag. Wilkins wird Luftsprünge machen, wenn er mich los ist und seine Signer-DNA wieder für sich hat, dachte sie. Oder besser gesagt, er würde Luftsprünge machen, wenn er nicht so ein langweiliger Waschlappen wäre.

Sie eilte die vier Stockwerke hinauf und schloss auf, ganz außer Atem. Es wurde Zeit für den nächsten Urlaub im Gebirge – im Labor verlor sie ihre ganze Kondition.

Bei Bernal würde sie nicht an der DNA weiterforschen können, galt doch für sie das Ehrenwort genauso, sich nicht an die Arbeit anderer Institute dranzuhängen.

Wie schade.

Die Nukleinsäure war ihr richtig ans Herz gewachsen.

Sie schaltete das Radio ein und tanzte im Abendlicht über das Parkett. Dann rief sie ihre besten Freundinnen Jean und Anne, ihren Vater und Ursula an, um die gute Nachricht zu verkünden.

Schwerer war es am nächsten Tag, als sie Oliver vor sich hin arbeiten sah. Sie war doch seine Betreuerin. Wenn er noch einmal jemanden Neues finden müsste oder Randall ihn zurück zu Wilkins schickte, würde er garantiert aufgeben.

»Hör zu.« Sie stellte ihre Handtasche auf dem Schreibtisch ab.

Erschrocken drehte Oliver sich um.

»Bis Ende der Woche«, sagte sie, »hätte ich gern eine Einschätzung, wie lange du noch für deine Arbeit brauchst und inwiefern ich dir dabei helfen kann.«

Wenn er schnell genug war, könnte sie zu Beginn des neuen Jahres ans Birkbeck wechseln.

»Warum? Ist was passiert?«

Sie wollte ihm nichts von ihrer neuen Stelle sagen.

Noch nicht.

Denn ihn würde sie auch vermissen. Nicht nur die DNA. Das Birkbeck war ja nicht weit, aber würden sie sich noch sehen, wenn sie keine Kollegen mehr waren? Würden sie noch Motorrad fahren und Cricket spielen?

Ja, sie würde ihn vermissen. Sehr sogar.

Und er sie wohl auch.

Das war ein Gedanke, der gleichzeitig schön war und schmerzte.

»Wollen wir mal wieder ins Kino gehen?«, fragte sie spontan.

»Ja, gern!«

»Gut. Aber erst, wenn du mir einen Überblick vorgelegt hast. Schriftlich. Detailliert.«

Er stöhnte theatralisch und strich sich die Haare aus dem Gesicht. »Na gut.«

Oder würde sie ihn zum neuen Institut mitnehmen können? Nachdenklich sah sie ihn weiter an.

»Was ist denn heute mit dir?«, fragte er unsicher.

»Nichts.« Sie beugte sich über ihre eigene Arbeit. Das Paper für die *Acta Crystallographica* schrieb sich nicht von selbst.

Am Abend dachte sie immer noch darüber nach, ob der Wechsel zum Birkbeck wirklich so großartig war, wie sie glaubte. Aber sie konnte sich doch jetzt nicht davon leiten lassen, dass sie weiter mit Oliver zusammenarbeiten wollte, oder? Wenn der seinen Doktortitel hatte, würde er sich eine neue Stelle suchen, und sie wäre immer noch am King's College.

Rosalind versuchte, Vittorio Luzzati in Frankreich anzurufen, obwohl sie befürchtete, dass er unterwegs war, in der Oper, im Restaurant, im Kabarett, ach, in Paris gab es so viel zu tun. Doch er nahm sofort ab.

»*Bonsoir*, Vittorio!«

»*Bonsoir*, Rosalind. Freust du dich schon auf unseren Wanderurlaub?«

Es tat so gut, seine vertraute Stimme zu hören.

»Sehr sogar. Ich kann es kaum noch erwarten.«

Im Hintergrund sagte Denise etwas.

»*Sì, sì*«, erwiderte Vittorio enthusiastisch. »Ich soll dir etwas erzählen, sagt sie.«

»Was denn?«

»Wir waren letzte Woche vom *Labo* aus bei einem Dinner, und weißt du, neben wem ich gesessen habe?«

»Marilyn Monroe?«

Vittorio lachte gackernd. »Das hätte ich Denise nicht erzählt.«

»Wie bitte?«, fragte Denise im Hintergrund.

»Gar nichts, *mio angelo* … Nein, Ros, es war Alfred Hershey, der Biochemiker von der Carnegie Institution of Washington.«

»Das ist ja fast genauso aufregend. Was hat er erzählt?«

»Er arbeitet neuerdings mit Bakteriophagen und hat mit seinem Team herausgefunden, dass, wenn ein Virus ein Bakterium infiziert, um sich zu reproduzieren, reine DNA in das Bakterium eingeschleust wird. Nichts anderes, nur DNA.«

Rosalind, die auf dem Sofa gelegen hatte, das Telefon auf dem Bauch, setzte sich auf. »Interessant. Das spricht dafür, dass Gene wirklich aus DNA bestehen.«

»Dachte ich mir, dass du das sagst.«

Sie wackelte mit den nackten Zehen. »Ich glaube, ich werde ihn mal anschreiben und fragen, ob er dazu etwas veröffentlichen wird. Darf ich mich auf dich berufen?«

»*Naturalmente*. Und wir sehen uns nächste Woche in Italien, oder?«

»Ja, ich freue mich schon. Gib Denise einen Kuss von mir.«

Jetzt hatte sie ihm gar nichts von ihrem Dilemma mit Oliver erzählt. Aber das war eine interessante Information gewesen. Die Carnegie Institution of Washington lag auf Long Island. Amerika hatte Rosalind immer gereizt, und sie fragte sich, ob sie es einmal dorthin schaffen würde. Welche Konferenzen standen eigentlich an?

Am nächsten Tag im Labor blätterte sie gerade durch ihren Kalender, als Wilkins hereinkam und sie um einen Zollstock bat.

»Hätten Sie…?«, fing sie an und zögerte. Sie wollte unbedingt mit jemandem über diese Bakteriophagen-Sache sprechen. »Hätten Sie Lust, heute Abend etwas essen zu gehen?«

Er stutzte kurz und sagte dann zu. »Sieben Uhr?«

»Gern.«

Den ganzen Tag lang war sie über sich selbst verwundert, dass sie ausgerechnet Wilkins gefragt hatte. Die Stunden vergingen damit, dass sich sämtliche Technik gegen sie verschworen hatte. Sie musste den Hausmeister suchen und fand ihn beim zweiten Anlauf im dritten Stock. Später kroch sie selbst auf dem Boden des Labors herum und zerriss sich die Strümpfe. Es war unerträglich heiß, und sie konnte gar nicht mehr zählen, wie oft sie sich den Schweiß von der Stirn wischen musste. Sogar Oliver, der doch eigentlich immer frisch wirkte, war am Ende geschafft.

»Sollen wir uns zum Feierabend ein Bier gönnen?«, fragte er, als die schräge Sonne es sich nicht nehmen ließ, noch einmal in die Kellerfenster zu scheinen und den Raum weiter aufzuheizen.

»Ich bin mit Wilkins verabredet.« Das klang sogar in ihren eigenen Ohren ziemlich lustig.

»Haha«, sagte Oliver.

»Nein, ernsthaft. Wir gehen was essen.«

»Warum?«, fragte er entgeistert. »Mögen wir Wilkins jetzt etwa?«

Sie fächerte sich Luft zu. »Nicht unbedingt. Aber ich will mit ihm über etwas reden.«

»Kannst du das nicht mit mir?«

»Willst du mitkommen?«

Zweifelnd sah Oliver sie an. »Ich kann mir Schöneres vorstellen, als mit Wilkins den Abend zu verbringen.«

»Dann trinken wir morgen ein Bier, ja?«

Er ging, und Rosalind sah auf die Uhr. Es war gleich sieben. Sie räumte noch ein wenig auf und wartete. Ob er kneifen würde?

Aber nein, pünktlich zur vollen Stunde klopfte Wilkins an die geöffnete Tür, trat ein und zog sich mit einem erschrockenen Gesichtsausdruck wieder zurück. Vermutlich roch der Raum ziemlich nach Schweiß.

»Ich wollte nur sagen, dass mir etwas dazwischengekommen ist.«

»Oh, wie schade.«

»Ja.« Wilkins schien die Luft anzuhalten und verabschiedete sich ganz schnell. »Wir sehen uns morgen.«

Sie trat auf den Flur und sah ihm hinterher. Ihm war nichts dazwischengekommen. Sie hatte ihm zu sehr gestunken. Kurz war sie beleidigt, aber dann prustete sie los. Wie schön, dass sie zur Abwechslung nicht diejenige war, die andere Leute vor den Kopf stieß. Es war einfach nicht vorgesehen, dass sie und Wilkins sich besser verstanden.

Das City of London Maternity Hospital lag im Norden der Stadt zwischen Dartmouth Park Hill und Highgate Hill. Ursula und Rosalind nahmen Naomi in die Mitte, als sie sich dem Gebäudekomplex näherten. Naomi klammerte sich an Rosalinds Hand. »Ich bin so nervös.«

»Musst du nicht sein. Wir schauen ja nur.«

»Vielleicht will die Kleine ja überhaupt nicht raus.« Naomi streichelte sich über den Bauch. »Ich lass sie einfach da drinnen.«

Ursula schnaubte. »Das wirst du dir anders überlegen, sobald sie groß und schwer wird und du nur noch Rückenschmerzen hast.« Sie machte eine Pause. »Nicht dass ich Ahnung hätte, aber das sagen doch alle Schwangeren, oder? Meine Freundin Mary hat zum Ende hin nur noch gejammert.«

»Trag du mal so eine Murmel mit dir rum!«, rief Naomi.

»Siehst du. So fängt es an.«

Naomi zog eine Grimasse, und Ursula umarmte sie. »Ich

will auch bald ein Baby. Und dann will ich auch Rückenschmerzen haben und mich vor der Geburt fürchten.«

»Wann wollt ihr denn heiraten«, fragte Naomi, »du und dein William?«

Ursula legte einen Finger an den Mund. »Pst, das ist noch nicht spruchreif.«

Am Empfang fragten sie nach Margret Bishop, und die Rezeptionistin schickte sie in den ersten Stock. Rosalind hatte sich doch noch einmal aufgerafft, Oliver nach seiner Halbschwester zu fragen, und als er ihr den Namen Margret Bishop, geborene King, nannte, hatte sie ihn verblüfft unterbrochen. »Wahrscheinlich gibt es tausend Margret Kings, aber war sie zufällig auf der St. Paul's?«

Bei einem kurzen Telefonat stellte sich heraus, dass sie sich tatsächlich kannten, weil sie auf dieselbe Schule gegangen waren, sogar im selben Jahr den Abschluss gemacht hatten.

»Jetzt heißt du also Bishop«, hatte Rosalind gesagt.

»Vom King zum Bishop«, hatte Margret gescherzt, »vom König zum Bischof. Niemand in meiner Familie weiß, ob ich hoch- und runtergeheiratet habe. Aber sagt dir der Name Michael Bishop etwas?«

»Der Bürgermeisterkandidat?«

»Genau der.«

Das war gesellschaftlich gesehen keine schlechte Verbindung. Oliver hatte den Zufall, dass Rosalind und seine Halbschwester sich kannten, kaum glauben können, doch Rosalind wusste genau, dass man Paulinas einfach überall traf. Und nun war Margaret Leiterin der Geburtsstation und würde vielleicht schon bald First Lady von London sein.

»Komm unbedingt vorbei«, hatte sie am Telefon gesagt. »Bring Ursula mit und natürlich die werdende Mutter. Ich führe euch herum.«

Margret empfing sie auf ihrer Station mit einem strahlend weißen Kittel und ebenso weißen Halbschuhen. Sie hatte sich seit der Zeit auf der St. Paul's überhaupt nicht verändert und behauptete bei der Begrüßung dasselbe von Rosalind.

»Da bekomme ich ja gleich Sehnsucht nach der Schule«, sagte sie lachend. »Ros, weißt du noch, wie wir im Chemieunterricht einen Penny zum Schmelzen gebracht haben, und ... wie hieß sie noch?«

»Angela?«

»Genau, du weißt sofort, von wem ich rede. Angela wollte eine Pfundnote in Brand stecken, weil ihr Vater ihr erzählt hatte, die seien feuerfest.« Margret lachte. »Ironischerweise ist Angela heute beim Finanzministerium angestellt.«

»Das ist ein Scherz, oder?«

»Leider nicht. So, Naomi, willst du dir die Station anschauen? Ich habe nicht allzu viel Zeit, weil meine Schicht in dreißig Minuten beginnt. Aber kommt.«

»Man hört gar nichts«, sagte Naomi.

»Was hast du denn erwartet?«, fragte Rosalind. »Lauter schreiende Frauen?«

»Schon, ja ...«

»Unsere Kreißsäle sind ganz am anderen Ende, damit die Gebärenden nicht gestört werden. Das ist harte Arbeit.«

Naomi verzog das Gesicht.

»Hier ist unser Schlafsaal.«

»Ros' Vater ist so lieb, dass er mir den Aufschlag für ein

Sechserzimmer zahlen will«, sagte Naomi nach einem Blick in den großen Saal, in dem die Frauen nebeneinander in ihren Betten lagen wie Sardinen in einer Dose. Dazwischen waren Vorhänge angebracht, die man für mehr Privatsphäre zuziehen konnte. Mehrere Schwestern gingen zwischen den Betten hin und her, sauber und patent mit aufrechtem Gang. Margret führte sie in eines der zwei Sechserzimmer, das in diesem Augenblick nur halb belegt war. Die drei Frauen schliefen oder lasen in einer Zeitschrift. Neben jedem Bett stand ein Nachttisch mit frischen Blumen, und vier Fenster ließen viel Helligkeit in den hohen Raum. Hier gab es zwischen den Betten keine Vorhänge, aber zwei Paravents standen in einer Ecke, die man wohl bei Bedarf aufstellte.

»Das ist ja richtig schön hier«, sagte Ursula.

Margret lachte. »Hast du etwas anderes befürchtet?«

»Ich glaube schon. Ich war selbst noch nie im Krankenhaus und habe mir das alles ganz … gruselig vorgestellt.«

»Vielen Dank«, sagte Naomi, »dass du das jetzt auch endlich zugibst.«

»Ich wollte dir keine Angst machen.« Ursula strich ihr über die Schulter. »Aber hier ist es hübsch, oder?«

»Ja.« Naomi sah sich um. »Ich finde auch.«

»Jetzt sehen wir uns doch noch einen Kreißsaal an.« Margret hielt ihnen die Tür auf. »Und dann das Babyzimmer.«

»Oh, ich will mir zuerst das Babyzimmer anschauen.« Naomi sah sie mit großen Augen an. »Bitte zuerst das Babyzimmer, damit ich weiß, warum sich der Kreißsaal lohnt.«

»Dann kommt.«

Je näher sie dem Babyzimmer kamen, desto schneller

schien Margret zu gehen. Als sie leise eintraten, strahlte sie über das ganze Gesicht, als wäre sie persönlich die Mutter dieser drei langen Reihen mit Säuglingen. Einige weinten, und Rosalind sah sich nach helfenden Schwestern um.

»Wir lassen sie eine Weile schreien. Das ist gut für die Lunge.«

Die armen Kinder, dachte Rosalind. Gut für die Lunge vielleicht, aber doch nicht gut für das kleine, einsame Herz, oder?

An den Bettchen war je eine hellblaue oder zart rosafarbene Schleife angebracht. Es war warm, und die Jalousien ließen Dämmerlicht in den Raum, der, so erklärte Margret ihnen, nach Norden hinausging, damit die Kleinen niemals grellem Sonnenlicht ausgesetzt waren.

»Oooh!« Naomi war verzückt und ging langsam an den Bettchen entlang. Ab und zu flüsterte sie einem der Kinder etwas zu. Ursula folgte ihr und versuchte, Scherze über die Kleinen oder Naomis Begeisterung zu machen, aber bald ließ sie es bleiben und gab sich ganz der Seligkeit hin.

Rosalind folgte mit Margret und ließ sich etwas über regelmäßiges Füttern und Besuche bei den Müttern erzählen, aber im Grunde achtete auch sie mehr auf die kleinen Gesichter, von denen eines süßer als das andere war. Hier besonders lange Wimpern, dort ein Däumchen, das sich zwischen Zeige- und Mittelfinger einer kleinen Faust hervorschob. Ein Mädchen strampelte aufgeregt, die blauen Augen weit geöffnet, ihr winziger Nachbar mit dem viel zu erwachsenen Namen Alfred schlief tief und fest.

Sie blieb stehen und atmete den Geruch nach Puder, Creme und der einen oder anderen vollen Windel ein.

Naomi hatte ein seliges Lächeln im Gesicht, als sie wieder zu ihnen kam. »Freust du dich, bald Patin zu werden, Ros?«

»Ich kann es kaum erwarten, Cousinchen.«

Als Rosalind im September aus ihrem Wanderurlaub mit den Luzzatis zurückkam, war Naomis Bauch beachtlich gewachsen. Von ihren Eltern hatte Naomi weiterhin kein Lebenszeichen erhalten, und so schwankte sie zwischen Traurigkeit und Vorfreude auf das Kind. Rosalinds Vater hatte mehrfach versucht, mit Tante Helen und Onkel Norman zu sprechen, aber noch hatten sie sich keinen Zentimeter auf ihre Tochter zubewegt. Onkel Norman wollte an einem Tag Liam verklagen und zu Unterhaltszahlungen verdonnern, am nächsten Tag ihn dazu zwingen, Naomi zu heiraten – bis ihm einfiel, dass er definitiv keinen Iren in der Familie wollte. Naomi richteten sie nicht einmal einen Gruß aus.

In der Fakultät für Biophysik rief Randall eines Tages Rosalind zu sich, um ihr eine neue Mitarbeiterin vorzustellen. Rosalind kam das Gesicht bekannt vor, doch als Randall sie als Melanie Weiss vorstellte, sagte ihr der Name nichts.

»Wir haben uns im Frühling bei Dorothy Hodgkin kennengelernt«, erklärte die junge Frau. »Sie hatten ein Foto dabei.«

»Ach ja, ich erinnere mich.«

Rosalind schüttelte ihr die Hand: Melanie, die Studentin, die sie gefragt hatte, ob sie das King's empfehlen könne. Nun, auf Rosalinds Meinung hatte sie offenbar nichts gegeben.

Randall wollte sie einem Team zuordnen, das sich mit Kollagen beschäftigte, einem weiteren seiner Steckenpferde. Er hoffte, dass die Forschungen in diesem Bereich einen Fortschritt für die Krankheit seiner behinderten Frau bedeuten könnten.

Oliver kam mit seiner Arbeit einfach nicht weiter. Er hatte ihr versprochen, bis Ende des Jahres mit einer ersten Fassung fertig zu werden. Doch September und Oktober vergingen, der November war angebrochen, und er trödelte herum. Eigentlich hatte er alles, was er brauchte, aber das Schreiben fiel ihm schwer.

»Hier im Labor kann ich mich nicht konzentrieren«, sagte er zu Rosalind. »Du hantierst hinter mir herum, und ich würde dir viel lieber dabei helfen. Und abends zu Hause ist niemand da, der mich antreibt. Außerdem kann ich einfach nicht so gut formulieren wie du.«

»Schreib es doch erst mal hin. Am Stil kannst du nachher noch feilen.«

»Warum verlangt überhaupt jemand von einem Naturwissenschaftler, ordentliche Sätze zu basteln?« Er schob seine wirren Notizen hin und her.

»Ordentliche Sätze sprechen von einem ordentlichen Verstand.«

»Wer sagt das?«

»Ich.«

Sie hatte ihm immer noch nicht gestanden, dass sie eine neue Stelle antreten würde. Dabei dachte sie die ganze Zeit daran, was sie am Birkbeck alles würde erforschen können, ohne sich durch Wilkins und Randall behindern zu lassen.

Auch dieses Mal ging sie der Unterhaltung mit Oliver aus

dem Weg und fuhr am Abend erschöpft nach Hause. Es war ermüdend, ein Geheimnis zu bewahren.

Erst vor der Tür merkte sie, dass sie ihren Hausschlüssel im Labor vergessen hatte. Verdammt. Sie sah ihn genau vor sich, an der Schreibtischecke, wo sie ihn nur kurz hatte deponieren wollen. Verärgert drehte sie um. Doch bevor sie die Bushaltestelle erreichte, kam ihr Oliver auf seinem Motorrad entgegen.

»Was für ein Glück.« Er klappte das Visier hoch. »Du hast deinen Schlüssel liegen lassen, und ich war mir nicht sicher, ob ich ihn dalassen soll, weil du gleich zurückkommst, oder ob ich ihn dir bringen soll…«

»Danke dir. Alles richtig gemacht.« Sie nahm ihm den Schlüsselbund aus der Hand und zögerte kurz. Konnte sie ihn so stehen lassen? »Komm doch mit rauf, ich koch uns was.«

»Wenn ich nicht störe…«

»Im Gegenteil.« Sie drehte sich zurück zum Haus, in der Hoffnung, dass es ihr Herz beruhigen würde, wenn sie so tat, als wäre diese Einladung nichts Besonderes. »Ich will ein neues Rezept ausprobieren, eine besondere Art Ratatouille. Du kannst mein Versuchskaninchen sein.«

»Das Risiko gehe ich ein.«

Es hätte sie auch gewundert, wenn er abgelehnt hätte – sie hatte ihn noch nie zu sich nach Hause eingeladen. Zum Glück war alles einigermaßen aufgeräumt. Sie führte ihn in die Küche und versorgte ihn mit einem scharfen Messer, einem Holzbrett und einer Aubergine, nach der sie lange auf dem Markt Ausschau gehalten hatte.

Er bekam die Anweisung, sie in schmale Scheiben zu schneiden.

Sie atmete tief durch. Konnte sie ihm die Kündigung gestehen, wenn er gerade so gut abgelenkt war? Aber sie schwieg und schwieg und schnitt selbst Gemüse, entkorkte einen Wein und sagte immer noch nichts. Glücklicherweise klingelte das Telefon.

»Ja?«

»Hey, Ros.«

»Naomi, wie geht es dir?«

»Warum klingst du so erleichtert?«

»Tu ich gar nicht. Ich freue mich, dass du anrufst.«

Naomi stöhnte. »Mir tut alles weh, vor allem der Rücken. Und die Beine. Nichts passt mehr. Ich watschle aus meinem Bett runter aufs Sofa und wieder zurück.«

»Kümmert sich meine Mutter gut um dich?«

»Und wie, Ros. Ich bin ihr so dankbar. Ich wüsste nicht, was ich ohne sie machen sollte. Übrigens«, sagte sie aufgeregt, »wenn es ein Mädchen wird, werde ich sie Deborah nennen.«

»So hieß deine Puppe.«

»Ja, ich fand den Namen schon immer so schön. Deborah Muriel Rosalind soll sie heißen.«

Rosalind lachte auf. »Du spinnst ja.«

»Hast du etwas dagegen?«

»Dass du dein Mädchen nach mir und meiner Mutter nennst? Im Gegenteil, es ist mir eine Ehre. Ich freue mich auf die Kleine. Oder den Kleinen. Hast du auch einen Jungennamen?«

»Ich überlege noch. Ich hoffe einfach, dass es ein Mädchen wird.«

Rosalind verabschiedete sich und ging mit einem Lächeln

zurück in die Küche. Wie es wohl wäre, doch selbst ein Kind zu haben? Hier mit ihm zu leben, mit einem Baby und dem dazugehörigen Vater. Eine unverheiratete Mutter wollte sie lieber nicht sein. Würde sie wirklich zu Hause bleiben, gar nicht mehr arbeiten? Was machte man den ganzen Tag, wenn man nicht arbeitete? Putzen, einkaufen, kochen – aber das tat sie ja jetzt auch schon alles nach der Arbeit.

Sie würde sich eher einen kleinen Jungen wünschen. Wie würde sie ihn nennen? Nachdenklich betrachtete sie Oliver, der im Rezept las und die angegebenen Kräuter aus dem Regal suchte. Er würde auf Erwin bestehen, nach Erwin Schrödinger, und Rosalind würde einwenden, dass man einen in den Fünfzigern geborenen Sohn in England doch so nicht nennen könne. Sie hatte Oliver noch nie mit Kindern erlebt, und er war ja erst fünfundzwanzig…

Was für Gedanken verfolgte sie denn da eigentlich schon wieder?

Er würzte konzentriert das Gemüse. Plötzlich hielt er inne. »O Gott, Ros, ich habe dir ja noch gar nicht erzählt, wen ich auf der Straße gesehen habe!«

»Wen denn? Alfred Hershey von der Carnegie Institution of Washington? Vorsicht, nicht zu viel Oregano.«

Er stellte das Döschen ab. »Wer ist das denn?«

»Vittorio hat mir neulich ganz begeistert von einer Begegnung erzählt, und zwar mit Alfred Hershey von der Carnegie Institution of Washington. Der, wie mir gerade einfällt, immer noch nicht auf meinen Brief geantwortet hat.«

Oliver schüttelte den Kopf. »Keine Ahnung, wovon du redest.«

»Egal. Wen hast du denn gesehen?«

»Ich dachte, ich hätte es dir schon gesagt. Ich habe es allen erzählt, aber jetzt erinnere ich mich, dass du …« Er hielt inne.

»Ja?«

»… mit Dodd unterwegs warst«, sagte Oliver leise.

Sie schichtete die hauchdünnen Gemüsescheiben in eine eckige Backform. Wie sollte sie reagieren? Sollte sie ihm noch einmal versichern, dass er nicht eifersüchtig sein musste? Was würde er antworten?

»Wen hast du denn nun gesehen?«, fragte sie.

»Rate mal.«

Sie verdrehte die Augen. »Die Queen?«

»Nein.«

»Churchill?«

Er schüttelte den Kopf.

»Charlie Chaplin?«

Er grinste bis über beide Ohren.

»Warte, du hast Charlie Chaplin gesehen? Das sollte nur ein Scherz sein.«

»Ich weiß.« Er lachte. »Aber es stimmt. Ich habe Charlie Chaplin gesehen. Er lebt zurzeit in London, wusstest du das?«

»Nein! Hast du ihn angesprochen?«

»Ich wollte ihn nicht stören.«

»Woher weiß du dann, ob er es wirklich war?«

Oliver zog eine Augenbraue hoch. »Du bist neidisch.«

»Selbstverständlich!«

»Sie lassen ihn nicht mehr nach Amerika einreisen«, erklärte Oliver, während Rosalind die Ratatouille in den vorgeheizten Ofen schob. »Linus Pauling darf nicht raus, Charlie

Chaplin darf nicht wieder rein. Er habe – wie war das noch – Fragen zu seinen politischen Ansichten und seinem moralischen Verhalten zu beantworten. Dabei wollte er hier nur Werbung für *Rampenlicht* machen.«

»Läuft der schon?«

»Ja, seit zwei Wochen. Gehen wir zusammen?«

»Unbedingt.«

Sie schwärmten über ihre Lieblingsfilme von Chaplin, bis der Auflauf fertig war. Rosalind stellte ihn auf den Tisch. Er sah gut aus, aber nach der ersten Gabel war sie enttäuscht. »Haben wir etwas vergessen? Gewürze? Salz?«

Oliver zog das Rezept in der Kochzeitschrift zu sich heran. »Basilikum, Thymian, Oregano, Rosmarin. Hast du die alle aus Frankreich mitgebracht?«

Sie probierte noch einmal. »Na ja. Es ist nicht schlecht. Aber ich bleibe doch bei meiner bewährten Ginette Mathiot. Ich habe alle Bücher von ihr.«

»Du kochst doch kaum noch nach Rezept.« Er aß tapfer weiter.

»Das stimmt. Oh.« Sie sprang auf und holte eine Schüssel aus dem Kühlschrank. Sobald sie auf dem Tisch stand, bereute sie es allerdings. »Das hier findest du wahrscheinlich extrem lächerlich. Oder eklig.« Sie setzte sich und schob die Ratatouille von sich. »Aber einmal war meine kleine Schwester Jenifer in Paris zu Besuch, und ich hatte gerade richtig wenig Geld. Außerdem weißt du ja auch noch, wie schwer es gleich nach dem Krieg war, an gute Schokolade oder so etwas zu kommen.«

»Oder an Bittermints.«

»Oder das. Jeni war so ein Süßmaul, dass ich ihr unbedingt ein Dessert machen wollte. Also haben wir herumexperimentiert, und das hier ist rausgekommen.« Sie nahm den Teller herunter, mit dem sie die Glasschüssel abgedeckt hatte. »Seitdem ist es mein Rezept. Ein Pudding. Willst du probieren?«

Skeptisch sah er sich die hellbraune Masse an, von der sie gestern Abend schon etwas gegessen hatte. Direkt aus der Schüssel, wie man nur allzu deutlich sah.

»Klar.« Tapfer nahm er den Teelöffel, den sie ihm hinhielt. »Will ich vorher wissen, was drin ist?«

Sie schüttelte grinsend den Kopf.

Er kostete und zog die Augenbrauen hoch. »Gar nicht schlecht. Schmeckt nach …«

»Nach?«

»Kindheit.«

»Ist das gut?«

Er nahm noch einen Löffel voll und sah sie dabei unentwegt an. »Ja. Das ist gut.«

Kindheit. Vielleicht die Kindheit, bevor sein Vater gegangen war. Rosalind verband ihre Kindheit auch mit bestimmten Gerichten und Geschmäckern, und die waren alle nicht besonders erlesen oder das, was sie heute noch jeden Tag essen würde, aber die Erinnerungen daran waren gut. Meist hatte Nannie eine Rolle gespielt.

Er sah sie noch immer an. Sie nahm ihm den Löffel ab, steckte ihn selbst in die halbfeste Masse und führte ihn zum Mund. Oliver sah zu, wie sie ihn ableckte. Das Schokoladengeschäft auf der Bond Street fiel ihr wieder ein – und Olivers Blick, als sie eine Praline gegessen hatte. Jetzt verstand sie es.

Um Himmels willen. Schon da hatte er sich also zu ihr hingezogen gefühlt.

Und jetzt saßen sie hier über schlechter Ratatouille und selbst gepanschtem Pudding.

»Frischkäse.« Ihre Stimme klang krächzend. »Kondensmilch, Zucker, Trinkschokolade und Banane.«

Oliver beugte sich zu ihr, sein Gesicht kam ihrem immer näher. Sie hätte mit mathematischer Präzision berechnen können, wie die Luftmoleküle zwischen ihnen verdrängt wurden und wann sich ihre Lippen treffen würden.

Mit einem Mal wollte sie es. Sie wollte ihn küssen. Sie würde ihn küssen. Doch ihre Beine schienen sich selbstständig zu machen, und sie sprang auf.

»Ich kündige übrigens.«

Oliver hielt in der Bewegung inne.

»Ich habe ein Angebot vom Birkbeck bekommen und werde Anfang nächsten Jahres dort beginnen. Du hast also noch einen Monat Zeit, deine Arbeit fertigzustellen.«

Sie schnappte sich die halb leer gegessenen Teller und stellte sie in die Spüle.

Oliver stieß hörbar die Luft aus.

Es dauerte eine Weile, bis er antwortete. »Das schaffe ich nie im Leben.«

»Doch. Ich helfe dir ja.«

Als er aufstand, kratzte der Stuhl über den Boden. »Du lässt mich also im Stich.«

»Nein, ich will dir doch noch helfen, bis du fertig bist«, beteuerte sie.

»Das hätte ich nie von dir gedacht!«, rief er. »Aber eigentlich hätte ich es mir denken können. Deine Kollegen sind dir einfach nicht wichtig genug. Niemand ist dir wichtig. Du findest, wir sind nichts wert, du lässt niemanden an dich ran. Du stößt alle von dir weg.«

Wütend sah er sie an, und zwei Sekunden später fiel die Tür hinter ihm zu. Ihr standen Tränen in den Augen.

16

[Schwefeldioxid] *SO_2. Ein farbloses Gas, das durch Verbrennung schwefelhaltiger fossiler Brennstoffe wie Kohle entsteht. Es ist hochgiftig und schädigt Atemwege, Bronchien und Lungen.*

Wimbledon, London, Dezember 1952

Oliver meldete sich krank.

»Erkältet«, antwortete Randall auf Rosalinds Nachfrage und räusperte sich, als wollte er herausfinden, ob er sich auch schon schlecht fühlte. »Ist bestimmt bald wieder fit. Ist bei Ihnen noch alles im grünen Bereich, Dr. Franklin?«

»Doch, doch.« Sie hatte Bauchweh, wusste aber genau, dass das nicht am nostalgischen Schoko-Bananen-Pudding lag, den sie ganz allein hatte aufessen müssen, sondern an ihrem schlechten Gewissen. Hoffentlich gab Oliver jetzt nicht sein ganzes Projekt auf. Sie hätte ihm früher Bescheid geben müssen – selbst wenn sie nichts als Kollegen gewesen wären, hätte sie ihm früher Bescheid geben müssen.

Der inzwischen hochschwangeren Naomi ging es ebenfalls nicht gut. Ihr war wieder übel, aber vor allem hatte sie Fieber und einen böse verspannten Nacken. Rosalinds Mutter hatte sie ins Bett gesteckt.

»Geht lieber einmal zu oft zum Arzt als zu wenig, Mummy«, sagte Rosalind.

»Das musst du mir nicht sagen, Schatz, gerade wegen des Babys.«

»Mir ist mulmig zumute.«

»Ich melde mich bald wieder. Genieß du deine Zeit mit Vittorio.«

»Ich versuch's.«

Vittorio Luzzati hatte alte Freunde in Cambridge besucht und wollte in London Weihnachtsgeschenke einkaufen und mit Rosalind Tennis spielen, wie in Pariser Zeiten. Sie waren in einer Halle in Wimbledon verabredet, wo viele derjenigen Spieler trainierten, die am alljährlichen prestigeträchtigen Turnier teilnahmen. Über die hohe Platzmiete dachte sie nicht lange nach.

Generell spielte sie lieber im Freien, doch das wäre in der Dezemberkälte viel zu ungemütlich gewesen, vor allem aber sah man seit Tagen in der Londoner Nebelsuppe seine eigene Hand nicht vor Augen. Inversionswetterlage, so nannte man das. Selbst tagsüber schien die ganze Stadt immer monochromer zu werden, und die Leute husteten.

»Ich habe ein Geschenk für Denise gefunden, aber meine weiteren Einkäufe habe ich verschoben.« Vittorio sah müde aus. »Einkaufen ist anstrengend.«

»Was für ein hartes Leben, in dem du in Paris weiter shoppen gehen musst«, witzelte Rosalind. »Bei euch gibt es doch sowieso von allem viel mehr als hier.«

Ihre Konzentration beim Spielen war so schlecht, dass sie die einfachsten Bälle ins Netz schlug, und Vittorio, plötzlich wieder in Bestform, machte sich über sie lustig. »So nah am Centre Court, Dr. Franklin, und du lässt mich alten Mann gewinnen.«

Rosalind setzte sich erschöpft mitten auf den Platz. Sie spürte die schlechte Luft in den Bronchien. Vor fünf Jahren hatte es den letzten extremen Fall von Smog in London gegeben, und die Zeitung hatte erklärt, wie kalte Luft aus der Umgebung herbeiströmte, die von der wärmeren Luft in den oberen Schichten so gefangen gehalten wurde, dass sie nicht wieder abziehen konnte. Fabrikschlote, Kraftwerke und Privathaushalte fabrizierten weiterhin fröhlich Rauch und Ruß, der sich in der Stadt sammelte.

»Heute ist nicht mein Tag«, sagte sie. »Aber dieses Gefühl habe ich, ehrlich gesagt, schon den ganzen Winter.«

»Du kannst dich doch auf deine neue Stelle freuen. Die paar Wochen am King's schaffst du auch noch.«

Vittorio setzte sich neben sie und streckte die dunkel behaarten Beine aus, um die Muskeln auf der Rückseite zu dehnen. Rosalind tat es ihm gleich und erzählte ihm währenddessen von Oliver, seiner Doktorarbeit und ihrem schlechten Gewissen.

»Schön, dass du selbst merkst, was du falsch gemacht hast.«

»Wie bitte?«

»Ich meine das gar nicht spöttisch.« Er angelte nach seinen Zehen. »Ich bin stolz auf dich. Kannst du deinen Wechsel nicht verschieben? Hat Bernal am Birkbeck es eilig?«

»Ich glaube nicht.«

»So, wie es sich anhört, hätte Oliver es schon verdient, dass du ihm bis zum Ende hilfst. Wie lange braucht er noch?«

»Wenn er sich endlich reinhängen würde? Ich denke, so zwei, drei Monate.«

»Sprich mit Bernal. Und frag Randall, ob er dich so lange noch bezahlt.«

Vittorio hatte recht. Wie immer. Rosalind konnte Oliver nicht so abrupt verlassen, auch wenn das hieß, dass sie es noch ein paar Wochen mit Wilkins und den anderen aushalten musste.

»Danke, Vittorio.«

»Komm, spielen wir noch eine Runde. Du bist mir eine Revanche schuldig.«

»Ich glaube eher, du mir!«

»Hallo, meine Liebe«, sagte ihr Vater am nächsten Morgen und hustete in den Telefonhörer. »Du bist früh wach.«

»Wie geht es Naomi?«, fragte Rosalind.

»Deine Mutter hat den Arzt gerufen. Naomi hat Schüttelfrost vom hohen Fieber und diese Nackenschmerzen. Er müsste gleich kommen.«

»Ruft ihr mich im Labor an, wenn ihr mehr wisst?«

»Du fährst hoffentlich nicht mit dem Fahrrad.«

»Nein, da könnte ich ja gleich am nächsten Auspuff inhalieren. Ich will gar nicht wissen, wie viel Schwefeldioxid gerade in der Luft ist.«

Es war auch nicht besonders angenehm, sich in den vollen Bus zu quetschen, aber die einzige Alternative. Sie fuhr besonders früh, um dem schlimmsten Pendelverkehr zu entgehen. Freitags strahlten die Menschen besonders viel Aggressivität aus – alle sehnten das Wochenende herbei.

Randall hatte gesagt, Oliver wolle heute wiederkommen. Sie saß im Labor und wartete ungeduldig. Konzentrieren konnte sie sich bis dahin nicht. Sie hustete.

Nach einer Weile holte sie ihr Foto 51 hervor und strich über das glänzende Papier. Es sah immer noch gut aus, aber mathematisch hatte sie das Ergebnis noch nicht bestätigen können. Vielleicht sollte sie das Bild doch Wilkins zeigen.

Es klopfte, und Henry Dodd stand da, blass um die Nase.

»Geht es dir nicht gut? Der Smog?«

»Nur müde.«

»Setz dich«, sagte sie und schob ihm einen Stuhl hin. »Oder brauchst du etwas zu essen? Etwas Süßes?«

»Nein danke.« Er ließ seine Ledertasche neben sich fallen.

»Oder einen Tee? Soll ich uns einen Tee holen?«

Er machte eine abwinkende Geste, sagte aber schließlich doch Ja. Als sie zurückkam, hatte er ein Fenster geöffnet, und fast schien es, als ob der Nebel von draußen langsam in den Raum gekrochen kam.

Henry rieb sich müde den Nacken.

Nackenschmerzen, dachte sie, warum hat Naomi Nackenschmerzen von der Schwangerschaft?

»Warum bist du so erschöpft, Henry? Ist etwas mit deiner Frau?«

Er rubbelte noch heftiger und seufzte. »Sie hatte wieder eine Episode. Dabei ging es ihr gut, und sie haben gerade überlegt, sie zu entlassen. Ich wollte sie mit nach Cambridge nehmen, damit ich mich besser um sie kümmern kann. Und jetzt das …«

Sie goss ihm einen Schluck Milch in den Tee.

»Danke.«

»Hier.« Sie schob die Tasse noch näher zu ihm. »Damit geht alles besser.«

Sie rückte die Papiere auf ihrem Schreibtisch zurecht, während er auf die heiße Flüssigkeit pustete.

»Peter Pauling«, fing er an, »ist ja noch bei uns am Cavendish und sagt, sein Vater und ein Kollege hätten die Struktur der Nukleinsäure endgültig verstanden. Sie wollen so schnell wie möglich veröffentlichen.«

Rosalind wartete auf die Panik: Die anderen sind schneller als wir! Die anderen werden gewinnen! Aber sie blieb aus.

»Hoffentlich stimmt das«, sagte sie stattdessen. »Dann wäre das Rätsel endlich gelöst. Aber ich glaube es erst, wenn ich es sehe.«

Henry rieb sich die roten Augen.

Rosalind legte ihm eine Hand auf den Unterarm. »Kann ich dir irgendwie helfen, was deine Frau angeht?«

»Das ist nett, aber leider nicht.« Er legte seine Hand auf ihre.

»Dir ist ja eiskalt.« Rosalind stand auf, um das Fenster zu schließen. Sie hantierte mit dem Besenstiel herum, bis sie die Spitze endlich an die richtige Stelle des Schließhakens gebracht hatte.

Als sie sich umdrehte, stand Oliver in der Tür.

Ihr Herz fing an zu hämmern.

Hatte er eigentlich schon immer so gut ausgesehen?

»Da bist du ja«, sagte sie erleichtert.

Oliver starrte Henry Dodd an. »Was hast du da gerade eingesteckt?«

»Ich?« Henry hob die Hände. »Nichts.«

»Du hast etwas in deine Tasche gesteckt.«

»Ich habe sie nur zugemacht.« Er klopfte auf den Verschluss seiner flachen Ledertasche, die er auf dem Schoß hielt. »Leider muss ich nämlich gehen. Danke für den Tee, Ros.«

»Gern geschehen.«

Oliver ließ den mindestens fünfzehn Zentimeter größeren, fünfzehn Jahre älteren Mann kaum an sich vorbei. Der machte eine Geste, um Oliver für leicht verrückt zu erklären, und verschwand.

»Er hat etwas eingesteckt. Von deinen Unterlagen auf dem Tisch.« Oliver zeigte auf ihre Papierstapel. »Was hast du da?«

»Nur Notizen und Artikel.«

»Bist du sicher?«

»Entspann dich, Oliver.«

Ja, sie fand es irgendwie gut, dass er eifersüchtig war, irgendwie schon, aber deswegen war Henry doch trotzdem ein guter Kerl. Ein armer Kerl vor allem, der sich ganz allein um seine Frau kümmern musste. Ob er sie mit nach Cambridge nehmen oder sich doch lieber einen Job in London suchen würde? Die BCURA lag zwar außerhalb dessen, was man auch großzügig noch als Stadt London bezeichnen konnte, aber näher als Cambridge war sie auf jeden Fall.

Oliver brummelte noch eine Weile vor sich hin und setzte sich an das Monstrum. Er machte lieber noch mehr Experimente, dachte sie genervt, statt weiter an seiner Arbeit zu schreiben. Schon war ihr Wohlwollen ihm gegenüber wieder verschwunden. Warum hatte sie ein schlechtes Gewissen, wenn er nichts dafür tat, dass sie hierbleiben und ihm helfen wollte?

»Hör mal«, sagte sie und merkte selbst, dass sie eher gnädig als freundlich klang. »Ich kann noch bis Mitte März bleiben. Bis dahin musst du fertig sein.«

»Wie großzügig«, murmelte er und ignorierte sie für den Rest des Tages. Mehrfach stand sie auf, um zu ihm hinüberzugehen, aber immer wieder verließ sie der Mut. Was sollte sie tun? Sie konnte herausfinden, in welche Sprachen Schrödingers Buch noch übersetzt worden war, um ihm ein besonders wertvolles Exemplar auf Portugiesisch oder Arabisch zu besorgen, aber das würde ihm doch nicht reichen.

Bei einem Blick aus dem Fenster in die früh aufziehende Abenddämmerung sah sie, dass der Nebel noch dichter geworden war. Die Laternen auf dem Campus leuchteten, kamen jedoch kaum durch die dicke Suppe. Sie rief bei ihren Eltern an, um sich nach Naomi zu erkundigen, aber niemand antwortete.

Rosalind entschied sich, Dorothy Hodgkin zu schreiben. Sie kramte nach ihrem Foto 51, um noch einmal über die Raumgruppe der DNA nachzudenken, doch es war nirgends zu finden.

»Oliver, hast du die Fotografie von meinem Schreibtisch genommen?«

Er blickte auf und zog langsam die Augenbrauen hoch. So sahen sie sich eine Weile an, bis Rosalind verstand, wie es sich anfühlte, wenn einem das sprichwörtliche Herz in die Hose sackte.

Sie stieß die Luft aus. »Henry hat sie mitgenommen?«

»Ich hab's doch gleich gesagt.« Oliver klang nicht schadenfroh, sondern so erschrocken, als hätte er bis zu diesem

Moment selbst kaum geglaubt, was er meinte gesehen zu haben.

»Er hat unser Foto mitgenommen«, wiederholte Rosalind, um es besser zu verstehen. »Warum?«

»Weil er es Watson und Crick zeigen will?«

»Die mag er doch nicht einmal.« Sie schlug mit der flachen Hand auf den Tisch. Wieder und wieder.

Oliver stand auf und legte ihr die Hand auf die Schulter. »Komm, wir fahren nach Cambridge und holen es uns wieder.«

Rosalind griff nach ihrem Mantel und Schal und versuchte noch einmal, bei ihren Eltern anzurufen. Es war kurz vor fünf. Wo trieben sie sich herum?

Dieses Mal war ein atemloses Dienstmädchen erreichbar. »Ihre Eltern sind mit Miss Naomi ins Krankenhaus gefahren.«

»In welches Krankenhaus?«

»Das weiß ich leider nicht.«

Rosalind kaute an einem Fingernagel herum. »Ich melde mich noch mal. Versuchen Sie, es herauszufinden, ja?«

Oliver stand ungeduldig in der Tür. Seine Augen waren dunkel.

»Meinst du wirklich«, fragte sie, »dass er es gestohlen hat? Vielleicht habe ich es nur verlegt.«

Sie begann erneut, ihre Papiere zu durchsuchen, und öffnete einen Aktenschrank. Es konnte doch nicht sein, dass er so hinterhältig war. Er hätte einfach nur fragen müssen, und sie hätte es ihm gegeben. Die Wut fraß sich durch ihren Bauch, und sie spürte, wie rot und heiß ihre Wangen waren.

»Irgendetwas hat er mit den Papieren und seiner Tasche

gemacht«, sagte Oliver, »und wenn er dir nicht einen heimlichen Liebesbrief auf deinen Tisch gelegt hat ...«

»Ach, hör doch auf damit.«

»... dann hat er es gestohlen. Ich bin mir sicher, Ros.«

Sie knallte den Aktenschrank zu. »Also gut. Wir fahren.«

Sie eilten die Treppen hoch, Oliver zog die Tür auf – und sie rannten in eine Wand aus Nebel. Oliver blieb keuchend die Luft weg, und Rosalind zog sich den Schal vor den Mund.

»Lass uns lieber warten, ob sich der Smog wieder etwas verzieht.«

Sie waren nicht die Einzigen, die eine Weile am Eingang standen und nach draußen starrten. Einige scherzten, bevor sie sich ins Nichts stürzten: »Wenn ich morgen nicht zur Arbeit komme, schicken Sie einen Suchtrupp los.« Andere zögerten und gingen zurück ins Büro, um die Familie anzurufen. Einer wollte ein Taxi bestellen und kam ein paar Minuten später mit der Nachricht, die Zentrale schicke derzeit keine Autos aus: Es sei zu gefährlich, habe schon Dutzende Unfälle gegeben. Wieder ein anderer kam mit einer Taschenlampe an, doch nach wenigen Schritten dort draußen merkte er, dass das Licht nicht durch den Smog drang, sondern lediglich reflektiert wurde.

»Ich muss nach South Kensington«, sagte Rosalind unruhig. »Allzu lange fahren die Busse nicht da raus, und dann komme ich gar nicht mehr nach Hause.«

Oder sollte sie wegen Naomi gleich zu ihren Eltern? Sie musste noch einmal das Dienstmädchen anrufen.

»Wir wollen doch zum Bahnhof, Rosalind.«

Cambridge. Ihr Foto. Der Smog vernebelte ihr das Hirn.

Verdammter Henry Dodd, dabei war er doch so ein netter Kerl gewesen. Sie wollte es nicht glauben. Eigentlich war es doch voreilig, deshalb direkt nach Cambridge aufzubrechen. Sie konnte ihn genauso gut anrufen.

»Ob überhaupt Züge fahren?«, fragte sie. »Wenn die Taxis schon aufgegeben haben?«

»Komm.« Oliver nahm sie an der Hand. »Wir gehen zu Fuß. Wir kennen die Straßen hier gut genug. Wenn wir in den Fluss fallen, haben wir die Brücke verpasst.«

Trotz allem musste sie lachen. Olivers Hand war warm und trocken, und sie tasteten sich Schritt für Schritt voran, orientierten sich an Hauswänden, von denen sie sich nicht weit entfernten, und stießen immer wieder fast – oder tatsächlich – mit Menschen zusammen. Man entschuldigte sich gegenseitig mit britischer Höflichkeit und verschwand wieder. Schon nach wenigen Sekunden hatte man das Gefühl, allein auf der Welt zu sein.

»Wo sind wir jetzt?«, flüsterte sie.

»Ecke Great Guildford.«

»Du hast ein tolles Orientierungsvermögen.« Dabei machte es ihr auf Bergwanderungen auch keine Schwierigkeiten, sich zurechtzufinden.

»Pfadfinder«, erklärte er. »Noch zwei große Querstraßen, dann ist die London Bridge Station rechts.«

Man hörte Autos hupen, man ahnte ihre Scheinwerfer. Rosalinds Augen brannten und juckten, und sie versuchte, nicht mit dem Reiben anzufangen, weil sie sonst nie mehr aufhören würde. Sie ließ die Tränen die Wangen herunterlaufen und in den Schal sickern, den sie sich immer noch über

Mund und Nase hielt. Oliver versuchte es mit dem Aufschlag seines Mantels. Er zog sie zurück, als ihnen ein Wagen gefährlich nahe kam. Die meisten Fahrer hatten die Fenster geöffnet und verständigten sich durch Rufe und Hupen, manchmal wütend, manchmal einfach nur froh, wieder ein paar Meter vorangekommen zu sein. Rosalind sah einige Male eine Frau, die neben dem Auto herlief und ihrem Mann am Steuer etwas zurief. Die zweite Querstraße war noch größer, und hier hörten sie es krachen, jemand weinte lautstark. Viele mussten sich an den Krieg erinnert fühlen, an die schwarzen Verdunklungsnächte, an die Sirenen und die Versuche, rechtzeitig in den Schutzkeller zu gelangen. Doch Oliver hielt sie fest, und sie musste sich ohnehin so sehr auf jeden einzelnen Schritt konzentrieren, dass keine Zeit für noch schlimmere Gedanken blieb.

»Da ist der Bahnhof«, sagte Oliver.

Rosalind sah nur Grau und Schwarz. Sie mussten den großen Vorplatz überqueren, und mittendrin blieb Oliver stehen. »Jetzt bin ich mir auch nicht mehr sicher, wo wir sind.«

Sie hätten besser versuchen sollen, nach Hause zu kommen. Es war absurd, jetzt nach Cambridge zu fahren, um Henry Dodd zu verfolgen. Wen interessierte schon diese Fotografie? Der Nebel schloss sich immer dichter um sie und drückte gegen ihre Brust.

Nein.

Nein. Sie konnte jetzt keinen Anfall bekommen. Es war nur Smog. Nebel. Luft und Wassertröpfchen. Und Dreck. Sie war nirgendwo eingesperrt, sondern im Freien. Sie hörte, wie ihr Atem pfiff und immer schneller wurde. Am liebsten wollte sie den Nebel wegdrücken. Dafür ließ sie Olivers Hand los und streckte beide Arme zu den Seiten aus, schob und schob. Kurz schoss ihr der Gedanke durch den Kopf, dass alles um sie herum verschwunden war: Der Nebel waberte nicht um Menschen und Häuser und Busse und Bäume herum, sondern hatte alles aufgelöst. Rosalind war komplett allein auf der Welt und würde nie wieder etwas anderes berühren.

»Bleib hier.« Oliver erwischte sie an der Taille, bevor sie sich zu weit von ihm entfernen konnte.

»Ich muss hier raus«, sagte sie mit erstickter Stimme. »Ich muss nach Hause.«

Dort würde sie die Fenster geschlossen halten, damit kein Nebel eindringen konnte. Dort war sie sicher.

»Ros«, sagte Oliver besorgt. »Alles in Ordnung?«

»Klaustrophobie«, flüsterte sie.

»Kann ich was tun?«

Sie klammerte sich an seinen Arm und versuchte, ruhiger zu atmen, während ihr der Schweiß den Rücken hinunterlief. Oliver hielt den einen Arm fest um sie gelegt, während sie ihr Gesicht an seine Schulter drückte.

Sie schrie in ihn hinein, in seinen festen, stabilen Körper, ohne dass sie selbst oder sonst jemand etwas davon hörte. Gleich darauf wurde sie von einem Hustenanfall geschüttelt und brauchte eine Weile, um wieder zu Atem zu kommen.

Und doch fühlte sie sich viel leichter. Es war nichts geschehen, gar nichts. Sie standen immer noch hier.

»Das hat geholfen.« Ihre Stimme zitterte. »Aber wir müssen irgendwie weiter, oder?«

Oliver zog sie zwei Schritte nach rechts. »Schau, hier ist

diese Reihe mit Sitzbänken. Ich weiß, wo wir sind. Und die richtige Richtung…« Er hielt kurz inne und bewegte den Kopf hin und her. »Dort. Im Bahnhofsgebäude wird es bestimmt besser. Komm.«

Bevor sie weitergingen, drückte Rosalind seine Hand. Schon bald hatten sie die helle Bahnhofshalle erreicht.

»Du bist ein richtiger Spürhund«, sagte sie erleichtert. Was für eine Ironie, dass sie ihn immer als Welpen verspottet hatte.

Die Halle war nicht vollständig von der Außenwelt abgeschirmt, und vor allem über die Gleise kam der Smog zu ihnen herein, aber es war kein Problem mehr, sich zu orientieren. Es war kurz nach sechs.

»Nimmt Dodd überhaupt den Zug«, fragte Oliver, »wenn er nach London kommt?«

»Ja. Dieser Mistkerl. Erzählt mir, wie schlecht es seiner Frau geht. Und wie toll er meine Kohleforschung fand.«

»Er hat dich richtig eingewickelt.«

»Und du konntest ihn noch nie leiden. Ich dachte, du wärst eifersüchtig. Ich weiß nicht einmal, ob ich wütender auf ihn oder auf mich selbst bin.«

Oliver sah sie aufmerksam an. »Komm, lass uns schauen, ob es eine Verbindung gibt.«

»Bestimmt ist die Luft außerhalb von London viel besser«, sagte Rosalind. »Wir müssen nur rauskommen.«

Der Zug nach Cambridge fuhr ganz regulär, wenn auch langsamer. Vermutlich ließen sich die leuchtenden Signale nur aus nächster Nähe erkennen, und die Zugführer mussten sich auf Funk und Absprachen konzentrieren.

Oliver ließ Rosalind nach wenigen Minuten allein im Abteil, weil er jeden einzelnen Waggon abgehen wollte, um zu schauen, ob Dodd irgendwo saß. Rosalind machte sich unterdessen Sorgen um Naomi. Vielleicht hätte sie besser ins St. Mary's fahren sollen, das Krankenhaus, das von ihren Eltern aus am schnellsten zu erreichen war?

Es dauerte eine Weile, bis Oliver unverrichteter Dinge wiederkam und sich enttäuscht neben sie setzte. »Bestimmt hat er eine frühere Verbindung erwischt. Er hat jede Menge Vorsprung.«

Sie hatten die Stadt hinter sich gelassen, und tatsächlich löste sich der Smog bald auf. Laternen zwinkerten im Dunkeln, ein Teich spiegelte sogar das Mondlicht, und wenn sie an kleinen Bahnhöfen hielten, sahen sie bereits geschmückte Christbäume in den Fenstern.

»Da gibt es so einen Witz«, sagte Oliver. »George Abecassis braust am Abend von der Arbeit nach Hause. Es ist furchtbar neblig, und er orientiert sich an den Lichtern des Wagens vor ihm. Plötzlich hält der an, und Abecassis fährt ihm hinten rein. Wütend steigt er aus und brüllt: ›Warum halten Sie an?‹ Der Mann antwortet: ›Weil ich in meiner eigenen Einfahrt stehe, Sie Idiot.‹«

»Wer ist George Abecassis?«

Oliver schnaufte empört. »Ein Rennfahrer. Kennst du den etwa nicht?«

Rosalind kicherte. »Bei uns ist mein kleiner Bruder Roland der Witzbold der Familie. Was hängt an der Wand, macht tick-tack, und wenn es runterfällt, ist die Uhr kaputt?«

»Wie bitte?« Oliver lachte.

»Oder: Was ist der Unterschied zwischen einem Kanarienvogel? Es gibt keinen. Beide Beine sind gleich lang.«

Oliver schüttelte lachend den Kopf.

»Franklin-Humor.«

Er sah sie nachdenklich an. »Hast du öfter diese Angst?«

»Manchmal. Aber ist es nicht absurd, im Freien Klaustrophobie zu haben?«

»Ich finde es verständlich. Der Nebel war doch wie eine Wand.«

Mit einem Mal war sie furchtbar müde, legte den Kopf gegen das Sitzpolster und schloss die Augen. Oliver konnte sie ruhig beobachten. Er hatte sie an der Hand durch halb London geführt. Bald war sie eingenickt.

Oliver weckte sie sanft. »Wir sind gleich da.«

Sie wischte sich übers Gesicht und setzte sich auf. Im Halbschlaf hatte sie sich an seine Schulter gelehnt. Trotzdem tat der Nacken weh, und sie musste wieder an Naomi denken. Als sie aus dem Zug stiegen, suchte sie am Bahnhof nach einem öffentlichen Fernsprecher.

»Mummy, hier ist Rosalind. Wie geht es Naomi?«

»Wo bist du, Kind? Bist du in Sicherheit? Dieser Nebel …«

»Ich bin in Cambridge. Wie geht es Naomi?«

»Nicht gut, gar nicht gut. Die Ärzte haben eine Meningitis diagnostiziert, eine Hirnhautentzündung.«

»Ist sie in Gefahr? Und was ist mit dem Baby?«

»Sie versuchen alles zu tun, dass sie keine Sepsis entwickelt, aber besonders zuversichtlich klang der Arzt nicht.« Die Stimme ihrer Mutter war rau.

»Was ist mit Antibiotika?«

»Ich weiß es nicht«, sagte ihre Mutter erschöpft. »Kann man die dafür nehmen?«

»Genau für so etwas wurden sie doch entwickelt. Außer, sie kann sie wegen der Schwangerschaft nicht nehmen. Soweit ich weiß, ist das Penicillin von Fleming…«

Ihre Mutter unterbrach sie. »Tante Helen und Onkel Norman sind zum Glück sofort gekommen, aber dann wurden wir alle wegen des Smogs nach Hause geschickt. Warum bist du in Cambridge?«

Rosalind versuchte kurz zusammenzufassen, was geschehen war. »Die Züge fahren auch spät zurück. Ich komme auf jeden Fall heute noch nach Hause.«

»Komm am besten gleich zu uns. Nimm ein Taxi, falls die wieder fahren.«

Rosalind verabschiedete sich hastig. Oliver wartete wenige Meter entfernt. Sie griff nach seiner Hand und zog ihn aus dem Gebäude. Die alte Bahnhofsuhr zeigte treu die Zeit an: kurz vor acht. »Lass uns zum Cavendish gehen. Wenn Dodd da nicht ist, weiß ich, wo Francis Cricks Haus ist. Der kann uns bestimmt sagen, wo Dodd wohnt. Der verdammte Hund. Und dann muss ich wieder nach Hause.«

Sie hetzten zum College, doch der Londoner Ruß schien sich in ihrer Lunge festgebissen zu haben. Manchmal mussten sie stehen bleiben und nach Luft schnappen. Schließlich standen sie vor dem Eingangstor in der Free School Lane. So viele Nobelpreisträger hatten hier studiert, und Henry Dodd musste sie mit seinem Diebstahl alle entweihen.

»Hier rein.« Sie hielt Oliver immer noch an der Hand.

Es war Freitagabend. Wenn Crick und Watson nicht wussten, was Dodd getan hatte, würden sie nicht mehr im Labor sein. Bestimmt saß Crick dann mit Odile und der kleinen Gabrielle auf dem Sofa, und Watson war auf Frauenjagd in einem Pub. Wenn sie es jedoch wussten und ihn sogar beauftragt hatten, Rosalind einzuwickeln und ihr die Fotografie zu stehlen, würden sie jetzt darüber brüten und … ja, was? Gleich das nächste Modell bauen? War es das überhaupt wert?

»Das Labor liegt im zweiten Stock, oder?«, fragte Oliver. »Das weiß ich noch.«

Sie suchten eine Weile herum.

»Warum stehen hier bloß keine Namen an den Türen?«, meinte Oliver verärgert. »Sollen wir einfach mal klopfen?« Er pochte mit den Fingerknöcheln an die nächstgelegene Tür. Niemand öffnete. Er versuchte es an der nächsten und drückte die Klinke herunter. »Verschlossen.«

Schließlich stellte er sich mitten in den Korridor und rief: »Hallo? Jemand hier?«

Stille.

»Dodd hat als Assistent garantiert kein eigenes Labor«, sagte Rosalind. »Vermutlich sitzt er bei Watson und Crick in einer Ecke. Deren Labor, in dem sie uns ihr Modell gezeigt haben, war extrem klein und hatte ein Fenster nach außen.« Rosalind versuchte sich zu erinnern.

Oliver versuchte weiter, eine Tür nach der anderen zu öffnen. Einige waren abgeschlossen, andere nicht, aber keines davon kam ihnen bekannt vor. Und nirgends eine Menschenseele.

»Alle im Wochenende.« Frustriert steckte Oliver den Kopf in den nächsten Raum. »Hier!«

Rosalind drängte sich hinter ihn, und sie stolperten in das Zimmerchen. Oliver fand den Lichtschalter.

»Das ist es«, sagte sie triumphierend.

»Die Pin-ups über Watsons Schreibtisch sind ja auch nicht zu übersehen.«

Die beiden nahmen sich die Schreibtische und Ablageflächen vor. Nirgendwo eine Spur von ihrer Fotografie oder eine Notiz von Henry Dodd.

»Vielleicht hast du dich doch geirrt«, sagte Rosalind.

In dem Moment fiel hinter ihnen die Tür zu, gefolgt von einem Klacken. Oliver sah sie erschrocken an. Von draußen war nichts zu hören. Oliver runzelte die Stirn und ging zur Tür. Drückte die Klinke herunter und rüttelte daran.

»Abgeschlossen.«

»Das kann nicht sein.« Rosalinds Hände fingen an zu zittern. Betont langsam atmete sie durch den Mund aus. »Sie war doch vorhin nicht abgeschlossen. Wir haben sie von außen einfach öffnen können. Das muss von innen auch gehen.«

»Steckte ein Schlüssel?«

»Du meinst, von außen?« Sie schluckte. »Ich weiß nicht mehr.« Sie versuchte ebenfalls, die Klinke herunterzudrücken, aber vergeblich.

»Hallo?«, rief Oliver erneut. »Dodd? Watson?«

Türen fallen nicht einfach so zu, insbesondere nicht an einem Freitagabend, an dem niemand mehr im Institut ist. Anderthalb Stunden entfernt von Naomi, die mit einer Hirnhautentzündung im Krankenhaus lag. Rosalind machte sich

Vorwürfe. Sie hätte niemals wegen dieser blöden Fotografie nach Cambridge fahren sollen.

»Wo steht das Telefon?« Hastig sah sie sich um, wirbelte um die eigene Achse, dass ihr Rock sich bauschte.

Oliver suchte mit, aber sie fanden keins.

»Das kann nicht sein«, meinte Rosalind fassungslos.

»Wir haben im Labor doch auch keins«, wandte Oliver ein. »Wir gehen immer zu Randall zum Telefonieren.«

Sie stöhnte laut und trat ans Fenster. Als sie es öffnete, strömte ihr kalte Luft ins Gesicht. Jetzt erst merkte sie, wie sehr sie schwitzte. Als sie sich vorbeugte, lösten sich ihre Haarnadeln, und sie strich die Strähnen hinters Ohr. Da spürte sie Olivers Hände an ihrer Taille, und vor Schreck wäre sie beinahe nach vorn ins Dunkel gestürzt. Schnell lehnte sie sich wieder etwas zurück. Er nahm seine Hände weg. »Ich wollte nur …«

Sie drehte sich zu ihm um, und er starrte sie wie hypnotisiert an. Was war denn jetzt? Doch wohl nicht, weil sie die Haare offen trug?

Sie drehte sich wieder zum Fenster. »Ich will nur schauen, ob jemand da ist, den wir rufen können.«

Doch die Free School Lane gähnte leer unter ihnen. Gegenüber trennte sie eine Mauer von der Rückseite des Corpus Christi College – Backsteine hinter Backsteinen. Sie tat es Oliver nach und rief: »Hallo? Henry?«

Nichts. Niemand.

Trotzdem musste sie so stehen bleiben. Sie konnte sich nicht umdrehen, denn dann hätte sie wieder den kleinen Raum vor sich gesehen, mit den engen Wänden, der viel zu niedrigen Decke und der verschlossenen Tür.

Hinter sich hörte sie Oliver rumoren.

»Was machst du?«

»Das Schloss knacken.«

»Womit?«

Er hielt inne. »Wie macht das Sherlock Holmes? Mit einer Büroklammer vielleicht?«

»Sherlock Holmes würde es aufdenken. Oder gar nicht erst in so eine Lage kommen.«

»Ach, du weißt, was ich meine. Außerdem bin ich eher Watson, der Assistent. Und du bist Sherlock.«

Er bemühte sich, locker zu klingen, und sie war ihm dafür dankbar. Sie schloss die Augen und spürte die kühle Luft auf den Wangen. Es ging kein Wind, aber ein flüsternder Regen setzte ein, und sie streckte eine Hand aus. Dann strich sie sich durch die Haare und steckte sie wieder fest. Ihre Hände zitterten. Diese Angstattacken waren anstrengend, und es war schon die zweite an diesem Tag.

»Oliver?«

»Ja?«

»Gibt es hier etwas zu trinken?«

Seinen Schritten nach zu urteilen, ging er hin und her. »Eine halb ausgetrunkene Tasse Kaffee mit Lippenstift am Rand?«

Sie verzog den Mund. »Lieber nicht.«

»Ob Watson Lippenstift trägt oder Crick?«

»Welche Farbe?«

»Knallrot, würde ich sagen.«

»Eher Crick. Der hat den Teint dafür.«

Oliver strich ihr über die Schulter. »Geht's?«

»Ja.«

Ihre verkrampfte Lunge brauchte noch ein paar Atemzüge, bis sie es schaffte, sich umzudrehen. Die Deckenlampe verbreitete ihr helles Licht, und Oliver stand sinnierend über einem der Schreibtische.

»Suchst du nach Werkzeug?«

Er nickte. Rosalinds Blick fiel auf die beiden typisch amerikanischen Pin-up-Girls hinter Glas. Die eine saß auf einem Motorrad und schmiegte den nackten Körper und die eng zusammengeschnürten Brüste an das Metall. Ihr Kussmund war knallrot geschminkt, als wäre sie es gewesen, die vorhin noch aus der Kaffeetasse getrunken hatte. Blonde Locken umrahmten ihr Gesicht.

»In Wirklichkeit sieht niemand so aus«, sagte Oliver neben ihr. »Nicht einmal in Kalifornien.«

»Warst du schon mal da?«

»Nein. Aber ich wette mit dir um den ganzen Wilden Westen.«

»Ach, ich finde sie eigentlich ganz hübsch. Und dass sie auf einem Motorrad sitzt, müsste dir doch auch gefallen. Ist das eine Harley?«

Er beugte sich vor. »FL-Serie aus den Vierzigern. Heute schon Kult.«

Rosalinds Hände zitterten schon wieder, und sie ging schnell zurück zum Fenster. Der Regen war in Schnee übergegangen. Es war kalt, aber das Zittern hörte auf.

»Gibt es hier einen Werkzeugkasten?«, fragte sie ins Dunkel. »Die beiden sind doch eifrige Modellbauer.«

Sie hörte es klappern. Oliver schien einen Schrank zu öffnen und stieß wenig später einen triumphierenden Laut aus. »Gefunden.«

Es rumpelte, als er den Kasten nach etwas Passendem durchsuchte. Erneut Stille.

»Ich habe keine Ahnung«, sagte er schließlich, »wie ich das machen soll.«

Sie atmete noch einige Male tief durch und gesellte sich zu ihm. Gemeinsam versuchten sie Verschiedenes – sie hebelten den Beschlag ab, sie versuchten, das Schloss mit purer Gewalt nach außen zu klopfen, doch nichts half. Matt lehnte Rosalind sich gegen die Tür und wischte sich den Schweiß von der Stirn. Bestimmt roch sie wieder furchtbar. Wilkins hätte das Weite gesucht, Oliver jedoch setzte sich neben sie. Was blieb ihm auch anderes übrig?

»Was machen wir jetzt?« Er klang, als hätte er jeglichen Mut verloren. »Hältst du es noch aus?«

Sie merkte, wie stark sie die Zähne aufeinanderdrückte, und schob den Unterkiefer zum Lockern hin und her. »Erzählst du mir noch einen Rennfahrerwitz?«

Oliver sah sie von der Seite an. »Wie wäre es mit dem hier – passt sogar gut zu unserer Situation: George Abecassis und sein Freund stehen neben dem Auto und hantieren mit einem Draht im Schloss herum, weil sie den Schlüssel innen haben stecken lassen. ›Es geht nicht‹, sagt George Abecassis. ›Beeil dich‹, sagt sein Freund, ›es fängt gleich an zu regnen, und das Verdeck ist noch offen.‹«

Rosalind lachte und sah sehnsüchtig hinaus in den fallenden Schnee.

»Ein Polizist sitzt weinend auf einer Mauer«, fuhr Oliver

fort. »Da kommt George Abecassis vorbei und fragt: ›Was haben Sie denn?‹ Der Polizist sagt: ›Mein Hund ist weggelaufen.‹ ›Ach‹, sagt George Abecassis, ›der findet doch sicher allein zurück aufs Revier.‹ ›Ja‹, sagt der Polizist, ›der Hund schon, aber ich nicht.‹«

»Jetzt nimmst du einfach irgendwelche Witze und setzt den armen George Abecassis ein.«

»Erwischt.«

Rosalind schob ihren Arm unter dem von Oliver hindurch. »Danke.«

Sie legte den Kopf an seine Schulter, griff nach seinem Handgelenk und führte ihm den Arm, bis er um ihre Schultern lag. So blieben sie sitzen.

»Kannst du das Licht ausmachen?«, fragte sie. »Dann sieht man den Schnee besser.«

Er hob den anderen Arm und erreichte den Schalter. Im nächsten Moment war das Labor verschwunden.

»Wird es so nicht noch schlimmer?«, fragte er.

»Mal sehen.«

Sie schwiegen.

»Nein, es geht.« Ihr Herzschlag wurde weder schneller noch langsamer. Es war auszuhalten. Oliver drückte sie an sich.

»Meine Cousine hat Meningitis«, sagte Rosalind. »Die Ärzte haben Angst vor einer Blutvergiftung.«

»Jetzt gerade?«

»Ja.« Rosalind schluckte. »Ich hätte in London bleiben sollen. Meine Mutter wusste nicht einmal, ob Naomi Antibiotika bekommt.«

»Sie ist im Krankenhaus?«

»Ja.«

»Dann bestimmt.«

»Ich verstehe das nicht.« Rosalind boxte sich auf das angezogene Knie. »Als hätte meine Mutter sich überhaupt nicht erkundigt, was sie mit ihr machen. Das muss man doch wissen.«

»Wissenschaftler wie wir wollen das wissen, aber deiner Mum reicht ein *Wir kümmern uns* vom Arzt. Oder: *Machen Sie sich keine Sorgen.*«

»Da macht man sich doch erst recht Sorgen.«

»Du schon.«

Rosalind verzog das Gesicht. »Ach, es passt zu ihr. Sie ist einfach noch nicht in den Fünfzigern angekommen. Müssen Frauen wirklich arbeiten? Hosen tragen? Andererseits …« Ihr Herz wurde weicher. »Andererseits tut sie so viel Gutes für so viele Leute. Sie hat Naomi, ohne nachzudenken, bei sich aufgenommen.«

»Wieso?«

»Na, du weißt schon … Sie ist unverheiratet schwanger geworden. Mit ihr waren wir doch bei deiner Halbschwester in der Klinik. Der Vater des Kindes drückt sich um jede Verantwortung. Und sie ist erst siebzehn. Jetzt wohnt sie bei meinen Eltern.«

Oliver brummte. »Scheint mir ziemlich in Ordnung zu sein, deine Mutter.«

»Ja, du hast recht. Ich bin nicht sehr geduldig mit ihr. Oder mit sonst irgendjemandem.«

»Mit deinem Doktoranden auch nicht«, bemerkte er, und sie hörte seiner Stimme an, dass er dabei lächelte.

»Tut mir leid«, sagte sie leise.

»Schon gut.« Er atmete tief ein und langsam wieder aus. »Ich verstehe ja, dass du aus dem King's wegwillst. Ich werde dich nur so vermissen.«

Sein Arm um ihre Schultern wurde schwerer, als wollte er sie davon abhalten aufzuspringen – das erwartete er wohl inzwischen, wenn er ihr etwas Nettes sagte.

Rosalind war zu erschöpft.

Außerdem würde ohne seinen Arm die Panik zurückkehren. Er tat ihr gut. Das war ein so klarer, logischer Gedanke, dass sie ihn nicht wegschob.

»Ich werde dich auch vermissen«, flüsterte sie.

Sie würde ihn in der Tat vermissen, diesen sechs Jahre jüngeren Mann mit seiner blonden Tolle und den Welpenaugen, seiner Liebe für Bittermints und seinem vielleicht nicht genialen, doch hellwachen Geist, der mit ihr bereits viele Theorien und Versuchsaufbauten durchdacht hatte. Der ihr DNA-Material inzwischen auch nicht mehr B-Form, sondern Rudy nannte. Der Charlie Chaplin genauso verehrte wie sie. Der Verständnis für ihre Klaustrophobie hatte und sich nicht darüber lustig machte. Der sogar ihre Schwärmerei für Jacques verstanden und sich nicht einmal darüber lustig gemacht hatte. Das kam ihr so lange her vor.

Was war so schlimm daran, seine Hand zu halten oder seinen Arm um sich zu spüren? Es tat gut, berührt zu werden. Es erdete sie.

Sie blieben reglos sitzen. Er atmete flach, als lauschte er.

»Hörst du was?«, fragte sie.

»Was? Nein.«

Rosalind schaute wieder den tanzenden Schneeflocken zu.

Es war seltsam, dass ihr Herz ruhiger wurde, obwohl sie sich eben endgültig eingestanden hatte, dass sie sich in Oliver verliebt hatte. Warum fingen die Schmetterlinge nicht an zu tanzen? Warum wurde sie nicht nervös wie sonst, wenn ihr ein Mann zu nahe kam?

Vielleicht lag es daran, dass er eben nicht *zu* nah war.

Sie blieben nebeneinander sitzen.

Bis er sie an sich zog. Nur einen Millimeter oder zwei.

Rosalind drehte sich zu ihm, und er wendete sich in ihre Richtung, sodass ihre Knie aneinanderstießen. Er lachte nervös. Rosalind hob die Hand und legte sie an seine Wange. Sie spürte Bartstoppeln und darüber weiche Haut, Wärme und an der Fingerspitze des Zeigefingers seine Wimpern, als er die Augen schloss.

Ihre Lippen fanden sich im Dunkeln.

Er drängte sie zu nichts. Sie küssten sich, und jeder Kuss dauerte eine halbe Ewigkeit. Er flüsterte ihr Dinge ins Ohr, all die Komplimente, die sie ihn bislang nie hatte aussprechen lassen. Sie ließ ihn jede einzelne Haarnadel suchen und herausziehen, bis ihr die weichen Wellen über die Schultern fielen. Sie küssten sich erneut, bis sie meinte, keine Luft mehr zu bekommen. Er lachte glücklich und küsste sie am Hals. Ein angenehmes Kribbeln fuhr ihr über die Haut. Noch nie hatten Hände sie so berührt, so festgehalten. Sie musste nicht vor ihnen wegrennen. Und sobald der Raum um sie herum erneut kleiner zu werden drohte und sobald die Wände wisperten, sie würden gleich einstürzen, legte sie sich einfach wieder einen von Olivers Armen um die Schultern. Er kramte noch einen Rennfahrerwitz aus dem Gedächtnis und noch einen.

»Ich bin so durstig«, sagte sie irgendwann. »Ich glaube, ich würde sogar den kalten Kaffee trinken.«

Oliver schaltete das Licht ein, um die Tasse zu holen und eine Stelle auszumachen, an der kein Lippenstift war.

»Schau mal, dahinten in der Ecke ist ein Waschbecken«, sagte er plötzlich. »Ist frisches Wasser nicht vielleicht besser als kalter Kaffee?«

Sie kicherte. »Das habe ich nicht gesehen. Ich kann nichts dafür, das ist diese verdammte Klaustrophobie. Warte nur ab, gleich fällt mir noch auf, dass es eine zweite Tür gibt.«

Schnell sahen sie sich um.

»Nein.«

»Schade.«

Rosalind stand auf und ging zum Fenster. Der Himmel war mit Schneewolken überzogen. Eine Schicht Weiß war auf allen Oberflächen liegen geblieben und reflektierte das schwache Morgenlicht.

Wie es wohl Naomi ging? Rosalind brauchte unbedingt einen Fernsprecher. Nervös sah sie an der Hauswand nach unten.

»Da würde man sich die Beine brechen«, murmelte sie.

Sie sah zur Seite und an der Mauer hinunter. Kein Gebäude in Cambridge kam ohne Türmchen, Erker und Verzierungen aus, und auch hier gab es an den Fenstern im ersten Stock steinerne Schnörkel.

»Wenn Ursula hier wäre…«

»Was dann?«, fragte Oliver hinter ihr. Wieder griff er nach ihrer Taille, und dieses Mal ließ er nicht mehr los.

»Wir sind inzwischen Profis im Abseilen. Bestimmt könnten wir uns da runterlassen.«

Oliver schob sie sanft zur Seite und blickte nach unten. »Viel zu gefährlich.«

Sie schnaufte. »Wenn du wüsstest.«

Zum wiederholten Mal sah sie sich im Raum um, der so klein war, aber vielleicht doch noch irgendwo eine Überraschung bereithielt. Leider war kein Seil zu sehen. Sie öffnete den Schrank, in dem Oliver den Werkzeugkasten gefunden hatte. Auch dort gab es nichts.

Nachdenklich kaute sie an einem Nagelhäutchen herum.

Oliver versuchte unterdessen noch einmal, mit verschiedenen Werkzeugen am Schloss herumzuhantieren. Mit einem Mal hatte er die Klinke in der Hand und steckte sie mit einem Räuspern rasch wieder auf.

Rosalind zog ihren eigenen Mantel aus und befreite Oliver von seinem. An einer Stehgarderobe in der Ecke hingen drei verknitterte, nicht besonders saubere Kittel, die noch von den Vorgängern sein mussten. Rosalind traute weder Watson noch Crick zu, dass sie welche trugen, auch nicht, wenn sie ausnahmsweise selbst einen wissenschaftlichen Versuch machten, statt sich die Daten anderer Leute zusammenzusuchen.

»Was hast du vor?« Oliver zog frierend die Schultern hoch.

Energisch knotete Rosalind die Ärmel der fünf Kleidungsstücke aneinander.

»Das meinst du nicht ernst«, sagte Oliver verblüfft.

»Doch. Bis in den ersten Stock. Von da aus kann ich im Notfall springen. Du musst nur gut festhalten.«

»Ros… Nein.«

Sie war fertig und reichte ihm ein Ende. »Hier. Zieh bitte noch einmal ordentlich fest.«

»Das ist viel zu gefährlich.«

Sie stellte sich auf Zehenspitzen und küsste ihn lang und entschieden. »Ich kann das.«

Er erwiderte nichts mehr, sondern folgte ihr zum Fenster. Sie konnte es kaum erwarten, aus diesem engen Raum hinauszukommen, hob den Saum des Rocks an und steckte ihn an mehreren Stellen von innen unter den Gürtel, sodass sie mehr Beinfreiheit hatte. Dann kletterte sie auf das Fensterbrett. Oliver hielt sie an den Armen fest, aber sie hatte keine Angst. Sie konnte klettern. Das hier war nichts anderes als ein Berg. Nichts anderes als der Aiguille Pers, auf dem sie mit Ursula den Gletscher überquert hatte.

»Lass das Seil herunter. Und wickle dir das Ende mit meinem Mantelärmel um die Hände. Der ist stabil.«

Oliver lachte nervös, schüttelte den Kopf und tat, wie ihm geheißen. Sie setzte sich auf den Rand und zog die Schuhe aus. In Strümpfen würde sie einen besseren Halt an der Mauer haben. Sie atmete tief durch. Nicht vor Angst, sondern vor Freude. Was für eine großartige Nacht und was für ein großartiger Morgen, an dem sie sich in Cambridge von einem Gebäude abseilte, hinaus in den Schnee. Ihre Armmuskeln nahmen die Arbeit auf, ihre Hände umklammerten das merkwürdige Seil aus Laborkitteln, waren sich ihres Könnens aber so sicher, dass sie nicht verkrampften.

Fuß um Fuß ließ Rosalind sich an der Mauer hinab. Schon war sie über den Mauervorsprung in der ersten Etage hinaus und erkannte zwischen ihren Händen Olivers Mantel, den sie ans Ende geknotet hatte. Noch einen Meter tiefer. Sie hielt inne und blickte nach unten.

»Ich springe jetzt!«, rief sie.

»Alles klar!«, rief Oliver. Er vertraute ihr. Das gab ihr noch ein Quäntchen Mut. Und dann stand sie im Schnee. Ihre Fußsohlen spürten die nasse Kälte wenige Sekunden später, und sie quietschte vor Freude auf.

»Ist es gut gegangen?«, rief Oliver.

»Ja! Nichts passiert. Kannst du mir meine Schuhe runterwerfen? Zieh das Seil wieder rauf, behalte deinen Mantel, aber wirf mir meinen runter.«

Wenig später lag alles neben ihr im Schnee. Sie zog sich an und hüpfte ein paarmal auf und ab, damit ihr warm wurde.

»Ich komm dich holen!«, rief sie und lief los, dicht am Haus entlang. Doch die unberührte Schneedecke auf der Straße war zu verlockend. Sie rannte mit ausgestreckten Armen mehrmals im Kreis und hörte Oliver von oben lachen.

Ihr Atem war in kurzen, schnaufenden Wölkchen vor ihrem Gesicht zu sehen. Sie lief zum Eingang, eilte die Treppen hoch und musste sich erneut orientieren, bis sie den richtigen Gang gefunden hatte. Das ganze Cavendish war vollkommen verlassen.

»Oliver?«, rief sie.

»Hier.« Er klopfte von innen an eine Tür.

Dort steckte ein Schlüssel im Schloss.

Ein verdammter Schlüssel. Er klemmte nicht, quietschte nicht, sondern ließ sich drehen.

Da stand Oliver, in seinen Mantel gehüllt. Sie nahm seine

Hand und zog ihn schnell aus dem verhassten Raum, den sie nie wieder in ihrem Leben betreten wollte.

»Komm. Ich muss nach Hause.«

»Was ist mit dem Foto?«

Verdammt.

»Ich muss nach Hause.« Plötzlich stiegen ihr Tränen in die Augen. »Ich muss wissen, was mit Naomi ist.«

Er legte ihr die Hände an die Wangen. »Beschreib mir nur kurz, wo Francis Crick wohnt. Ich werde ihn fragen.«

Sie zog ihn dankbar mit sich. »Wir kommen auf dem Weg zum Bahnhof fast dran vorbei.«

An der Straßenecke, an der sie sich trennen mussten, blieben sie kurz stehen und küssten sich. Rosalind lief weiter. Trotz der Sorge um ihre Cousine mit einem Lächeln im Gesicht. Sie küsste einen Mann. Mitten auf der Straße. Sie war einunddreißig und hatte endlich einen Mann geküsst.

Am Bahnhof sah sie, dass der nächste Zug in fünfzehn Minuten ging. Schnell warf sie eine Münze in den Fernsprecher, aber wieder nahm bei ihren Eltern niemand ab. Ob sie im Krankenhaus waren? Sie versuchte es bei Tante Helen. Auch dort meldete sich niemand.

Besorgt sprang sie in den Zug und bezahlte ihr Ticket beim Schaffner. Am liebsten wäre sie gleich neben dem Ausgang stehen geblieben, aber er bat sie, sich in ein Abteil zu setzen. Unter der Woche musste dieser Zug voll sein, mit all den nach London pendelnden Menschen, aber es war Samstag, es hatte geschneit und war düster, sodass sie das Abteil für sich hatte und auch auf dem Gang kaum jemanden sah.

In ihrem Kopf kreisten die Gedanken. Wer hatte sie ins

Labor eingeschlossen? Dass jemand die Tür bewusst abgesperrt hatte, war klar, denn kein Schlüssel drehte sich von selbst im Schloss. Es konnte auch kein Versehen sein, denn sie hatten sich relativ laut unterhalten, ehe die Tür zugegangen war. Und angenommen, es war Henry Dodd gewesen, warum sollte er überhaupt die Fotografie gestohlen haben? Was hatte er damit vor? Sie war zwar ganz interessant, würde ihm aber definitiv keinen Nobelpreis bescheren.

Als sie sich London näherten, kehrte der Smog zurück. Erste Nebelstränge zogen am Fenster vorbei, und sie fürchtete sich vor dem, was sie erwartete. Sie dachte an Olivers Arm um ihre Schultern, schwer und sicher. Das würde sie sich weiter vorstellen: Schwer und sicher. Schwer und sicher.

Endlich hielt der Zug an der London Bridge Station. Sie knöpfte ihren Mantel zu und trat hinaus auf den Bahnsteig. Mit festem Schritt entschied sie sich, gar nicht erst nach draußen zu gehen, sondern die *Tube* zu nehmen, die am zuverlässigsten fahren würde.

Sie quetschte sich mit viel zu vielen anderen Menschen in den Wagen. Schwer und sicher lag Olivers Arm um ihre Schultern, schwer und sicher. Es tat gut, sich vorzustellen, wie er neben ihr stand. Sie stieg um und schaffte es auch im zweiten Zug, den Angstanfall zu unterdrücken. Schwer und sicher. An ihrer Station angekommen, stieg sie die vielen Stufen hinauf ans Tageslicht. Es war düster und der Gestank beißend, dabei lebten ihre Eltern in einer guten Gegend ohne Fabrikschornsteine, aber die Kamine und Heizungen der Wohnhäuser waren schlimm genug. Rosalind hustete. Die Sicht war besser als in der Innenstadt. Sie sah alles, wenn auch durch tränende Augen.

Auf den letzten Metern kramte sie nach dem Schlüsselbund in der Tasche, fand ihn, öffnete die Tür und schloss sie schnell wieder hinter sich. Die Lampe im Flur brannte.

»Mummy? Dad?«

Jenifer kam ihr mit geröteten Augen entgegen.

»Was ist mit Naomi?«

Ihr Schwester wischte sich mit einem Taschentuch durchs Gesicht und ließ die Schultern hängen. »Sie haben sie nicht retten können.«

In Rosalind krampfte sich alles zusammen.

»Und das Baby auch nicht.«

17

[Poliomyelitis] *Eine hochinfektiöse Viruskrankheit, die zur Lähmung von Armen, Beinen und Atemmuskulatur führen kann. Auch Kinderlähmung genannt.*

Chepstow Villas, London, Dezember 1952

Es dauerte noch drei Tage, bis sich der Smog aus London wieder verzogen hatte. Zeitungen und Fernsehen berichteten von Tausenden Toten. Insbesondere im East End waren viele Fälle zu beklagen. Miss Kellers Mitbewohnerin rief im Labor an und gab Bescheid, dass Miss Keller mit einer leichten Schwefeldioxid-Vergiftung im Krankenhaus sei, aber auf dem Weg der Besserung, während ihre Mutter an der Vergiftung gestorben sei.

Randall ordnete an, sie sollten alle daheim bleiben, solange die Luft nicht besser wurde.

Rosalind hätte sich lieber in ihre Arbeit vertieft, aber die Familie brauchte sie daheim. Tante Helen und Onkel Norman wurden von Verwandtenbesuchen überhäuft und empfingen das mitgebrachte Essen mit mühsam gefassten Mienen. Rosalind blieb jeden Tag bis zum Abend, scheuchte die Letzten mit leisen, dankbaren Worten aus dem Haus und verabschiedete sich selbst, damit die sonst so tatkräftige Tante Helen ihren Gefühlen freien Lauf lassen konnte. Einmal war Rosalind nicht schnell genug und hörte die harten Schluchzer, die erst Tante Helen und dann Onkel Norman durchschüttelten. Sie musste eine Weile auf den Eingangsstufen stehen und abwarten, bis sie selbst sich wieder gefangen hatte.

An einem Abend fuhr sie danach auf direktem Wege in die Universitätsbibliothek. Mittlerweile hatte sie erfahren, dass Naomis Hirnhautentzündung die Folge einer Polio-Infektion gewesen war. Sie bestellte sich alles an Fachliteratur, was sie im Katalog finden konnte. Poliomyelitis war eine von Viren hervorgerufene und durch Schmier- oder Tröpfcheninfektion verbreitete Krankheit, die auf der ganzen Welt gefürchtet wurde, wenn sie sich wieder einmal in Wellen ausbreitete. Die Wissenschaft arbeitete an Impfstoffen, aber noch hatte niemand etwas Effektives gefunden. Die Krankheit befiel am häufigsten junge Menschen, deren Gliedmaßen verkümmerten, daher auch der synonym verwendete Begriff Kinderlähmung, aber die Infektion konnte eben auch zu einer Meningitis führen.

Sie wischte sich die Tränen aus dem Gesicht. Wie schön es wäre, wenn Naomi plötzlich hinter ihr stünde. Hey, Ros, würde sie sagen, hör doch auf zu lesen und komm mit mir raus. Machst du mir einen Kaffee?

Rosalind stand auf und fuhr zu Oliver. Er wohnte in einem Dachzimmer in Bloomsbury, und seit ihrer ungewöhnlichen Nacht in Cambridge stieg sie jeden Abend die vielen Stufen zu ihm hinauf.

Sie schwankte zwischen Trauer und einer Wut, die sich

kaum bändigen ließ. Wenn Henry Dodd sie nicht bestohlen hätte, dann hätte Rosalind sich von Naomi verabschieden können. So war ihre Cousine einfach verschwunden, wie ausgelöscht.

Oliver hatte ihr am ersten Abend geöffnet und sie in den Arm genommen, aber Rosalind hatte sich gleich von ihm befreit, sich entschuldigt und auf eine Stuhlkante gesetzt, während er sich auf dem Bett niederließ. Ein Sofa besaß er nicht.

»Was hast du in Cambridge noch herausgefunden?«, hatte sie mit kratziger Stimme gefragt.

Er habe an Cricks grüne Tür geklopft, erzählte Oliver, viel zu früh am Tag für einen Höflichkeitsbesuch, aber glücklicherweise seien Francis und Odile wegen des Kindes wach gewesen.

»Ich habe ihnen ganz kurz erzählt, was passiert ist, auch von deinen Abseilkünsten – und dann habe ich dein Foto 51 auf dem Tisch entdeckt, wo es zwischen dreckigen Tellern und einem Aschenbecher lag. ›Wo haben Sie das her?‹, habe ich Crick gefragt, und er meinte, Dodd sei am späten Nachmittag des Vortages vorbeigekommen, um es ihm zu zeigen.«

»Hatte er Dodd nach London geschickt?«

»Das habe ich ihn auch gefragt, aber er hat es gleich empört von sich gewiesen. Dodd hat behauptet, du hättest ihm die Fotografie mitgegeben, damit Crick und Watson sie sich anschauen.«

Rosalind war empört aufgesprungen. »Das ist doch gelogen!«

Er hatte nach ihrer Hand gegriffen, und sie hatte es zugelassen. »Das weiß ich.«

Sie hatte sich auf seinen Schoß gesetzt. Oliver war warm und kräftig. Zuverlässig.

»Watson hat es sich gleich Freitagabend noch angesehen, bevor sie in den Pub sind. Crick will unbedingt mit dir sprechen. Du sollst ihn anrufen, sagt er.«

»War er begeistert?«

Oliver hatte einen Mundwinkel hochgezogen. »Ich glaube, er hat sich sehr zurückgehalten, um nicht zu zeigen, wie sehr. Watson hätte, wenn er da gewesen wäre, einen Siegestanz aufgeführt. Willst du Randall Bescheid geben, damit er sich mit Bragg in Verbindung setzt und die beiden noch einmal zurückruft?«

»Eigentlich nicht. Ist mir egal.«

Er hatte ihr über den Rücken gestrichen. »Wilkins habe ich aber davon erzählt. Das war doch richtig, oder?«

»Ist mir auch egal.«

»Willst du schlafen?«

Und so waren sie seitdem jeden Abend in seinem schmalen Bett eng umschlungen eingeschlafen. Manchmal weinte sie, manchmal küssten sie sich, aber mehr passierte nicht.

Am Donnerstag war die Beerdigung, viel zu spät nach jüdischem Brauch, aber das Krankenhaus hatte Naomis Leichnam nicht früher freigegeben, aus Infektionsschutzgründen und weil die Klinik wegen der vielen Smogkranken heillos überlastet war. Die Franklins waren nicht so gläubig, dass sie gleich das Schlimmste für ihre Verstorbene befürchteten, dennoch nahm die Begräbnisfeier die ganze Familie mit.

»Ein so junger Mensch sollte nicht sterben«, sagte Rosalinds Vater auf dem Weg zum Highgate Cemetery. »Das ist nicht die richtige Reihenfolge.«

Onkel Norman mit seinen politischen Verbindungen hatte im jüdischen Teil des Nordlondoner Friedhofs einen Platz für seine Tochter gefunden. Schöner konnte man nicht zur ewigen Ruhe gebettet werden, dachte Rosalind, während sie mit ihrem Vater eingehakt zum Grab schritt. Ihre Mutter mit Hut und schwarzem Schleier ging auf Dads anderer Seite, gefolgt von den Geschwistern Jenifer, Roland, Colin und David mit Myrtle. Sie alle sahen sich nach Liam um und waren froh, ihn nirgendwo zu entdecken. Vermutlich wäre er von der ganzen Familie in Streifen und Fetzen gerissen worden.

Der Friedhof war schon über hundert Jahre alt. Im Winter wirkte alles wie erstarrt, aber in den wärmeren Jahreszeiten war hier alles von Vogelgezwitscher und sanftgrünem Laub umhüllt. Ein Eichelhäher schnarrte in einer Tanne und flog blau aufblitzend davon. Der Himmel hingegen hatte seine Farbe nach dem hartnäckigen Nebel noch nicht wiedergefunden.

Der Sarg wurde in das Grab gelassen, und alle Anwesenden ließen drei Schaufeln Erde hinab. *Denn du bist Erde und sollst zu Erde werden.* Rosalind zögerte. Sie konnte doch ihr Cousinchen nicht mit Dreck bewerfen. Lag sie wirklich dort unten, mit ihrer ungeborenen Deborah? Und wenn nicht, wo war sie dann?

»Denn du bist Erde und sollst zu Erde werden«, murmelte auch sie. Ursula folgte ihr, und als sie sich wieder zwischen ihre Familien stellten, nahmen sie sich an der Hand und hielten sich fest, während der Rabbi einen Psalm und das Kaddisch sprach.

Am nächsten Tag ging Rosalind zum ersten Mal wieder ins Labor. Kurz darauf klopfte Wilkins und sprach sein Beileid aus. Wie immer gelang es ihm nicht, ihr dabei in die Augen zu sehen, aber das war in Ordnung. Mehr hätte sie gar nicht ausgehalten.

»Danke«, sagte sie schlicht. »Gibt es hier eigentlich jemanden, der am Poliovirus forscht?«

»Am King's nicht, soweit ich weiß«, antwortete Wilkins. »Aber fragen Sie doch mal Dr. Hanson, die Biologin. Sie könnte mehr darüber wissen.«

»Das mache ich. Wollen wir versuchen, die Kollegen in Cambridge zu erreichen?«

Oliver folgte ihnen ins Büro von Randall, der gleich bei Rosalinds Ankunft kondoliert hatte und zu einem Meeting davongeeilt war. Sein Rasierwasser, das er nie besonders spärlich einsetzte, hing noch im Raum. Wilkins setzte sich hinter den schweren Schreibtisch und zog den Lehnstuhl näher ans Telefon. Er fühlte sich sichtlich unwohl an dem Platz, auf dem sonst sein Chef saß.

»Bragg ist übrigens nicht da«, sagte Wilkins. »Wir werden also das Vergnügen mit Crick und Watson haben. Und Henry Dodd, falls er sich traut.«

Er wählte die Nummer des Cavendish Laboratory.

Eine scheppernde Stimme meldete sich. »Hier James Watson.«

»Maurice Wilkins am Apparat.«

»Wilkins, alte Kanone!«

»Dr. Franklin und Oliver Raymond sitzen neben mir. Aber dich muss ich wohl kaum bitten, lauter zu sprechen.«

Cricks Lachen schallte durch die Leitung. »Hören Sie, Dr. Franklin, das ist eine ganz außergewöhnlich gute Aufnahme. Sie hat uns zugegebenermaßen auf etwas seltsamem Weg erreicht, aber …«

So egal es ihr in den letzten Tagen noch gewesen war – inzwischen war ihre Wut auf Henry Dodd wieder angefacht worden.

Sie unterbrach Crick mitten im Satz. »Dodd hat Ihnen die Fotografie also einfach vorbeigebracht?«

»Ja, er stand da und hat sie aus seiner Aktentasche gezogen und gesagt, Sie, Dr. Franklin, hätten sie ihm gegeben. Sie hätten kein Interesse daran.«

»Das ist von Grund auf falsch und gelogen«, sagte sie laut.

»Tja, das müssen Sie mit dem guten Henry ausmachen«, warf Watson ein.

»Warum ist er jetzt nicht bei Ihnen? Sollten Sie ihn nicht dazurufen?«

Kurz herrschte Schweigen. Oliver zog die Augenbrauen hoch. Er schien einen sechsten Sinn zu haben.

»Henry«, sagte Rosalind. »Wenn du jetzt da hinter den beiden stehst und zuhörst, bist du ein verdammter Feigling. Kannst du deine Lügen wenigstens vor uns und Dr. Wilkins wiederholen?«

»Hören Sie, Rosy«, rief Watson, »das ist doch gar nicht so wichtig. Dodd würde sich bestimmt entschuldigen, wenn er hier wäre. Das war wohl alles ein Missverständnis.«

Rosalind haute auf den Tisch. »Er hat die Aufnahme gestohlen.«

»Wo wir gerade davon sprechen …« Watson blieb beharrlich gut gelaunt. »Francis und ich würden uns gern noch einmal an einem Modell versuchen. Es ist ja offensichtlich, dass die DNA eine Doppelhelix ist …«

»Nein.« Rosalind stand auf. Das sahen die Kollegen in Cambridge nicht, doch ihr Ärger würde sich auf ihre Stimme übertragen. »Nein. Ich verbiete es Ihnen. Ich werde mit Randall sprechen, und Sie alle werden herkommen, zusammen mit Sir Lawrence. Und du auch, Henry.«

Sie nahm Wilkins den Telefonhörer aus der Hand und knallte ihn auf die Gabel.

18

[George Birkbeck] *1776–1841. Britischer Arzt, Akademiker, Philanthrop und Pionier der Erwachsenenbildung. Er gründete 1823 das London Mechanics' Institute, das 1907 in Birkbeck College umbenannt wurde.*

Chepstow Villas, London, Dezember 1952

Seit Naomis Tod träumte Rosalind ständig davon, wie sie selbst in einem Sarg lag, lebendig begraben, oder wie sie ein Klopfen von tief unten hörte, das von Naomi stammte. Schwer humpelnde, mit Polio infizierte Kinder kamen auf der Straße auf sie zu, die verkümmerten Arme und Hände ausgestreckt, alle mit Naomis Mädchengesicht. Sie wachte jedes Mal schreiend auf.

Am Samstag fuhr sie erneut mit Ursula zu Tante Helen und kam gerade rechtzeitig, um ihrem Vater vom Boden aufzuhelfen. Eigentlich befolgten die Franklins die Tradition des Schiwasitzens nicht mehr so streng, aber es war auch sieben Tage nach Naomis Tod immer noch jemand von der Familie im Haus, und das Personal hatte die Spiegel abgedeckt.

Ihr Vater stöhnte leise. »Bin ich so alt, dass mir das Aufstehen so schwerfallen kann?«

Rosalind gab ihm einen liebevollen Kuss auf die Wange. Er verabschiedete sich von Tante Helen und ging mit Onkel Norman hinaus ins Foyer, wo sie noch eine Zigarre paffen wollten. Tante Helen streckte beide Hände aus, und Rosalind und Ursula setzten sich links und rechts neben sie auf das feine Sofa.

»Wie geht es dir, liebe Tante?« Ursula schlug die langen Beine übereinander.

In Tante Helens Augen schwammen Tränen. »Ich weiß gar nicht, womit ich es überhaupt verdient habe, dass ihr mich noch besuchen kommt.«

»Das muss man sich doch nicht verdienen«, sagte Ursula entsetzt.

Natürlich wussten sie, wovon die Tante sprach: dass sie ihre Tochter wegen ihrer Schwangerschaft verstoßen hatte.

»Vielleicht würde sie noch leben, wenn wir sie hierbehalten hätten«, sagte Tante Helen.

»Man weiß doch überhaupt nicht, wo sie sich angesteckt hat«, erwiderte Ursula.

Nein, man konnte Onkel Norman und Tante Helen nicht die Schuld an Naomis Tod geben. Und dennoch … Sie wäre in den letzten Monaten so viel glücklicher gewesen, wenn ihre Eltern die Entscheidung, das Kind zu bekommen, gutgeheißen und sie unterstützt hätten.

»Wenn es ein Mädchen geworden wäre«, sagte Rosalind, »hätte sie es Deborah genannt.«

Tante Helen schluchzte auf. »Wie ihr Püppchen.«

»Deborah Muriel Rosalind«, fuhr Rosalind fort, ließ Tante Helens Hand los, stand auf und verließ den Salon.

Sie hörte, wie Tante Helen weinte und Ursula sie murmelnd beruhigte, aber ging nicht zurück. Leise zog sie die Haustür hinter sich zu und presste sich die Fingernägel in die Handballen, bis es wehtat.

Natürlich war ihr eigener Schmerz nicht weniger geworden, indem sie ihrer Tante zusätzliche Pein zufügte, natürlich nicht.

Und doch hatte sie sich in diesem Moment genau das erhofft. Sie hatte das Messer in der Wunde noch einmal umdrehen müssen: *Du* hast dich nicht um sie gekümmert. *Wir* haben das getan. Nach *uns* wollte sie die Kleine nennen.

Den Sonntag verbrachte Rosalind im Bett mit der Decke über dem Kopf. Sie aß nichts und wollte niemanden sehen.

Am Montag stand das Gespräch mit Crick, Watson, Sir Lawrence Bragg und Dodd an. Sie würden nach London kommen. Rosalind wollte Dodd nicht sehen – und ihn doch gleichzeitig vor sich haben, um ihn zu zerfleischen. Er trug zwar keine Schuld an Naomis Tod, aber daran, dass Rosalind sie nicht noch einmal hatte sehen können.

John Randall wollte die ganze Bande in seinem Büro empfangen, doch Rosalind bat darum, sich in einem Seminarraum im Erdgeschoss zusammenzusetzen. Sie sehnte sich nach Tageslicht und Fenstern, die sich trotz der Kälte weit öffnen ließen. Am besten wäre es gewesen, sie hätten sich ins Freie gestellt, aber das hätte für die verweichlichten Männer der Spezies *Homo laborensis* den sicheren Tod durch Erfrieren bedeutet.

Bevor die Cambridger ankamen, entdeckte Rosalind beim

Überqueren des Innenhofs plötzlich Miss Keller, die sie seit ihrer Smogvergiftung nicht mehr gesehen hatte. Langsam ging sie den überdachten Gang entlang.

Rosalind eilte auf sie zu. »Geht es Ihnen besser?«

Miss Keller lächelte müde, und Rosalind nahm sie spontan in den Arm. Sie war dünn wie ein Vögelchen, die Schultern hingen herab wie schlaffe Flügel, und doch schien ihr die Berührung gutzutun.

»Es tut mir so leid um Ihre Mutter«, flüsterte Rosalind und strich ihrer Kollegin über die Wange. »So leid.«

»Danke.« Miss Keller schluckte und räusperte sich. »Ich darf noch nicht viel sprechen. Aber Wilkins hat Bescheid gesagt. Ich wollte da sein.«

Rosalind umarmte sie noch einmal. »Ich kann Verstärkung gut gebrauchen. Es tut mir leid, dass ich mich nicht gemeldet habe.«

»Ich hab von Ihrer Cousine gehört. Wie geht's Ihnen?«

In diesem Moment kam Oliver auf sie zu. Auch er sprach sein Beileid aus, und Miss Keller drückte ihm die Hand.

In der Ferne hörten sie Cricks lautes, bellendes Lachen. Diese Nervensäge.

Sie gingen hinüber zum reservierten Seminarraum. Randall stand neben dem weißhaarigen Bragg, der wegen seines lauten Kollegen wieder einmal die Augen verdrehte. Watson hampelte herum, Crick sprach mit Wilkins. Und da war Henry Dodd. Rosalind sah ihn aus schmalen Augen an, aber er versuchte, unbeteiligt in alle möglichen Richtungen zu schauen, nur nicht zu ihr.

Im letzten Moment kam noch Freda Ticehurst aus dem

Fotolabor dazu, mit einer Mullbinde um die Hand. Sie habe sich ein wenig die Haut verätzt, sagte sie, aber gar nicht schlimm.

Kurz nahm sie Rosalind zur Seite. »Bleib ruhig, meine Liebe. Uns Frauen hört man nicht zu, wenn wir hysterisch sind.«

»Ich war noch nie in meinem Leben hysterisch.«

Freda lachte sarkastisch. »Keine Frau war jemals in ihrem Leben hysterisch. Das hindert die Männer aber nicht daran, es zu behaupten.«

Rosalind schüttelte verärgert den Kopf.

Alle setzten sich um den großen Tisch in der Raummitte. Rosalind versuchte, einen Platz möglichst nahe am Ausgang zu finden, und hatte plötzlich das Gefühl, als einsame Angeklagte einer ganzen Reihe von Richtern gegenüberzusitzen. Olivers Platz war weit entfernt, und sie sah ihn verwundert an. Er schüttelte hilflos den Kopf, offenbar war er von den anderen weggedrängt worden. Sein Welpenblick war wieder da.

»Nun denn«, sagte Randall, »erzählen Sie doch einmal, Dr. Franklin.«

Rosalind legte die Hände auf den Tisch und entschied sich dann doch aufzustehen. »Letzte Woche Freitag war Henry Dodd bei uns im Büro zu Besuch, früh am Morgen. Ich hatte mich umgedreht, um das Fenster zuzumachen. Sie wissen ja bestimmt noch, wie schlecht die Luft draußen war.«

Randall und Freda nickten.

»War das wirklich so eine Suppe?«, fragte Watson.

»Dicker als Suppe«, sagte Randall.

»Eintopf?«

Randall lachte. »Ein richtig dicker, guter Erbseneintopf, allerdings deutlich ungesünder.«

Rosalind räusperte sich. »Jedenfalls …« Sie wartete, bis alle Blicke sich wieder auf sie richteten. »Ich war dabei, das Fenster zuzumachen, als Oliver Raymond hereinkam. Er fragte Mr Dodd, was er denn da gerade eingesteckt habe, und Dodd meinte, er wisse nicht, wovon er rede.«

»Was haben Sie denn geglaubt, Raymond?«, fragte Randall.

»Ich habe es nicht genau gesehen«, sagte Oliver und verstummte. Hilfe suchend sah er Rosalind an.

»Oliver hat nur gesehen, dass Dodd etwas von meinem Schreibtisch genommen hat. Da lagen etliche Papiere – und mein Foto. Das, was ich später am Tag nicht mehr finden konnte und das Dodd am Nachmittag bei Crick und Watson abgeliefert hat.«

Crick setzte sich aufrechter hin. »Wie gesagt, wir haben davon nichts gewusst. *Abgeliefert* klingt so, als hätten wir etwas bestellt.«

»Dazu kann ich nichts sagen«, lenkte Rosalind ein.

Bragg brummte eine Weile, bevor er sich an Henry Dodd wandte. »Nun?«

Dodds nonchalante Miene blieb. Rosalind hätte ihm am liebsten das Gesicht zerkratzt.

»Ich war an dem Morgen in Rosalinds Labor«, sagte er schulterzuckend. »Sie hat mich ja immer wieder eingeladen. Und sie hat mir die Fotografie gegeben. Ich kann damit nichts anfangen, hat sie gesagt und ist zum Fenster gegangen. Da kam Mr Raymond gerade rein.«

»Das…«, fing Rosalind an.

»Warum«, fragte Randall, »haben Sie dann behauptet, Sie wüssten nicht, was Oliver Raymond meinte?«

»Ach.« Dodd verschränkte ganz locker die Arme. »Der klang gleich so anklagend. Er hat mich noch nie gemocht, und ich habe ihm angesehen, dass er meinte, ich hätte was geklaut. Ich wollte ihn nur ein bisschen ärgern.«

Miss Keller versuchte, so leise wie möglich zu husten, und trank einen großen Schluck Wasser.

»Das ist doch hier kein Kindergarten!«, rief Rosalind ärgerlich. »Du hast die Aufnahme heimlich eingesteckt, Henry, ja, du hast sie gestohlen. Dann bist du in aller Eile zurück nach Cambridge gefahren, um sie Crick und Watson zu geben. Und als Oliver und ich hinter dir her sind, hast du uns im Cavendish im Labor eingeschlossen.«

Watson lachte laut.

Alle sahen ihn an.

»Entschuldigung«, sagte er, »aber das ist doch lustig, oder? Der reinste Slapstick! Die beiden Turteltäubchen über Nacht im Cavendish eingeschlossen, bis Rosy sich wie ein Schwerverbrecher im Gefängnis abseilt und ihren Lover befreit.«

Aufgebracht ging Rosalind einige Schritte auf ihn zu. Watson sprang auf, hob die Arme und eilte hinter Cricks Stuhl. Dort duckte er sich, als hätte er wahnsinnige Angst vor ihr.

»Francis, so hilf mir!«, flüsterte er laut. »Weißt du noch, was Wilkins erzählt hat? Wie Rosy den Kollegen vom Militär mit dem Besenstiel verprügelt hat?«

Rosalind fuhr wütend herum und wandte sich an den stillen Wilkins. Das hatte er ihnen erzählt?

Doch Wilkins saß einfach nur da und stützte die hohe Stirn in eine Hand.

Während Randall mit einem halb vergnügten, halb verwirrten Gesichtsausdruck dasaß, stand Lawrence Bragg auf, ein erzürntes Zittern um den weißen Schnauzer. »Watson, setzen Sie sich.«

Watson gab ein Fiepen von sich wie ein verprügelter Hund und schlich zurück auf seinen Stuhl.

Rosalind fing Fredas Blick auf. Siehst du, schien ihre Kollegin sagen zu wollen, schon bist du die hysterische Kuh. Rosalind sah zu Oliver, der völlig überfordert dasaß.

Bragg setzte sich schwerfällig, die Arme auf dem Tisch abgestützt. »Mr Dodd, haben Sie dazu etwas zu sagen? Haben Sie die beiden eingesperrt?«

Henry Dodd strich sich durch die schütteren Haare. »Das ist völlig abwegig. Ich war an dem Abend überhaupt nicht mehr im Labor. Die Tür muss von selbst zugefallen sein.«

Rosalind sah immer noch Oliver an. Doch wieder war sie es, die sprach: »Und der Schlüssel hat sich von selbst im Schloss gedreht?«

Dodd zuckte mit den Schultern. »Vielleicht hat die Tür nur geklemmt.«

Rosalind atmete scharf durch die Nase ein.

»Also …« Watson hatte den linken Fuß auf das rechte Knie gelegt und kippelte auf dem Stuhl. »Ich will ja niemandem was unterstellen, aber warum, Rosy, haben Sie unseren Henry hier eigentlich immer wieder zu sich eingeladen? Die Position des Liebhabers ist ja besetzt. Haben Sie gehofft, dass er etwas aus dem Cavendisher Nähkästchen ausplaudert und

Ihnen neue Impulse für Ihre Arbeit liefert? Die ja doch seit einem Jahr ziemlich stecken geblieben ist.« Er wandte sich an Wilkins und zwinkerte ihm zu. »Nichts für ungut, alter Junge.«

Rosalind schloss die Augen.

Niemand sagte etwas. Waren sie alle so entsetzt über Watsons Schamlosigkeit und Frechheit? Oder fragten sie sich, ob an seiner Vermutung etwas dran sein könne? Vermutung? Nein, es war eine lächerliche Unterstellung.

»Ich würde nie etwas von euch verraten, Jimmy«, sagte Henry Dodd mit verletzter Stimme. Es klang richtig überzeugend.

Oliver schwieg. Rosalind sah ihn flehend an, aber er blieb stumm.

»Was sollte das auch sein?«, fragte Wilkins. »Ihr habt ja nicht an der DNA gearbeitet, oder? Das habt ihr uns ja letztes Jahr im November versprochen.«

Watson ließ sich auf seinem kippelnden Stuhl nach vorn fallen, sodass die beiden vorderen Stuhlbeine auf den Boden krachten. »Versprochen ist versprochen.«

Er grinste so fröhlich, dass allen klar sein musste, dass er nur hier war, um seinen Spaß zu haben.

»Aber …« Dodd ergriff noch einmal das Wort. Er rieb sich über die Wange, als fiele es ihm schwer, sich richtig auszudrücken. Alles Theater. »Rosalind und ich haben öfter über Nukleinsäure gesprochen, auch im Pub. Ich habe ihr von einer Kristallisationsreihe erzählt, die ich vorletztes Jahr durchgeführt habe. Die Ergebnisse habe ich ihr mitgebracht, und …« Er seufzte. »Ich helfe immer gern, aber Dr. Franklin hat sie in einen ihrer Aufsätze für die *Acta Crystallographica* einfließen lassen, ohne mich zu fragen und ohne mich zu zitieren. Das tat schon weh.«

In Rosalinds Kopf rauschte es nur noch.

»Ich hätte es nie angesprochen«, fuhr Dodd fort, »und Dr. Franklin ist die bessere Wissenschaftlerin. Aber wenn ich jetzt hier verdächtigt werde…«

Rosalind schüttelte den Kopf. Sie konnte gar nicht mehr damit aufhören. Sie starrte nach unten auf ihre Hände, aber wusste nicht, ob sie zu ihr gehörten.

»Arschloch«, sagte eine leise, kratzige Stimme, die zu Miss Keller gehörte. Oder hatte Rosalind sich das nur eingebildet? Niemand reagierte.

Randalls Stimme drang langsam zu ihr vor. »Dr. Franklin?«

Sie hielt den Kopf still und suchte nach Randalls Blick. Dort saß ihr Chef und sah sie aufmerksam an. Was sollte sie sagen? Es gab diese Ergebnisse nicht. Sie hatte nichts von Dodd geklaut, keine Daten, keine Gedanken. Dodd hatte nichts, was ihrer Arbeit würdig war. Sie hatten doch immer nur über ihre Forschung gesprochen, nie über seine. Er tat ja nichts Wichtiges, außerdem hatte sie sich geweigert, Einzelheiten über die Forschung im Cavendish zu erfahren, weil sie Spionieren verabscheute.

Falls sie seine Worte bestritt, stand erneut ihr Wort gegen seins. Oliver würde wieder den Mund nicht aufbekommen. Was für ein Feigling. Sogar Wilkins, dem doch Auseinandersetzungen jeder Art so zuwider waren, dass er sich in sein Schneckenhaus zurückzog, hatte sich zu Wort gemeldet, wenngleich nur kurz.

Nun war es tatsächlich wieder er, der für sie einstand. »Ich habe alles von Dr. Franklin gegengelesen. Du doch auch, John. Da waren keine fremden Daten drin. Dr. Franklin ist der letzte Mensch, der sich mit fremden Federn schmücken würde. Dafür ist sie viel zu stolz.« Wilkins stand auf. »Ich denke, wir haben Besseres zu tun, als uns hier zu streiten. Was mit der Tür in Cambridge war, weiß keiner. Niemandem ist was passiert. Das Foto haben jetzt alle gesehen, so ist es eben. Watson, Crick, macht keinen Mist damit. Freda, kannst du uns bitte noch einen Abzug vom Negativ machen? Dr. Franklin, ich könnte Ihre Hilfe bei einem Versuchsaufbau gebrauchen.«

Er verließ den Raum.

Rosalind stand langsam auf und folgte ihm, weil sie nicht wusste, was sie sonst machen sollte.

Er war schon fast um die Ecke verschwunden, und sie blieb einige Schritte hinter ihm, bis er langsamer wurde und ihr nichts übrig blieb, als aufzuholen.

Da hörten sie noch einmal Watsons Lachen aus dem Seminarraum. »Wilkins, du alter Spielverderber!«

»Gehen Sie ans Birkbeck, Dr. Franklin«, sagte Wilkins mit nach vorn gerichtetem Blick, »und vergessen Sie diesen ganzen Mist.«

Er verlängerte seine Schritte und ließ sie stehen.

Es hätte so einfach sein können, diesen ganzen Mist zu vergessen, wenn sie gleich zu Bernal ans Birkbeck hätte wechseln können. Doch sie hatte Oliver versprochen, mit ihm seine Dissertation zu Ende zu bringen, und daran musste sie sich halten, so unsolidarisch er sich auch während des Gesprächs in der großen Runde verhalten hatte.

Gleich danach war er zu ihr gekommen, um sich zu entschuldigen.

»Ich fühle mich so klein und dumm zwischen euch allen«, hatte er gesagt. »Schau dir Watson an, der ist zwei Jahre jünger als ich und hat seinen Doktortitel schon seit Langem.«

»Watson ist ein Arschloch«, sagte Rosalind.

»Ja.« Oliver verstummte kurz. »Aber er hat's drauf.«

Sie saß an ihrem windschiefen Schreibtisch im Labor, auf dem ihre Arbeit wirr herumlag.

»Die Sache ist nur«, sagte sie, ohne Oliver anzusehen, »dass es überhaupt nicht um etwas Wissenschaftliches ging. Es ging um Anstand und Lügen. Dafür muss man nicht promoviert haben. Selbst Wilkins hat das Maul aufgekriegt.«

Sie war sich allerdings inzwischen nicht mehr sicher, ob er sich damit wirklich auf ihre Seite gestellt hatte. Hatte er nicht einfach die ganze Streiterei vom Tisch gewischt, weil sie ihm völlig unwichtig war? Wer log, wer sagte die Wahrheit, wem wurde etwas unterstellt, das ging *ihn* doch nichts an?

Oliver strich mit der Hand über das Monstrum und stand verloren im Raum herum. »Du hast recht. Es tut mir leid. Ich habe keine andere Entschuldigung.«

Wenigstens konnte er um Verzeihung bitten. Trotzdem hätte sie ihn am liebsten weggeschickt, um allein zu sein, und als er auf sie zukam, hob sie abwehrend die Hand. Sie konnte ihn nicht ansehen, geschweige denn berühren oder küssen. Das war vorbei.

»Mach bitte mit deiner Arbeit weiter. Ich bin bald weg.«

Er kehrte stumm zu seinem Schreibtisch zurück. Jeden weiteren Annäherungsversuch blockte sie ab. Es mochte nicht fair sein, aber sie konnte nicht anders.

Chanukka war in diesem Jahr ein stilles Fest – die Franklins waren noch viel zu erschüttert über den plötzlichen Tod von Naomi und ihrem ungeborenen Kind. Rosalind nutzte die Gelegenheit, um sich bei Tante Helen für ihre Vorwürfe zu entschuldigen.

»Ich bin dir überhaupt nicht böse, Kind«, sagte ihre Tante sogleich und strich Rosalind über das Haar. »Du hast ja recht. Ich habe Naomi alleingelassen.«

»Trotzdem war es einfach nur gemein von mir.«

Tante Helen nahm ihre Hand und streichelte sie. »Schon gut.« Sie stand vom Sofa auf und zog Rosalind mit sich zum Fenster. »Schau, meine Rosen sind im Winterschlaf, aber sie werden im Frühjahr wieder aufwachen. Dann wird es uns allen schon ein wenig besser gehen. Ich will eine neue Sorte anpflanzen, eine Kletterrose, gleich an der Hauswand.«

»Darf ich dich noch etwas fragen, Tante Helen?«

»Aber ja.«

»Hast du noch mit ihr sprechen können? Mit Naomi?«

Tante Helen schüttelte langsam den Kopf und blickte weiter in den Garten hinaus. »Nicht richtig. Sie war so fiebrig und nicht mehr ganz bei sich. Aber sie hat uns noch erkannt, und ich glaube, sie war froh, dass wir da waren.«

»Selbstverständlich war sie das.«

Tante Helen nahm sie in die Arme. Sie war ein wenig größer als Rosalind und legte ihr Kinn auf Rosalinds Schulter. Rosalind verbarg ihr Gesicht in Tante Helens Rüschenbluse.

»Nur ich war nicht da«, flüsterte sie in den Stoff.

»Ach, Kindchen.« Tante Helen strich ihr erneut durchs Haar und schob sie an den Schultern ein Stück zurück, um ihr ins Gesicht zu sehen. »Komm, wir gehen zum Friedhof. Norman kommt auch mit, wenn wir ihn aus seinem Arbeitszimmer herausbekommen.«

Das gelang Tante Helen mit wenigen leisen Worten. Sie zogen sich zu dritt die Mäntel an und entschieden sich, bei dem nicht allzu kalten Wetter ein Stück zu Fuß zu gehen. Onkel Normans Spazierstock klopfte regelmäßig auf den Gehsteig. Nachbarn grüßten höflich bis ehrerbietig, der Postbote zog seine Mütze.

»Willst du denn deinen Eltern nicht bald ein Enkelchen schenken?«, fragte Tante Helen plötzlich.

»Um Himmels willen.« Rosalind zog erschrocken die Schultern hoch.

»Aber bitte nicht mit einem Iren«, sagte ihr Onkel.

»Also, Norman«, tadelte Tante Helen.

»Hast du schon einmal überlegt«, fuhr er fort, »nach Jerusalem zu gehen?«

»Um Himmels willen«, wiederholte Rosalind. »Wenn, dann würde ich eher wieder nach Paris ziehen.«

»Paris geht mir einfach nicht aus dem Kopf«, sagte sie am Wochenende zu Jean, Anne und Ursula, die sich in ihrer Küche versammelt hatten. »Vielleicht kehre ich doch eines Tages zurück.«

»Wer kocht uns dann Coq au Vin?« Anne hob entsetzt die dunklen Augenbrauen.

»Du hast aber doch deine tolle neue Stelle am Birkbeck College«, wandte Ursula ein. »Freust du dich nicht darauf?«

»Doch. Ich will Bernal fragen, ob ich zum Poliovirus forschen darf.«

»Das klingt gut.«

Rosalind klopfte den Holzlöffel am Topfrand ab und legte ihn auf einen Teller. »Ich verstehe einfach nicht, warum ich während des Gesprächs so sprachlos war. Ich kann doch eigentlich gut reden, oder nicht?«

»Das kannst du.«

»Du kannst gut streiten.«

»Und alle mit deinen Argumenten überfahren.«

Rosalind stützte sich auf den Ellbogen ab. »Ich verstehe immer noch nicht, warum Dodd die Fotografie gestohlen hat.«

»Und was ist mit Oliver?«, fragte Ursula.

Rosalind richtete sich wieder auf. »Nichts. Das ist vorbei.«

»Weil?«

»Weil ich ihm nicht mehr vertrauen kann.«

»Ach komm, Ros.« Jean wurde laut. »Er hatte Angst. Er hat dich nicht verraten oder Stuss erzählt, er hat sich nur nicht getraut. Das ist blöd, aber doch nichts, was man nicht verzeihen könnte, oder?«

Rosalind öffnete den Küchenschrank und holte Teller heraus. »Hier. Deckt schon mal den Tisch.«

Ihre Freundinnen konnten das nicht verstehen.

Er war der Einzige, den sie jemals an sich herangelassen

hatte. Er hatte ihr durch ihre Angst geholfen, hatte sie festgehalten, während sie um Naomi weinte. Sie hatte das Gefühl gehabt, sich endlich auf einen anderen Menschen völlig verlassen zu können. Und dann hatte er einfach dagesessen, während die anderen Männer sich über sie lustig gemacht hatten. Das wollte sie nicht noch einmal erleben. Da war es doch besser, weiterhin allein zu sein.

19

[Doppelhelix] *Die zweisträngige Struktur des Moleküls der Desoxyribonukleinsäure.*

Cambridge, März 1953

Endlich hatte sie das King's College hinter sich gelassen, wo sie zwei Jahre lang so unglücklich gewesen war. Endlich war sie am Birkbeck, wo es ihr nach wenigen Wochen schon so viel besser gefiel. Es war nicht so gut ausgestattet wie das King's, und sie musste viele Stufen zwischen ihrem Büro und dem Labor im Erdgeschoss zurücklegen. Auch war es gut, einen Regenschirm in greifbarer Nähe zu haben, wenn es durch die Decke tropfte.

Doch die Kollegen waren nett und offen. Niemand schien von ihren Schwierigkeiten am King's gehört zu haben. Ihr neuer Chef Bernal hatte dieses Wissen für sich behalten, wofür sie ihm sehr dankbar war. Es gab hier zwar noch weniger Frauen, doch Rosalind überlegte, ob sie Miss Keller herholen konnte, die Interesse bekundet hatte, litt ihre jüngere Schwester doch seit Kindesbeinen unter einer halbseitigen Lähmung – verursacht durch eine Poliomyelitis. Ihr neuer Chef Bernal hatte gleich begeistert zugestimmt, als Rosalind ihm vorschlug, das Poliovirus zu erforschen: Mehrere Labore arbeiteten fieberhaft daran, einen Impfstoff zu finden, und die WHO war mit ihrer Unterstützung und ihren Geldern großzügig. Doch es fehlte immer noch an Grundlagenforschung, für die sie nun mitverantwortlich war.

Heute war sie auf dem Weg nach Cambridge. Bernal hatte sie ermutigt, zu fahren und sich das neue Modell von Crick und Watson anzusehen.

»Sie haben es nicht lassen können«, hatte Wilkins ihr am Telefon erzählt.

Wilkins hatte die B-Form – ihren guten Rudy – freudig zurückgenommen und sich höflich, aber recht unbeteiligt von Rosalind verabschiedet. Er war froh, sie los zu sein, und sie war nicht mehr wütend auf ihn. Sie hatten sich von Anfang an nicht gut verstanden, und jede Interaktion hatte es nur noch schlimmer gemacht. Sie waren zu unterschiedlich – wenn sie laut wurde, wurde er leise. Das hatte nicht funktionieren können.

Die vertraute Bahnhofsuhr grüßte sie. Rosalind wollte sich zu Fuß auf den Weg zum College machen, als eine junge Frau auf sie zukam. »Entschuldigung, können Sie mir sagen, wie ich zum Cavendish Laboratory komme?«

Rosalind sah auf den Stadtplan, den die Fragende in der Hand hielt.

»Ich habe so ein schlechtes Orientierungsvermögen.« Die junge Frau lachte verlegen. »Ich weiß einfach nicht, wo unten und oben ist.«

»Kommen Sie mit mir, ich bin auch dorthin unterwegs.«

»Ach, so ein Glück.« Die Frau strahlte. »Ich habe mir gedacht, dass Sie wie eine Wissenschaftlerin aussehen. Arbeiten Sie etwa am Cavendish?«

»Ich bin nur zu Besuch.« Sie setzten sich in Bewegung. »Und Sie?«

»Ich habe ein Bewerbungsgespräch mit Sir Lawrence Bragg.«

Hinter sich hörte Rosalind jemand ihren Namen rufen, und sie drehte sich um die eigene Achse. Francis Crick kam mit seinem schlendernden Gang auf sie zu und hob grüßend die Hand. »Mein Wagen steht um die Ecke. Kommen Sie.«

Rosalind wollte ihre Begleitung nicht einfach so stehen lassen. »Können wir die junge Dame mitnehmen?«

Crick schüttelte bedauernd den Kopf. »Es ist ein Sportwagen. Hat nur zwei Sitze. Aber es fährt ein Bus, falls Ihnen das hilft.«

»Ich kann laufen, wenn Sie mir nur einmal die richtige Richtung auf dem Stadtplan zeigen.«

Rosalind drehte ihr die Karte so, wie sie laufen musste, und wünschte ihr viel Erfolg für das Gespräch mit Sir Lawrence.

Schon saß sie in Cricks Wagen, und die vertrauten Straßen zogen an ihr vorbei.

»Wie geht es Odile und der kleinen Gabrielle?«

»Gut.« Crick lächelte breit. »Gabby brabbelt den ganzen Tag vor sich hin.«

»Ah, sie kommt also ganz nach Ihrem Vater.«

Crick lachte laut. »Kann man so sagen.«

»Und Odile? Hat sie inzwischen ein paar Akte gemalt?«

Crick sah sie verblüfft von der Seite an, und Rosalind stieg die Hitze ins Gesicht. »Darüber hatte sie gesprochen, als wir vergangenes Jahr bei Ihnen zu Gast waren.«

»So, so.« Crick grinste. »Ja, das hat sie. Mit mir als Modell. Wollen Sie sie sehen?«

Rosalind lehnte dankend ab. Zum Glück erreichten sie in diesem Moment das Cavendish.

Die Handbremse knarzte, als Crick sie anzog. »Vorsicht beim Aussteigen. Ich glaube, wir stehen in einer Pfütze.«

Wenig später ließ er sie ins Labor eintreten. Rosalind zögerte an der Schwelle. Hier war sie eine lange, dunkle Dezembernacht eingesperrt gewesen. Sie erinnerte sich nur zu gut an die Schweißausbrüche und wie sie geglaubt hatte, keine Luft mehr zu bekommen. Wie sie am offenen Fenster gestanden hatte, um nicht verrückt zu werden. Und dann Olivers Arme, die ihr geholfen hatten, die schlimmste Angst zu überstehen. Olivers Arme … Wie seltsam, dass die eine Angst – einen Mann zu nah an sich heranzulassen – die andere Angst, nämlich die Klaustrophobie, besiegt hatte.

Die Klaustrophobie war ihr lieber. Die konnte sie nämlich nicht enttäuschen.

Crick wartete verwundert – und verstand. »Warten Sie, ich stelle den Stuhl in die Tür, damit sie nicht zufallen kann. Und das Fenster ist sowieso auf. Warm draußen für März, oder?«

»Ja, danke, sehr rücksichtsvoll.« Sie merkte, dass sie sich gar nicht mehr so sehr für ihre Schwäche schämte wie noch vor ein paar Monaten. »Ist Watson nicht da?«

»Der jagt gerade einem neuen Mädchen hinterher. Aber hier ist das Modell. Kommen Sie, schauen Sie.«

Rosalind betrat den Raum. Wieder nahm das filigrane DNA-Modell aus Plastikkugeln, Drähten und Metallplatten einen Großteil des Labors ein. Sie studierte den Aufbau aufmerksam.

Und war beeindruckt.

Die Phosphate hatten sie nach außen verlegt. Die durch Wasserstoff verbundenen Basen waren in der Mitte und im rechten Winkel zur Achse der Helix angeordnet, die nicht aus drei, sondern zwei Ketten bestand, was den größten Unterschied zu ihren bisherigen Vorstellungen ausmachte. Es war plötzlich so logisch.

In einer der Ketten lief die Sequenz der Atome nach oben, in der anderen nach unten. Und besonders imposant war es, dass die zwei verschiedenen Basenpaare dieselben Maße und Formen zeigten. Wenn man sich vorstellte, wie die sich auftrennten und mit je einem anderen Partner neu verbanden, konnte sich die DNA selbst vervielfältigen. So konnten die genetischen Bausteine an ein anderes Lebewesen weitergegeben werden.

»Verblüffend«, sagte sie.

»Ja?«

Sie nickte.

»Ihr Foto 51 hat den Ausschlag gegeben«, sagte Crick. »Es konnten nur zwei Ketten sein. Dann haben wir die Informationen von allen anderen hinzugenommen. Chargaff vom Caltech hatte interessante Ideen. Linus Pauling. Wilkins und Sie.«

»Und Sie glauben …?« Rosalind ging noch einmal vorsichtig um das Modell. »Sie glauben, dass es so stimmt? Das ist unsere Desoxyribonukleinsäure?«

»Ja, das glaube ich.«

Sie blieb stehen. »Ich auch.«

Nun war es also so weit. Das Geheimnis der Gene war entschlüsselt, und sie war es nicht gewesen, die den letzten, entscheidenden Schritt gegangen war.

Aber Crick hatte recht: Sie hatten alle Erkenntnisse zusammengezogen, aus der Biologie das Verhalten der Bakteriophagen, aus der Chemie das Molekulargewicht und die Raumgruppe, aus der Physik die Röntgenkristallografie. Ihr Foto 51 mit dem deutlichen X hatte Crick und Watson zu diesem Modell inspiriert.

»Gut gemacht«, sagte sie, schlängelte sich zu Crick hinüber und reichte ihm die Hand. »Sie und Watson.«

»Wir wollen schnell in der *Nature* veröffentlichen, am besten gleich im April. Wilkins meinte, er wolle nicht als Co-Autor dabeistehen. Möchten Sie?«

»Wieso will Wilkins nicht?«

»Ach, Sie kennen ihn doch.«

»Ich habe keinen Schimmer, was in dem vorgeht.«

Er hob die Hände. »Ich auch nicht.«

Sie überlegte eine Weile und berührte vorsichtig die Basenpaare. Adenin und Thymin. Guanin und Cytosin. Sie sahen hübsch aus, wie sie so regelmäßig aufstiegen.

»Ich glaube, ich werde lieber einen eigenen Artikel schreiben«, sagte sie. »Meinen Teil resümieren. Und Wilkins bekomme ich auch dazu, dass er das macht. So ist es sauberer. Einverstanden?«

Crick ließ die Fingerknöchel knacken. »Sicher. Dann mal los.«

Auf der Rückfahrt machte sie sich erste Notizen. Es würde

ein schlichter Artikel werden, aber es war ihr wichtig, ihren Namen gleich neben dieser großen Entdeckung zu sehen.

Das King's College hatte sich nicht mit Ruhm bekleckert, das musste man zugeben. Ständig hatten sie sich intern ausgebremst. Wenn Rosalind besser mit Wilkins zusammengearbeitet hätte, hätten sie bereits vor einem Jahr da sein können, wo Watson und Crick endlich angekommen waren. Die beiden hatten sich lang genug zurückgehalten, vor allem, wenn man an Pauling in Amerika dachte, dessen übereilte Theorien noch zu nichts geführt hatten, aber das war auch nur eine Frage der Zeit gewesen.

Das Poliovirus würde sie anders angehen. Im Birkbeck selbst, aber auch in der Forschungsgemeinschaft. Sie mussten so schnell wie möglich mehr darüber wissen, damit kein Mensch mehr darunter leiden, daran sterben musste. Sie würde es für Naomi und ihr Baby schaffen.

Es dämmerte, als sie in ihre Straße in South Kensington einbog. Vor dem Haus musste sie stehen bleiben, um nach ihrem Schlüssel zu kramen. Da hörte sie ein leises Maunzen neben sich – eine rot-weiße Katze saß im Eingang und sah sie aus grünen Augen an.

»Hast du dich verlaufen?« Rosalind angelte den Schlüsselbund mit Daumen und Zeigefinger aus der Tasche. Sie stand da und zögerte, bevor sie die Tür öffnete. Die Katze würde doch bestimmt versuchen – zu spät, schon war sie vor ihr ins Haus geschlüpft.

Rosalind ging die vier Stockwerke nach oben, und da saß das Tier auf ihrer Fußmatte und miaute. Sie ging in die Hocke und wurde gleich von einem Köpfchen angestupst.

»Ach, bist du süß«, murmelte sie. Das Fell zwischen ihren Fingern war weich und kitzelte. Sie suchte nach einem Halsband, fand jedoch keins.

Unentschlossen klopfte sie beim Nachbarn.

»Ja bitte?« Der ältere Herr, den sie vom Grüßen im Treppenhaus kannte, beäugte sie freundlich.

»Haben Sie diese Katze schon mal gesehen, Mr Warren? Sie saß unten.«

»Nein. Ich war vor einer Viertelstunde noch draußen, da war sie noch nicht da.«

Während ihres Gesprächs saß das Tier geduldig auf Rosalinds Fußmatte und zeigte kein Interesse, sich beim Nachbarn einzuschmuggeln.

Rosalind überlegte. »Dann nehme ich sie mit zu mir. Wenn Sie von jemandem hören, der sie vermisst, sagen Sie mir Bescheid, ja?«

»Gern, Miss Franklin.«

Als Rosalind ihre eigene Tür öffnete, war die Katze schneller als sie in der Wohnung, sah sich nicht einmal groß um, sondern marschierte ins Wohnzimmer. Rosalind folgte ihr und sah, wie sie auf das Fensterbrett sprang und sich dort hinsetzte, den Schwanz um die Pfoten geschlungen.

20

[Marie Curie] *1867–1934. Französisch-polnische Physikerin und Chemikerin, die über Radioaktivität forschte und mit ihrem Ehemann Pierre die chemischen Elemente Polonium und Radium entdeckte. Sie war die erste Frau und erste Professorin, die an der Pariser Sorbonne lehrte. Bis heute ist sie die einzige Frau, der mehrere Nobelpreise verliehen wurden, und neben Linus Pauling die einzige Person, die Nobelpreise auf unterschiedlichen Fachgebieten erhielt.*

Quartier Latin, Paris, Mai 1953

Das Bistro *Chez Solange* hatte sich in den Jahren, die sie in London verbracht hatte, nicht verändert. Dieselben wackligen Caféstühle, dieselbe abblätternde Farbe an den Wänden. Rosalind fühlte sich, als wäre sie nach Hause gekommen. Von der sprichwörtlichen Arroganz der Pariser Bedienung war hier nichts zu spüren, die Kellnerinnen waren aufmerksam und zurückhaltend zugleich.

Rosalind saß am hinteren Ende des Raums, hinter sich nur noch die Wand. Sie zupfte an ihrem Rock herum, den sie für diesen Anlass genäht hatte. Immer noch fand sie einige Fädchen des empfindlichen Stoffs, die sie zwischen den Fingerspitzen zusammenrollte und zu Boden fallen ließ. Ihre Hände brauchten etwas zu tun.

Die Presse hatte überraschend wenig Aufhebens von der Entschlüsselung der DNA gemacht, vermutlich konnte niemand so recht etwas damit anfangen, und das, obwohl Watson doch so verrückt nach Aufmerksamkeit war und wunderbar Sprüche klopfen konnte. Er war enttäuscht, davon war sie überzeugt. Dennoch war die Reaktion der Fachwelt wichtiger, und dort waren das Helixmodell und die Veröffentlichungen in der *Nature* auf mehr Interesse gestoßen. Nicht nur das Cavendish erhielt Glückwünsche von Pauling aus den USA, sondern auch Randall, Rosalind und Wilkins. Sogar ein Telegramm von Dorothy Hodgkin war dabei gewesen.

Rosalind war gespannt, wie es weitergehen würde.

Die Kellnerin kam zu ihr herüber. »Möchten Sie noch etwas trinken?«

»Einen Kaffee bitte.«

Rosalind sah sich um. Es war nicht viel los an diesem Mittwochvormittag. Sie sah aus dem Fenster auf die ESPCI-Hochschule, wo die Curies ihr Radium entdeckt hatten. Die beiden hatten dafür einen Nobelpreis erhalten, Marie Curie sogar zwei. Rosalind war sich ziemlich sicher, dass Watson und Crick für ihre Entdeckung auch einen bekommen würden, vielleicht noch nicht dieses Jahr, aber es würde sich vieles aus der Doppelhelix ergeben.

Die Tür ging auf.

Henry Dodd kam hereinspaziert, nonchalant, seine Ledermappe unter dem rechten Arm. Rosalinds Wut auf ihn war nie ganz verraucht. Sie setzte sich aufrechter hin und tat dann aber doch so, als ob sie auf die Straße blicken würde und ihn gar nicht sähe. Die Kellnerin führte ihn gerade an einen Tisch, als er sie entdeckte. Er bestellte sich etwas, bedeutete der Kellnerin, dass er sich zu Rosalind setzen wolle, und kam herübergeschlendert.

»Guten Tag, Rosalind. Darf ich mich setzen?«

»Bitte.«

Er stellte seine Mappe ab und zog den leichten Mantel aus. Es war warm draußen, und er hatte Schweißperlen auf der Stirn.

»Na, das war ja eine Überraschung, dass du auch in Paris bist«, sagte er. »Was machst du eigentlich hier?«

Sie schluckte und musste sich räuspern. »Ich habe mich auf eine Stelle beworben.«

»Ach?« Mit hochgezogenen Augenbrauen sah er sie an. »Darf ich fragen, auf welche?«

»Du wirst nichts davon gehört haben. Es ist alles noch inoffiziell und unter der Hand. Der Kristallograf Jacques Mering, ich weiß nicht, ob du ihn kennst, wird ein privates Institut zur Genforschung eröffnen und sucht Leute.«

Dodd lächelte süffisant. »Hast du schon mit ihm gesprochen?«

Die Kellnerin brachte seinen Café au Lait, den er zu sich heranzog, ohne sich zu bedanken.

»Wir kennen uns sowieso«, sagte Rosalind. »Aber heute habe ich ein offizielles Vorstellungsgespräch.« Sie sah auf ihre Armbanduhr. »In einer Stunde.«

»Tja.« Dodd schlürfte laut seinen Kaffee, immer noch ein Grinsen im Gesicht.

Sie schwieg.

»Ich würde dir ja viel Glück wünschen«, sagte er. »Aber ich fürchte fast, das kannst du dir sparen. Ich war gerade bei Mering, und er hat mir die Stelle quasi schon versprochen.«

Sie versuchte, möglichst ungerührt zu wirken.

Dieser Widerling.

»Damit sind sie voll besetzt«, fuhr Dodd fort. »Bedauerlicherweise.«

Sie musste einen Schluck ihres inzwischen kalten Kaffees trinken, bevor sie antwortete. »Da sind ja Glückwünsche angebracht.«

Er schnalzte mit der Zunge. »Vielen Dank.«

Sie kramte in ihrer Tasche nach dem Geldbeutel und ließ die Hände wieder sinken. »Wieso hast du die Fotografie gestohlen?«

»Ich?« Er lachte. »Du hast sie mir doch gegeben.«

»Komm, Henry, wir wissen beide, dass das nicht stimmt.«

Er verschränkte die Arme und sah sie abschätzig an. »Du weißt gar nichts. Du hast nichts gesehen. Und dein kleines Hündchen nimmt niemand für voll.«

Sie bohrte den Finger unter eine Naht des Geldbeutels. Wenn er es nur zugeben würde. Einfach nur zugeben würde. Er beugte sich vor und legte die Unterarme flach auf den Tisch. Sein Gesicht war ihr viel zu nahe, sie wäre am liebsten aufgestanden. Doch sie blieb sitzen.

»Du hast die ganze Zeit vor dich hingefriemelt«, sagte er. »Du hattest dieses Foto, von dem sogar ich gesehen habe, dass es die Lösung für alles sein könnte. Warum hast du dich dauernd vertrösten lassen? Schau dir Watson und Crick an. Die machen einfach.«

»Mit Daten, die ihnen nicht gehören.«

»Na und? Wem hat Zurückhaltung je etwas gebracht? Deswegen gehören Frauen nicht ins Labor. Du könntest heiraten und dich von deinem Hündchen aushalten lassen, wenn du ihm nur mal etwas zugetraut hättest.«

»Was hat Oliver denn damit zu tun?«

Dodd hieb auf den Tisch. »Dieser Idiot! Dass er sich so von dir abhängig macht. Als wärst du seine Mami. Oder eben sein Frauchen.«

Rosalind sah ihn fragend an. Sie bekam nicht richtig zu fassen, worüber er sich ärgerte, aber im Grunde war es ihr vollkommen egal. Warum sollte sie versuchen, so einen Idioten zu verstehen?

»Und deshalb hast du die Fotografie mitgenommen?«

Er schwieg.

»Deshalb hast du die Fotografie mitgenommen«, wiederholte sie.

»Ja.« Erneut haute er auf den Tisch. »Ja, verdammt.«

Endlich.

»Und?« Hämisch sah er sie an. »Geht es dir jetzt besser?«

»Oh, deutlich.« Sie drehte sich ein wenig nach links. Aus dem hinteren Raum des Cafés kamen Oliver, Miss Keller und Vittorio und Denise Luzzati. Rosalind drehte sich schnell wieder zu Henry Dodd, um zu sehen, was in dem Moment geschah, in dem er verstand.

Er lachte bitter. »Oh, das war jetzt mein großes Geständnis, das alle mitgehört haben? Rosalind, sei nicht albern. Dein Hündchen hat schon letztes Mal nichts gesagt, und die anderen kenne ich nicht einmal.«

»Aber dein Chef, Sir Lawrence, kennt sie.«

Er zuckte mit den Schultern. »Mein Chef ist er ab nächsten Monat sowieso nicht mehr, wenn ich nach Paris ziehe.«

Vittorio zwinkerte Rosalind zu und ergriff das Wort. »Das Genforschungsinstitut von Mering?«

Dodd nickte genüsslich.

»Tja«, sagte Vittorio ebenso genüsslich und streckte den Rücken durch. »Gibt es nicht.«

»Was?«

»Das haben wir uns ausgedacht«, erklärte Oliver, »und Jacques hat mitgespielt. Kein Institut, kein Job. Das Cavendish will dich nicht mehr. Niemand in London wird dich mehr wollen, und in Paris auch nicht. Wuff.«

Rosalind lachte hell auf. Sie erhob sich und gab Oliver einen Kuss.

Henry Dodd blieb entgeistert an seinem Tisch sitzen, während die anderen das *Chez Solange* verließen. Rosalind winkte der Kellnerin zum Abschied. »Der Herr zahlt meine Getränke.«

Sie schlenderten Richtung Seine, und erst, als das Café außer Sichtweite war, fingen sie an zu lachen und sich zu umarmen. Am Fluss stand Jacques, und Rosalind reichte ihm fröhlich die Hand. »Danke fürs Mitmachen.«

»Und du hast dich noch gefragt, ob sich der Aufwand lohnt.« Oliver legte ihr einen Arm um die Taille.

»Doch, das hat er. Danke euch allen.«

»So ein Arschloch«, sagte Miss Keller. Ihre Stimme, die nie besonders zart gewesen war, klang seit der Schwefeldioxidvergiftung noch kratziger, aber sie fühlte sich wohl am Birkbeck, wohin Rosalind sie erfolgreich ins Team hatte holen können.

»Darf ich euch alle zum Mittagessen einladen?«, fragte Rosalind.

»Sehr gern.« Denise Luzzati nahm Vittorios Hand. »Aber nicht im *Chez Solange.*«

»Nein, da sitzt ja Dodd«, sagte Oliver, »und überlegt, was er mit seinem Leben anfangen soll.«

»Erzähl doch mal, Kollege.« Vittorio boxte Jacques gegen den Arm. »Wie war das Bewerbungsgespräch mit dem guten Dodd?«

»Er hat mir erzählt, wie großartig er ist, wie bedeutsam er für Crick und Watson war, die ohne ihn ja gar nichts hinbekommen hätten. Es hätte nur noch gefehlt, dass er behauptet, er hätte das Helixmodell selbst gebaut.«

»Wer weiß, wer weiß.« Vittorio lachte.

»Ich habe ihm ein bisschen von angeblichen Fördermitteln und Projektanträgen erzählt, ihr kennt das ja alle.«

»Das kannst du laut sagen …« Was wäre die Forschung ohne Anträge und Formulare? Rosalind musste demnächst wieder einen Zwischenbericht für ihr Turner-and-Newall-Stipendium einreichen, damit es verlängert wurde.

»Endlich hat also dein Schauspielunterricht mal etwas gebracht, Bruderherz«, sagte Oliver.

Jacques blieb stehen und machte eine tiefe Verbeugung wie im Theater. »Wenn du noch in Paris wärst, könntest du dir mal eines unserer Stücke ansehen.«

»Ach, danke. Da bleibe ich doch lieber in London.«

Jacques klopfte seinem jungen Halbbruder auf die Schulter und wies mit dem Kinn auf Rosalind. »Lass sie bloß nie wieder gehen.«

Er zwinkerte ihr zu, und sie lächelte. Es war überhaupt nicht schlimm, ihn wiederzusehen. Sie hatte keine Gefühle mehr für ihn, die sie dazu gebracht hätten, sich zu schämen oder irgendwie peinlich zu verhalten. Und sie hatte den Eindruck, ihm fiel das auch auf. Sie wusste inzwischen genauer, was sie sich von einer Beziehung mit einem Mann wünschte.

Während sie an der Seine entlangschlenderten, ließen Rosalind und Oliver sich zurückfallen. Er hielt ihre Hand und führte sie zu seinem Mund, um einen Kuss darauf zu drücken.

»Danke, dass du das alles organisiert hast.« Sie schmiegte sich im Gehen an ihn.

»Das war das Mindeste, was ich tun konnte. Und wir alle werden Bragg und Randall jetzt sagen, was Dodd zugegeben hat. Hast du mir verziehen?«

Sie gab ihm einen Kuss auf die Wange. »Schon längst. Du mir auch dafür, dass ich so nachtragend und bockig bin?«

»Immer.«

Stark und ruhig ging er an ihrer Seite. Paris im Mai. Es wäre so einfach zu bleiben, aber sie war doch nur gekommen, um Henry Dodd auflaufen zu lassen. Sie würde die Gelegenheit nutzen und all ihre Lieblingsorte besuchen, zusammen mit Oliver. Sie würden vor Sacré-Cœur auf den hellen Stufen sitzen. Sie würden ins Kino gehen, wo Oliver wieder ungeduldig mit den Beinen wackeln würde. Dieses Mal würde sie ihre Hand auf sein Knie legen und hoffen, dass das half. Dann würden sie in Saint-Germain-des-Prés etwas essen und hoffen, Simone de Beauvoir in einem Café zu entdecken – nicht ganz so aufregend, wie Charlie Chaplin auf der Straße zu begegnen, aber auch nicht schlecht. Für all das hatten sie nur wenige Tage Zeit, denn zwei Dinge riefen sie nach London zurück: erstens ihr neuer haariger Mitbewohner, Kater Erwin, und zweitens die Arbeit.

Oliver, der sich demnächst Dr. Oliver Raymond nennen durfte, hatte von Randall eine bessere Stelle in seinem Kollagenteam angeboten bekommen, und Rosalind würde das Poliovirus erforschen.

Außerdem wollte sie Oliver ihrer Familie vorstellen.

»Hast du Lust, nächste Woche mit mir und meiner Familie zur Krönungsfeier der Queen zu kommen? Mein Großonkel Herbert hat uns großartige Plätze besorgt.«

»Sehr gern.« Ohne langsamer zu werden, beugte er sich zu ihr herunter und küsste sie auf die Schläfe.

Die Erstbesteigung des Mount Everest! Sie strich die Zeitung glatt. Der Neuseeländer Edmund Hillary hatte es geschafft, zusammen mit dem Sherpa Tenzing Norgay. Was für eine Leistung! Um elf Uhr dreißig an einem schönen Freitag im Mai auf dem höchsten Gipfel der Welt zu stehen, fast neun Kilometer über dem Meeresspiegel. Ihr letzter Gipfel war der Aiguille Pers gewesen, im Vergleich ein Zwerg, aber schon dort hatte sie sich so glücklich und erhaben gefühlt. Einen Achttausender würde sie in ihrem Leben wohl nicht schaffen, aber man sollte ja niemals nie sagen.

»Das kann doch nicht sein…« Ursula kam zu ihr in die Küche und unterbrach sich selbst, während sie versuchte, den Reißverschluss ihres Rocks hochzuziehen. »Sind deine Sachen geschrumpft? Wir hatten doch immer dieselbe Größe.«

Rosalind stand auf und versuchte, einen Finger zwischen

den Stoff und Ursulas Taille zu stecken. »Hast du zugenommen?«

»Ich bitte dich!« Empört sah Ursula sie an. »Doch nicht so kurz vor meiner Hochzeit. Hilf mir lieber.«

Gemeinsam zogen sie an dem Kleidungsstück herum, doch es war nichts zu machen. Mit einem Mal sah Ursula sie mit großen Augen an. »Vielleicht …«

Rosalind brauchte nicht lange, um zu begreifen. »… bist du schwanger?«

Ursula schlug sich die Hand vor den Mund. »Nur gut, dass wir so bald heiraten.«

Rosalind umarmte sie fest. »Herzlichen Glückwunsch.«

Sie sahen sich lächelnd an.

»Ist wohl klar, wie ich es nenne, wenn es ein Mädchen wird.«

»Naomi?«

»Unbedingt. Ich muss es gleich nachher William sagen. Der wird Augen machen.«

Rosalind mochte den Verlobten ihrer Cousine, der im Juli ihr Bräutigam sein würde. Er hatte eine laute, rumpelnde Stimme und ein großes Maß an Gleichmut. Zum Feiern hatten sie den Saal der jüdischen Gemeinde in East Ham gemietet, wo William aufgewachsen war.

»Bist du nervös?«, fragte Ursula.

»Warum sollte *ich* denn nervös sein? *Du* heiratest und bekommst ein Baby.«

»Wegen Oliver.« Ursula stupste sie an. »Gleich lernt er die ganze Franklin-Sippe kennen.«

Rosalind nahm ihre Hand. »Seid bloß nett zu ihm.«

Die so akribisch vorbereitete Krönungsfeier von Königin Elizabeth II. fand in typisch englischem Wetter statt: Es regnete. Ganz London hatte sich in Regenponchos gehüllt und wedelte umso begeisterter mit Fähnchen und blütenweißen Taschentüchern, als die Parade vorbeizog. Endlose Reihen britischer Soldaten, ein Orchester, Pferde im Gleichschritt und weitere Soldaten aus anderen Ländern des Commonwealth.

Evi Ellis nieste. Sie war mit ihrem Verlobten Max aus Chicago gekommen und schwenkte einen kleinen Union Jack. Rosalind hatte ihr neues knielanges, ausgestelltes Kleid anziehen wollen und dazu die neuen, verdammt hohen Pumps. Vor dem Spiegel war ihr eine gewisse Ähnlichkeit mit Audrey Hepburn aufgefallen. Ach, was hatte Rosalind sie in *Ein Herz und eine Krone* angehimmelt und erst danach gemerkt, dass Oliver genauso verliebt in die großen Rehaugen der Schauspielerin gewesen war. Er hatte im Kino nicht ein einziges Mal mit den Beinen gewackelt. Ihren nächsten Urlaub wollten sie unbedingt in Rom verbringen und eine Wanderung in der Toskana dranhängen. Oliver war kein begeisterter Wanderer, aber sie würde ihn schon noch dazu machen.

Wegen des Wetters hatte sie sich dann doch anders entschieden und trug nun eine Hose und wetterfeste Schuhe. Oliver hielt ihre Hand und unterhielt sich zur anderen Seite mit David und Rosalinds Vater. Myrtle hatte die Liebe, die sie zu ihrem toten König empfunden hatte, auf seine Tochter Elizabeth übertragen und reckte seit einer Stunde den Kopf, obwohl es noch dauern musste, bis die Kutsche mit der neuen Queen an ihnen vorbeikommen würde.

Die gute alte Nannie war aus Shropshire angereist, und

Roland und Colin wichen ihr nicht von der Seite, fragten ständig, ob sie Durst habe oder ihr kalt sei. Nannie tätschelte Roland die Hand und Colin die Wange. Jenifer legte ihr von hinten beide Arme um die Taille. Als Tante Helen und Onkel Norman zu ihnen stießen, wurden sie alle ein wenig stiller, und immer wieder schlichen sich eine traurige Pause oder ein wehmütiges Lächeln in ihre Unterhaltungen.

»Naomi hätte gewollt, dass wir uns amüsieren«, sagte Tante Helen schließlich. »Also tun wir das.«

Rosalinds Vater hakte sich bei ihr unter. »Das machen wir, Schwesterchen. Wie wäre es mit einem Tanz?«

Gerade kam wieder eine Kapelle an ihnen vorbei, die zwar Marschmusik spielte, aber Tante Helen und Rosalinds Vater versuchten sich trotzdem an einigen Tanzschritten.

»Wenn es nicht so eng hier wäre«, sagte Oliver zu Rosalinds Mutter, »würde ich Sie jetzt auch auffordern.«

Mummy nahm seine Hände. »Versuchen wir es.«

Sie konnten sich kaum um sich selbst drehen und mussten die Ellbogen ganz eng am Körper halten. Oliver grinste Rosalind zu.

»Jetzt hast du also doch noch den Richtigen gefunden, Ros.« Ursula wies mit dem Kinn in Olivers Richtung. »Und so einen unermüdlichen Tänzer.«

»Ja, das ist er. Unermüdlich.«

Evi kicherte.

»Nicht, was du meinst.« Rosalind lief rot an.

Evi kicherte noch mehr.

»Na, es ist jedenfalls gut, dass er so jung ist«, sagte Ursula mit einem Zwinkern.

»Um Himmels willen …« Es musste ein anderes Gesprächsthema her. Sie drehte sich zu Max um. »Wie schön, dass ihr es aus Chicago hierhergeschafft habt. Ich freue mich sehr, dass wir uns endlich kennenlernen.«

»Gleichfalls. Ich habe schon so viel von euch Franklins gehört.«

»Wie lange bleibt ihr?«

Max' Augen funkelten. »Evi will mir noch ganz London zeigen und Chartridge Lodge, wo euer Großvater gelebt hat.«

»Das Anwesen ist ja leider verkauft«, sagte Rosalind.

»Ich weiß«, erwiderte Evi. »Trotzdem soll er es sehen. Ich habe so schöne Erinnerungen daran.«

Max gab ihr einen Kuss auf die Wange, und Evi schmiegte sich an ihn. Sie reichte mit dem Kopf gerade einmal bis zu seiner Achsel. »Kommt ihr uns bald in Amerika besuchen? Zur Hochzeit auf jeden Fall, oder? Auch wenn wir noch nicht wissen, wann die stattfindet.«

»Warum wisst ihr das noch nicht?«, fragte Rosalind.

»Max wartet darauf, dass sie ihm eine feste Stelle in der Kanzlei anbieten.«

»Damit ich dir«, sagte er und gab ihr noch einen Kuss, »ein gutes Leben bieten kann.«

Rosalind schob sich eine nass gewordene Haarsträhne unter die Kapuze ihres Capes. »Also, wenn ihr so weit seid, kommen wir auf jeden Fall alle angeflogen. Nächstes Jahr ist eine große Konferenz in Pasadena, zu der ich eingeladen bin. Wie wäre es, wenn ich einen Zwischenstopp in Chicago mache? Und Jeni nehme ich mit.«

Plötzlich schwoll das Jubeln der Leute an.

»Die Kutschen kommen«, rief Myrtle.

Die Tanzenden ließen sich los, die Gespräche verstummten. Rosalind stellte sich auf die Zehenspitzen, um einen Blick auf die neue Monarchin und ihren Prinzgemahl zu erhaschen. Ihre Mutter drückte ihr ein Fähnchen in die Hand, und sie reckte ihren Arm in die Höhe, um den Union Jack flattern zu lassen.

»Siehst du was?«, fragte sie Oliver.

Statt zu antworten, nahm er sie um die Hüfte und hob sie ein Stück hoch. Doch es änderte nichts, ihr Blick war versperrt, und sie zappelte, bis Oliver sie wieder auf den Boden gleiten ließ. Dort blieb sie dicht an ihn gedrückt stehen und sah ihm tief in die Augen.

»Hoch lebe die Queen!«, rief Myrtle. »Schaut, die goldene Kutsche!«

Rosalind küsste Oliver lang und zärtlich und verpasste somit einen Blick auf die neue Königin.

Es war dunkel, als sich die Feierlichkeiten langsam auflösten und die Franklins sich in alle möglichen Richtungen verteilten.

»Kommt doch am Sonntag zum Essen«, schlug Rosalinds Mutter vor.

Oliver nickte. »Sehr gern, Mrs Franklin.«

»Nenn mich Muriel. Wir haben ja schon zusammen getanzt.« Sie zwinkerte ihm zu, und Rosalind lachte laut.

Der Regen hatte endlich nachgelassen, aber Rosalinds Füße schmerzten vom langen Stehen. Ein heißes Bad würde ihr guttun. Jemand nieste ihr in den Nacken.

»Entschuldige, Ros«, sagte Evi verlegen, »hoffentlich waren das keine Bazillen.«

Rosalind wunderte sich, dass die Leute immer von Bazillen sprachen. Ein Bacillus war ein ganz bestimmtes, stäbchenförmiges Bakterium, aber was Evi meinte, war ein Erkältungsvirus, das mehr Ähnlichkeiten mit einem Poliovirus hatte als mit einem Bacillus.

Am Montag würde sie dem Polioerreger wieder auf den Leib rücken. Inzwischen hatten sie herausgefunden, dass es kugelförmig war und dem bereits besser erforschten Gelbe-Rüben-Mosaikvirus ähnlich war. Vielleicht konnte sie ihre Proben in Kapillarröhrchen aus Glas aufbewahren, wenngleich sie noch nicht ganz wusste, wie das gehen sollte.

»Nimmst du mich mit nach Hause?« Oliver knabberte ihr am regennassen Ohr.

»Hmm…« Eigentlich hatten sie das so verabredet, aber sie wollte noch schnell schauen, wie viele Kapillarröhrchen sie am Birkbeck hatte oder ob sie neue bestellten musste.

Sie gab ihm einen Kuss, fischte ihren Schlüsselbund aus der Handtasche und legte ihn in seine Hand. »Ich muss noch einmal ins Labor, mir ist etwas Wichtiges eingefallen. Wir sehen uns später, ja?«

Sie winkte ihrem verblüfften Freund zu und eilte davon.

Nachwort

Auf einem Münchner Flohmarkt habe ich vor vielen Jahren eine alte Ausgabe von James Watsons *Die Doppel-Helix* erstanden. Das Cover mit den gelben, roten und blauen Kügelchen sehe ich noch genau vor mir. Irgendwann muss ich es ungelesen weiterverschenkt haben, doch als ich begann, eine Romanbiografie über Rosalind Franklin zu schreiben, war ich ganz froh, dass ich diese Forscherin nicht schon aus Watsons Sicht kennengelernt hatte.

Denn Watson mag ein brillanter Wissenschaftler gewesen sein – Rosalind Franklin gegenüber hat er sich nicht fair verhalten. Über die promovierte Naturwissenschaftlerin, die ihm mit ihrer Vorarbeit zu einem Nobelpreis verholfen hatte, schrieb er sinngemäß: Wenn Rosy sich etwas besser gekleidet und Lippenstift aufgelegt hätte, wäre sie vielleicht gar nicht so ein unattraktiver Blaustrumpf gewesen. Doch da sie nichts darauf gegeben habe, ihre Weiblichkeit zu betonen, habe sie »auf ihren Platz verwiesen werden« müssen. Diese Worte hat Watson tatsächlich über seine kompetente Kollegin geschrieben.

Ich werde heute noch wütend, wenn ich das lese. Wie muss

es erst Rosalind Franklins Familie, ihren Freundinnen und Freunden ergangen sein? Sie protestierten gegen das noch nicht veröffentlichte Buch – Rosalind Franklin selbst konnte es nach ihrem frühen Tod nämlich nicht mehr. Daraufhin verlangte der Verleger von Watson immerhin ein Nachwort, in dem er einlenkend schrieb, dass sein ursprünglicher Eindruck von Rosalind Franklin, in beruflicher wie in persönlicher Hinsicht, wohl oft falsch gewesen sei. Eine kurze Laudatio folgt. Doch die Aussagen im Text selbst ließ er unverändert stehen – Pointen und eine gute Geschichte waren ihm wichtiger als alles andere.

Rosalind Franklins Freundin Anne Sayre und ihre jüngere Schwester Jenifer Glynn veröffentlichten später eigene Erinnerungen an Rosalind, um Watsons Machwerk etwas entgegenzusetzen. Außerdem gibt es eine fundiert recherchierte Biografie von Brenda Maddox.

Aus meiner Empörung heraus hätte ich meiner Figur Watson gern ein grässliches Ende herbeigeschrieben (und ich glaube, Rosalind Franklin hätte lauthals darüber gelacht), aber in einer Romanbiografie ist man in den wesentlichen Punkten der Wahrheit verpflichtet. Und Watson und Crick erhielten nun einmal 1962 den Nobelpreis für die Entschlüsselung der DNA. Rosalind Franklin hatte ihnen dafür eine Röntgenfotografie, das berühmte Foto 51, geliefert, an das die beiden Wissenschaftler mehr oder weniger zufällig gelangten – leider nicht auf ganz so dramatische Weise wie in meiner Geschichte.

Weniger bekannt ist, dass Watson und Crick sich den Nobelpreis mit dem stillen Maurice Wilkins teilten, und so kann man hoffen, dass das Nobelpreiskomitee auch Rosalind Franklin berücksichtigt hätte, wenn sie noch am Leben gewesen wäre. Tragischerweise starb sie bereits 1958 an einer Krebserkrankung.

Wilkins veröffentlichte 2003 seine eigenen Memoiren unter dem Titel *The Third Man of the Double Helix* – und die sind recht versöhnlich. Er spricht offen darüber, wieso Rosalind Franklin und er menschlich nicht miteinander zurechtgekommen sind, wo sie Fehler gemacht hätten, was sie anders hätten machen können. Ich hätte meine Rosalind gern noch seine sympathische Seite kennenlernen lassen.

Rosalind Franklin war sicher kein einfacher Mensch. Sie dürfte eine von Selbstzweifeln geplagte Perfektionistin gewesen sein und verhielt sich im Berufsleben – besonders am King's College – den Kollegen gegenüber oft sperrig. Wenn sie jemanden nicht mochte oder für inkompetent hielt, sagte sie ganz offen ihre Meinung. Das wird Frauen ja heute oft noch vorgehalten – man erwartet von ihnen, dass sie gefälligst still sind und den Männern bewundernd bei ihrer Arbeit zuschauen. Wie gängig diese Ansicht noch in den 1950ern war, mag man sich gar nicht vorstellen.

Gleichzeitig war Rosalind Franklin im Privatleben ein herzlicher Mensch, eine treue Freundin und eine immer loyale Tochter, auch wenn in ihrem privaten Umfeld vermutlich kaum jemand verstand, worum es bei ihrer Forschung eigentlich ging. Desoxyribonukleinsäure und Röntgenkristallografie, Löcher in Kohle, Infrarotspektrometer, die Patterson-Methode und die dazugehörige Fouriertransformation – für ihre Mutter oder Nannie waren das alles böhmische Dörfer, aber auch für Ursula, Anne und Jean, obwohl diese an der St. Paul's Girls' School ebenfalls eine gute Ausbildung genossen hatten.

Eine romantische Beziehung hatte Rosalind Franklin wohl nie. Sie war mit Männern gut befreundet, von denen mehrere verheiratet waren, und für manche schwärmte sie auch – vielleicht gerade, weil sie sich sicher sein konnte, dass nie etwas Ernstes daraus werden würde. Ich wollte meiner Romanfigur Rosalind deshalb einen ganz anderen Typ Mann an die Seite stellen, mit dem sie ihr Muster durchbrechen kann, und ich hoffe, dass die echte Rosalind Franklin damit einverstanden gewesen wäre. Oliver hätte sich jedenfalls gut um sie gekümmert und ihr jegliche Freiheit gelassen weiterzuforschen.

Rosalind Franklin wusste, wie wichtig in der Wissenschaft die Zusammenarbeit ist. An den meisten Entdeckungen sind viele Forscherinnen und Forscher beteiligt, und sie alle stehen auf den Schultern von anderen, die bereits die Grundlagen geschaffen haben. Weil es mir wichtig war, eine spannende Geschichte zu erzählen, habe ich in diesem Roman viele Wissenschaftlerinnen und Wissenschaftler nicht erwähnt, die für Rosalind Franklin, das King's College und das Cavendish Laboratory von Bedeutung waren. Deswegen möchte ich hier zumindest zwei ihrer direkten Kollegen erwähnen: ihren Assistenten Raymond Gosling am King's College und ihren engen Vertrauten Aaron Klug am Birkbeck College, der sie während seiner eigenen Nobelpreisrede 1982 in den Himmel lobte. Befreundet war sie außerdem mit der Physikerin Adrienne Weill. Mit den Ehepaaren Anne und David Sayre sowie Mary und Bruce Fraser war sie kollegial sehr verbunden.

Auch an der Entstehung eines Romans sind viele Personen beteiligt. Ich bedanke mich herzlich bei meiner Agentin Dorothee Schmidt, meiner Lektorin Anne Scharf und meiner Redakteurin Annika Krummacher.

Figurenverzeichnis

Die mit einem Sternchen versehenen Figuren sind fiktiv.

Familie

Geschwister David, Roland, Colin, Jenifer

Mutter Muriel

Vater Ellis

Kindermädchen Nannie

Cousine Ursula

*Cousine Naomi

Tante Helen

Evi Eisenstädter-Ellis

Freundinnen und Freunde

Vittorio und Denise Luzzati aus Paris

Jean Kerslake von der St. Paul's School

Anne Crawford von der St. Paul's School

Laboratoire Central des Services Chimiques (Labo), Paris

Jacques Mering

King's College, Universität London

John T. Randall

Maurice Wilkins

*Oliver Raymond

*Ellen Keller

Alec Stokes

Cavendish Laboratory, Universität Cambridge

Sir Lawrence Bragg

Francis Crick

James Watson

*Henry Dodd

Universität Oxford

Dorothy Hodgkin

Birkbeck College, Universität London

J. D. Bernal

California Institute of Technology (Cal Tech), Pasadena

Linus Pauling

Leseempfehlungen

Jenifer Glynn: *My Sister Rosalind Franklin.*
Oxford University Press, Oxford 2012.

Brenda Maddox: *Rosalind Franklin. Die Entdeckung der DNA oder der Kampf einer Frau um wissenschaftliche Anerkennung.* Aus dem Englischen von Conny Lösch. Campus-Verlag, Frankfurt a. M. 2003.

Anne Sayre: *Rosalind Franklin and DNA.*
W. W. Norton & Company, New York 1975.

James D. Watson: *Die Doppel-Helix. Ein persönlicher Bericht über die Entdeckung der DNS-Struktur.* Aus dem Englischen von Vilma Fritsch. Rowohlt, Reinbek bei Hamburg 1969.

Maurice Wilkins: *The Third Man of the Double Helix. An Autobiography.* Oxford University Press, Oxford 2003.

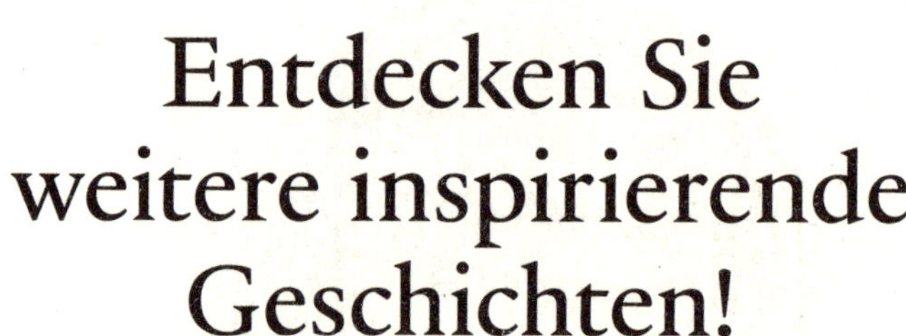

Entdecken Sie weitere inspirierende Geschichten!

Laura Baldini, Lehrerin einer neuen Zeit
(Maria Montessori), ISBN 978-3-492-06240-4

Laura Baldini, Ein Traum von Schönheit
(Estée Lauder), ISBN 978-3-492-06299-2

Laura Baldini, Der strahlendste Stern von Hollywood
(Katharine Hepburn), ISBN 978-4-492-06258-9

Eva-Maria Bast, Die aufgehende Sonne von Paris
(Mata Hari), ISBN 978-3-492-06259-6

Eva-Maria Bast, Die vergessene Prinzessin
(Alice von Battenberg), ISBN 978-3-492-06260-2

Eva Grübl, Botschafterin des Friedens
(Bertha von Suttner), ISBN 978-3-492-06286-2

Petra Hucke, Die Architektin von New York
(Emily Warren Roebling), ISBN 978-3-492-06238-1

Agnes Imhof, Die geniale Rebellin
(Ada Lovelace), ISBN 978-3-492-06217-6

Agnes Imhof, Die Pionierin im ewigen Eis
(Josephine Peary), ISBN 978-3-492-06270-1

Lea Kampe, Der Engel von Warschau
(Irena Sendler), ISBN 978-3-492-06215-2

Lea Kampe, Die Löwin von Kenia
(Karen Blixen), ISBN 978-3-492-06268-8

Romy Seidel, Die Tochter meines Vaters
(Anna Freud), ISBN 978-3-492-06254-1

Yvonne Winkler, Ärztin einer neuen Ära
(Hermine Heusler-Edenhuizen), ISBN 978-3-492-06309-8

Weitere Infos unter
piper.de/bedeutende-frauen

Elizabeth Zott wird Ihr Herz erobern, ganz sicher!

Bonnie Garmus

Eine Frage der Chemie

Roman

Aus dem Englischen von Ulrike Wasel und Klaus Timmermann

Piper, 464 Seiten

ISBN 978-3-492-07109-3

Elizabeth Zott ist eine Frau mit dem Auftreten eines Menschen, der nicht durchschnittlich ist und es nie sein wird. Doch es ist 1961, und die Frauen tragen Hemdblusenkleider und treten Gartenvereinen bei. Niemand traut ihnen zu, Chemikerinnen zu werden. Aber schon 1961 geht das Leben eigene Wege. Und so nimmt Elizabeth einen Job als Moderatorin einer biederen TV-Kochshow an. Doch auch hier hat sie ihren eigenen Kopf. Denn für sie ist Kochen Chemie – und Chemie bedeutet Veränderung der Zustände!

PIPER

Leseproben, E-Books und mehr unter **www.piper.de**